남
,자
여
자

안은찬 장편 소설

남자, 여자

SCARLET

ROMANCE

STORY

contents

그 남잔 말이야

가늘게 흩날리던 눈발이 거짓말처럼 공기 중으로 사그라졌다. 얼굴 위를 따갑고 눅눅하게 적시던 감각이 사라지자 온 세상이 한층 더 추워진 느낌이 들었다.

찬형은 큼지막한 손을 코트 주머니에 깊숙하게 넣었다. 뭉툭하게 깎인 손톱과 길게 뻗은 손가락들이 주먹을 쥔 형태로 그 안에서 빨갛게 녹기 시작했다. 크게 숨을 들이마셨다가 내쉬자 하얗게 입김이 눈앞으로 번졌다.

"대표님, 피곤하진 않으십니까?"

"시차가 있는 것도 아닌데 피곤하고 말 게 뭐 있습니까. 바람이 차서 오히려 시원하고 좋네요. 정신이 깨는 것 같습니다."

찬형이 딱딱하게 얼어붙기 시작하는 거리 위의 눈을 밟으며 말했다.

한국과 시차도, 계절 차이도 크게 없지만 서울의 도심과는 다르게 조금 더 한산한 거리. 외곽과도 같은 기분을 주는 홋카이도 내 어느 도시의 거리가 마음에 들었는지 찬형의 얼굴 위로 잔잔한 미소가 떠올랐다.

곁에 서서 그의 표정을 살피던 남자가 작은 미소를 확인하고는 화색을 띠며 성큼 다가왔다. 갑작스레 바짝 붙어 서는 남자의 행동에 뒤에서 걷던 영훈의 걸음이 엉켰다. 그러나 멋대로 남의 앞을 막아서면서도 남자는 아랑곳하지 않았다.

그걸 알아챈 찬형이 눈썹을 꿈틀거렸다. 영훈은 눈짓으로 괜찮다는 의사를 건넸다.

주변을 살피지 못하는 사람은 예나 지금이나 마음에 든 적이 없다. 찬형의 심기가 불편해지는 건 순식간이었다.

"유 실장님. 이쪽으로 오시죠."

"괜찮습니다, 대표님."

영훈의 괜찮다는 반응에도 제 사람 하나는 끔찍하게 챙기는 찬형이 미간을 찌푸렸다. 그런 찬형을 아는지 모르는지 눈치 없는 남자가 그의 곁으로 다시금 바짝 붙어 서며 입을 쉴 새 없이 움직였다.

"혹시나 마음에 안 들어 하시면 어쩌나 걱정이 많았습니다. 만족하시는 것 같아 얼마나 다행인지 모르겠습니다. 더군다나 일본은 요즘 경기 회복세라 흐름을 잘 타고 있는 중입니다. 기후의 영향도 솔직히 그다지 큰 영향을 끼치지는 못하는 편이고요."

시끄러워. 찬형이 속으로 생각했다. 그의 말이 소음처럼 들렸다.

"상무님."

"예, 대표님!"

"저녁에 호텔에서 뵙는 걸로 하죠. 나머지 얘기는 그때 다시 듣겠습니다."

"아! 예, 알겠습니다."

말을 끊을까 말까 고민하던 참이었다. 걷다 보니 주차장에 다다라 내심 다행이었다. 찬형이 조용히 낮은 숨을 흘렸다.

허리를 90도로 꺾어 가며 인사를 하는 남자의 폼이 꼭 일본인 특유의 그것 같았다. 일본 지사에서 지내는 동안 그 같은 행동이 얼마나 몸에 뱄는지가 느껴졌다. 그는 인사를 하고도 부족해 또다시 인사를 건넸다.

한국에서도 느끼던 바지만 과한 예의는 때때로 거대한 불편함이 되어 다가왔다. 찬형에게 있어 때를 가리지 않고 드러내는 겸손은 오만보다도 못한 것이었다.

시트에 등을 깊숙하게 기댄 찬형이 눈을 감았다. 히터를 틀자 뜨거운 공기가 미약하게 차 내부에 스며들기 시작했다.

영훈이 뒷좌석에 앉은 찬형을 힐끗 보았다가 차를 출발시켰다. 두 남자를 실은 차가 한산한 거리 위를 미끄럽게 빠져나갔다.

출장 같지만 사실 휴가 중이었다. 애초에는 회사 일과 무관한 단순 휴가로 시작했다. 가는 김에 최근 설립한 일본 지사 측을 둘러보는 것도 나쁘지 않겠다는 생각이 들어 삿포로에 들렀을 뿐인데 주객이 전도되다니. 그 선택을 아주 조금 후회하는 찬형이었다.

곳곳에 눈이 산처럼 쌓여 있는 풍경. 그 모습을 제대로 감상하기도 전에 반복된 미팅과 수많은 이들의 인사. 찬형은 그 모든 것이 반갑지 않았다. 일벌레는 아니었지만 때때로 일벌레라는 것이 이런 식의 습관들이 모여 만들어진 단어는 아닐까 하는 생각이 든다.

어제도 한참 동안 눈이 내렸다. 그때 내린 눈이 녹지도 못한 채 거리 곳곳에 몸을 웅크리고 모여 있었다. 온 세상이 하얗게 보여 눈이 부셨다.

일본 상단에 덩그러니 떨어져 있는 홋카이도라는 섬은 그런 분위기를 자신의 색깔로 내비치었다. 마치 겨울의 강원도 같기도, 제주도 같기도 했다. 그보다는 조금 더 아기자기하고 한적했지만 마냥 시골 같지만은 않은 느낌.

지난번 출장 때 방문했던 도쿄를 떠올리며 찬형이 절레절레 고개를 저었다.

그는 사람이 많은 곳을 좋아하는 편이 아니었다. 수많은 사람들의 웅성거리는 소리도, 한 걸음만 내디뎌도 쉽사리 스치고 마는 그 짧은 접촉도, 그는 달가워할 수 없는 편에 속했다. 단순히 시끄러운 게 싫다거나 주목받는 게 싫다는 것과는 달랐다.

"안전벨트를 착용하시는 편이 좋겠습니다, 대표님."

운전석에 앉아 백미러로 찬형을 주시하던 영훈이 넌지시 말을 건넸다. 아까부터 밖을 쳐다보는 그의 얼굴이 불만으로 가득 차 보여 마음이 쓰이던 참이었다.

"형."

"……어?"

꼬박 존대를 붙이던 영훈의 말투가 빠르게 전환되었다. 찬형의 목소리가 덤덤히 그를 '유 실장님'이 아닌 '형'이라고 부를 때면 그들의 분위기는 무척 자연스럽게 바뀌었다. 그땐 대표 이사와 비서실장이 아닌 대학 시절의 선후배, 아니, 그보다 가까운 형과 동생 사이로 돌아가는 것이다.

친형제가 있었더라면 이런 느낌이었을 거라고 찬형은 수도 없이 생각했었다. '형.' 하고 부르면 바로 대답을 해 오는 그 친근함이 좋았다.

"이제부터는 내 개인 시간이지?"

"정확하게 말하자면 오늘 밤부터겠지. 운이 나쁘면 내일 아침부터일 수도 있고."

반갑지 않은 영훈의 말에 찬형의 미간이 한층 더 구겨졌다.

찬형은 좀처럼 화를 내지 않는 사람이었다. 타인의 말에 온화하게 웃어 주는 것에 능한 타입이었으니까.

하지만 회사에서는 물론이거니와 자신이 계획한 일이 제대로 풀리지 않거나 방해를 받는다는 생각이 들면 이렇게 노골적으로 불편함을 드러내고는 했다. 특히 영훈의 앞에서.

영훈은 찬형의 대학 시절 선배였다. 찬형은 좀처럼 숫기가 없던 탓에 신입생일 때부터 겉도는 듯했다. 입학 후 OT를 빠지거나 했고 교내 활동에도 나서지 않았다. 그런 그를 가까이 끌어당겨 준 것이 영훈이었다.

처음부터 가까웠던 것은 아니다. 그 역시 입학 초기만 해도 찬형이 왜 홀로 지내는지 좀처럼 가늠할 수 없었다.

수려한 외모며 입학 당시부터 자자하게 소문이 났던 재력까지. 찬형은 여러모로 숨어 살 수 없는 인물이었지만 언제나 혼자 있기를 자처했다.

모든 것을 가진 듯 보이는 이에게 향하는 시선. 그것이 필요에 의한 것이거나 호기심에 의한 것임을 이미 어린 시절부터 깨달아 온 것 같았다.

사람들을 대하는 그의 벽이 결코 내가 타인보다 높은 곳에 있다는 오만함 때문이 아니었다는 것을 영훈은 한참이 지나서야 알았다.

또 그것과 별개로 찬형은 언제나 어딘지 모르게 조심하는 구석이 있었다. 사람의 곁에 다가서지 않다 못해 그들을 피했고, 아주 조금은 유별나게 굴었다. 누군가 자신을 스치기라도 하면 기겁을 할 듯이 굴어 사람들은 모두 그가 심각한 정도의 결벽증이 아닌가 생각하기도 했었다.

영훈을 제외한 누구도 그 이유를 알 수 없던 시절이었다.

"대체 내가 묵는 호텔은 어떻게 알아낸 거지? 왜 거기까지 와서 날 피곤하게 하겠다는 건지 이해할 수가 없어."

"휴가 겸 일본 지사 시찰이라는 명목이 있으니까. 이때 아니면 언제 너한테 얼굴 도장을 찍겠어. 최찬형 대표님이 어디에 묵으시는지 알아내는 것 정도는 기본이겠지."

"내가 연예인이야? 사생팬, 뭐, 그런 거야?"

"기업가들에게는 젊고, 능력 되고, 여러모로 씹기에도 좋은 그런 아이돌이지."

"……그 사람들은 아직도 내가 스물셋인 줄 아는 모양이야."

대학교를 채 졸업하기도 전, 후계자로서 인사부터 시키겠다며 할아버지께서 데리고 갔던 거대한 건물. 그곳에서 만난 지긋한 나이의 간부들과 여러 사람들.

그들의 시선을 찬형은 아직도 잊을 수 없다. 햇병아리 보듯 하던 그 시선들은 자신에게 아무런 기대도 걸고 있지 않았다. 능력에 있어 명백한 '무시'의 감정을 맛보았던 것 같다.

그때로부터 꼬박 10년이 흘렀다. 생각보다 꽤 머나먼 길이었다.

두 사람을 태운 차는 한적한 길을 따라 도심으로부터 점점 멀어졌다. 갓길을 따라 흰 눈밭이 펼쳐져 있었고, 기차와 같은 방향으로 달리기 시작한 차는 좀처럼 멈춰 설 줄을 몰랐다. 차량이 많이 다니는 길도 아닌 데다가 도로 자체에 열선이 깔려 있어 마치 봄날의 길을 내달리듯 했다.

찬형이 뒷좌석 시트에 전신을 완전히 기댔다. 등을 깊숙하게 묻을수록 몸이 아래로 푹 꺼지는 기분이 들었다.

그는 때때로 자신을 부정하고 싶었다. GLEAM COMPANY의 대표 이사라는 사실도, 사람을 사귈 줄 몰라 혼자를 자처했던 겁쟁이였다는 것도 말이다. 명예 회장으로 남은 할아버지의 유일한 핏줄만 아니었다면 그럴 수 있었을 것이다.

전부 잊고자 했다. 그저 하나의 '사람'이길 원했고, 어느 '남자'이고 싶었다.

모두에게 친절한 이로 살아왔다. 여유를 갖추었고, 인품이라는 것에 소홀하지 않으려 노력도 했다.

하지만 그럼에도 자신의 뜻대로 되지 않는 것이 존재했다. 그것은 모든 것을 가진 자가 단 하나 갖지 못한 것에 대해 열망하는 그런 성질의 것과는 확연하게 달랐다. 그가 가지고자 했던 것은 유별나지도, 유일하지도 않은 무언가였다.

그는 그저 평범하고 싶었다.

평범한 것이 가장 평범하지 않다는 것을 누구보다 잘 알고 있었다. 누구나 벗어나고픈 그 '평범'이라는 두 음절의 단어가 찬형은 그리도 고팠다. 더도 말고 덜도 말고 평범하고자 했다.

그러나 평범하지 않았다. 아니, 평범할 수 없었다.

최찬형이라는 이름 세 글자. 그것은 그의 평범하지 않음을 설명하기에 한없이 부족했다.

"형이 몇 살이었지?"

"올해 서른다섯. 그건 왜?"

"늙었네."

"……."

놀리는 건가 싶은 마음에 영훈이 백미러로 찬형을 보았다. 눈이 마주치자 그가 웃는다. 함께 지내 온 지난 십여 년간 저런 웃음을 몇 번이나 봤는지 모르겠다. 그럼에도 어디까지가 온전하고 진실된 웃음인지 헷갈린 적이 한두 번이 아니었다. 지금처럼 말이다.

"슬슬 결혼해야 되지 않겠냐는 소리였어."

"대표님. 여자 만날 시간부터 주시고 그런 걱정을 하시는 게……."

"아니면 연애라도 먼저."

"……회사에 우리 둘이 사귄다는 소문 돈 거, 우리 대표님은 알고 계시는지 모르겠네."

"휴가도 좀 가고."

"본인 휴가에 동행하는 걸로 퉁치라고 하셨던 분은 누구셨죠."

장난스러운 말투 속에 존대를 더하며 영훈이 그의 짓궂은 걱정을 받아쳤다. 그리고 웃는 얼굴로 부드럽게 핸들을 돌리며 힐끔, 백미러를 통해 찬형을 살폈다. 느닷없이 둘 사이에 침묵이 가라앉았다.

백미러에 비친 찬형은 차창 밖으로 지나쳐 가는 설경에서 눈을 떼지 못하고 있었다.

무슨 생각에 빠져든 것인지는 알 수 없었지만…….

"……알잖아. 혼자로서는 불안하다는 거."

밖으로 향해 있는 시선과 다르게 그의 목소리가 자신을 향했다는 것 정도는 알 수 있을 것 같았다.

영훈은 그가 숨기지 않고 속내를 털어놓을 때마다 자신이 그를 보좌할 수 있다는 것에 대해 안도했다. 눈을 마주치지 않아도 자신에게로 향하고 있는 마음을 충분히 느낄 수 있었다.

또다시 가느다란 눈발이 날리기 시작했다. 정면에 노보리베츠라는 표지판이 드러났다. 빗방울 같기도 한 눈이 차창에 촘촘히 달라붙기 시작했다.

멀찍이 흐린 하늘을 품은 바다가 보였다. 물방울 사이로 녹아
드는 바다를 응시하며 찬형이 잔잔한 웃음을 머금었다.

바다를 낀 채 호텔을 향해 달리는 기나긴 길. 긴 도로를 달리는
차는 이 순간 그들이 유일했다.

↥우

객실에서 내려다보는 노보리베츠의 바다는 그야말로 절경이었
다. 밤이 찾아들어 하늘이 어둡게 내려앉았음에도 바다의 푸름이
남색으로 어우러져 호텔 주변의 불빛과 함께 반짝였다.

날이 추운 탓일까. 바다 근처에는 단 하나의 인영도 보이지 않
았다.

텅 빈 바다를 내다보며 찬형은 생각했다. 한 번쯤 그 푸른 어둠
과 하나가 되어 그 속에 섞여 들고 싶다고. 바다의 일부로서 하늘
과 하나가 되고 싶다고. 야경은 그의 기분을 그렇게 만들었다.

혼자이지만 혼자이지 않았던 시간들. 최찬형이었지만 최찬형이
지 않았던 시간들.

찬형은 불시에 찾아와 노크하는 마음속 불청객과의 만남을 더
는 고깝게 여기지 않았다. 올 것이라면 올 것이고, 오지 않으리라
믿어도 결국은 예상치 못한 순간 또다시 오고 말 터였다.

생각이 깊어지는 것 같을 때면 어떻게 해서든지 헤엄을 쳐 빠
져나왔다. 조금이라도 평화의 끈을 놓치는 순간 생각의 늪에 깊숙
하게 빠져 버려 숨이 막혀 왔다.

더는 발길질하지 않아도 될 정도의 높이에서 스스로를 제어하고 싶었다. 뜻대로 된 적은 없었지만 말이다.

어찌 되었든 자신은 혼자이지 않았지만 분명 혼자였다.

"대표님, 받으시죠."

어느덧 가까워진 목소리에 찬형이 감았던 눈을 천천히 떴다. 기억 속에 있던 야경은 사라지고 요란한 불빛들에 어지럽기까지 한 룸의 모습이 그의 시야를 가득 채웠다. 귓전을 때리는 음악 소리는 점점 사그라지는 듯싶다가도 다시 그 크기를 달리하며 가깝게 다가왔다.

여간 불편한 자리가 아니었다. 적당히 그들의 성의를 받아 주다가 일어나는 편이 좋겠다고 생각했다. 자신은 술을 좋아하는 편도 아니었고, 하물며 이런 접대를 즐길 만한 성격도 되지 못했다. 그랬기에 자신이 여러모로 할아버지의 회사와 함께 성장해 온 그들의 마음에 쏙 들 수 없는 걸지도 모르겠다.

그럼에도 모든 것을 억지로 해내고 싶지는 않았다. 자신은 최찬형이었고, 스스로가 인정하는 최찬형은 즐길 수 없는 것을 즐기는 척할 수 있는 사람이 아니었다.

한 잔 두 잔 받아 넘기면서 룸을 훑었다. 영훈은 몇 분 전 한국에서 온 연락으로 인해 자리를 비운 상태였다.

이 룸 안에 있는 것은 네댓 명의 남자뿐. 걱정할 것도, 불안할 것도 없다. 그럼에도 이상하게 자꾸만 갈증이 나는 기분이 든다. 찬형은 평소보다 조금 빠른 속도로 술을 넘겼다.

스트레이트로 몇 잔이나 마셨을까. 취기가 오르는 것과는 약간

다른 기분으로 위장 근처가 뜨겁게 찌르르 울렸다. 알코올이 퍼지는 기분에 몸을 맡기는 쾌감이 이런 걸까. 음주를 좋아하지 않는 그가 잠시 그런 생각에 취할 때였다.

"어이, 이제 슬슬 불러와 봐."

남자의 목소리가 찬형의 귓가와 굉장히 가까이에 있는 것처럼 들렸다. 그는 누군가를 향해 알 수 없는 지시를 내렸고, 찬형이 느릿하게 눈을 감았다가 뜨는 찰나 문이 열렸다.

멍한 시선은 열리는 문을 향하고 있었다. 저 문 사이로 영훈이 들어와 자신을 데리고 나가 주었으면 좋겠다고 생각했다.

하지만 바람은 언제나 그를 지나쳐 갔다. 이번에도 다르지 않았다.

"よろしくお願いします." (잘 부탁드려요.)

낯선 일본어. 그리고 그보다 더 낯선 여자의 목소리가 들린다. 심지어 그 목소리는 한두 명의 것이 아니었다.

찬형이 미간을 찌푸리며 정신을 차리고 앞을 보았다. 문을 지나쳐 걸어 들어오는 높은 구두가 대여섯 명의 것은 되었다. 이게 술김에 꾸는 잠시의 꿈이기를 그는 바랐다.

하지만 아니었다. 옆자리에 앉으며 소파에 무게를 실어 온 그 사람은, 얼마나 뿌린 건지 모를 강렬한 향수로 정신을 아찔하게 만드는 그 사람은, 정말 여자였다. 눈치라고는 밥에 말아 먹으려고 해도 없는 상무가 부른 이 비즈니스─를 가장한─ 룸의 전문 여성들.

일이 귀찮게 되었다. 찬형은 여성에게서 최대한 떨어져 앉아 영훈이 들어오기만을 기다렸다. 대체 얼마나 급한 사안이길래 이 밤에, 그것도 해외로 휴가를 떠난 비서실장에게 연락을 넣는단 말인가.

모든 것이 마음에 들지 않기 시작했다. 조용히 혼자만의 시간을 즐기다가 돌아갈 것을 그랬다. 일에 대한 욕심이 결국 이 모든 일을 망쳐 버릴지도 모른다.

"대표님을 위해 준비했습니다."

자랑스럽게 말하는 남자의 얼굴 위로 자신이 쥐고 있던 술을 부어 버릴까 잠시 고민했다. 금수저를 물고 나온 놈들이 으레 그렇다는 편견에 고스란히 부합해 주어도 그다지 이상하지는 않을 것이다.

하지만 찬형은 끝까지 인내했다. 자신은 어리디어린 십 대와 이십 대에도 그런 무모한 짓으로 감정을 소모한 적이 없었다. 그들이 아는 최찬형 역시 그런 인물이 아닐 것이다.

물론…… 여자를 끼고 술을 마시는 것 역시 최찬형이라는 인물과는 분명 거리가 있었다.

"要らないです."(필요 없습니다.)

잔뜩 낮게 깔린 목소리로 찬형이 말했다. 그런데도 여자는 자꾸만 술을 따라 주며 옆으로 붙어 왔다. 그의 표정이 점점 굳어 가고 있다는 걸 전혀 눈치채지 못한 듯했다.

이를 악물었다. 여자는 더 가까이 붙었다. 술기운 때문일까. 경계심이 약해져 있던 찬형의 몸이 딱딱하게 굳었다.

당장 화를 낼 수도 없다. 그렇다고 뒷수습을 또다시 영훈에게 맡겨 버리자니 그동안 그를 너무도 피곤하게 만들었던 자신이다. 그래서 참아 보려고 했다.

"ちょっと離れていなさ……." (좀 떨어지…….)

그랬으나 그럴 수 없었다.

자신의 허벅지 위에 여자의 손이 닿았다고 자각했을 때는 이미 늦었다. 가슴이 점점 더 뻐근해져 숨 쉬기가 버겁다고 생각한 순간, 그녀가 찬형의 다리 사이를 은근하게 짚으며 더욱 농밀한 손길을 뻗었다. 이런 노골적인 행위에 능해 보였다.

모두가 술에 취해 있었다. 그리고 술에 취한 남자들은 이 정도의 직격타가 와야 액셀러레이터를 강하게 밟는 법이다. 여자는 그걸 노린 듯했다.

하지만 찬형은 달랐다. 룸 안에 그것을 아는 이는 단 한 명도 없었다.

"젠장……."

욕지기가 나올 것 같았으나 그는 주먹을 꽉 쥐는 걸로 수많은 인내를 삼켰다. 안타깝게도 성과는 없었지만.

찬형은 두 눈을 질끈 감고 여자의 손을 뿌리치며 일어섰다. 그의 곁에 붙어 있던 여자가 한껏 당황한 얼굴을 하며 그를 올려다보았지만 그 순간 찬형의 눈에 보이는 것은 오직 출구뿐이었다.

그가 성큼성큼 닫혀 있는 문을 향해 걸었다. 손잡이를 잡은 그의 손에 강한 힘이 들어갔다.

방금 전 그의 곁에 앉아 있던 여자만이 그를 바라보고 있었다. 룸에 있는 모두는 이미 술에 잠식당해 그가 룸에서 나가려 하고 있다는 것조차 알아채지 못했다.

자신은 언제나 이렇게 참을 수 있는 만큼 참아 보고, 매번 다를 수 있지 않을까 기대를 한다. 그럼에도 기대에 한 번도 부응해 준 적 없는 신이 원망스러웠고, 그럴 때마다 빌어먹을 몸뚱이를 내던지고 싶었다.

문을 열고 나오자마자 벽을 짚었다. 비틀거리면서 걸을 때마다 온몸의 열기가 더 뜨겁게 달아올라 정신이 혼미해졌다. 이러다가 복도 가운데서 고꾸라지기라도 하면 곤란하다.

주위를 둘러보았지만 영훈의 모습은 보이지 않았다. 그를 찾는 것보다 사람이 없는 장소를 찾는 게 빠르겠다 싶어 찬형이 어지러운 시선으로도 주변을 꼼꼼하게 살폈다.

그때 '卜イレ'라고 적힌 팻말이 보였다. 화장실이었다. 그 순간 다른 모든 것은 불필요해졌다. 그곳이 결승점이라도 되는 양 찬형은 힘이 풀리려는 다리를 더욱 강하게 디디면서 앞을 향했다.

조금만 더. 몇 걸음만 더. 그럴수록 자꾸만 결승점이 멀어지는 기분이 들었다. 열기가 머리까지 점령한 듯했다.

몇몇 직원이 휘청거리면서 벽을 짚고 걷는 찬형을 발견했다. 그들이 괜찮으냐는 물음과 함께 말을 걸어왔지만 찬형은 자신의 몸에 손대지 말라는 듯이 손길을 뿌리쳤다. 도망치듯 화장실 안으로 숨어들었다.

제일 먼저 가장 구석진 곳으로 몸을 옮겼다. 끝 칸에 들어가서 문을 잠그기가 무섭게 바닥에 쓰러지듯 주저앉았다.

호흡이 가빠 왔다. 심장이 머리에도, 팔에도, 다리에도 달려 있는 기분이었다. 전신이 쿵쿵 울렸고, 열기가 온몸을 감싸고 있었다.

몇 초가 지났는지도 가늠되지 않았다. 30초는 지났을까. 40초? 50초? 아니면 벌써 1분이 지난 걸까. 아득해지는 정신을 잡으려 애를 썼다.

화장실로 들어와 소변을 보고 나가는 남자들이 화장실 끝 칸을 힐끔거렸다. 누군가의 거친 숨소리가 그들을 궁금하게 만들었다. 거칠게 숨을 몰아쉬는가 싶더니 꿈틀거리며 뒤척이는 듯도 했다.

하지만 호기심도 잠시일 뿐. 괜히 이상한 일에 휘말리기 싫다는 듯 그들은 빠르게 바지춤을 정리하면서 화장실을 빠져나갔다.

"하아…… 하아……."

찬형이 가쁜 숨을 억지로 삼켜 내려 애썼다. 눈을 질끈 감았다. 머릿속이 아득해졌지만 정신을 잃지는 않았다.

올해로 13년째다. 그때가 스물이었으니 13년이 흘렀다.

지옥 아닌 지옥과도 같았다. 내가 나로서 있을 수 없게 만드는 수많은 시간들이었다.

때때로 커다란 병에 걸린 사람처럼 이렇게 거친 숨을 들이마실 때면, 타인의 시선을 피해 홀로 떨어질 때면, 대체 내가 뭘 어쨌기에 이런 일이 생겨 버린 것이냐며 대상 없는 원망을 토해 낼 수밖에 없었다.

그러니까 그저 평범하고 싶었을 뿐인데.

"빌어……먹을……."

비틀거리며 몸을 일으키려고 애썼다. 가쁜 숨은 점점 가라앉기 시작했다. 온몸을 감싸던 뜨거운 열기도 서서히 공기 중으로 날아가고 있었다.

숨을 쉬는 것이 조금 더 편안해지고, 혼미하던 정신이 맑아지기 시작할수록 그는 또다시 괴로움에 휩싸였다. 낮게 욕을 뱉는 음성은 어느덧 자신의 것이 아니었다.

일어나면서 문에 몸을 기대자 쿵, 하는 묵직한 소리가 화장실을 울렸다. 그 소리에 막 화장실 안으로 들어오던 남자가 움찔 놀랐다. 대체 저 마지막 칸에서 무슨 일이 벌어지고 있는 건지 의아한 표정을 지었다.

음란한 커플의 정사일까? 그것도 아니라면 칼을 맞고 피 흘리는 야쿠자의 마지막? 여러 장면들을 떠올리며 남자는 긴장했다.

하지만 그 상상과 별개로 생리적인 현상은 해결해야만 했다. 남자가 소변기 앞으로 가서 바짝 섰다. 시선은 계속 힐끔거리며 마지막 칸을 살폈다.

크게 숨을 내쉰 찬형이 감고 있던 눈을 천천히 떴다. 손을 들어 잠갔던 문을 열었다. 비틀거리던 걸음이 아까보다는 한결 안정을 되찾았다. 그가 큰 남성 구두를 질질 끌며 밖으로 나왔다.

"わっ! びっくりした." (으악! 깜짝이야.)

소변기 앞에 서 있던 남자가 기겁하며 소리를 질렀다. 그 탓에 다시 심장이 쿵쿵 울리는 기분이 들어 찬형이 인상을 잔뜩 찌푸렸다. 타인에게 온화하기만 하던 그가 평소처럼 따스할 수 없는 순간이었다. 남자는 당황해서 자신의 하체를 소변기 가까이에 딱 붙였다.

찬형은 언짢은 표정으로 그를 보다가 고개를 돌렸다. 신경 쓸 것이 너무도 많았다. 중요한 건 지금 이 장소도, 기억나지도 않을 저 남자의 존재도 아니었다.

한 걸음 또 한 걸음 그렇게 걷기 시작했다. 그 걸음은 마냥 깔끔하지만은 않아서 마치 술에 취한 사람처럼 보이기도 했다.

하지만 이곳은 온통 술에 취한 사람들 천지였다. 이상해 보이지는 않을 것이다.

그는 조금 비틀거리는가 싶은 걸음으로 화장실을 빠져나왔다. 그리고 이내 복도 벽을 손으로 짚었다.

큼직한 남성용 검은 구두 속에 작은 발이 담겨 있었다. 신발이 갑작스레 커진 것처럼 헐렁했다. 슬리퍼를 끄는 듯 구두가 바닥에 질질 끌렸다. 바닥과 마찰하는 구두의 밑 부분이 듣기 싫은 소리를 냈다. 덕분에 걸음걸이가 더욱 이상해졌다.

정장 바지 역시 신발만큼이나 헐렁해졌다. 허벅지며 종아리조차 가늘어져 바지가 큼직하게 느껴졌다. 가느다란 윤곽이 허우적거리며 드러났다. 바지가 커져 자꾸만 흘러내리려고 하는 통에 찬형이 허리띠를 가장 안쪽까지 꽉 조였다. 남의 옷을 입은 것처럼 느껴졌다.

그의 몸에 딱 알맞던 흰 와이셔츠 위로는 봉긋한 가슴이 올라왔다. 팔이며 허리는 품이 한참이나 남았지만 한껏 솟아오른 가슴만이 와이셔츠 속에서 육감적인 상체를 자랑했다.

찬형이 붉은 입술을 꽈악 깨물었다. 잔뜩 짜증이 섞인 표정 위로 긴 속눈썹이 깜빡였다. 신경질적인 손길이 가슴 밑으로도 한참이나 내려오는 짙고 검은 긴 머리카락을 거칠게 쓸어 넘겼다.

복도를 지나치는 모든 사람의 눈이 아름다운 그, 아니, 그녀의 모습을 좇았다.

평범하고 싶었지만 평범할 수 없었다.

"하아……."

검은 대리석 타일 벽에 비친 그 얼굴은 몇 번을 보아도 분명…….

여자였다.

1
나를 위해

시간을 붙잡아 두고 싶은 순간들이 있다.

그런 순간들은 불시에 예고 없이 닥쳐오고는 했는데 나이를 먹어 가면서 그 빈도수가 눈에 띄게 늘기 시작했다. 빨리 교복을 벗어 던지고 싶다고 하던 게 엊그제 일 같은데 어느덧 올해가 더디게 흐르기만을 바라고 있다니. 나이를 먹을수록 시간도 빠르게 흘러간다는 것이 정말 맞는 말이었던 모양이다.

서른 살의 시간은 스무 살의 시간보다 더욱 빠르게 속도를 높이며 홍조를 지나쳐 갔다.

책상 위를 오고 가는 가늘고 흰 손이 조금은 굼떴다. 물품 몇 개를 상자에 넣고 나니 처음부터 비어 있던 자리처럼 책상이 깨끗해졌다. 마지막으로 '사원 선홍조'라고 쓰여 있던 파티션 위의 이름표를 빼 버리자 온전한 공석이 되었다. 내가 이 자리에 앉아 있기나 했었나 싶어질 정도로.

3년의 계약이 끝났다. 2년제 전문대를 졸업한 뒤로 한 번도 계약직이 아닌 적이 없었다. 파견직, 계약직, 그런 단어들은 언제나 홍조의 또 다른 이름이었다.

제법 큰 기업에 취업했다는 이야기를 엄마에게 전했던 3년 전이 떠올랐다. 자랑스럽다며 기뻐하던 엄마의 얼굴이 아른거렸다. 그 당시, 홍조는 아무런 말도 덧붙일 수 없었다. 시한부나 다름없는 그 시간을 구태여 설명하고 싶지 않았던 탓이다. 3년 뒤에는 끝이 날 일이었으니까.

그리고 그 3년은 생각보다 빠르게 흘렀다. 오늘이 그날이었다.

홍조가 상자를 내려다보았다. 정말 이게 전부인가? 상자의 반도 채우지 못한 물품들이 3년 치도 되지 않는 것 같아 조금 씁쓸해졌다.

누구 하나 곁에 다가와 지금의 이별을 도와주지 않았고, 아쉽다는 말 한마디 건네어 주지 않았다. 소리 없이 왔다가 소리 없이 사라질 자리의 주인공임을 모두가 알고 있었을 것이다.

사회에서 만난 이들은 모두가 그랬다. 언젠가는 끝이 날 사람처럼 굴고는 했다.

영원한 것은 없다지만 그래도 가늘게나마 이어 갈 수 있는 인연이라는 것이 있지 않을까. 그런 생각을 할 때가 있었다. 퇴사라는 단어와 함께 영영 몰랐던 사람처럼 멀어지는 것이 어린 시절에는 꽤 안타깝기도 했다.

그러나 지금은 안다. 필요에 의해서 만난 사람들은 필요가 없어지는 순간 끝이란 것을. 마치 처음부터 없었던 사람처럼 되어 버린다는 것을. 자신은 이제 그들에게 있어 필요치 않은 이가 된 것이다.

받아들이는 것은 익숙했다. 일이 년의 경험이 아니지 않은가.

"저…… 그럼 이만 들어가 보겠습니다."

홍조의 굳은 목소리가 사무실로 퍼졌다. 큰 목소리는 아니었지만 키보드 두드리는 소리만이 가득하던 곳에 그녀의 목소리가 묻히기도 쉽지 않았을 것이다.

모니터만 바라보던 사람들이 그제야 미어캣처럼 각자의 자리에서 고개만 쑥 뺐다. 책상을 정리하던 소리에도 눈 하나 깜빡이지 않았던 사람들이다.

감정 없이 쏟아지는 시선에 홍조는 마음이 영 불편해졌다. 인사를 하지 않고 갈 수 있다면 더 좋았겠지만 정말 그럴 수는 없는 일이니.

"아쉽네. 벌써 가요?"

"그러게요. 나중에 근처에 올 일 있으면 꼭 들러요. 같이 밥이나 먹어요, 홍조 씨."

"조심해서 가요. 일이 바빠서 배웅까지는 못 해도 이해해요."

아무도 일어서는 이가 없었다. 자신의 자리에 끝까지 엉덩이를 붙인 채로 전하는 목소리가 얼마나 가식적인지. 홍조는 차라리 눈치 없던 어린 시절이 나았을지도 모르겠다는 생각을 했다.

나중에 따로 만나 밥이나 먹자는 그 말은 회사를 옮겨 다닐 때마다 들었다. 하지만 누구도 다시금 만나 얼굴을 마주 대고 대화를 한 적이 없었다.

예의를 차리는 인사들에 딱 그만큼의 예를 보여 주는 것이 이 순간 그녀가 할 수 있는 최선이었다.

"그럴게요. 그동안 고마웠어요. 수고들 하세요. 먼저 갈게요."

이 회사로부터의 마지막 퇴근이었다.

동생들에게 보내 주던 용돈을 얼마로 줄여야 할까. 그리고 다음 직장을 찾기까지 또 몇 주를 허비하게 될까. 홍조는 사무실을 나서기도 전에 그 걱정부터 하기 시작했다.

사무실에서 완전히 빠져나와 복도를 걷는 홍조의 걸음은 마냥 가볍지만은 않았다. 떠돌이 신세가 된 기분이 들었다.

한곳에 완전히 정착하고 싶었다. 남들과 같은 생활을 하며 그렇게 남들처럼 나이를 먹어 가고 싶었다. 서른 살이나 먹고도 이렇다 할 직장도 없이 이곳과 저곳으로 옮겨 다니는 자신의 모습이 왠지 모르게 처량하다고도 생각했다.

스스로를 과소평가한 것은 아니었다. 모든 일에 자신이 있었고 당당함을 장점이라 내세웠다.

하지만 그 자신감조차 시한부적인 것이라고 하면 의미가 퇴색되는 듯했다. 누구에게도 이 능력을 내보일 수 없었고, 어디에서도 자신을 위한 무대는 준비된 적이 없었다.

자기 자신을 보석이라 여기며 계속해서 갈고닦았다. 그러다 보면 반짝임을 봐 주는 누군가가 있겠지. 그렇게 생각했었다.

정말 있기나 할까. 이러다가 닳아 없어지는 건 아닐까.

생각이 깊어지기 시작하니 자신이 한층 더 보잘 것 없는 사람처럼 느껴지기 시작했다. 홍조가 생각의 꼬리를 강하게 끊어 냈다.

검지로 엘리베이터 버튼을 꾸욱 눌렀다. 아래에서부터 숫자를 높이며 천천히 올라오는 엘리베이터의 속도가 오늘따라 유독 느리게 느껴졌다.

이곳에서 빨리 벗어나고 싶은 모양이다. 이제 내가 있을 곳이 아니라는 생각이 들기가 무섭게 그저 도망치고 싶기만 했다.

그때, 엘리베이터 위의 숫자가 11층을 가리키며 문이 열렸다. 그리고 그 안에서 굉장히 익숙한 인물이 내렸다.

너무나 짧은 시간. 둘은 가장 먼저 눈을 마주쳤다.

그의 뒤로 함께 내린 사람들이 사무실 안쪽으로 하나둘 사라졌고, 그사이 엘리베이터의 문이 닫혔다. 그러는 동안 홍조는 버튼을 다시 누를 생각도 못 한 채 가만히 서서 그를 보았다. 묘한 안도감 같은 것이 들었다.

"문재 씨."

"어? 뭐야. 벌써 가는 거야?"

그가 영 아쉽다는 표정을 지었다. 홍조는 그것만으로도 충분한 기분이었다.

3년 전, 그는 홍조가 이곳에 입사를 했던 당시 가장 먼저 그녀를 도와준 사람이었다. 홍조보다 한 살 많았던 그는 신입이었던 자신의 처지를 생각하며 그녀를 응원해 주었고 둘은 그렇게 연인이 되었다. '우리 이제부터 사귑시다!' 한 건 아니었지만 자연스럽게, 어느 순간 그런 관계가 되어 있었다.

그녀에게 그는 이 회사에서의 시한부를 견디게 해 주는 유일한 안식처나 다름없었다.

홍조가 상자를 품에 안은 채로 그를 보며 웃었다. 내내 굳어 있던 얼굴 위로 얼마 만에 떠오른 미소였는지. 당신만 있으면 이런 일은 아무것도 아니라는 듯 마음이 편안해진다.

"오늘도 야근해?"

"응. 알잖아, 요즘 엄청 바쁜 거."

"조금만 힘내. 이제 중간에 몰래 커피 사다 주는 건 못 하겠지만."

"그러게. 아쉽네."

"집에 가서 연락할게."

미소를 지으며 엘리베이터의 버튼을 다시 눌렀다. 어느덧 아래로 한참이나 내려가 있던 엘리베이터가 1층에서부터 서서히 올라오기 시작했다.

"안 해도 돼."

올라오는 숫자에만 시선을 두고 있던 홍조의 눈이 잠시 흔들렸다. 익숙한 목소리가 영문을 알 수 없는 소리를 뱉고 있었다.

천천히 고개를 돌려 아직 옆에 그대로 서 있는 남자를 응시했다. 출근이나 주말 데이트를 포함해 수없이 많은 날들을 마주해 온 그의 표정이 갑작스레 낯설게 느껴졌다.

불안은 언제나 비켜 가는 법이 없다. 그럼에도 불구하고 홍조는 모든 예감이 틀리기만을 바랐다. 지금 이 순간, 누구보다 절실하게.

"무슨 말이야?"

"자기 똑똑하잖아. 지금 들은 그대로야."

"나 안 똑똑해. 그러니까 알아들을 수 있게 다시 말해."

상자를 품에 안은 홍조가 손에 힘을 주며 상자의 모서리를 꽉 쥐었다. 확 달라진 그의 목소리만큼이나 홍조의 표정도 급격하게 변화하기 시작했다.

때때로 이해할 수 없는 것들이 있었다. 바로 어제까지만 해도 사랑을 속삭이던 이가 오늘 갑자기 마음이 변했다고 하는 것들이 그에 속했다.

내 마음을 나조차도 모르겠다고들 하지만, 그렇다고 해서 그가 내 것이었던 시간들까지 쉽사리 없애 버릴 수 있는 것은 아닌데.

차라리 머리가 나빠 그의 말을 잘못 이해한 것이기를. 홍조는 그게 나을 것이라 생각했다.

하지만 그의 표정이 모든 걸 말해 주고 있었다. 그는 3년간 한 번도 생각지 못했던 모습을 보여 주었다. 남보다도 못한, 이런 차가운 눈을 할 수 있는 사람인 줄 추호도 몰랐다.

"앞으로 연락 안 해도 된다고. 이 말이 그렇게 어려워?"

회사 엘리베이터 앞에서의 이별 통보라니.

날카로운 말투는 적어도 홍조가 알고 있던 이의 것이 아니었다.

'너 누구니?' 하고 묻고 싶어졌다.

"김문재. 지금 무슨 말을 하고 있는 건지 알고나 말하는 거야?"

"일은 잘하던데 진짜 머리가 나쁜 건가, 자꾸 되묻네. 얼마나 더 풀어서 말해 줘야 돼? 나 너한테 질렸어. 이거면 돼? 아니면, 이제 우리 헤어지자. 이럼 이해돼? 설마 이렇게까지 해도 못 알아듣는 건 아니지?"

땡. 엘리베이터가 멈추며 짧은 소리를 냈다. 눈앞에 아까처럼 숫자 11이 빨갛게 떴다. 엘리베이터의 문이 열렸지만 이번에는 아무도 타고 있지 않았다. 얼른 타지 않겠냐는 듯이 엘리베이터가 문을 연 채로 잠시간 그렇게 홍조를 기다렸다.

"……."

하지만 홍조는 움직일 수 없었다. 그러자 엘리베이터가 곧 냉정하게 문을 닫아 버렸다.

아래에서 누가 또 엘리베이터를 누른 걸까. 10, 9, 8……. 엘리베이터는 천천히 숫자를 내리며 다시 아래를 향해 갔다. 그때까지도 홍조는 문재에게서 시선을 뗄 수 없었다.

"왜 이러는 건데?"

"남자랑 여자가 사귀다가 헤어지는 데에 이유가 어디 있어. 내가 전에도 말하지 않았어? 내가 자기를 사랑하는 데에는 이유가 없다고. 하물며 헤어지는 데에 이유가 필요해?"

"수작 부리지 말고 똑바로 말해."

눈가가 찌푸려졌고, 눈이 날카롭게 빛났다. 그녀는 함부로 건너고 싶지 않은 강 앞에 선 채 맞은편의 남자를 노려만 보았다. 그는 자신을 그 강에 빠뜨리려 하고 있었다.

"그냥 우리 연애도 딱 3년 치였던 거야. 그렇게 생각해."

계약을 연장하지 않았다는 것은 이 회사에 더는 내가 필요치 않아졌다는 뜻일 것이다. 아무도 자신을 배웅하지 않는 것은 앞으로도 만남을 지속할 정도로 필요한 사람이라는 생각이 들지 않기 때문일 것이다.

그리고 그가 이토록 갑작스럽게 이별을 통보하는 것 역시, 더는 그에게 내가 필요하지 않기 때문이겠지.

그걸 알면서도 순순히 받아들일 수는 없었다. 우리가 계약으로 이어진 관계가 아니기 때문이다.

"갑작스럽다고 생각 안 해?"

"나한테는 갑작스럽지 않은데 자기한테는 갑작스러울 수도 있 겠지. 그건 미안하게 생각해."

"자기라고 부르지도 마. 듣기 싫으니까."

홍조의 눈에는 어느덧 원망과 배신감이 가득했다. 눈시울이 붉어질 법도 했지만 이곳은 회사였고, 자신은 아직 이곳을 떠나지 못한, 막 계약이 만료된 서른 살의 어느 퇴사원일 뿐이었다.

그 이유가 그녀를 쉽게 울 수 없도록 만들었다. 비참함의 이유 가 여러 가지로 늘어나는 것은 원치 않았다.

"설마 오늘을 기다렸니?"

"봐. 내가 그랬잖아. 자기, 아니, 홍조 씨 똑똑하다니까."

머리가 지끈거리기 시작했다. 두통이 오는 모양이었다. 참고 참다 보면 어느 정도의 스트레스는 그저 그렇게 흘러가기 마련인데 그는 끝끝내 홍조를 그 괴로움 앞에 세워 두었다.

차라리 빨리 사라져 버릴걸. 도망치듯 그렇게 빠져나갈걸.

"사실 헤어져야겠다는 생각을 한 건 좀 됐어. 근데 하필이면 우리가 같은 회사, 같은 부서에서 일을 하고 있었잖아. 헤어지면 업무에 방해되고 영 불편할 것 같아서 말이야."

"……그래서?"

"그래서는 무슨. 마침 계약직이라 얼마 안 있으면 이 회사를 떠날 테니 그때까지만 좀 참자 생각했지."

3년은 결코 짧은 시간이 아니었다. 주변에서는 그 정도 만났으면 결혼을 할 법도 한데 언제까지 연애만 할 거냐고 몇 번이나 물었다. 그래도 아직은 조금 이른 것 같다고 되지도 않는 핑계를 댔다. 그러면서 속으로는 그와의 결혼을 수도 없이 생각했다.

그가 '나 아직 대리잖아. 과장만 달면 그때 하자. 어?' 하고 설득을 반복할 때마다 고개를 끄덕이며 넘어가 주었던 것이 바보라는 반증이었는지도 모르겠다.

이 회사에서 보낸 3년의 시간. 그 시간은 어쩌면 경력으로 남을지 모른다.

하지만 그와 사랑을 나눈 3년은 어디에 가서 내밀 수 있을까.

돌려받을 수도 없는 시간이었다. 마지막 이십 대를, 그리고 찾아온 삼십 대를, 모두 그에게 쓸 생각이었다. 평생 갈 줄 알았다. 남은 건 결혼뿐일 거라고 미련한 착각을 품었다.

"너 진짜 쓰레기구나?"

"뭐?"

홍조가 바닥에 상자를 내려 두고 그를 응시했다.

문재는 그녀의 거친 단어 선택에 당황한 듯했다. 3년을 알고 지냈어도 그녀는 단 한 번도 그에게 험한 소리를 한 적이 없었다. 하물며 지나가는 말로도 흘리지 않았었다. 그랬던 입술에서 나온 '쓰레기'라는 단어와 그 단어가 향한 곳이 자신이라는 사실은 적잖은 놀라움이었을 것이다.

얼떨떨한 얼굴로 자신을 바라보는 그의 앞에 홍조가 당당하게 섰다.

"너 쓰레기라고."

이별에도 예의란 것이 있다. 다시는 볼 일 없을 이별이라고 해도 분명 보지 못하는 만큼 지난 시간들이 추억으로 그 속에 내내 살아 있는 법이다.

홍조는 그것을 잘 알았다. 그래서 그런 건 안중에도 없다는 양 구는 그에게 분노가 치밀었다.

헤어짐을 고하는 방법이 잘못되었다. 차라리 그동안 고민 많이 했다고, 갑자기 이런 말을 해서 미안하다고, 그렇게만 말했어도 이렇게 화가 나지는 않았을 것이다.

3년이 짧은가? 그에게는 정말 아무것도 아닌 시간이었나?

"선홍조. 미쳤어? 너 다시 말……."

듣기 싫은 목소리라고 생각했다. 그리고 홍조는 그런 소리를 막아 버리는 방법 같은 건 따로 알지 못했다.

위로 오른 그녀의 작은 손이 그의 뺨을 강하게 내리쳤다. 말은 끊겼고, 날카로운 소리가 울렸다. 태어나서 누군가의 뺨을 때려본 게 처음이라 손바닥이 얼얼하게 아려 왔다.

생각보다 손이 아파서 놀란 홍조와 달리 문재는 고개를 옆으로 돌린 채 지금의 이 상황이 믿기질 않는다는 듯 넋을 빼놓고 있었다.

홍조가 빨갛게 부어오르기 시작하는 자신의 손바닥을 옷에 슥슥 문질렀다. 그러고는 그만큼이나 붉게 자국이 남은 문재의 얼굴을 쳐다보았다.

"머리가 나빠? 그럼 다시 말해 줘야지. 넌 쓰레기야, 김문재."

"······하."

"열 받니? 치고 싶지? 칠 거면 쳐. 근데 그건 알아 둬. 난 오늘부로 이 회사에 다시 올 일 없고, 이 회사 사람들이랑 연락할 일도 없어. 근데 넌 여기서 과장, 차장, 부장까지 다 해 먹을 거라며. 회사에서 쪽팔리는 일 더 만들고 싶으면 그래 봐. 누가 손해인지 잘 생각해 보고."

야무지고 일 잘하는 여자라고는 진즉 생각했었지만 상상 이상이다.

애인 입장인 자신을 향해 이토록 강한 어투로 말하는 것은 본적이 없는 문재였다. 그는 다른 사람이라도 마주하고 있는 듯한 얼굴을 했다.

하지만 다른 사람을 마주한 기분은 그보다 홍조가 먼저 겪었다. 어제까지만 해도 세상 둘도 없을 내 남자의 얼굴을 했으면서 오늘 갑자기, 그것도 짐을 챙겨 회사를 나설 때가 되어서야 본성을 드러냈다. 어느 여자가 그 변화를, 그 통보를 순순히 받아들일수 있을까.

그에게 약자처럼 굴었던 것은, 언제나 사랑스럽기만 한 모습으로 웃어 주었던 것은, 결코 자신이 아무것도 아닌 여자이기 때문은 아니었다.

그저 내가 사랑하는 사람이니까. 모든 걸 주고 싶고, 그저 좋은 것만, 사랑스러운 것만 경험하기를 바랐으니까.

하나 그가 먼저 내 등 뒤에 칼을 꽂는다면 이야기는 달라진다. 언제까지고 미련하게 그 다리를 잡고 늘어질 이유는 없다.

모든 사람이 그랬다. 타인을 사랑하려면 우선 나 자신을 먼저 사랑하라고. 홍조는 그 말에 동의했다. 괴로움에 나 자신을 노출시킨 채로 어떻게 한 걸음 더 앞으로 나아갈 수 있을까.

직장을 잃었고, 사랑을 잃었다. 무서울 게 없었다. 더 잃을 것도 없어 보였다. 더 잃을 게 없다는 것은…… 그러니까 소중하게 지켜야 할 게 없다는 것과 사람들의 눈치 같은 것을 볼 필요가 없다는 것은, 나를 이따금 나답지 않게 만드는 크나큰 요소가 되었다.

홍조는 지금 자신이 선홍조라는 사실을 잠시나마 잊고 싶었다.

"그럼 갈게. 너도 잘 꺼져, 문재 씨."

문재가 자신의 뺨을 쥔 채 어이없다는 얼굴로 홍조를 보았지만 그녀는 그쪽으로 시선조차 주지 않았다. 그저 앞만 보며 벌써 몇 번째인지 모를 엘리베이터 버튼을 재차 눌렀다.

올라오는 숫자가 너무도 느려 원망스럽기만 했다. 빠르게 자신을 태워 이곳으로부터 벗어나게 만들어 주었으면 했다. 태연한 척했지만 떨리는 목소리 끝을 들키지는 않았을까 속이 문드러졌다.

그때 사무실의 문이 열리며 웬 여사원 하나가 가까이 다가왔다. 엘리베이터의 상승보다 그녀의 걸음이 더 빨랐다.

여자는 문재를 발견하고는 그의 곁에 바짝 붙어 섰다.

언뜻 보았지만 알 수 있었다. 그녀는 지난달 입사한 신입 사원이었다.

"대리님! 언제 오셨……. 어머, 얼굴이 왜 이래요?"

"아아, 아무것도 아니야."

문재가 손을 들어 자신의 뺨을 가렸지만 그녀는 그의 손을 맞잡아 내리며 얼굴을 확인했다. 어리고 예쁘장한 얼굴 위로 인상이 쓰였다.

"뺨 맞았어요? 대체 누가……."

말끝을 흐리며 여자의 시선이 홍조를 향했다. 계약직이었지만 어찌 되었든 자신의 선배였던 홍조다. 그러나 한 달 차 신입 사원은 그따위는 잊었다는 듯 불만이 가득 찬 얼굴로 홍조를 보았다. 아니, 정확하게 말해 노려보았다.

때마침 엘리베이터가 도착했다. 홍조는 바닥에 내려 두었던 상자를 집어 들어 품에 꼭 안고서 엘리베이터로 올랐다.

훤히 열린 엘리베이터 너머로 문재와 여자가 여전히 그 자리에 서 있었다. 차라리 눈을 감아 버리는 게 좋을까 짧은 순간 생각했다. 하지만 자신을 보는 여자의 시선에 지는 기분이 들 것만 같아 홍조는 끝까지 붉어진 눈을 감지 않고 있었다.

"너무해, 진짜. 얼굴이 이게 뭐예요. 화끈거리잖아. 아파요? 손수건이라도 좀 차게 적셔 올까요?"

여자의 손이 문재의 뺨을 어루만질수록 홍조는 비참해졌다. 아아, 그래서였구나. 그렇게 체념 아닌 체념을 하게 되었다. 이렇게까지 확인시켜 줄 필요는 없는데.

차라리 내게 식어서라는 이유 하나뿐이었더라면 조금이나마 나았을까. 이미 지나간 일에 의미 없는 생각이 매달린다.

천천히 닫히는 엘리베이터 문 사이로 서로를 걱정하는 애틋하고 다정한 어느 연인의 모습이 계속 붙들려 있었다. 문이 완전히 닫히고 나서야 홍조는 그곳으로부터 벗어날 수 있었다. 짧은 시간 자신을 휘몰아쳐 지나간 너무도 많은 감정들에 급격하게 지쳐 가는 스스로를 느낄 수 있었다.

엘리베이터가 점점 아래로 향할수록 몸조차 깊숙이 가라앉는 기분이다. 다시 위로 올라가기 위해 앞으로 또 얼마나 애를 써야 하는 걸까.

자꾸만 눈물이 터질 것처럼 눈시울이 뜨겁게 달궈지기 시작했다. 차마 눈을 감지도 못하고 고개를 뒤로 젖혔다. 상자를 끌어안은 손가락 끝이 아직도 그 속상함과 상실감에 바르르 떨렸다.

엘리베이터의 숫자가 1을 가리키며 멈추었을 때, 홍조의 걸음은 더할 나위 없이 빠르게 앞을 향했다. 걷는 건지 뛰는 건지 자각도 없었다. 그저 출구만 바라보았다.

다시는 올 일이 없는 곳. 그리고 다시는 만날 일이 없는 사람. 머물 곳도, 만날 이도 없는 자신이 왜 이토록 가진 것 없는 사람처럼 느껴졌는지 모를 일이다.

어디든 다시 가면 그만이고, 누구든 다시 만나면 그만인 것을. 왜 무엇을 잃는 순간의 상실감은 다시는 어디도 가지 못할 것처럼, 누구도 만나지 못할 것처럼 만드는지 정말로 모를 일이다.

건물 안으로 들어오는 사람들을 지나친 홍조가 빠르게 밖으로 나왔다. 서늘한 대리석의 사방으로부터 벗어나 온전하게 건물 밖에 섰다. 그녀는 상자를 끌어안은 채 크게 숨을 들이마셨다가 내쉬었다. 그 순간 온몸의 힘조차 함께 빠져나간 듯이 기운이 쭉 빠져 버렸다.

그대로 주저앉았다. 쪼그리고 앉은 채로 상자를 바닥에 내려놓은 홍조가 고개를 푹 숙였다. 상자 속 물품 위로 물방울 몇 개가 비처럼 툭, 툭, 떨어졌다.

비는커녕 날이 너무도 화창했다.

시리도록 아프고 화창한 어느 겨울. 사람들이 목도리를 칭칭 둘러 감고 거리를 오고 가는 어느 오후.

동그란 콧등도, 바깥으로 나와 있는 작은 귀도, 전부 빨갛게 얼어 있었다. 꾹 다물렸던 입술이 반쯤 열리기가 무섭게 그녀의 얼굴 앞으로 뿌연 입김이 번졌다.

눈물이 왈칵 쏟아지기 시작한 것은 정말 한순간의 일이었다. 톡, 톡, 방울져 떨어지던 눈물이 일순간 소나기처럼 주르륵 쏟아져 내렸다. 홍조가 고개를 더욱 낮게 숙였다. 자신의 품에 얼굴을 파묻고 싶었다.

건물 안으로 막 들어가려던 사람들이 그녀의 둥근 등을 힐끔거렸다. 시선들을 마른 등으로 받아 내면서도 그녀는 지금의 감정을 주체할 수 없었다.

가는 어깨가 들썩거릴수록 그녀는 입술을 깨물었다. 소리 없는 울음이 추위와 함께 그곳을 맴돌며 한참이나 떠나지 않았다. 누구도 그녀를 일으켜 세워 줄 수 없었다.

뺨을 뜨거웠고, 가슴은 내내 시렸다.

○우

"뭐 그런 새끼가 다 있어? 진짜 미친 새끼. 또라이 새끼. 개새끼. 악! 욕을 한 트럭 쏟아부어도 부족한 새끼!"

"이모, 여기 소주 한 병만 더 주세요."

포차 안에는 모락모락 안주로부터 피어나는 김이 가득했다. 더불어 사람들의 요란한 목소리는 또 다른 안주가 되어 여기저기에서 씹혔다.

지혜의 목소리도 그 사이에 섞여 있었다. 자신보다 더 열을 내며 몇 분째 같은 욕만 반복하는 중이었다. 그런 지혜를 보고 있자니 홍조는 마음이 조금 괜찮아지는 것도 같은 묘한 기분이 들었다.

이게 뭐라고 이토록 위로가 되는 걸까.

그런 홍조의 마음을 아는지 모르는지 지혜는 테이블 위에 오른 새 소주의 뚜껑을 돌리면서도 입을 멈추지 않았다.

"한 대만 때렸어? 반대쪽 뺨도 때려 주지 그랬어. 아니면 그 계집애랑 한 대씩 나눠서 때려 주든가!"

"오지혜. 너 지금 목소리 엄청 커."

"화가 나니까 그러지! 넌 꼭 중요한 순간에 꿀 먹은 벙어리가

42

되잖아!"

"쓰레기라고 해 줬어."

"헐……. 대박. 너 그런 욕도 할 줄 알아?"

"그게 왜 욕이야. 사실이지."

넘실거리며 채워지는 소주잔을 보고 홍조가 웃었다. 그 얼굴을 보자 내내 씩씩거리던 지혜의 얼굴에도 일순간 웃음이 퍼졌다.

하지만 그것도 잠시, 이내 안쓰러움에 어둡게 가라앉아 버린다. 저렇게 웃기까지 얼마나 많이 울었을지 알고 있기 때문이었다. 태연한 척하는 얼굴 위로 퉁퉁 부은 그녀의 눈이 모든 걸 말해 주고 있었다.

'쟨 자기 눈이 얼마나 부어 있는지 모르고 저러는 걸까…….'

속상함을 애써 속으로 삼킨 지혜가 홍조의 잔에 자신의 잔을 가져와 짠! 하며 부딪쳤다.

홍조는 웃어 보이는 것 외에는 아무것도 할 수 없었다. 친구를 붙잡고 구구절절 누군가의 욕을 하는 건 성미에도 맞지 않을뿐더러, 자신의 괴로움을 구태여 남들과 나누어 분위기를 무겁게 만드는 것도 달갑지 않았다.

상자를 들고 택시를 탄 뒤에도 눈물은 한참이나 멈추지 않았다. 택시 기사가 무슨 일이 있었냐고 물어도 입을 열 수 없을 정도로 눈물이 났다.

집으로 돌아와 책상 위에 상자를 내려놓고 나자 방 곳곳에 놓인 그와의 추억이 홍조의 시선을 잡았다. 3년은 그 정도로 긴 시간이었다.

책상, 침대, 벽, 어느 곳으로 눈을 돌려도 그와의 물건들이 그녀의 마음을 잡아챘다. 정신없이 흔들고, 가지고 놀고, 그러다가 제자리에 고스란히 세워 두었다.

머리가 빙빙 돌았다. 그 방 안에 서 있으니 금방이라도 천장이 무너질 것 같았다. 모든 것이 어지럽고 무겁게 자신을 짓눌렀다.

딱 소주 한 병을 비우고 두 병째 따기 시작한 지금의 상태와 비슷했다. 마시든 안 마시든 사실 별다를 게 없었다.

그런 생각이 들자 홍조는 자신도 모르게 비실비실 나오는 웃음을 참을 수가 없었다. 앞에서는 지혜가 '콱 마시고 죽자!' 하며 소주를 길게 들이켰다.

젓가락으로 앞에 놓인 돼지 껍데기를 깨작거렸다. 타닥타닥 소리를 내며 동그랗게 말리던 콜라겐 덩어리가 불을 끈 지 몇 분이나 지났다고 미지근하게 식어 간다. 아무리 씹어도 무슨 맛인지 도통 알 수가 없었다.

물컹하고 쫄깃한 그것을 수차례 씹던 홍조가 문득 턱을 괴더니 지혜를 가만히 바라보았다.

"지혜야."

"응. 왜? 뭐 더 먹을래? 안주 다른 거 시킬까?"

"우리 왜 벌써 삼십 대야?"

"……혼자 슬프기 싫어서 내 무덤도 파 주려는 거면 사양하고 싶거든, 홍."

빈 잔에 다시금 술을 채우던 지혜가 급격하게 우울한 얼굴을 했다. 학창 시절부터 부르던 '홍'이라는 애칭을 덧붙이면서 그녀는 넘실넘실 술이 차오른 잔을 도로 내려놓았다. 그녀의 시선이 홍조만큼이나 묘한 무게감을 띠었다.

"홍."

"듣고 있어. 말해."

홍조가 앞에 놓인 잔을 들어 반 정도를 목으로 넘겼다. 막 꺼내 온 탓에 소주가 차갑고 알싸하게 식도를 적셨다. 이 순간 지혜의 목소리만큼 좋은 안주가 없었다.

그런데 자신을 부른 지혜가 말이 없다. 홍조는 느릿하게 눈을 감았다가 뜨면서 지혜를 보았다. 말하라는데도 몇 초 정도 자신의 할 말을 정리하는 듯 속으로 무언가를 씹어 내는 게 보였다.

그러는 사이 홍조는 아까의 시간들을 돌이켰다. 그 작은 방에서 또다시 터져 나오려는 울음을 꾹 참고 있을 때 도착한 메시지. 「홍, 오늘 퇴사지? 술 마실래?」라는 지혜의 부름이 아니었더라면 그와의 추억 속에 혼자 잠겨 있었을 것이다. 그 울음이 아직까지 멈추지 않았을지도 모를 일이다.

"너 여행 같은 거 한 번도 안 떠나 봤다고 했지."

"학교 다닐 때 수학여행 갔었잖아."

"바보야. 그게 여행이니? 그런 거 말고."

"너랑 갔던 월미도?"

"……얘를 진짜 어쩌면 좋지."

하고 싶은 말이 뭐냐는 눈으로 흘기자 지혜가 더는 질질 끌지 않겠다는 듯이 입을 열었다.

"해외여행 갈래?"

"너랑?"

"나야 같이 가면 좋겠지만…… 알잖아, 야근 수당도 제대로 안 챙겨 주면서 엄청 굴려 먹는 거. 나 오늘 너 만날 수 있었던 것도 이번 주 처음으로 야근 없는 날이라 가능했던 거야."

"그럼 무슨 여행을 말하는 건데?"

하고 싶은 얘기가 뭐냐고 묻는 듯한 얼굴의 홍조를 보며 지혜가 눈을 빛냈다. 가느다란 앞머리 사이로 눈썹이 묘하게 꿈틀거렸다. 지혜는 대답 대신 앞에 놓인 잔을 들어 축배라도 드는 양 시원하게 목으로 넘겼다.

탁, 소리가 나도록 철제 테이블에 잔을 내려놓은 뒤에야 그녀가 말을 이었다.

"여행사에서 일하는 친구 뒀다가 뭐에 쓸 거야. 내가 직원 할인으로 티켓 끊어 주고, 호텔도 제일 좋았던 데로 알아서 전부 예약해 줄 테니까 다녀와."

"너 혹시 회사 그만두기로 작정했어? 그래서 막 나가려는 거야?"

"……한 대 치고 싶다, 증말."

부드득. 지혜가 이를 갈며 흘겼다.

"그럼 왜? 너나 나나 월급 쥐꼬리인 거 뻔히 아는데."

"우리 친구 된 15주년 기념이라고 치면 되지. 나 결혼할 때 네가 제일 큰 냉장고 해 줄 거라며. 그 대신 나는 너 여행 보내 주는 걸로 하자. 그래 봤자 멀리는 못 보내 줘. 내 주머니 사정 알잖아. 일본 정도면 모를까……."

일본이든 미국이든 중요한 건 장소가 아니었다. 15주년 기념이라고 말하는 그녀를 한껏 비웃어 줄 수도 없었다.

이렇게 오래된 인연이 있다는 게 새삼스럽게도 신기했고, 그걸 가늠해 본 그녀가 고마워 속이 간지러웠다. 때로는 나보다 나를 더 생각하는 사람이 있다는 게 이토록 기쁜 일이라는 사실을 잊고 산다.

"난 너 평생 결혼 못 할 줄 알고 냉장고 해 준다고 한 건데?"

"야, 이 계집애야. 너 진짜 때린다?"

젓가락을 집어 드는 지혜를 보며 홍조가 웃음을 터뜨렸다. 그러자 그녀가 홍조의 웃음을 보고 따라 웃었다. 정말 아무것도 생각하지 않고 웃을 수 있는, 누구도 떠올리지 않고 나만을 볼 수 있는 그런 시간이 필요함을 깨닫는 순간이었다.

"그래서 갈 거야, 말 거야?"

"공짜로 보내 준다는데 마다할 이유가 뭐 있어? 지혜 언니, 완전 멋져요!"

"공짜는 아니지만……. 뭐, 이 언니만 믿어."

지혜가 어깨를 쫙 펼치면서 의기양양한 표정을 지었다. 홍조가 관두라며 앞에 있는 물수건을 들어 휘저었다. 터진 웃음은 좀처럼 사그라지지 않았다.

가게 안에는 껍데기 타들어 가는 연기가 자욱했고, 소주는 불판 옆에서 미지근하게 식어 가며 병에 송골송골 물방울을 매달았다.

마음에 달려 있던 방울진 마음들도 송골송골 맺혀 있다가 또르르 바닥 깊은 곳까지 굴러가 사라진다면 좋겠다. 홍조는 술기운에 멍하니 그런 생각을 했다.

2년제의 전문대를 졸업하자마자 바로 취업 전선에 뛰어들었다. 그 이후로 한 번도 쉰 적이 없었다. 이직을 하면서 구직 활동을 하던 그 몇 주를 제외하고는 제대로 된 휴식을 가져 본 적이 없었다는 것을 지금에 와서야 홍조는 깨달았다.

내 삶인데 왜 날 위해서 살았다는 느낌은 들지 않는 걸까. 내 젊음을 어째서 미래를 위해 희생해야 하는가. 문득 그런 생각이 들었다.

투자라는 생각은 한 번도 한 적이 없었다. 모든 것은 모이지 않은 채 그 자리에서 사라지고 말았다. 남은 것은 때때로 걸려 오는 부모님의 전화, 동생들의 문자, 통장에 남은 이체 내역과 텅 빈 자신의 방. 그것뿐이었다.

이따금씩 홍조는 의지할 곳 없이 이 세상에 덩그러니 서 있는 기분이 들었다. 친구가 있었고 가족이 있었지만 문득 온전한 혼자를 깨닫는 순간이 존재했다. 누군가를 향한 그리움도, 타인의 손길이 필요하다 여겨지는 외로움의 성질도 아니었다.

문학가들은 아마도 이러한 감정의 형태를 '고독'이라고 불렀을 것이다. 그리고 그런 고독은 흘러가는 시간을 친구 삼아 때때로 '권태'라는 형태로 자신을 덮쳐 왔다.

"요즘 삿포로 설경이 그렇게 예쁘대."

지혜는 삿포로며, 오타루, 하코다테, 노보리베츠 등 홋카이도에서 2박 3일이나 3박 4일 정도로 쉽게 옮겨 다닐 수 있는 코스들을 줄줄 읊었다. 어디부터 가겠냐고 묻기도 했다.

그러나 홍조에게 익숙한 지명은 아무것도 없었다. 그저 이곳이 아닌 다른 곳이면 모두 같을 것이다. 이 땅이 아닌 다른 땅. 이곳이 아닌 다른 곳의 공기.

가족의 안부, 지나간 사랑, 앞으로의 일, 통장의 잔고. 이 모든 것들을 내려놓고 싶었다. 아무것도 생각하지 않고 그저 나만 생각하면서 지금의 기분에 취해 떠나고 싶어졌다.

새로운 공기가 폐부 깊숙한 곳까지 침투해 모든 기운을 바꾸어 줄 것이다. 지난 시간들에 얽매여 모든 것이 아깝다고 여겨지지 않도록 만들어 줄 것이다. 새로운 나를 만나고, 또 새로운 누군가를 만나게 될 것이다.

모든 것들에 기대라는 것을 걸고 싶어졌다. 지나간 십 대와 이십 대의 어리고 젊었던 내가 그러했듯이.

홍조는 빈 잔에 동그랗게 남은 물기를 내려다보며 생각했다.

평범한 사랑이라는 게…… 하고 싶었다.

2
어떤 날도, 어떤 말도

바람이 차가웠다. 시린 것 같기도 했고, 날카로운 듯도 싶었다. 공항 내부였음에도 묘한 한기가 맴돌았다. 신치토세 공항에 막 도착한 홍조가 점퍼 주머니에 두 손을 깊숙하게 넣었다.

서울보다 조금 더 추울 것이라고 했던 지혜의 말과 달리 체감하는 기온에는 큰 차이가 없어 보였다. 한기는 분명했지만 못 참을 정도는 아니었다. 아마 살갗에 와 닿는 기운보다 마음속에 부는 바람이 더욱더 시린 탓이었을 것이다.

말이 통하지 않는 곳. 아는 사람이 한 명도 없는 곳. 그런 곳에서 완벽한 이방인이 되어 자신만의 시간을 즐긴다는 것은 생각 이상으로 벅찬 일이었다. 큰 소리를 내며 욕을 내질러 보아도 누구 하나 알아듣는 이 없을 것만 같은 그 일탈감이 좋았다.

홍조는 온통 일본어와 한자로 쓰인 이정표를 살피고 또 살피며 삿포로로 향하는 JR 열차에 올랐다. 머뭇거리는 걸음이 자리를 찾았다.

찬 기운이 도는 창가에 앉을 때까지 그녀는 반쯤 넋이 나가 있었다. 정신을 놓은 사람처럼 굴어 보고 싶을 때가 있기는 했지만 아예 혼이 빠져 있는 것은 조금 다른 일이었다.

열차는 한참을 달려도 땅 밑에서 올라갈 생각을 않았다. 반복되는 어둠 속에서 홍조는 잠시간 눈을 빛냈다.

그러던 중 지혜의 생각이 났다. 도착한 김에 연락을 해야겠다 싶어 휴대 전화를 꺼내 든 홍조가 지혜의 이름을 찾았다.

「나 도착했어.」

메시지를 보냈지만 답장은 오지 않았다. 일을 하느라 정신이 없을 지혜를 생각하며 홍조가 묵묵히 휴대 전화를 가방에 넣었다. 고맙다는 말은 조금 더 후에, 시린 지금의 마음이 녹아내리기 시작하면 그때 전해야겠다고 생각했다.

얼마나 지났을까. 창밖으로 해가 비쳐 들어왔다. 허리를 세우고 앉아 있던 홍조가 그제야 등받이에 온몸을 편히 기댔다.

귓가로 들려오는 알 수 없는 일본어와 어쩐지 다른 것만 같은 공기. 그런 반면 하늘로부터 창을 투과해 들어오는 그 따스한 빛만은 한국의 것과 같았다.

나무와 지붕 위에 소복하게 내려앉은 눈이 아니었다면 실감하지 못했을 것이다. 자신이 혼자서 훌쩍 이곳에 와 버렸다는 사실을.

한국에도 종종 눈이 내리고는 했지만 정신 차리고 보면 언제 왔었냐는 듯이 녹아 버리고는 없었다. 그 탓에 홍조의 눈에는 처음부터 그 자리에 있었던 양 높게 쌓인 그 희고 차가운 것들이 새삼스러웠다.

일정은 3박 4일이었다.

첫날은 순식간에 빠르게 지나쳐 갔다. 호텔에 도착해 짐을 풀고 삿포로 도심 속에 섞여 나오자 금방 해가 져 버렸다. 어둠 속에 밝은 빛만이 남았다. 푸른색을 띠며 반짝이는 불빛들이 얼음과 눈을 품고 그렇게 곳곳에서 홍조를 붙들었다.

자신의 키보다 한참이나 높은 시계탑을 올려다보기도 하고, 허리 언저리에서 낮게 빛을 내는 이파리에 시선을 주기도 했다.

사사로운 개인의 시간. 홍조는 그 순간을 '내 시간'이라 명명하기로 했다. 분명 원래부터 존재했을 텐데 한 번도 써 본 적 없는, 어떻게 써야 하는지조차 몰랐던 나만의 시간이었다.

이 순간 홍조에게는 누구의 걱정도, 그리움도 없었다. 모든 것을 내려놓았다. 차갑게 식어 가는 마음이 도리어 가볍기까지 했다.

먹먹하게 속을 적시던 분노나 원망의 감정은 어느 순간 그 크기를 줄였다. 그저 운이 나빴던 것일지도 모르겠다고 생각하니 한결 나아지는 듯했다.

처음부터 절절하게 사랑한 사람은 아니었다. 모든 사랑은 시간이 흐르면서 깊어지기 마련이고, 이별 역시 시간이 흐르면 자연스레 다가서기 마련이다. 운이 나빠 영원하지 못한 사람을 만났을

뿐이고, 둔한 탓에 성큼 다가와 있던 이별을 감지하지 못한 것뿐이다.

반짝이는 시계탑 아래에서 홍조는 이십 대의 자신을 떠올렸다. 평범하지 않은 사랑을 꿈꾸며 남들과는 다른, 남들보다 격정적인 연애를 상상하던 어린 날의 자신.

왜 그때는 몰랐을까. 정신 못 차릴 정도로 날 쥐고 흔드는 사랑보다 언제나 변함없이 그 자리에 머물러 주는 사랑이 더 힘들다는 것을. 꾸준한 마음이, 항상 따스하게 존재하는 사랑이 무엇보다 평범하고도 평범할 수 없는 것이었음을.

평범하게 일을 하고, 평범하게 사랑을 하고, 평범하게 하루를 보내는 그저 그런 삶이 어쩌면 가장 힘든 것일지도 모른다. 그 소소한 행복은 이미 가져 본 사람 외에는 사실 누구도 정확하게 알지 못할 게 분명했다.

첫 여행, 첫 밤은 온갖 잡념들이 함께였다. 딱 1/3만큼 비워 낸 생각들이 그만큼의 만족감을 안겨 주었다. 그리고 그만큼의 마음을 남겨 잠들 수 있었다.

삿포로에서 보낸 첫날에 이어 남은 이틀의 밤을 보낼 목적지는 그곳에서 1시간 남짓 떨어진 노보리베츠였다.

눈이 채 녹지 않은 겨울 바다를 보고 싶었다. 따스한 온천에 온몸을 푹 담근 채 위태로웠던 모든 순간들을 떨쳐 내고 싶었다. 내려놓고 싶기도 했고, 던져 버리고 싶기도 했다.

홍조는 객실의 창을 활짝 연 채 저 바다를 향해 낙하하는 자신을 상상했다. 바라던 온천도, 모락모락 피어나는 김도, 사각사각

밝히는 눈도 아닌, 그저 그 자리에 머물러 있기만 하는 언 바다를 보고 나서야 자신의 신세를 실감했다.

그러다 뒤늦게 이 풍경을 남겨야겠다는 생각이 들었다. 가방을 뒤적여 휴대 전화를 찾았다. 그러고 보니 공항에서 내린 뒤 단 한 번도 어딘가의 모습을 추억으로 찍어 두어야겠다는 생각을 하지 않았다. 이미 지나쳐 버린 삿포로의 야경이 아쉬웠지만 지금이라도 깨달은 게 다행이지 싶었다.

펼쳐진 바다와 수평선에 닿을 듯한 하늘의 흐린 기운이 홍조를 몇 차례나 다른 방식으로 깨우치게 만들었다.

가방 깊숙한 곳에 묻히다시피 들어 있던 휴대 전화를 꺼내 들자 부재중 전화가 18건이나 되었다. 지혜였다.

하긴, 가족일 리 없다. 백수가 되었다는 말을 아직 하지 않았으니까.

홍조가 지혜의 이름을 재차 확인하고 통화 버튼을 눌렀다.

"전화했었네?"

— 뭐? 전화했었네에? 전화를 하기만 했게? 전화기에 불은 안 났니? 내가 몇 번이나 건 줄 알아? 너 휴대 전화 무음으로 해 두지 말랬지?

"숨이나 쉬고 말해. 그리고 무음 아니었어. 진동이었지."

— 도착했다는 메시지 받고 나서 전화했더니 이틀이나 감감무소식이더라? 무슨 일이라도 난 줄 알았잖아! 길 가다가 총이라도 맞은 건 아닌가 얼마나 걱정을 했는데!

"……여기가 미국이니?"

— 총이든 칼이든! 그게 중요하냐고!

짱알거리는 목소리가 휴대 전화 밖으로도 울렸다. 홍조는 그 목소리에 고개를 끄덕이고 '미안, 미안.' 하면서 창문을 닫았다. 방 안을 맴돌던 찬 기운이 천천히 바닥과 침대 시트 위로 내려앉았다. 침대 위에 걸터앉자 괜히 엉덩이가 시린 기분이 들었다.

"지혜야."

— 왜? 미안하다고 빌 거면 지금 얼른 빌어.

"고마워."

홍조의 나직한 목소리가 건너편의 침묵을 불러온 모양일까. 지혜의 말이 길을 잃은 듯 잠시 그 자리에 멈추어 섰다. 그리고 몇 초도 지나지 않아 천천히 한 걸음 내디딘 그녀의 목소리가 홍조의 귓가를 울렸다.

— ……미안하다는 말보다는 훨씬 듣기 좋네. 하여튼 머리 좋아.

짧은 간격이 둘 사이에 따스하게 차올랐다. 말하지 않고 있어도 서로를 느낄 수 있었다.

홍조가 침대 위로 풀썩 누워 천장을 올려다보며 말했다.

"그런 의미로 나 대신 욕해 줘."

느닷없는 부탁에도 지혜는 놀라지 않고 크게 심호흡을 했다. 그러고는 속으로 출발 신호라도 세었는지 갑자기 고래고래 소리를 지르기 시작했다.

— 개새끼! 엿 같은 새끼! 또라이 새끼! 쓰레기 새끼! 씨발 새끼! 갈아 마셔도 시원치 않을 새끼!

"오지혜 짱!"

제대로 된 사랑이 뭔지도 몰랐고, 일을 통한 나 스스로의 성장 같은 것도 사실 깨달은 적이나 있었는지 의문스러웠다.

그래도 친구 하나 기가 막히게 두었다는 데에는 의심의 여지가 없었다. 말하면 말하는 대로, 부르면 부르는 대로, 자신의 상처를 직접적으로 보듬지 않고도 이렇게 등을 밀어 일어서게 만드는 그녀가 좋았다.

— 거기서 멋진 남자라도 하나 잡아서 와! 아니면 한국 못 올 줄 알아!

혼자가 아니었다. 그리고 혼자가 아닐 것이다.

뭐든 마음먹는 대로 될 것 같았다.

♢ ♀

호텔에서 유카타를 대여해 입었다. 일본인처럼 보일지도 모르겠다고 생각했는데 웬걸. 그냥 유카타를 입은 한국인 같았다.

거울 앞에 선 홍조가 어색하게 한번 빙그르르 돌았다가 제자리에 멈추어 섰다. 입가를 올려 웃어 보기도 했다. 하지만 자연스러워 보이지 않는다. 이유 모를 억지스러움이 쉽사리 떨어져 나가지 않았다.

호텔 로비에 위치한 카페로 내려와 따뜻한 커피 한 잔을 시켰다. 창가 쪽에 자리하고 앉았는데도 외풍 같은 건 없었다. 그 때문일까. 창밖과 건물 내부가 서로 다른 세상인 것처럼 느껴졌다.

유카타 위에 걸친 두꺼운 카디건을 여미며 홍조가 눈앞의 커피로 손을 뻗었다. 잔 위에서 모락모락 피어나는 김이 따스해 보여 살며시 콧잔등도 가져다 대었다. 얼굴 주변으로 고소한 커피의 향이 맴돌았다. 미약하게 울리던 홍조의 마음속 수면 위가 잔잔하게 잠들었다.

여행사를 끼고 예약을 하는 경우가 많았던 호텔이라 그런 걸까. 몇몇 일본인들의 조용한 대화 사이로 익숙한 한국말이 들렸다.

홍조는 자신도 모르게 그쪽으로 귀를 기울였다. 아이를 데리고 온 부부가 여행 계획을 정리하며 커피와 디저트를 즐기는 모양이었다. 자신도 분명 여행 중이면서 그들의 주변을 감싼 따스한 분위기가 괜스레 부러워진다.

그때 카페 입구 쪽에 앉아 있던 홍조의 귓가로 조금 더 명확한, 또 그만큼 딱딱하고 정갈한 목소리가 울렸다.

힐끔 고개를 돌리자 정장 차림의 훤칠한 남자 둘이 카페 카운터 앞에 서 있는 게 보였다. 한 명은 190cm를 훌쩍 넘기는 것처럼 보였고, 그 옆에 서 있는 남자도—그보다 작긴 했지만—180cm 이상은 되는 듯해 순간 모델들인가 생각했다.

"2시간 뒤에 모시러 올라가겠습니다. 접대는 대충 받아 주는 척만 하시면 됩니다. 그리고 적당한 때에 올라가서 쉬세요. 뒷정리는 제가 알아서 하겠습니다."

"좋은 경험이네요. 일할 땐 일만 하고 쉴 때는 제발 아무도 모르게 조용히 쉬라는 교훈을 얻었습니다, 유 실장님."

"비밀로 해도 보는 눈이며 듣는 귀가 어디든 하나씩은 있을 겁니다. 낮이든 밤이든 새나 쥐는 꼭 존재하는 법이니까요. 아메리카노로 하실 거죠?"

"기왕이면 엄청 쓰게."

키가 큰 남자는 그보다 어리고 유순해 보이는 남자를 계속해서 높였다. 서로가 존대를 하고 있었지만 묘하게 상하 관계가 그려지는 듯했다. 커피를 부탁한 쪽이 상사라도 되는 모양인가 보다.

눈앞에 보이는 타인들의 관계를 짐작해 보던 홍조가 그들을 더욱 유심히 살피기 시작했다. 유독 피로해 보이는 남자는 눈이 예뻤다. 부드럽지만 강단 있는 눈빛을 가진 남자가 카운터를 등지고 섰다. 멀리 전면 창을 넘어 펼쳐진 바다를 바라보는 듯했다.

그 뒤로는 무뚝뚝해 보이는 인상의 남자가 멀리서도 반짝이는 은색 테의 안경을 추켜올리며 직원을 불렀다. 친절하고 높은 목소리의 직원과 대조되는 그의 낮은 음성이 유창하게 일본어를 뱉었다.

"ご注文承ります。"(주문 도와 드리겠습니다.)

"アメリカーノ二つにします。一つはショット追加してください。"(아메리카노 두 잔 주세요. 한 잔은 샷 추가해 주시고요.)

홍조가 그의 말투를 따라 해 보았다. '아메리카아노'라고 '카'를 조금 더 길게 빼서 발음해야 하는 모양이구나. 그렇게 생각하면서 작은 입술을 움직거렸다.

일본에 오기 전에 간단한 회화 몇 마디를 짧게 공부하기는 했지만 역부족이다. 악센트나 발음 같은 것은 많이 사용해 본 사람이 아닌 이상 쉽게 입에 붙일 수 없는 것이었다. 이 와중에도 공부를 하는 것 같은 기분이 들어 웃기긴 했지만 그녀는 두어 번 더 '아메리카아노……. 아메리카아노…….' 하면서 단어를 씹었다.

'아.'

그러다가 눈이 마주쳤다. '카아…….' 하고 작게 벌려졌던 입술이 '노'를 발음하지 못하고 꾹 다물렸다. 창밖을 바라보며 홍조 쪽으로 몸을 돌리고 서 있던 남자가 그녀를 보며 묘한 표정을 지었다. 설마 일행을 놀렸다고 생각하진 않을까 싶어 머쓱해졌다.

그는 쉽사리 시선을 거두지 않았다. 그 때문에 홍조 역시 그를 외면할 수 없었다. 잘못을 지어 놓고 괜스레 회피하는 기분이 들 것 같은 탓이었다.

쑥쓰러움을 감추기 위해 어색하게 '하핫…….' 하고 웃었다. 그러자 남자가 홍조를 보며 마주 웃는다. 부드럽다고 생각했던 눈가가 보기 좋게 휘어지면서 시원한 호선을 그렸다.

"여기, 커피."

카운터 앞에 서 있던 남자가 옆에서 커피를 내밀자 그의 시선이 그쪽으로 향했다. 그제야 홍조는 그로부터 자유로워질 수 있었다.

아직 김이 모락모락 피어오르는 커피의 동그란 수면 위로 코를 박다시피 했다. 윗입술이 따끔할 정도로 커피를 들이켰다. 남자의 시선이 느껴지는 듯도 싶었지만 그 눈을 다시 마주할 자신이 없었다.

사로잡힌다는 말의 의미 같은 건 태어나 한 번도 생각해 본 적이 없었는데 이 순간 홍조는 그 말을 곱씹어 보고 있었다.

"왜 그러십니까? 아시는 분인가요?"

"아닙니다."

"그럼 가시죠. 이쪽입니다."

따갑게 닿아 오던 남자의 시선이 멀어지는 것이 느껴졌다. 숙인 고개 밑으로 멀찍이 보인 그의 발 때문이었다.

네 개의 구둣발이 카페에서 점차 멀어져 가는 것을 본 홍조가 서서히 고개를 들었다. 매력적으로 웃으며 자신과 눈을 마주쳤던 남자가 저 멀리 작아져 간다. 그는 등을 보이며 이내 엘리베이터가 있을 것으로 추정되는 코너에서 모습을 감추었다.

"……놀래라."

방송을 통해서나 볼 법한 외모였다. 저도 모르게 적잖이 놀란 가슴을 쓸어내렸다. 저렇게 사람 설레게 웃어 주는 남자의 여자는 또 얼마나 아름다울 것인가.

홍조는 텔레비전에서 보았던 그들만의 세상을 떠올리며 잔잔한 상상력에 돌을 던졌다. 저런 사람들의 삶이야말로 정말 평범과는 거리가 멀겠구나. 그런 생각이 들었다.

그러다 보니 그저 계약이 만료되어 무직이 되는 상황이나, 더 어리고 능력 좋은 여자에게 애인을 빼앗기는 일 같은 건 지극히 평범한 것일지도 모르겠다는 마음이 요만큼 솟아올랐다.

짧은 시간이나마 잊고 있던 문재의 얼굴이 떠오르자 홍조가 깊은 한숨을 내쉬었다. 반 정도 남은 짙은 고동색의 커피를 말간 얼굴로 내려다보았다. 한숨을 한 번 쉴 때마다 커피의 수면이 파르르 떨리며 옅게 진동했다. 그 안에 비친 자신의 얼굴이 이토록 못 나 보인 적이 없었다.

모든 것을 털고 가기 위해 떠나온 낯선 땅이 아니었는가. 그 생각을 다시금 꽉 잡으며 홍조가 자리에서 일어났다.

지나간 날은 지나간 날로, 찾아올 날은 찾아올 날로, 그리고 흘러가는 지금은 그저 지금 이대로 두고 싶었다.

ㅎ우

뺨이 발갛게 물들었다. 반들거리는 이마며 볼록 솟은 콧등이며 어느 하나 발갛지 않은 것이 없었다. 이러다가 안면 근육까지 전부 얼어 버릴지도 모르겠다는 생각이 들었지만 홍조는 바닷가 위의 걸음을 멈추지 않았다. 그래도 운동화라 다행이었다. 발만큼은—아주 조금이나마— 덜 시렸다.

두꺼운 점퍼를 껴입기는 했지만 그 정도로는 어림도 없을 만큼 추위가 강력했던 모양이다. 밖으로 드러난 피부마다 닿는 찬 공기에 전신이 바르르 떨려 왔다. 바다의 냉기를 머금고 이따금 불어오는 바람에 머리카락 끝이 바르작거리며 얼어 버릴 것 같았다.

눈을 감고 크게 호흡을 하면 찬 기운이 깊숙하게 파고들었다. 덕분에 머리까지 찌르르 울렸는데, 그럴 때면 잡념이 떨쳐지는 것도 같아 기분이 썩 나쁜 편은 아니었다.

몇 시간 전, 카페에서 나와 무작정 호텔 내의 온천으로 걸음을 옮겼다. 온천 내부만큼은 호텔이 아니라 료칸이라도 된 듯 묘한 나무 냄새가 났다. 배 언저리에서 출렁이는 온천수를 가만히 바라보며 물인지 땀인지 모를 것들을 흘려보냈다.

홍조는 말없이 상념에 잠겼다. 그리고 모든 것을 풀어냈다. 온몸을 씻어 내면서 그것들조차 하수구 속으로 함께 빨려 들어가기를 바랐다.

그럼에도 멈추지 않았던 어지러운 생각들은 어느덧 홍조를 바닷가로 안내했다. 파도는 금방이라도 신발 밑창을 뚫고 올라올 듯 가까이 다가왔다가 멀어졌다. 홍조가 걸음을 앞으로 했다가 뒤로 뺐다가 하며 그 주변을 걸었다.

"추워……."

머리를 제대로 말리지도 않은 채 나온 탓일까. 바람이 불 때마다 두피까지 욱신거리는 기분이 들었다. 살을 엘 듯한 추위 때문인지 이 시간에 바다 근처로 나온 이는 자신이 유일했다. 타인의 눈에는 머리가 나쁘거나, 감성에 치우친 무모함으로 보일 것이다.

하지만 이 차가움이 필요했다. 머리를 식히고 싶었다. 지금이어야 했다.

바다는 낮에 보았던 것과 다르게 느껴졌다. 어디까지가 바다인지, 그리고 어디부터가 하늘인지 그 경계가 보이지 않았다. 그저 까만 어둠만이 하늘과 바다를 함께 삼켜 버린 듯 그곳에 존재하고 있을 뿐이었다.

"좋네, 밤바다……."

찬바람 사이로 홍조의 나지막한 말이 섞여 들어갔다. 사방으로 바람이 퍼졌고, 홍조의 목소리는 처음부터 바람의 일부였다는 양 그렇게 희미하게 사라졌다. 바닥을 내딛던 걸음 소리도 그와 함께 멈추었다.

홍조가 먼 바다 너머를 응시했다. 아까 보았던 그 남자와 같은 느긋한 시선으로. 저곳에 두고 온 게 있는 것처럼.

'봐. 내가 그랬잖아. 자기, 아니, 홍조 씨 똑똑하다니까.'

문득 그의 말이 떠올랐다. 똑똑하다고? 그 말이 그렇게 쓰일 줄 몰랐다. 그런 말을 들을 바에야 차라리 똑똑하지 않은 편을 선택하겠다.

홍조는 스스로를 미련한 계집애라고 생각했다. 그저 열심히 살고, 모든 것을 온전히 다 믿는 것 외에는 할 줄 아는 게 없는 바보 같은 여자였다.

주어진 짧은 시간에 언제나 최선을 다했다. 사람들이 보여 주는 모든 것들에 일말의 거짓조차 없을 것이라고 생각하며 얼굴을 마주했다.

왜 몰랐을까? 가식이라는 것이 거짓의 한 종류였음을.

이틀이 남았다. 이틀 뒤 자신은 그 자리에 다시 돌아가야 한다.

3년의 기억을 버리고 가기에는 충분하지 못한 시간이라는 생각이 들었다. 고작 4일에 3년의 시간을 쏟아부을 수 있을 리 없다.

버리지 못할 것이라면 무뎌지기라도 했으면 좋겠는데 그것조차 쉽지 않다. 믿었던 사람으로부터의 차가운 말은 비수가 되어 꽂힌 뒤 쉽사리 빠지지 않았다. 내내 박혀 있지만 않기를 바라는 것이 최선일지도 모르겠다. 참으로 억울한 일이다.

바닷물이 홍조의 신발 앞코까지 닿았다가 멀리 밀려났다. 적셔진 바닥을 디디며 홍조가 고개를 젖혔다.

"아아! 살기 싫다!"

언제 잘릴지 모르고 사는 것도 그렇겠지만 언제 잘릴지를 알고 지내는 삶도 그다지 평화롭지만은 않았다. 매 순간이 카운트다운이었던 탓이다.

매번 통장에 남은 잔고를 확인하며 머리를 굴려야 하는 것도, 남들처럼 사랑하고 싶지만 결국은 끝을 보아야 한다는 것도, 아니, 제대로 된 끝을 선물받지 못한다는 것도 전부 싫었다.

먹고사는 게 제일 힘들다던 어른들의 말을 삼십 대가 된 지금에야 온몸으로 깨닫는다. 머리로만 알고 있던 것과 체감하는 것의 차이가 이런 것이었던 모양이다.

홍조가 한 발을 더 앞으로 내디뎠다. 바닷물이 언제 갑자기 다가와 흠뻑 적실지 모른다고 생각하면서도 말이다.

"죽고 싶더라도 기왕이면 다른 방법을 찾아봐요."

그때였다. 혼자만의 시간을 즐기던 곳으로 초대하지 않은 자의 목소리가 불쑥 들어왔다.

처음부터 내 것이 아닌 장소였으니 이곳에 누가 있다고 한들 이상할 건 없다. 그런데 그 목소리가 자신의 말에 대한 대답처럼 들려와 홍조는 당황했다. 조금 낮은 것 같기도 하고, 가느다란 것 같기도 한 묘한 음성이었다.

고개를 돌렸지만 얼굴이 제대로 보이지 않았다. 온통 까맸다.

상대는 호텔을 등지고 선 채 이쪽으로 오는 중이었고, 홍조는 호텔을 향해 서 있었다.

호텔 건물에 눈이 부셨다. 어찌나 반짝이는 불빛들이 쏟아져 내려오는지 모든 것이 역광이 되었다. 앞에 있는 것이 진짜 사람이 아닌 그림자처럼 보였다.

남자? 여자? 천천히 가늠해 보며 눈가를 찌푸리자 그사이 상대의 윤곽이 조금 더 명확해졌다.

허리까지 내려와 찰랑거리는 것이 머리카락인 듯했다. 딱 붙는 옷은 아니었지만 바람이 불 때마다 그 사이로 가느다란 뼈대가 드러났다. 나직하고 가는 목소리까지 더해지자 홍조는 눈앞의 여자에게서 눈을 뗄 수 없었다.

그녀는 점점 더 가까이 걸어왔다.

"물에 빠져 죽는 게 소원이라면…… 안타깝지만 아마도 그 전에 심장마비로 죽을 거예요. 물론 최대한 쉽게 죽는 방법을 모색하는 거라면 지금의 선택이 현명한 걸지도 모르겠지만."

도통 무슨 소릴 하는 건지 이해할 수가 없었다. 뛰어든다니? 죽는다니? 대체 누군지도 모르는 여자가 왜 자신에게 저런 알 수 없는 소리를 하는 걸까.

홍조가 살짝 인상을 찌푸렸다. 여자가 가까이 다가올수록 걸음을 뒤로 물러야 할 것만 같은 기분이 들었다.

그러다가 불현듯 한 가지 생각이 머리를 스쳤다. 설마 방금 전에 했던 그 말 때문인가? 어쩌면 정말 물에 빠져 죽으려는 사람처럼 보였을지도 모르겠다는 생각이 뒤늦게야 든다.

아무리 그래도 정말 죽을 작정인 사람이 '아! 살기 싫다!' 하고 외치며 죽을까⋯⋯. 세상을 향한 그 정도의 투정은 누구나 가지고 있는 법이다.

하지만 오해를 살 만한 상황이었다는 것에 대해서는 이견이 없었다. 밤바다였고, 추운 겨울이었고, 아무도 없는 장소였으니까. 그런 곳에 덩그러니 서서 뱉은 말의 무게감이 마냥 가볍게 들리지만은 않았을 수도 있다.

조심 또 조심. 그러나 천천히. 점점 가깝게 다가오는 그녀의 걸음을 느낄 수 있다. 그녀의 눈에 아마도 자신은 위태로운 자살 미수자일지 모르겠다. 갑작스레 바다에 뛰어들고도 남을 것 같아 불안하기 이를 데 없는 어느 한국인이기도 할 테고.

아, 그러고 보니 눈앞에 있는 그녀 역시 내내 한국어를 구사했다. 한국인인 걸까? 일본인이라고 하기에는 너무나도 정확한 발음과 억양이 아주 당연하게도 그녀를 한국인이라 생각하게 만들었다. 아메리카노를 일본어로 발음하려 애쓰던 자신의 모습이 느닷없이 떠오르는 이유가 뭘까.

"저기 그러니까⋯⋯."

여자의 걸음은 조심스러웠다. 홍조에게 마치 움직이지 말고 거기 그대로 있으라고, 자신이 손을 잡아 주겠다고 말하는 듯했다. 그런 게 아니라고 해명을 해야 하는데 말문이 막힌다. 가까이 다가오는 검은 인영이 거대한 무언가라도 되는 것처럼 느껴져 홍조는 자신도 모르게 말을 버벅거렸다.

그때였다. 걸음을 옮기려고 한쪽 발을 들자 훅 하고 바닷물이 들어왔다. 그 순간 바닥이 쑥 꺼지는가 싶더니 홍조가 휘청거렸다.

"아!"

"위험……!"

신발이 좀 젖긴 하겠지만 충분히 중심을 잡을 수 있었다. 하지만 홍조의 반대편 다리가 바닥을 딛고 중심을 잡으려던 것보다 여자의 손이 더 빨랐다. '어?' 하는 순간 여자는 이미 홍조의 손을 붙잡아 당기는 중이었다. 그리고 순식간에 몸이 돌려졌다.

'어, 어?' 하는 사이 풍덩! 소리와 함께 여자가 물에 빠졌다. 원심력을 이기지 못한 탓이었다. 여자는 홍조의 손을 붙잡아 당기면서 확 돌아가는 몸을 가누지 못했다. 정말 아차 싶은 순간이었다.

홍조는 그 덕분에 바깥으로 밀려났다. 엉거주춤하게 무릎을 짚고 섰다. 고개를 돌리자 머리부터 발끝까지 물에 흠뻑 젖은 여자가 보였다. 발목까지 넘실거리며 들어오는 파도 속에 그녀가 주저앉아 있었다. 어깨가 바르르 떨리는 듯했다.

지금의 계절, 지금의 날씨, 그리고 이 어둡고 어두운 밤바다의 온도가 얼마나 낮을지 상상할 수 없다는 점을 떠올리며 홍조가 자신도 모르게 부르르 몸을 떨었다. 마치 자신이 지금 저 바닷속에 흠뻑 빠져 있기라도 한 것처럼.

"아……."

턱이 딱딱 부딪치며 소리를 낸다. 넋이라도 나간 듯 일어날 생각을 하지 못하는 여자를 내려다보며 홍조는 사색이 되었다. 괜찮으냐고 물어야 하는데, 다가가서 바로 일으켜 주어야 하는데, 그럴 수 없었다. 놀란 마음 때문인지 무엇 때문인지 모르게 심장이 쿵쾅거리고 뛰었다.

꼭 남자 옷을 입은 것 같았다. 젖어 버린 흰 와이셔츠 사이로 속옷조차 제대로 착용하지 않은 그녀의 여성성이 그대로 비쳤다. 가느다란 몸 선이 드러났다. 그리고 그 선들은 무자비하게 떨려 오기 시작했다. 이길 수 있을 만한 추위가 아니었다.

여자는 얼음물 같은 그 속에서 젖은 팔을 겨우 들었다. 가느다란 손가락이 얼굴을 가리는 긴 머리를 뒤로 넘겼다. 어둠 속에서도 알아챌 수 있을 만큼 입술이 파랗게 질려 있었지만 눈빛만큼은 한없이 짙어 흔들리는 기색이 없어 보였다.

미묘하게 인상을 쓰던 여자가 고개를 들어 홍조와 눈을 마주쳤다. 한 번도 본 적 없는 미모의 여자였지만 홍조는 이상하게 낯익은 감정을 마냥 흘려보낼 수 없었다.

마주한 적이 있는 것만 같은 눈빛이었다. 물기에 젖어 느릿하게 깜빡여지는 속눈썹은 금방이라도 얼음을 매달듯 추워 보였지만 그 너머로 보이는 짙은 눈은…… 분명 본 적이 있는 것 같았다.

"……얼어 죽을 것 같은데 좀 일으켜 줄래요?"

그녀의 말이 아니었더라면 그 차가운 바닷물 속에 내내 두고 바라만 보았을지 모르겠다.

정신을 차린 홍조가 고개를 내저으며 그녀를 향해 가까이 다가갔다. 손을 내밀자 그녀가 홍조의 손을 맞잡았다. 그 손이 얼음장처럼 차가워 홍조는 저절로 움찔 놀랐다.

일으켜 세우는 순간 다시금 눈이 마주쳤다. 그녀는 물을 뚝뚝 흘리면서 일어선 채 홍조를 내려다보았다. 여자치고는 키가 꽤 큰 편이었다.

괜찮으냐고 물어야 한다고 생각하면서도 또다시 사로잡힌 양 멍하니 그녀를 올려다보자 그 시선이 유한 호선을 그리며 웃었다.

웃는 그녀의 입술 사이로 흰 입김이 연기처럼 눈앞을 가렸다.

3
나비, 꽃을 찾다

지나가는 사람들이 휘청거리는 찬형을 보다가 움찔했다. 어디 아픈 사람인가 싶어 안색을 살피려다가도 괜한 일에 휘말릴까 싶어 몸을 사렸다. 그들을 지나쳐 갈 때마다 모세의 기적처럼 길이 트였다. 널찍한 호텔 로비가 눈앞에 드러나자 찬형이 길게 숨을 뱉었다.

온몸을 휘감았던 열기는 서서히 가라앉기 시작해 어느덧 완전히 종적을 감추어 버렸다. 이렇게 예고도 없이 여성으로 변해 버리고 나면 난처한 일이 한두 개가 아니었다. 지금처럼 나신 위에 남자의 옷을 입은 듯한 상태가 되어 사람들의 시선을 무시하기도 힘들었다.

결국 영훈을 찾을 수 없던 찬형은 최대한 이곳을 벗어나기로 했다. 여성의 모습이 유지되는 시간은 1시간. 남성에서 여성으로 변해 버리는 그 60초의 시간이 무색할 정도로 1시간은 그에 비해 무척이나 길었다.

누군가가 이 모습을 보아야 좋을 것 없다고 생각했다. 없었던 사람인 것처럼 그렇게 숨어 있다가 원래의 몸을 되찾으면 그만이다. 찬형은 그렇게 생각하기로 했다.

익숙했다. 익숙하지만 익숙해지고 싶지 않은 비밀이었다.

호텔 로비로 가서 혹시 슬리퍼를 빌릴 수 있겠느냐고 물었다. 몸에 맞지 않는 커다란 옷을 입은 가녀리고 키 큰 여자. 그녀를 보며 두 명의 호텔리어는 잠시 당황했다. 하지만 그것도 잠시, 그중 한 명은 잠시만 기다려 달라고 말하더니 얼마 지나지 않아 슬리퍼를 하나 가지고 왔다.

찬형은 고맙다는 말과 함께 더는 맞지 않는 남성 구두를 내밀었다. 로비에 잠시만 맡아 달라고 부탁하면서. 정체를 알 수 없는 묘령의 여인으로부터 받은 고급 남성 구두에 호텔리어는 눈만 깜빡였다. 그리고 그들이 아무 말도 하지 못하는 사이 찬형은 바깥으로 걸음을 옮겼다.

양말을 신고 있기는 했지만 맨발이나 다름없었다. 슬리퍼 사이로 차갑게 들이치는 겨울바람에 발이 시렸다. 와이셔츠 하나만을 걸친 상체도 마찬가지였다.

사람도 없고 춥지도 않은 곳이 어디 있을까 머리를 굴려 보지만 마땅히 생각나는 곳이 없었다. 그러던 그의 시선을 잡아 끈 것은 드넓게 펼쳐진 호텔 앞의 바다였다.

이 추위를, 이 비밀을 막아 줄 크나큰 벽이 과연 저 바깥 공간에 몇이나 있을까? 그에 대한 짧은 고민이 바람을 타고 그의 귓전을 스쳤다. 자신의 것이 아닌 것처럼 흩날리는 긴 머리카락이 그의 뺨과 어깨를 간질이며 찬 기운을 머금었다.

찬형이 천천히 걸음을 옮겼다. 사람이 드문 실내를 찾는 것보다는 확실히 이게 더 나을지도 모르겠다는 판단 때문이었다.

열기에 뜨겁게 달아오른 정신을 조금쯤은 식힐 수 있을 것이다. 그리고 이 알 수 없는 답답함에 휩싸인 자신도 위로하고 싶었다.

바다에 가까워질수록 등 뒤로는 호텔이 점점 더 멀어졌다. 등을 향해 쏟아지듯 내려오는 호텔의 화려한 불빛들이 꼭 남의 것같았다. 방금 전까지 자신이 있었던 건물이라는 생각이 들지 않을 정도였다.

모든 것은 내 것 같기도 했고 때때로 내 것이 아닌 것 같기도 했다. 원래 갑자기 생겨났다가 쉽사리 손안에서 사라지고 마는 것들이다. 그것을 안타까워하거나 아쉬워하는 마음은 오래 지속된 적이 없었다.

그럼에도 이따금씩 원망이 드는 순간들은 있었다.

사람들이 말하는 어느 순간. 내 몸이 내 몸 같지가 않다는 말. 그것들을 장난스럽게 웃어넘길 수 없게 된 것은 찬형이 스물이 되던 해부터였다.

대학교 입학 후, 사람들은 찬형을 보며 '네가 걔구나?' 라고 말했다. 찬형은 그곳에서 최찬형이 아니라 '걔' 였다.

고등학교를 막 졸업한 신입생이 고급 세단을 직접 운전하며 등교를 했다. 이미 그것부터가 사람들의 이목을 끌었다. 대체 얼마나 잘사는 집 아들이면 고작 스물밖에 안 된 애가 저런 차를 끌고 다니는 거냐며 모두들 수군거렸다. 찬형은 자신의 생각이 얼마나 짧았는지를 그때 알았다.

그리고 엎친 데 덮친 격으로 그와 같은 고등학교를 졸업했다던 녀석 하나가 입을 놀리면서 그를 향한 관심은 더 커졌다.

'다들 몰랐어? 쟤 GLEAM 손자잖아.'

몇 대 대기업에 들어 있는 것은 아니었지만 그래도 경제, 경영 쪽에 관심이 있는 사람들은 충분히 아는 회사였다. 더군다나 최근 신제품이 꽤 히트를 치면서 뉴스에도 종종 나왔으니 알 만한 사람은 알아도 이상할 것이 없었다.

그 이후 교내에서 마주치는 사람들은 모두 찬형을 알은체했다. 그러나 그는 상대를 마주하고 있어도 그것이 누구인지 알 수 없었다.

학교에만 국한된 것은 아니었다. 학교 밖에서도 찬형에게는 그런 인물들이 꽤 많았다. 상대가 자신을 알은척하면 찬형은 그가 누구인지도 모르면서 일단 인사를 했다.

찬형은 그것을 자신의 배경 때문이라고 생각했다. 할아버지가 키워 낸 회사를 물려받게 될 핏줄은 찬형 하나뿐이었다. 그 사실이 아마 관심의 무게를 더해 주었을 것이다.

그러던 중, 처음으로 간 MT에서 그녀를 만났다.

'최찬형이지?'

1학년들은 전부 가슴에 이름이 적힌 명찰을 달고 있었는데 가장 먼저 찬형의 이름에 반응을 해 온 것이 그녀였다. 다른 사람들처럼 '네가 걔니?' 할 수도 있었을 텐데 그녀는 또박또박 찬형의 이름을 말했다.

자신의 이름을 먼저 불러 주었던 그녀로 인해 찬형은 MT 내내 다물고 있던 입을 겨우 열 수 있게 되었다. MT에 간 지 몇 시간 만에 처음으로 대화라는 것을 할 수 있었다.

선뜻 누군가의 앞에 나서는 것이 어렵게 느껴지는 시기였다. 자신을 보는 사람들의 시선이 평범치 않은 것만 같다는 착각, 혹은 착각과도 같은 사실 때문이었다.

'난 유은영이야.'

그녀가 자신의 오른쪽 가슴 위에 매달린 명찰을 가리키며 웃었다. 찬형만큼이나 앳된 얼굴이었다.

'OT에는 안 나갔었다며? 나도 OT에 참여를 안 했더니 아직 친한 사람이 없어.'

'……응.'

여자와 그렇게 딱 붙어 대화를 한 적이 별로 없었다. 찬형이 머쓱하게 짧은 대답을 건넸다. 그럼에도 그녀는 아랑곳하지 않고 웃었다. 성격인 듯 보였다.

'술은 잘 마시니? 우리끼리 짠 하자.'

그렇게 말하며 은영은 맥주와 소주 몇 병을 가지고 왔다. 그녀는 찬형의 앞에 불쑥 잔을 내밀었다. 찬형이 가만히 쳐다보고만 있자 작은 손이 그를 이끌어 병을 쥐게 만들었다.

'안 따라 줄 거야? 설마 우리 첫 만남부터 자작해?'

그렇게 말하며 은영은 웃었다.

내내 남중과 남고를 나와 여자와 가까워질 일이 많지 않았다. 그런 찬형에게 대학교에 들어와 처음 접한 그녀의 미소는 조금 남다른 것이었다. 한 번도 자각한 적 없었던 이성으로의 감각을 일깨워 주는 듯했다.

한 잔 두 잔 마실수록 시간의 흐름은 체감하기 어려울 정도로 흘렀다. 빠른 듯싶다가도 느리게, 그러다가도 정신을 차리면 훌쩍 지나가 있었다.

찬형이 눈을 느리게 깜빡였다. 널찍한 방을 둘러보았다. 모두가 취해 보여 무엇이 사람이고 무엇이 술병인지 가늠하기 힘들었다.

다시 눈을 감았다가 떴다. 이번에는 옆에 앉은 은영이 보였다. 그녀는 몸을 가누기가 힘들다는 듯 찬형에게 기대었다.

'저기…… 은영아. 많이 취한 것 같아.'

그녀를 향해 하는 말인지 스스로에게 하는 말인지 알 수 없었다. 은영은 축 늘어지다시피 기대어 있었다. 찬형이 그녀의 작은 어깨를 잡아 미약하게 흔들었다. 많이 취한 걸까. 그녀를 흔들자 자신까지 흔들리는 기분이 들었다.

은영은 눈꺼풀을 느릿하게 올리는가 싶더니 다시금 끔뻑거리며 감아 내리기를 반복했다. 찬형에게는 여러모로 곤란한 상황이었다.

'은영아.'
'……나 잘래. 졸려.'

그녀가 비비적거리며 품으로 파고들수록 찬형은 더욱 난처해졌다.

주변을 둘러보았다. 선배들이 주는 술을 전부 받아 마신 동기들은 이미 방바닥에 널브러져 있는 상태였고, 담배를 피우러 나간 몇 명을 제외하고는 선배들도 온전한 정신으로 보이지는 않았다.

결국 찬형은 은영을 부축해 일으키기로 했다.

작은 체구의 그녀는 아마 고등학생 시절에도 앞자리를 차지하고 있었을 게 분명했다. 키도 작고 몸무게도 얼마 나가지 않아 부축을 하는 데에 큰 어려움이 없었다.

술에 취해 몸을 가누지 못하는 사람은 좀처럼 옆에서 붙잡기도 쉽지 않은 법인데 은영은 달랐다. 그녀는 찬형이 이끄는 대로 쉽게 걸음을 옮겼다. 눈은 제대로 뜨지 못했지만 걸음만큼은 휘청거리면서도 끝까지 바닥을 디뎠다.

찬형은 신입 여학생들을 위한 작은 방에 그녀를 데려갔다. 다른 사람들이 자고 있을 것 같아 꽹장히 조심스러운 발걸음이었다. 머뭇거리던 그가 은영과 함께 안으로 들어섰다.

하지만 방은 텅 비어 있었다. 그도 그럴 것이 구석에서 찬형과 술을 마시던 은영을 제외한 다른 여학생들은 전부 가장 넓은 방에 불려 가 다른 선배들에게 술을 받아 마시고 있기 때문이었다. 아직도 마시고 있거나 이미 그곳에서 뻗어 버렸을지 모를 일이었다.

묘한 안도의 숨을 내쉬었다. 눈치를 본다는 것은 여간 불편한 것이 아니었다.

그녀를 바닥에 눕혔다. 그러고는 구석에 쌓여 있던 이불 중 하나를 가져와 그 위에 덮었다. 색색거리며 내쉬는 숨 사이로 술기운이 스멀거리고 올라왔다. 찬형은 핑 도는 머리를 느끼며 자신도 적잖이 취했다는 사실을 깨달았다.

남자들 방이 어디더라. 머릿속으로 더듬더듬 기억을 해 내며 몸을 일으키려던 때, 다리가 바닥에 그대로 붙들렸다.

'······은영아?'

은영이 찬형의 옷깃을 붙들었다. 감겨 있던 눈이 느릿하게 깜빡이면서 모습을 드러내고 이내 그를 멍하니 응시했다.

그 순간 방 안에 맴도는 적막함이 더욱이 낯설게 느껴졌다. 은영은 붙잡은 그의 옷깃을 더 잡아당겼고 찬형은 멈칫하면서도 다시 자리에 앉았다. 그녀를 더욱 가까이에서 살폈다.

'속 불편해? 넘어올 것 같아?'

마치 예전부터 알고 지내 온 오래된 친구처럼 찬형은 그녀에게 말을 걸었다. 은영은 그렇다고도 아니라고도 말하지 않았다. 그녀가 뭐라고 입을 뻥긋거리는 것 같기도 해서 찬형은 더 가깝게 상체를 숙였다. 옹알거리는 듯한 그녀의 말이 자세하게 들려올까 싶어서였다.

하지만 은영은 말을 하지 않았다. 단지 행동했을 뿐.

'······!'

그녀의 입술이 닿았다. 알싸하게 술 냄새를 풍기던 호흡 사이로 뜨거운 숨이 토해졌다. 은영의 입술은 일말의 망설임도 없이 찬형을 향해 돌진했다.

휘청거리던 그가 빠르게 한쪽 팔을 바닥에 짚었다. 어정쩡하게 무릎을 세워 엎드린 자세가 되었다. 은영의 손이 그의 뒷머리를 잡으며 목에 매달리다시피 안겨 오자 찬형은 사고를 하지 못한 채 딱딱하게 굳어 버렸다.

당장 벗어나야 한다고 생각하면서도 그러질 못했다. 이 상황에서 갑자기 다른 여자애들이라도 들이닥치면 큰일이라고 머릿속에 적신호가 울렸다.

하지만 머리와 몸이 따로 움직이고 있었다. 하반신이 이 방에 묶이기라도 한 것처럼 움직일 생각을 않았다.

난생처음이었다. 그토록 뜨거운 감각은.

여자의 입술이 그렇게나 말캉하고 따뜻한 기운을 머금고 있다는 것을 그때 알았다. 그 뜨거움에 입술이 반질반질하게 녹을 것 같을 때쯤에는 사람이 본능적으로 입을 벌리게 된다는 것도 함께 깨달았던 것 같다.

스무 살에 처음으로 경험한 키스라는 것에 찬형은 쉽사리 빠져들었고, 좀처럼 헤어 나올 생각을 할 수 없었다.

마냥 앳되어 보이던 동갑내기 은영이 천천히 찬형의 등을 쓰다듬었다. 어쩐지 달래는 손길 같아 서서히 마음을 풀며 방심하는 사이 그녀가 무릎을 낮게 세웠다. 찬형이 또다시 어정쩡하게 자세를 바꿨다. 뭐 하나 익숙한 게 없었다.

자꾸만 머리가 뜨거워졌다. 키스로 인한 후유증일지도 모르겠다고 생각했다. 그럼에도 잠시 떼어진 입술은 다시금 서로에게 찾아들었다. 열기가 점점 더 몸을 지배하기 시작하는 기분이었다. 은영의 무릎과 다리가 그의 하체에 조금 더 가깝게 닿았다.

천천히 타고 흐르던 뜨거운 기운들이 순식간에 범람하는 기분이 들었다. 찬형이 아찔함에 눈을 번쩍 떴다. 순간적으로 이게 뭘까 생각했다. 낯선 경험이었다. 흥분이라는 게 정말 이런 형태로 다가오는 것인가에 대해 짧은 시간 홀로 고민하는 수밖에 없었다.

은영이 게슴츠레하게 반쯤 뜬 눈으로 그를 올려다보며 채근해 오기 시작했다. 단단히 취한 모양이었다. 초점 없는 그 눈을 보며 찬형은 이게 올바른 행위인 것인지 돌연 망설여지기 시작했다. 사귀는 사이도 아닌, 그저 몇 시간 전에 처음 알게 되어 겨우 통성명을 한 상대와 이러는 게 정말 자연스러운 것인가.

사람의 감정은 각기 다르고, 호감에 있어 그 무게며 시간의 흐름 역시 제각각인 것이니 명확한 답은 없는 게 당연했다. 그런데도 찬형은 스스로를 탓하고 싶어졌다. 이 순간에 대한 정답이 아무것도 존재하지 않는 것이 답답했다.

'찬형아……'

그녀의 뭉개지는 발음 속에 자신의 이름이 담겨 있었다. 누군가가 성을 떼고, 호칭도 떼고, 온전하게 자신의 이름을 불러 주는 경험. 그녀를 통해 전부 새로이 깨닫는 중이었다.

찬형은 어릴 적부터 조심성이 많았고 배려심이 넘쳤지만 누구도 그를 온전한 친구로 받아 준 적이 없었다. 바보 같을수록 그들은 정말 상대를 바보 취급하기 쉽게 생각했다.

그는 그때도 잘사는, 착한, 공부 잘하는, 그저 그런 아이였을

뿐이었다. 도움을 얻기는 쉬울지언정 놀기에 좋은 타입은 아니었던 것이다.

잘사는 집이 아니어도 좋았다. 그저 평범하게 친구를 사귀고, 평범하게 공부를 하면서, 평범하게 어울리고 싶었다. 과외 선생님을 두고 일대일로 선행 학습을 하지 않아도 좋으니 그저 다른 아이들과 뒤섞여 학원에서 군것질거리를 사 먹고 싶었다. 엄마와 아빠 사이에 앉아 화목한 가정의 식탁을 만끽하고 싶었다.

십 대가 조금 쓸쓸하다는 생각을 했다. 이십 대가 어찌 될 줄 모르는 채로.

찬형이 눈을 감고 지금을 돌이켰다. 온전하게 자신이 최찬형으로, 스무 살의 남자아이로 존재할 수 있게 된 순간이라고 생각했다. 의미란 것은 부여하기 나름인 것을, 그는 스무 살이 채 되기도 전에 이미 알고 있었다.

그렇게 모든 것을 합리화할 수 있을 거라는 결론으로 치닫고자할 때쯤, 망치로 심장을 강하게 내리치는 듯한 통증이 가슴 근처에서 터졌다.

'아…….'

미약한 신음이 찬형의 입술 사이를 비집고 흘렀다. 흥분이 아니었다. 명백한 고통이었다.

얼굴이 순식간에 일그러졌다. 가슴 부근의 셔츠를 움켜쥐자 네임펜으로 썼던 명찰이 구겨지며 손아귀에 잡혀 들었다. 잇새로 숨이 파르르 떨렸다.

찬형이 질끈 감았던 눈을 겨우 떠 은영을 보았다. 주정이었던 모양인지 게슴츠레한 눈으로 연신 그를 채근해 오던 그녀는 완전하게 눈을 내리감은 채 잠에 빠져 있었다.

허무함보다는 안도감이 밀려들었다. 그리고 안도감보다는 고통이 더 우선되었다. 심적 안도에도 불구하고 가슴 부근에서 찢어질 듯한 통증과 함께 타 버릴 듯 오르기 시작한 열은 멈출 생각을 하지 않고 있었다.

경험해 본 감각이었다면 좋았을 것을 그랬다. 찬형은 한 번 겪었던 일에 대해서는 웬만해서 두 번 이상의 실수를 반복하지 않는 타입이었다. 처음의 경험을 토대로 하여 무엇이든 능숙하게 헤치고 나아갈 줄 아는 성미였다.

하지만 이번은 그에게 있어 첫 경험이었다. 여자와의 친근한 대화, 키스, 모든 것이 그랬다. 그랬기에 지금의 통증도 그에 대한 연장선이라고 생각했다. 이 경험의 끝에는 분명 그에 대한 깨달음이 올 터였다.

심장이 바깥으로 튀어나올 것만 같은 고통이 계속되었다. 딱딱한 가슴 위로 무언가 잡히는 것도 같았다.

심장박동 수가 미친 듯이 늘기 시작하며 귓전을 요란하게 쿵, 쿵, 울리기 시작했다. 그러다 보니 아픈 것이 머리인지, 귀인지, 가슴인지 분간하기 어려워졌다. 열기는 이미 온몸을 타고 내려가 발가락 끝까지 저릿하게 만들었다.

찬형이 바닥에 새우처럼 몸을 웅크리고 쓰러지다시피 했다. 주먹을 꽉 쥐었지만 그래도 통증이 가시지 않아 또다시 가슴을 쥐어뜯었다. 무릎을 잔뜩 굽혔다. 가슴팍까지 무릎이 닿아 올 정도로 전신을 말았다. 숨이 점점 거칠어지자 혹시라도 은영이 깰까 싶어 이를 악물었다.

타인의 눈에 어떻게 비칠지 내심 걱정하며 지내 온 찬형이였다. 이런 모습을 보이게 된다면 무척이나 끔찍할 게 분명했다. 고통은 참다 보면 참아지는 것이라고 생각했다. 여태 그래 왔던 것처럼.

아무런 생각도 하지 않았다. 아니, 할 수 없었다. 그저 열기에 몸을 맡겼다. 용광로 속에 들어가 있는 듯한 기분을 느끼며 그렇게 눈을 감았다.

그대로 정신을 잃는 줄로만 알았다. 하지만 시간이 흐를수록 머릿속은 너무나도 또렷한 획을 그으며 현실로 돌아오기 시작했다.

감겨 있던 눈을 떴다. 아직도 열기가 남아 있었지만 호흡이 조금씩 정상적으로 내쉬어졌다. 심장박동은 평소보다 조금 빠른 편이었으나 아까의 그 고통스러웠던 시간에 비할 바는 되지 못했다.

엄청나게 긴 시간이 흐른 것 같았다. 눈 깜빡할 사이에 기나긴 통로를 지나온 기분도 들었다. 찬형은 자신이 경험해 보지 못한 통증과 열기에 영혼마저 빼앗겨 버린 듯했다.

찢겨 나갈 것 같던 가슴의 통증이 잠잠해지자 찬형이 손을 들어 심장 가까이에 가져갔다. 그리고 그대로 정지했다. 행동도, 모든 사고조차도.

손을 가져다 댄 순간 무언가 물컹하게 와 닿았다. 가만히 잡아 쥐면 보드랍게 잡혀 오는 것이 있었다.

따스한 온기가 전해졌다. 가슴속에서 자신의 심장이 쿵쾅거리며 분명하게 뛰는 것을 느낄 수 있었다. 묵직한 무게감이 가슴 근처에 자리를 잡고 심장의 울림을 그 살결들 속으로 퍼뜨렸다.

어머니가 계시지 않아 여성의 젖가슴을 손으로 만져 본 적도 없던 찬형이었지만 그는 알 수 있었다. 자신의 손에 잡히는 것이 분명한 여성의 신체임을.

주먹을 꽉 쥐었다가 폈다. 바닥을 짚으며 천천히 몸을 일으켰다. 평소보다 몸이 조금 더 가벼워진 느낌이었다. 그러나 홀가분해진 몸만큼이나 더욱 묵직해지는 마음속의 짐을 발견하고 말았다.

꿈인지 현실인지 분간조차 되지 않는 시간. 진짜라는 감각조차 아득하게 멀어지기만 하는 어두운 방 안의 자신.

찬형이 두 손을 쭉 폈다. 가만히 손을 내려다보자 평소보다 선이 가늘어진 가녀린 손이 보인다. 고개를 숙임과 동시에 어깨를 타고 스르륵 내려온 검은 머리카락은 신기하기보다 두렵기까지 했다.

땅을 딛고 선 작은 발까지 쳐다보니 말할 수도 없는 상실감이 자신을 덮친다.

강렬한 충격이 그의 머리를 강타했다.

'말도 안 돼…….'

그녀와의 키스로 흥분감에 사로잡히고, 점점 발기하는 아찔한 감각에 취한 것은 결코 착각이 아니었다. 그럼에도 모든 것이 꿈처럼 아득해졌다.

찬형은 손을 더듬어 자신의 사타구니 근처로 가져가 보았지만 눈을 질끈 감을 수밖에 없었다. 말도 안 되는 악몽이구나. 그렇게 생각하는 것 외에는 별다른 방법이 없었다.

허전한 것은 마음뿐만이 아니었다.

비틀거리면서 방문을 향해 걸었다. 술에 취한 것인지 열기에 취한 것인지 알 수 없을 만큼 모든 것이 혼미했다.

손잡이를 잡았다. 동그란 모양을 한 손잡이가 그의 손아귀에 딱 알맞게 잡혔다. 손이 커서 손잡이가 작게만 느껴지던 평소와 비교하면 여유 같은 건 없었다.

어금니를 재차 세게 물며 문고리를 돌렸다. 꿈일 것이다. 빛이 쏟아지며 깨어나고 말 것이다. 그렇게 주문을 외워도 보았다. 힘을 주어 방문을 열고 나오자마자 쏟아지는 복도의 형광등이 너무도 눈부셔 정신을 잃을 것만 같았다.

모든 것은 그대로였다.

자신은 최찬형이 아니었다. 그저 어느 여성의 몸이었을 뿐.

복도에 덩그러니 선 찬형은 울컥 눈물이 치미는 것을 느꼈다. 마지막으로 울었던 게 언제였더라. 지난 기억을 더듬어 보았다.

중학생 때였나. 특별히 못난 것도 아니었고, 오히려 잘났다면 잘났을 최찬형이라는 인물에게 쏟아지는 선생님들의 관심, 학우

들의 시기, 질투, 못난 외면들.

그래. 중학생이었던 어느 날 이후로 한 번도 눈물이란 것을 보인 적이 없었던 것만 같다. 누군가에게 지고 싶지 않았고, 혼자인 게 외롭다는 티를 내고 싶지 않았으므로.

'쟤 누구야? 신입생 아냐?'

찬형의 어깨가 움찔거리며 떨렸다. 멀찍이 복도 끝에 남자 선배 몇 명이 보이는 듯했다. 막 담배를 피우고 들어오는 모양새였다.

이런 모습을 들킬 수는 없다는 생각 하나가 머릿속을 지배했다. 벽을 짚고 비스듬하게 겨우 서 있던 찬형이 강하게 발을 디디며 반대편 복도로 달렸다.

'어? 뭐야? 야, 신입생! 긴 머리! 너 어디 가!'

굵직한 서너 개의 목소리가 찬형의 등 뒤로 달라붙었다. 그것이 천둥이라도 되어 내리치는 것 같아 찬형은 더욱 빠르게 달릴 수밖에 없었다.

하지만 적당히 술에 취해 흡연의 여운을 즐기려던 그들이 이름도 모르는 어느 신입생 하나를 붙잡자고 그만큼 힘겹게 달릴 리 없다.

크고 낮던 목소리는 찬형이 건물을 빠져나옴과 동시에 귓가에서 완전히 사라져 버렸다. 남은 것은 그의 온몸을 감싸며 머리를 간질여 주는 어느 봄 저녁의 차가운 바람뿐이었다.

찬형은 건물 앞에 덩그러니 홀로 섰다. 뺨 언저리에 닿아 오며 피부를 간질이는 긴 머리카락은 여전히 자신의 것이 아닌 듯했다. 눈을 감았다가 떠도, 크게 호흡을 하며 모든 것을 토해 내려 애를 써 보아도, 그 숨과 함께 오르락내리락하는 가슴 역시 여전히 남성의 것이라 하기에는 무리가 있어 보였다.

발이 차가웠다. 경기도의 머나먼 외곽. 건물 바깥은 온갖 풀과 모래, 흙 알갱이들이 지천에 깔려 있었다. 발바닥이 따가운 것 같아 천천히 시선을 내리자 빨갛게 부어오른, 그리고 군데군데 핏방울이 맺힌 작은 발이 보였다. 남성의 커다란 손에 단번에 쥐어질 것 같은 크기가 낯설어 괜스레 눈물이 핑 돈다.

스물이나 먹은 사내놈이 이런 일에 우는 것은 말도 안 된다고 생각하면서도 그 순간 찬형에게는 자신의 뜻대로 되지 않았던, 타의로 내내 외롭고 평범할 수 없었던 날들이 떠올랐다.

덕분에 눈시울이 더욱 뜨겁게 달아올랐다. 질끈 감으면 오히려 숨어 있던 눈물방울이 터질 것만 같았다.

일단 걸었다. 그리고 계속 걷기로 했다. 목적지가 있는 것은 아니었다. 그저 이런 모습을 누구에게도 보일 수 없었다.

어째서 이렇게 된 건지, 영영 돌아갈 수 없는 건지, 평생 최찬형이 아닌 알 수 없는 여자의 몸으로 살아야 하는 건지, 여러 가지 복잡한 고민들이 덩어리째 굴러떨어져 그를 무겁게 짓누르고 있었다.

걸음걸이가 온전치 못하게 느껴졌다. 바닥에 밟히는 큰 돌멩이에 휘청거리기 일쑤였고, 커다란 나무에 길이 막혀 옆으로 돌아갈 때면 정신이 아득해지는 듯했다.

'거기 누구야?'

그때, 누군가의 인영이 보였다. 이런 풀숲 사이에 사람이 있을 거라고는 생각조차 하지 못했다. 찬형은 당황스러움에 도망칠 생각도 하지 못하고 자신을 향해 걸어오는 남자를 쳐다만 보았다.

자신보다 훨씬 키가 큰 남자는 성큼성큼 망설임 없이 걸어오더니 어쩐지 알 수 없는 표정을 지었다.

'……'

찬형이 입을 꾹 다물었다. 남자는 침묵 속에서 찬형의 얼굴을 찬찬히 살피더니 시선을 조금씩 아래로 움직였다.

시선이 위에서 아래로, 아래에서 다시 위로 향했다. 그러더니 여성성이 부각되는 가슴 부근에서 눈동자의 움직임이 멈추었다. 순식간에 그의 얼굴 위로 놀라움이 떠올랐다.

'……최찬형?'

그가 찬형의 이름을 불렀다. 가슴 위로 구겨져 있던 명찰 속에

'최찬형'이라는 이름이 있었다. 명찰과 함께 그 이름도 한껏 구겨졌지만 그는 그 이름 세 글자를 정확하게 말했다. 은영이 그러했던 것처럼 말이다.

찬형 자신은 아는 사람이 별로 없었지만 사람들은 그를 꽤 잘 알고 있었다. 그도 그에 속했던 모양이다. 어딘지 모르게 어른스러워 보이는 분위기가 아까 저 안에서 만나지 못했던 선배들 중 한 명일 것이라는 추측을 하게 만들었다.

하지만 생각은 거기까지였다.

상처투성이 맨발로 선 찬형은 자신의 이름에 왈칵 터지는 울음을 느낄 수 있었다. 마른 발 위로 뜨거운 기운이 후두둑 떨어져 모든 것을 적셔 버렸다.

그게 영훈과의 처음이었다. 자신의 비밀을 가장 처음 알게 된 사람이자 모든 것을 공유하게 된 유일한 이였다.

영훈은 겉모습이 달라진 찬형을 바로 알아보았다. 명찰 때문이기도 했지만 미묘하게 찬형과 닮은 눈빛 때문이기도 했다. 교내 유명인인 찬형을 틈틈이 관찰해 왔던 그였기에 가능한 일이었다.

그날 이후 찬형의 생활에서 많은 것이 달라졌다. 여전히 친한 동기는 없었지만 선배인 영훈과 함께 생활하며 주변인들을 조금씩 늘려 갈 수 있었다. 학교생활에 적응하는 것도 쉬워졌다. 모두 영훈의 도움이었다.

여자의 몸이 되기까지 고작 1분밖에 걸리지 않는다는 것도, 다시 원래의 모습으로 돌아오기 위해 1시간이 필요하다는 것도, 여성과의 접촉으로 인한 흥분이 1차적 원인이라는 것도, 모두 그와 함께 머리를 맞대고 힘겨워하며 알아낸 것들이었다.

영훈은 자신을 머저리 취급하지도, 외계인 취급하지도 않았다. 태어나 가장 가까운 친구를 사귄 것이다. 스물이 넘어서야 말이다.

이후 그를 통해 병원으로부터의 조언을 듣기도 했고, 무속인을 찾아가 보기도 했다. 그러나 아무런 소용이 없었다. 귀신이 쓰인 것도, 희귀병에 걸린 것도 아니었다.

이성과의 흥분으로 발기가 되는 보통의 남성과 다르게 오히려 자신은 그 순간 급격한 여성 호르몬의 증가를 겪는다는 것. 완벽한 이유가 되어 줄 수 없는 답이었지만 거기까지가 알아낼 수 있는 전부였다. 그게 13년 동안 얻은 것이었다.

괜찮아질 수 있는 방법 같은 건 없었다. 영훈과 찬형은 그 똑똑한 머리를 맞대고서도 '조심하자.' 말고는 아무런 결론을 내릴 수 없었다.

그랬기에 찬형에게는 영훈이 꼭 필요했다. 그가 졸업을 하고 제대로 경영에 투입됨과 동시에 영훈을 얻고자 했던 데에는 구태여 여러 말이 필요 없었다. 삼고초려까지 하지 않아도 영훈은 기꺼이 찬형의 두 팔이 되어 주었다. 고마운 이였다. 그렇기에 더욱 친형 같고, 가족 같은 이.

기나긴 회상의 끝에는 영훈의 모습이 있었다.

바다 근처에 선 찬형이 소리 없이 웃었다. 이런 몰골로 당황하며 지내 온 게 벌써 13년이나 되었다는 게, 그와 알고 지낸 것이 벌써 그렇게나 되었다는 게 새삼스럽게도 신기해진 탓이다.

업무로 잠시 자리를 비웠다고 어떻게 그를 탓할 수 있겠는가. 찬형이 그렇게 생각하며 헐렁한 바지 주머니에 두 손을 깊숙하게 넣었다. 손끝이 시리고 찼다.

모든 것은 예상치 못하게 다가온다. 그리고 바보 같은 나날의 자신을 꿈꿔 본 적도 없는 장소에 데려다 놓는다. 그날 영훈과의 만남이 그랬던 것처럼 앞으로 일어날 일들도 그렇지 않을 것이라는 보장이 없다.

찬형이 깊게 입김을 뱉었다. 그리고 하얀 숨이 공기 중으로 흩어지면서 그 너머로 작은 그림자 하나가 보였다.

눈앞에 나타난 낯선 인영. 이상하게도 찬형은 그 순간 과거로부터 이어진 모든 기억과 영훈에 대한 또 다른 생각의 찌꺼기들을 잠시나마 묻을 수 있었다.

그는 바다 앞에 있는 여자를 계속해서 쳐다보았다. 어깨 부근에서 찰랑거리는 가느다란 머리카락이 반짝이며 빛났다.

어딘지 모르게 깊이 생각에 잠긴 듯한 표정이며, 올망졸망하게 모여 있는 이목구비까지. 왜 낯이 익은가에 대해 잠시간 고민에 빠졌다. 그러나 오래 걸리지 않아 알 수 있었다.

아까 카페에서 봤던 바로 그 여자였다. '아메리카아노.' 하며 영훈의 발음을 장난삼아 따라 하던 그 여자가 분명했다.

나쁜 짓이라도 하다가 들킨 아이처럼 눈을 동그랗게 뜨고 자신을 보던 그 표정이 어찌나 웃기고도 귀엽던지. 아는 사람으로 보일 정도로 시선을 떼지 못했었다.

그녀에게 끊임없이 시선을 주고 있을 때였다. 느닷없이 그녀가 외쳤다.

"아아! 살기 싫다!"

익숙한 한국어. 영훈에게서 종일 들었던 말임에도 타국에서 듣는 타인의 그 말이 이토록 달콤할 줄은.

그러나 그 문장은 결코 달콤한 뜻을 지니고 있지 않았다.

'형. 사는 게 왜 이렇게 어려워?'

영훈에게 넌지시 삶의 무게에 대해 질문했던 자신의 모습이 떠올랐다.

그러다가 정신을 차리고 보니 이미 그곳으로 걸음을 옮기고 있었다. 자신이 지금 어떤 모습인지는 생각할 겨를도 없을 정도로 점점 그녀와 가까워졌다.

말리고 싶었다. 그래서 대화랄 것까지도 없는 일방적인 몇 마디를 건넸다. 그녀를 붙잡았고, 그 따스한 체온을 느꼈다.

살아 있다는 감각과 함께 차가운 바다 앞에 선 그녀를 제게로 당겼다. 휘청거리는 몸이 바람으로 인한 것인지 익숙하지 않은 무게감 때문인지는 알 수 없었지만 문득 막연한 무언가를 떠올릴 수 있었다.

풍덩! 소리와 함께 바닷물에 전신을 적시며 빠져드는 순간의 감정.

아아, 어쩌면 이곳은 단순한 바다가 아닐지도……. 바다가 아닌 다른 무언가에도 함께 빠져 버린 것인지 모르겠다.

당황한 얼굴로 자신을 내려다보는 그녀를 보며 찬형은 그렇게 생각했다.

송우

"어떡해. 괜찮아요?"

"괜……."

"괜찮을 리가 없지. 입술이 파랗게 질렸어요. 대답 안 해도 돼요."

찬형은 대답을 해 주고 싶었지만 치아가 딱딱 부딪칠 정도로 턱이 떨려 와 그냥 입을 다물어 버렸다. 바닷물에 잠긴 채로 그녀에게 일으켜 달라 했던 것이 그가 할 수 있는 최선의 한마디였다.

물 밖으로 나오자 온몸이 물기를 머금어 무겁게 축 늘어졌다. 내딛는 한 걸음 한 걸음이 천근이고 만근이었다.

그와 동시에 추위는 어찌나 한 치의 여유조차 주지 않고 엄습하는지 곁에 있는 여자에게 무어라 제대로 된, 그러니까 다시 말해 '사람다운' 말 한마디를 할 수 없게 만들었다.

흰 와이셔츠 속으로 속이 다 비쳤다. 당황으로 물든 채 눈을 동그랗게 뜨고 찬형을 바라보던 홍조가 빠르게 상황을 파악했다. 그러고는 자신의 점퍼를 벗어 그의 몸에 걸쳐 주었다. 찬형이 괜찮다고 띄엄띄엄 얼어붙은 입으로 말했지만 홍조는 그의 몸이 더 차가워지기 전에 어디든 들어가야겠다는 생각뿐이었다. 무작정 손을 잡아 이끌었다.

홍조의 눈에 그는 마르고 가냘픈 어느 한국인 여성일 뿐이었다. 대체 이 겨울에 왜 속옷도 없이 저런 옷차림으로 밖에 나온 건지 이해할 수 없었지만 그보다 중요한 것은 그녀를 당장이라도 따뜻한 곳으로 데리고 가는 것이었다.

바다에 뛰어들 작정이라고 오해를 한 게 그녀의 실수라고 한들 어찌 되었든 자신 때문에 바다에 빠져 이 꼴이 된 사람을 모르는 척할 수는 없었다.

"이 호텔에 묵죠? 몇 호로 가면 돼요?"

객실로 가기까지의 길이 멀게만 느껴졌다. 젖은 몸에서 전해지는 찬 기운 때문이었다. 금방이라도 펄펄 끓는 열이 될 듯 불안했다.

그러나 찬형은 홍조의 질문에도 답이 없었다. 퍼런 입술을 꾹 다물 뿐이었다.

창백하게 질린 얼굴을 보니 마음이 다급해진다. 홍조는 발이라도 동동 구르고 싶을 지경이었다.

사실 찬형이 객실 넘버를 말하기 힘들었던 이유는 따로 있었다. 자신이 어디에서 묵는지 알고 있는 다른 사람들 때문이었다.

알 수 없는 두 명의 여자가 최찬형의 방으로 들어갔다는 말을 후일 안주 삼아 떠들 것이 분명했다. 그런 이야기를 듣고 싶지 않았다. 접대 자리에서도 혼자만 단정한 체하며 여자에게 눈길도 주지 않던 찬형이었다.

놀 줄도 모르는 애송이라는 말이 몇 번이나 찬형의 뒤를 따랐지만 그는 고집스러웠다. 난잡한 스캔들의 주인공보다야 애송이인 편이 나았다. 그렇다고 해서 아예 여자를 곁에 두지도 못하게 만드는 이런 저주를 원했던 건 아니었지만 말이다.

"안 되겠다. 그럼 일단 내 방으로 가요."

홍조가 자신의 객실이 위치한 층수를 눌렀다. 엘리베이터가 천천히 위로 향했다.

따스한 공간이었지만 찬형은 온기를 느낄 수 없었다. 온몸이 덜덜 떨리는 게, 흰 입김이 새어 나올 것만 같았다.

작은 직육면체 안에 물기들이 고였다. 객실이 있는 층에 도착해 엘리베이터 밖으로 나온 뒤에도 복도에 뚝뚝 떨어진 물은 마치 헨젤과 그레텔처럼 그들이 가는 길을 고스란히 남겼다.

그를 부축하다시피 잡고 있는 홍조의 팔에 축축함이 전해졌다. 홍조가 몸을 미약하게 부르르 떨었다. 그런 그녀의 몸짓에 찬형이 살며시 고개를 돌렸지만 뭐라 입을 열기도 전에 객실 문 앞에 도달했다.

"춥죠. 얼른 들어가요."

문에 적인 707호를 확인한 찬형이 그녀의 손에 떠밀리다시피 객실 안으로 들어섰다.

행운의 숫자가 나란히 위치해 있는 것이 이상하게도 기분 좋았다. 춥고 정신이 없었지만 그런 사소한 요소들이 찬형의 마음속 작은 틈을 비집고 들어왔다. 곁에 있는 이 여자 때문일까도 생각했다.

"샤워부터 해요. 감기 걸리겠어요."

"고맙습니다."

방 안에 들어오고 나서야 겨우 목소리가 제대로 나왔다. 최찬형이지만 역시나 최찬형이 아닌 가는 성대의 소리.

찬형은 홍조를 보며 이 순간 왜 자신이 여자의 모습일 수밖에 없는지에 대한 한탄을 속으로 삼켰다.

"갈아입을 옷부터 줄게요. 여기 브래지어랑 팬티랑······. 아, 가슴······은 좀 안 맞겠네요. 제가 컵이 작은 편이라. 그럼 팬티라도······. 이런, 힙 사이즈도 패스. 몸매가 모델 수준이시네, 하하······."

"······."

"속옷은 일단 됐고, 급한 대로 이 옷들 가지고 가서 입어요. 욕실은 이쪽. 어서요."

"······."

욕실 앞에서 머뭇거리자 홍조가 두 손으로 젖은 등을 쑥 밀었다. 욕실 안으로 찬형의 두 발이 들어섰다.

"펄펄 끓는다 싶을 정도로 뜨거운 물에 씻어요. 몸 좀 잔뜩 녹이구요."

홍조는 찬형의 대답을 들을 새도 없다는 듯 탁, 소리가 나도록 단호하게 욕실의 문을 닫았다.

사방이 희고 반짝이는 타일로 되어 있는 욕실. 그 가운데에 마른 옷을 들고 선 찬형이 천천히 고개를 돌려 거울을 보았다.

머리부터 발끝까지 온통 물에 젖어 있었다. 등허리까지 오는 긴 머리카락 끝에서는 여전히 빗방울과 같은 물기가 동그란 모양새로 매달려 낙하하기를 반복했다.

손안에 쥔 작고 보드라운 옷이 어색하다. 찬형이 천천히 얼굴을 가져가 옷 위에 오뚝한 콧등을 대었다. 향수 냄새라고 하기에는 너무도 순한 꽃향기 같은 것들이 그의 코를 간질였다. 그녀의 점퍼를 걸쳤을 때부터 어디선가 자꾸만 좋은 냄새가 나는 것 같다고 느꼈는데 그게 그녀의 향이었던 모양이다.

이렇게 달콤하고 기분 좋은 향을 매달고 다니는 여자라니. 처음 보는 사람도 자신의 공간 안에 아무렇지 않게 들일 수 있는 여자라니. 홍조의 모든 것들이 찬형은 낯설었다.

문득 13년 전 MT에서 만났던 은영이 생각났다. 그녀와의 추억은 그게 처음이자 마지막이었다. 그녀는 그날 자신이 취해 찬형에게 어떤 실수를 했는지 전혀 기억하지 못했다. 나중에 정신이 들고 나서야 쭈뼛거리며 알은척을 해 왔더랬다.

찬형은 그때 알았다. 그녀에게 자신은 조금도 특별하지 않았다는 것을. 최찬형이라는 이름에 의미를 부여한 것은 결국 자기 자신뿐이었다. 아마 앞에 있던 것이 최찬형이 아닌 누구였어도 상관없었을 것이다.

하지만 괜찮았다. 그 경험으로 인해 둘도 없을 아군을 얻었으니까. 태어나 처음으로 친구라는 것을 갖게 되었고, 동료를 갖게 되었고, 형이라는 것을 갖게 되었고, 무얼 하든 온전하게 내 편에서 주는 이를 갖게 되었으니까.

"휴……."

뜨거운 물을 틀자 순식간에 욕실 안으로 뿌연 수증기가 차올랐다. 찬형은 그 온기 속에 몸을 맡긴 채 녹기 시작하는 입술 사이로 나직한 한숨을 뱉었다.

얼어 있던 발가락이 점차 간지러워지는가 싶더니 몸이 조금씩 녹기 시작했다. 쏟아지는 물줄기 밑에 자리를 잡았다. 정수리부터 발꿈치까지 적셔 가는 따스함에 잠시나마 숨을 멈추기도 해 보았다.

그때였다.

온몸에 거품을 내고 부드럽게, 그러나 바닷물의 눅눅함을 전부 씻겨 낼 듯 정확하게 씻는 행위에 집중하던 찬형이 문득 모든 행동을 정지했다.

샤워 타월을 쥐고 있는 자신의 손을 가만히 내려다보았다. 희고 가느다랗던 손이 언제 그랬냐는 듯이 점차 굵은 선을 자랑하며 큼직하게 자라났다. 땅을 딛고 있는 발바닥도 한껏 넓어져 안정감을 더했다. 자신의 하체는 구태여 내려다보고 말 것도 없었다.

천천히 손을 뻗어 거울에 서린 김을 닦아 냈다.

뿌연 거울 속 긴 머리의 여성은 온데간데없이 사라진 뒤였다. 물기에 젖은 머리카락이 이마를 덮은, 짧은 머리의 익숙한 얼굴을 한 남성이 거울 속에서 자신을 바라보고 있었다.

자신은 저 남자의 이름을 알고 있다. 그는 최찬형이었다. 33년을 자신과의 싸움에서 외롭게 버텨 온, 미련한 서른셋의 누군가였다.

"……미치겠네."

찬형이 그렇게 말하며 주먹을 꽉 쥐고 난처한 표정을 지었다. 거울 속의 남자도 똑같은 표정을 하며 그와 눈을 마주치고 있었다.

몸이 원래대로 돌아와 버렸다. 여자의 몸으로 변한 지 벌써 1시간이 지난 것이다.

그 뒤늦은 깨달음에 이어서 따라붙는 걱정 하나. 바로 이 욕실 밖에서 기다리고 있는 한 여자의 존재였다.

일단 샤워를 마저 끝내기로 했다. 전신을 물줄기에 씻어 낸 뒤 피부 결에 방울방울 맺힌 물기들을 깨끗이 닦아 냈다. 머리카락 끝에 매달린 방울마저 전부 털어 내었다. 그런데도 생각은 정리되지 않았다.

찬형은 눈을 깜빡였다. 수증기 속에 가만히 서 있는 자신의 모습을 거울에 비춰도 보았다가, 한쪽 선반에 올려 두었던 그녀의 옷가지를 보기도 했다.

그녀의 작은 옷을 손안에 쥐고 내려다보던 찬형이 이내 고개를 저었다. 입을 수 있을 리 없지 않은가.

"다 씻었어요?"

바깥에서 그녀의 목소리가 들렸다. 샤워를 하러 들어간 지 꽤 됐는데도 도통 나올 생각을 하지 않아 걱정이 된 모양이었다.

찬형이 당황한 기색으로 일단 커다란 타월을 허리에 둘렀다. 자신의 몸을 내려다보고 다시 거울 속을 확인했다. 쉽게 문을 열 수 없었다.

욕실 안으로 들어갔던 어느 여성이 느닷없이 남자의 모습으로 나오는 것을 그 누가 태연하게 지켜볼 수 있을까. 혹여 밖에서 창문을 통해 들어온 게 아닐까 생각을 할 수야 있겠지만 아쉽게도 욕실 안에는 작은 환풍구 외에 그 어떤 창문도 존재하지 않았다.

"괜찮아요? 저기요. 혹시 열이 많이 나요? 쓰러진 거예요?"

그녀가 재차 물었다. 작은 손이 욕실 문을 똑똑 두드리기 시작했다.

그 안에서 고민에 고민을 반복하던 찬형이 입술을 잘근거리고 씹었다. 신중해야 했다. 영훈의 도움이 절실했지만 휴대 전화도 이미 아까 바다에 빠져 버리면서 명을 달리한 상태였다. 반복된 한숨만이 그의 유일한 도피인 듯했다.

"저 들어갈……."

"……지, 지금 나갑니다!"

문 밖에 서서 안절부절못하던 홍조가 멈칫했다. 묘하게 울림이 있는 목소리 때문이었다.

바닷가에서 들었던 목소리가 방금 전 같았었나? 여자치고 낮은 감이 있는 목소리이기는 했지만 이렇게 귀를 사로잡을 정도로 묵직하지는 않았는데 말이다.

설마 급격하게 몰아친 추위와 오한으로 벌써 감기 증상이 온 건 아닐까. 그 때문에 목이 잔뜩 잠겨 버린 것일지도 모른다. 그런 생각을 하며 홍조가 마른침을 꿀꺽 삼켰다.

따지고 보면 오지랖 넓은 어느 여성이 자신의 바다 산책을 망쳐 버린 것이다. 그런데도 괜히 모든 게 제 탓인 것만 같았다. 입조심이라는 교훈이 떠올랐다.

그때, 달각거리는 소리와 함께 욕실의 손잡이가 돌아가고 문이 열렸다.

손톱만큼 열린 문. 그 너머에 있는 주인공은 어쩐 일인지 그 이상 문을 열 생각을 하지 않았다. 조금만 더 열면 되는데 더 열지 못하는 찬형도, 열 듯 말 듯 손잡이만 쥔 채 나오지 않는 그를 기다리는 홍조도, 여러 가지로 생각이 많은 순간이었다.

"왜요? 옷이 안 맞아요?"

"그게……."

아까 자신을 말리려 한 마디 한 마디에 힘을 주어 말하던 그 사람이 맞을까 싶을 정도로 목소리가 기어들어 간다. 마치 다른 사람 같았다. 아무래도 목이 단단히 부은 게 틀림없다. 홍조가 한 걸음 가까이 내디딜 때였다.

"놀라지 마세요."

놀라지 말라는 그 한마디에 홍조는 이미 놀라 버렸다. 급격하게 낮아진 목소리가 무척 가까이에서 들렸다.

낮은 음성은 아무리 생각해도 여성의 것처럼 들리지 않았다. 명백하게 굵은 남성의 목소리가 홍조의 귓전을 울리는가 싶더니 눈앞에서 가느다란 불빛만을 비추던 문이 과감하게 활짝 열렸다.

"……."

가장 먼저 보인 것은 까만 머리였다. 분명 아래까지 축 늘어지듯 내려오던 결 좋은 머리카락이 한껏 짧아진 채 위에 머물고 있었다.

그리고 정면으로 보이는 탄탄한 상체는 아무리 보아도 아까 전에 보았던 그 여성의 것이 아니었다. 자신의 속옷조차 맞지 않을 정도로 글래머러스했던 그녀의 모든 신체적 특징이 사라져 있었다.

허리에 두른 흰 타월만이 그가 자신의 욕실에서 샤워한 게 사실임을 알려 주고 있었다.

의심의 여지가 있을까. 머리를 굴리고 싶었지만 모든 것이 정지했다. 조금만 생각이라는 걸 작동시키려 해도 뇌는 삐걱거리며 굴러가기를 거부하고 말았다.

"어……."

무슨 말이든 하고 싶은데 뇌에서 정리가 되질 않으니 입 밖으로 나올 리 만무했다.

"……기절하지 않아 주니 다행입니다."

눈앞에 선 큰 키의 남자가 난처한 듯 머쓱하게 웃고 있었다. 물기 어린 상체를 그대로 드러낸 채, 하반신만을 가린 태초의 모습으로 말이다.

4
이상한 나라

"……."

"……."

침묵은 한동안 계속되었다. 누구도 입을 열지 않았다.

홍조는 카페에서 그를 봤을 때처럼 얼이 빠진 표정을 지었고, 찬형은 계속해서 입만 뻥긋거리고 서 있는 홍조를 향해 '……누구를 좀 불러도 되겠습니까?' 하며 난처한 얼굴을 했다.

얼떨결에 고개를 끄덕인 홍조와 영훈을 부른 찬형이 작은 테이블을 가운데에 두고 소파에 마주 앉은 지 몇 십 분이 흘러가고 있었다.

타월을 두르기는 했지만 자칫 다리라도 잘못 벌렸다가는 못 볼 꼴을 보이기 쉬운 상황. 찬형이 허벅지에 힘을 주어 두 다리를 딱 붙이고 허리를 세웠다.

영훈 이후 13년 만에 들켜 버린 터라 당장 뒷수습을 어떻게 해야 할지 머리가 복잡했다. 그녀가 혹시라도 호텔리어를 부르는 게 아닐까 걱정이 되어 일단 자신은 절대 침입자가 아니며, 방금 전에 당신과 함께 온 그 사람이 맞다고 해명을 해 두었다. 젖은 자신의 와이셔츠와 정장 바지를 내밀면서 말이다.

물론 정말 믿었는지는 확신할 수 없다. 그래도 함께 기다려 주는 것을 보면 일말의 기회란 것을 주는 게 아닐까.

"……오시기로 한 분이 누구신지는 모르겠지만 늦으시네요."

"예……."

물에 흠뻑 젖어 추위를 이기지 못하고 덜덜 떨던 그 사람이 맞는지 의심될 정도로 찬형은 멀쩡해 보였다. 그는 추위를 타지도 않았다. 그의 몸에 잡힌 잔 근육들을 보자 오히려 홍조는 이 방이 덥게 느껴지기까지 했다.

"……."

"……."

짧은 대화를 끝으로 다시금 이어지는 침묵.

홍조가 힘겹게 입을 열었다.

"저기……."

"예."

"그…… 혹시 란마 같은 거예요?"

"란……마가 뭡니까?"

"란마 1/2이라는 만화가 있는데 혹시 모르세요?"

"……예."

"야빠빠, 야빠빠……."

"……."

"아…… 진짜 모르시는구나……."

만화 주제가를 흥얼거리던 홍조가 이걸 어떻게 설명해야 하나 싶어 머리를 긁적였다. 그래도 나름 유명한 만화 몇 편은 알고 있을 또래라고 생각했는데 아니었던 모양이다.

보기와 다르게 나이가 훨씬 많다거나 반대로 확 어리다거나 한 건 아닐까 생각해 보기도 했다. 자신의 보는 눈이 정확하다면 그는 분명 삼십 대 초반 정도로 자신과 크게 차이 나지 않는 연령대일 텐데……. 아니면 그냥 만화 같은 걸 안 보고 자란 걸까? 여러 가지를 생각하느라 머릿속이 분주해진다.

그런 홍조의 시선을 느꼈는지 찬형이 다시 머쓱한 미소를 머금었다.

엄했던 할아버지 밑에서 개인 교사들을 통한 교육을 받으며 자라다 보니 텔레비전과는 거리가 멀었다. 또래 아이들처럼 만화를 보고 떠들거나 웃을 시간에 가만히 책을 쥐고 앉아 있던 적이 많았다. 휴식 시간에는 참고서가 아닌 다른 책을 읽었다. 그 나이대의 아이들과는 조금 다른 의미의 휴식이었다.

아, 어쩌면 그래서였는지도 모르겠다. 남들을 배려하고, 공부를 열심히 하고, 모두에게 친절했어도 친구가 없었던 이유.

또래들과 나눌 수 있는 대화의 공통점이라고는 그저 학교 수업 내용 외에 아무것도 없었다. 만화도, 게임도, 텔레비전의 인기 프로그램도 모두.

그의 어색한 미소를 보며 홍조가 '으음…….' 하고 망설이다가 만화를 설명하기 시작했다.

"그게 남자가 여자로 바뀌고, 여자가 남자로 바뀌고, 뭐, 그러는 만화거든요. 되게 인기 많았던 건데……."

홍조의 말을 듣던 찬형이 눈을 빛내며 갑작스레 다른 분위기를 풍겼다. 어쩌다가 시선을 마주친 홍조가 그 의외성에 놀라는 것도 느끼지 못했는지 그는 흥미로운 얼굴을 했다.

"조금 더 자세히요. 어떻게 변하는 거죠?"

"어…… 그러니까……. 원래는 남자였는데 어떤 온천에 잘못 빠지게 되면서 차가운 물을 맞으면 여자로 변하고, 뜨거운 물을 맞으면 다시 남자로 돌아가요."

"아……."

놀란 시선이 빠른 시간 안에 실망으로 뒤덮였다.

'저런 얼굴을 하게 만들려던 건 아니었는데…….'

홍조는 이유 모를 묘한 죄책감을 느꼈다. 대체 뭐가 어떻게 된 건지 도통 알 수가 없다.

"전 전혀 다른 쪽입니다."

"네……?"

"차가운 물 때문에 여자가 되는 거라면 전 한여름에도 뜨거운 물로만 씻고, 평생 뜨거운 물만 마시며 살겠습니다. 얼마든지 가능해요."

"……."

"하지만 제 경우는 많이 다르네요. 설명해 주신 보람도 없이."

그러니까 대체 당신의 경우가 어떤 경우냐고, 만화 속에서나 보던 일이 어떻게 현실로 일어날 수 있는 건지 제대로 설명이나 좀 해 달라고 말하려던 찰나였다.

객실의 벨이 울렸다. 홍조와 찬형의 눈이 허공에서 잠시 마주쳤다. 그리고 이내 시선의 끝이 문 쪽을 향했다.

홍조가 천천히 자리에서 일어났다. 룸서비스를 시킨 것이 아니니 올 사람은 한 명뿐이다.

여자에서 남자가 되어 버린 그녀, 아니, 그가 부른 도움의 손길.

"누구세요?"

"실례합니다. 유영훈이라고 합니다. 저희 대표님께서 여기 계시다길래."

대표님이라는 낯선 단어에 홍조가 찬형을 힐끔 돌아보았다. 그는 말없이 고개를 끄덕였다.

"잠시만요."

문을 열려는 그녀의 손이 아주 잠시 머뭇거리는 듯싶다가 손잡이를 꽈악 잡아 돌렸다. 타지에 여자 혼자 머무는 중이었던 만큼 모든 것이 조심스러웠다.

하지만 이미 타월 하나만을 두른 남자가 소파에 앉아 있었다. 더불어 문 너머에서는 알지 못하는 또 다른 남자가 이제 막 들어오려 하고 있다. 경계할 거라면 진즉 더 경계했을 것이다.

모든 것이 어떻게 흘러가고 있는 건지 알 수 없어졌다. 덕분에 백수가 되었다는 사실도, 3년의 연애가 무자비하게 끝나고 말았다는 사실도 잠시나마 잊었다.

"안녕하세요. 유영훈 실장입니다."

안경을 쓴 큰 키의 남자. 안에 있는 그보다 훨씬 어른스러운 분위기를 지닌 남자는 홍조를 내려다보며 조금 사무적으로 웃었다.

"명함이라도 드리며 인사를 건넸으면 좋겠지만…… 상황이 상황이니 만큼, 우선은 이것부터 전할 수 있을까요?"

남자가 품에 안은 남성용 셔츠와 바지를 내보였다.

☆우

그녀는 어릴 때만 해도 스스로의 삶이 너무 지루하고 평범하게만 느껴지는 것이 싫었다. 특별한 사람이고 싶었고, 특별한 사람에게 특별한 사랑을 받으며 특별한 삶을 살고 싶었다. 두 번 살지 않으니까, 단 한 번뿐인 인생이니까, 기왕이면 반짝이는 편이 좋을 거라고 생각했다.

하지만 성인이 되고 바쁜 사회 속에 발이 닳도록 열심히 뛰어다니면서 알았다. 평범한 게 제일 좋다는 것을.

가끔 특별은 둘째 치고 평범조차 누릴 수 없을지도 모른다는 생각이 들 때면 철없던 시절의 그 빛나던 바람들이 얼마나 터무니없었는지를 깨닫게 되고는 했다.

화려하게 반짝이지는 않아도 은은하게 빛났으면 했다. 바람 몇 줄기에 쉽사리 꺼져 버리고 마는 나약한 나이고 싶지 않았다. 남들만큼 안정적이고 싶었고, 남들만큼 받으며 일하고 싶었고, 남들만큼이라도 달콤하게 연애하고 싶었다.

하지만 쉽지 않았다. 모든 것이 그저 너무도 큰 바람이었다고, 그렇게 체념을 해야만 하나둘 잃는 것이 생겨도 납득할 수 있었다.

그랬던 홍조의 일상에 이상한 남자가 나타났다. 눈앞에 가만히 앉아 있는 이 남자는 스스로를 평범하지 않다고 말했다. 그의 말이 자신의 특별함에 대해 논하는 것이 아니라는 것 정도는 알 수 있었다.

자신은 이 남자 앞에서 절대 평범을 말할 수 없을지도 모른다.

"……설명은 여기까지입니다."

"……."

"귀신에 홀린 것 같으시겠지만 사실입니다."

"병 같은 건 아니에요?"

홍조가 영훈을 보며 조심스레 물었다.

"흥분과 동시에 여성 호르몬 수치가 급격하게 높아진다는 것은 알아낼 수 있었지만…… 그뿐입니다. 의학적으로 명확히 설명할 수 있는 부분이 아니니까요. 남자가 흥분을 하는 건 아주 자연스러운 일입니다. 그런데 그 변화가 여성 호르몬을 불러오는 것도 이해가 안 되는 판국에 아예 여성이 되어 버리는 이런 말도 안 되는 질병이라니, 있을 수 없어요. 아마 학계에서 대표님을 외계인 취급하며 실험하려 들지도 모르는 일이죠."

영훈이 차분하게 모든 것을 설명했다. 홍조의 짧은 질문 하나조차도 놓치지 않았다. 찬형에게 있어 이 일이 얼마나 무겁고 힘겨운 것인지 알고 있는 유일한 사람이었으니 당연했다.

그는 처음 여자의 몸으로 변했던 그 밤, 잘 알지도 못하는 자신을 보자마자 덜컥 울음부터 터뜨렸던 스무 살 찬형의 모습을 아직까지도 생생하게 기억하고 있었다. 스물이 생각보다 많이 어린 나이였음을 시간이 흐르고 나서야 알 수 있었다.

홍조가 허리를 꼿꼿하게 세우고 있다가 엉덩이를 조금 당기며 상체를 앞으로 기울였다. 이야기에 한 발자국 더 가까이 다가선 것이다.

영훈과 찬형은 어떻게 된 영문인지 모든 것들을 가감 없이 말하고 있었다. 이런 말도 안 되는 일이 사실이라면 어떻게든 수습을 하기 위해 더 말도 안 되는 핑계를 늘어놓아야 하는 거 아닌가.

그러나 그들의 눈에는 한 치의 거짓도 없는 듯 보였다. 그래서 의심의 여지가 없다고 생각했는지도 모를 일이다.

"그래도 1시간 뒤에는 돌아온다니 천만다행이네요……."

"뭐…… 다행이라면 다행인 일인가요."

쉽사리 다행이라는 단어를 뱉어 버렸다는 사실에 순간적으로 당황한 홍조가 입을 가렸다. 타인의 아픔이나 슬픔에 대해 멋대로 판단하는 것은 스스로도 무척이나 싫어하는 행위가 아니었나.

"아, 죄송해요. 이런 일에 다행이라는 말 같은 걸 함부로 붙이면 안 되는 건데."

"괜찮습니다. 저 역시 불행 중 다행이란 말에는 일부분 동감하니까요."

찬형은 사람 좋게 웃었다. 홍조의 입을 꾹 다물게 만들 수 있을 만큼 다정하고 따스한 웃음이었다.

말도 안 되는 비밀을 털어놓은 사람처럼은 보이지 않았다. 안 지 하루도 채 되지 않은 사람에게 지난 십여 년의 일을 마치 어젯 밤 식사 메뉴 말하듯이 아무렇지 않게 전했다. 대체 어떻게 된 사 람이면 저게 가능할까 싶어 홍조는 그에게서 도저히 시선을 뗄 수 없었다.

카페에서 잠시 보았던 그때의 모습이 떠올랐다. 멀찍이 전면 창으로 바다 너머를 내다보던 시선과 조용하게 가라앉은 표정 속의 분위기. 그것들을 아주 가까이에서 다시금 마주하고 있었 다.

어디에도 모난 구석이 없어 보이는 사람이었다. 커다란 비밀을 숨기고 사람들을 경계하며 살아온 사람처럼은 보이지 않았다.

"그런데…… 성적으로 흥분을 하면 그렇게 된다고 하셨잖아요. 실제로 그렇게까지 흥분을 하는 일이 많은가요……?"

홍조의 질문에 영훈이 입을 열었다.

"그쪽……. 그러니까 뭐라고 부르면 좋을지……."

"아, 홍조예요. 선홍조."

"예. 홍조 씨는 여자분이라 잘 모르실 것 같지만 남자란 원래 여자들이 생각하는 것 이상으로 꽤 많은 시간, 꽤 많은 상황에서 그 흥분이라는 게……."

"……유 실장님."

찬형의 나직한 목소리에 술술 이야기를 이어 나가던 영훈이 그대로 입을 다물었다.

그답지 않은 태도였다. 영훈은 다른 사람에게 많은 말을 하는 성미가 아니었다. 그런데 이상하게도 홍조에게는 자신도 모르게 모든 것을 말하고 있었다. 마치 예전부터 그 비밀을 함께 간직해 온 세 사람이 모이기라도 한 것처럼.

영훈이 하는 말이라면 거의 모든 것을 수용하는 찬형이였지만 아무리 그렇다고 해도 흥분에 대한 이야기를 그런 식으로 하는 건 여러모로 난처했다. 이상하게도 홍조에게 그런 부끄러운 이야기를 더는 들려주고 싶지 않았다.

왜일까. 이번에 처음 만난 여자고, 앞으로도 만날 일이 없을 여자인데 말이다.

"아닙니다, 그런 거."

영훈의 말을 막은 찬형이 대신 대답했다.

"네?"

"시도 때도 없이 흥분을 해서 여자가 되거나 그러지는 않아요. 단지……."

"단지……?"

"컨디션이 좋지 않을 때가 좀…… 그렇습니다. 스트레스가 과도하거나 심각하게 긴장한 상태, 가끔 몸 상태가 좋지 않을 때는 흥분의 유무와 관계없이 여성과의 접촉만으로 변하기도 합니다."

옆에서 영훈이 고개를 끄덕였다.

홍조는 새로운 사실들이 나올 때마다 눈을 동그랗게 뜨며 반응했다. 저런 이야기를 하는 게 그리 쉬운 일만은 아닐 것이라는 생각이 계속해서 머릿속을 둥둥 떠다녔다. 이 남자들의 의중이 문득 궁금해졌다.

"이렇게 전부 다 말하셔도 괜찮아요?"

홍조의 질문에 찬형과 영훈이 가만히 눈을 마주쳤다. 아까 안쪽에서 영훈이 가져온 옷을 갈아입을 때 나누었던 대화가 둘 사이에 떠올랐다.

'전부 말하실 겁니까?'

'예. 이미 들켜 버렸잖아요.'

'하지만……'

'오히려 여자 혼자 머무는 객실에 낯선 남자가 무단으로 침입한 상황이 더 큰 문제일 것 같은데. 제 생각이 틀렸나요, 유실장님?'

'……'

'게다가 창문도 없이 환풍구만 있는 7층인데 제가 앤트맨 같은 게 아니고서야 어떻게 들어오겠어요.'

'대체 어쩌시려고……'

'그리고, 형.'

그 순간 찬형은 상사가 아닌 동생 최찬형의 얼굴로 영훈을 보았다.

'……?'

'저 여자, 변한 날 보고 13년 전 형과 똑같은 표정을 했어. ……날 알아본 그 표정 말이야.'

'…….'

'그걸로 충분할 것 같지 않아?'

그때 찬형은 욕실 문 앞에서 마주하고 있던 홍조의 얼굴을 떠올렸다. 놀라움에 입을 멍하니 벌리고 한 마디도 하지 못하던 그녀였지만 이내 천천히 가라앉은 눈빛만큼은 자신을 똑바로 바라보며 빛을 내고 있었다.

13년 전의 영훈과 같았다. 그때 그가 눈앞에 있는 것이 최찬형과 동일 인물임을 알아보았던 것처럼, 그녀도 자신의 앞에 느닷없이 나타난 남자가 방금 전까지 함께 있던 그 여자와 같은 사람이라는 것을 구태여 의심하지는 않는 듯했다.

그녀는 꿈을 마주한 것 같은 표정이었다.

찬형은 영훈과 시선을 마주하며 웃었다. 맞은편에 앉은 홍조가 여전히 의아한 표정을 지우지 못하자 천천히 고개를 돌린 그가 얼어 버린 마음도 녹일 수 있을 것만 같은 달콤한 목소리로 그녀의 이름을 불렀다.

"홍조 씨."

그가 자신의 이름을 올곧게 불러 오자 등골이 오싹해졌다. 나쁜 느낌은 아니었다.

뭘까. 자신을 반응케 만드는 묘한 무언가.

"홍조 씨는 제가 누구인지 압니까?"

"아니요……?"

"그럼 우리나라 기업가 중에서 아는 사람이 있나요?"

"삼성의 이건희 회장 정도……?"

"그러니까 말하는 거예요. 당신은 내가 누구인지 모르니 내게 악한 마음을 먹고 해코지를 할 수도 없을 거고, 하물며 저는 이건희 회장 정도 되는 유명한 기업가도, 모두가 이름을 알 만한 연예인도 아니니 더욱이 큰 문제 될 게 없죠."

"……?"

"꼭 그게 아니더라도…… 홍조 씨는 내 비밀을 그 속에 고스란히 숨겨 줄 것 같았어요."

홍조는 그가 대체 무슨 말을 하는 건지 모르겠다는 표정이었다. 그가 손가락 끝으로 홍조의 가슴께를 가리켰지만 조금도 성(性)적으로 느껴지지 않아 부끄러움은 없었다.

이 속에 고스란히 담겨질 그의 비밀.

아주 조금은 알 것도 같았다. 적어도 그가 처음 만난 자신에게 이 비밀만큼이나 믿기지 않는 믿음을 전해 주었으니까.

3년을 믿었던 남자도 어느 순간 내 뒤통수를 강하게 때리며 멀어지는 판국에 언제 보았다고 처음 보는 사람에게 자신의 말도 안 되는 비밀을 술술 늘어놓는단 말인가. 세상에 저토록 미련한 사람은 또 없을 것이다.

그럼에도 불구하고 자신은 알지도 못하는 남자의 그 믿음이라는 것이 이상할 정도로 고맙게 느껴졌다. 어디에서도 쉽게 쓰고 버리면 될 정도의 인물이었던 자신에게 가끔은 이유 없는 감정을 내비쳐 주는 사람이 존재할 수도 있다는 것을 눈앞에서 확인했기 때문인지도 모르겠다.

"걱정 말아요. 이런 일, 누구에게도 말 안 해요."

"예. 말할 거라 생각하지 않습니다."

"……근데 정말 밑도 끝도 없이 믿으시네요. 사업하시는 분 같은데 그런 분들은 원래 돌다리도 두드려 보고 건너는 게 기본 아니에요? 의심을 좀 하셔야죠."

"사업으로 만난 사이가 아니니까요."

아, 그가 또다시 웃는다.

그의 웃음은 이 추운 겨울의 홋카이도를 봄날 가운데 머무는 작은 공간으로 바꾸어 버린다. 그것이 신기했다. 추위 속에서 몸 서리치며 만난 사람 같지 않은 이 느낌이 낯설기도 했다.

평범한 누군가와 만나 평범한 대화를 하고 평범하게 살아가기를 바랐는데, 이상하게도 평범하지 않은 사람을 만나 평범하지 않은 대화를 나눴는데도 마음이 따스하게 가라앉았다.

"아, 그러고 보니 제 소개가 많이 늦었네요."

그의 미소에 주변이 또다시 물든다. 무척 따스한 색으로.

"반가워요, 홍조 씨. 전 그냥…… 작은 회사 하나 운영하고 있습니다. 최찬형입니다."

그와 제대로 나눈 첫인사였다.

송우

침대 위로 희고 밝은 빛이 무수히 많은 조각처럼 떨어져 내렸다. 흰 이불 속에 파묻혀 있던 홍조가 작은 두 손으로 얼굴을 몇 번이고 비비고 문지르며 잠에서 깨어나기를 거부했다.

그러다가 문득 이곳이 집이 아님을 깨닫고는 무거운 눈꺼풀을 겨우 올렸다. 벽이며 천장, 침대까지 모든 것이 희게 빛나고 있었다.

여행 3일 차였다.

앞으로 24시간이 남았다. 내일 오전 비행기로 돌아가야 하니 공항까지 이동할 시간을 포함해 계산하면 이곳에 머물 수 있는 시간은 고작 그 정도가 전부였다. 나름 알차게 휴식을 만끽했다고 생각하면서도 어딘지 모르게 자꾸만 아쉬웠다.

정말로 버리고 갈 수 있는 만큼 모든 감정들을 저 바다에 내던졌는가. 묻고 갈 수 있는 만큼 이 타국 땅에 묻어 두었는가. 그런 질문들이 머릿속에 떠다녔다.

얼마를 던지고, 얼마를 묻어도 결국 한국 땅을 밟는 순간 이곳에서의 사나흘은 또다시 아쉬움으로 남을 게 분명했다.

"아…… 날 좋다."

커튼을 걷고 창문을 활짝 열었다. 차가운 겨울바람이 순식간에 방 안으로 휘몰아쳤다.

찬 기운에 오싹할 정도로 몸이 떨려 왔지만 온 피부에 닿아 오는 아찔한 감각을 포기할 수는 없었다. 크게 숨을 들이마셨다. 낯선 땅에 와 있다는 그 쾌감을 한껏 만끽하고 싶었다.

그러던 홍조의 머릿속으로 돌연 찬형이 떠올랐다.

이상한 일이었다. 지난 이틀 내내, 아니, 헤어진 이후로 눈만 떴다 하면 분노에 찬 문재의 마지막 얼굴이 떠올랐는데 갑자기 찬형의 존재가 그 자리를 밀어내고 불쑥 고개를 내밀었다. 그 낯선 감정에 홍조가 멍하니 서서 눈을 끔뻑였다.

점점 손발이 차가워지는 것 같은 기분이 들어 서둘러 창문을 닫았다. 펄럭이던 커튼이 서서히 차분하게 가라앉았다.

하지만 조금씩 붕 떠오른 홍조의 마음만큼은 가라앉지 않은 채 여전히 그 자리에 머물러 있었다. 아무리 생각해도 정말 이상한 일이다.

시종일관 따스한 표정을 짓는 남자였다. 자신의 이야기를 하면서 잠깐씩 비치던 그늘 같은 것을 느끼지 못한 바는 아니었다. 하지만 그런 것들은 어느새 사그라지고 없을 정도로 다정함만 강렬하게 기억에 남았다.

'그런 남자와 만난다는 건 어떤 기분일까?'

생각이 거기까지 닿았을 때 홍조는 깨달았다. 최찬형이라는 사람을 남자로서 의식하고 있는 스스로의 모습을.

여성이었던 순간을 그토록 적나라하게 확인했으면서도 계속 그 얼굴이 떠나지 않는 것은 어쩌면 가장 먼저 보았던 모습이 남자 최찬형이었기 때문일지도 모르겠다.

카페에서 우연히 눈이 마주쳤던 그때, 따사롭게 웃어 주던 기묘한 남자. 가만히 바라보는 눈빛만으로도 햇살처럼 녹아 버릴 것 같은 그런 남자.

'내 남자 취향이 원래 이랬었나……?'

자신의 과거를 되짚어도 본다. 그러나 지나쳐 갔던 사람들 모두가 각기 다른 모습을 하고 있어 취향이라는 것을 하나로 합쳐 보는 것은 어려운 듯했다. 우선 취향이고 아니고를 떠나 그 정도의 외모나 분위기를 갖춘 남자가 없었다는 이유도 한몫했을 것이다.

'내가 남자 보는 눈이 없어도 심각하게 없었지.'

찬형의 생각 뒤로 갑자기 문재의 기억이 따라붙자 홍조가 고개를 저었다.

오늘 하루를 완벽하게 즐겨야만 한다. 그 생각을 하고 나니 괜히 마음이 조급해졌다. 서둘러 욕실로 걸음을 옮겼다.

홍조는 씻으면서 욕실 내부를 찬찬히 둘러보았다. 문득 어제의 일들이 꿈처럼 느껴졌다.

들어갈 때는 여자였는데 나올 때는 남자였다. 자신도 씻고 이 문을 나서면 갑자기 남자가 되어 있는 게 아닐까 하는 상상을 하다가 스스로 생각해도 어이가 없어 웃어 버렸다. '철 좀 들어라, 계집애야!' 하고 외치는 지혜의 목소리가 들리는 것도 같았다.

결국 아무런 변화 없이 멀쩡한 여자의 모습으로 욕실에서 나왔다. 거울 속으로 자신의 모습을 확인한 홍조가 묘한 아쉬움을 떨쳐 내며 외출 준비를 했다.

어제 그에게 걸쳐 주었던 흰 점퍼를 가만히 보다가 손에 잡았다. 젖어 있던 물기가 하룻밤 새에 고스란히 말랐다. 객실 내의 온도가 적잖이 따뜻했던 덕분이다.

무릎까지 오는 겨울 스커트를 입고 보들보들한 니트 위에 점퍼를 걸쳤다. 그리고 새 출발을 하는 사람처럼 자신 있는 표정으로 문을 열었다.

매일 아침 모든 것이 새로 시작된다면 더할 나위 없겠다. 바로 오늘 아침처럼.

"あの……." (저기…….)

"はい. ご注文承ります." (네. 주문 도와 드리겠습니다.)

"アメリカーノ一つでお願いします." (아메리카노 한 잔 주세요.)

로비 쪽으로 내려와 가장 먼저 향한 곳은 레스토랑 근처에 있는 카페였다.

홍조는 어제 영훈이 주문하던 것이 떠올라 또다시 입 안에서 사탕처럼 굴리던 발음을 살며시 뱉었다. 아마 근처에 찬형이 있었더라면 어제처럼 자신을 멀건 눈으로 쳐다보았을지 모를 일이다.

"아메리카아—노."

"깜짝이야!"

귓가에서 들려온 나직한 목소리에 홍조는 자리에서 튀어 오를 듯 몸을 떨며 크게 놀랐다.

낯설지는 않았지만 그렇다고 해서 익숙한 것도 아니었다. 애초에 이곳에 익숙한 목소리가 존재할 리 만무하지만 말이다.

놀란 가슴을 쓸어내리던 홍조가 천천히 고개를 돌리며 뒤를 보았다. 목소리보다 더 낯익은 시선 하나가 홍조보다 조금 더 높은 곳에 머물러 있었다.

"어……?"

"좋은 아침입니다, 선홍조 씨."

찬형이었다. 멀건 눈으로 자신을 쳐다보던 그의 모습을 상상해 보았을 뿐인데 그게 마치 소환 주문이라도 된 듯 어느덧 그가 자신의 앞에 떡하니 서 있었다.

홍조가 눈을 두어 번 깜빡였다. 이 남자와 관련된 모든 시간들에는 꼭 꿈인 것만 같은 얼떨떨한 기분이 동반된다. 지금도 예외는 아니었다.

"어떻게 여기 계세요?"

"밖으로 나가려던 참인데 로비를 지나다가 마침 홍조 씨가 여기 서 있는 게 보여서요."

"아……."

"실례가 되었나요? 모르는 척 지나갈 걸 그랬네요. 죄송합니다."

"아, 아니요, 아니요! 그런 뜻은 아니었어요."

손사래 치는 홍조를 내려다보며 찬형이 웃었다. 그의 웃음에 이유도 알 수 없이 귓가가 뜨거워진다.

그때, 커피가 나왔다. 홍조가 그를 가만히 바라보고 있는 사이, 찬형이 그녀의 작은 어깨 뒤로 손을 뻗어 커피를 대신 받았다. 그러고는 그녀에게 살며시 내밀며 다시금 눈을 마주쳐 왔다.

"커피 좋아해요?"

"아, 네. 아침 먹을 시간은 없어도 졸음 쫓을 커피 한 잔은 빼

놓은 적이 없어요. 출근하는 직장인들은 대게 그렇잖아요."

그렇게 말하며 홍조가 그에게서 커피를 받아 들었다.

"공복에 마시는 커피는 좋지 않다던데. 습관적으로 마신다고 하니 옆에서 밥 챙기라고 한마디 거들고 싶어지네요."

그의 친근하고도 가까운 말에 '네?' 하며 되묻고자 할 때였다. 뒤에서 주문을 하려고 서 있던 사람들이 그들의 사이를 비집고 섰다. 얼떨결에 옆으로 비켜난 홍조가 그의 말에 대한 대답 대신 반문을 선택했다.

"최찬형 씨……도 커피 좋아하세요?"

그의 이름을 부르는 게 왜 그리 부끄럽게 느껴졌는지 모르겠다. 그가 너무 아무렇지 않게 자신의 이름을 부른 탓이라고 생각했다.

홍조는 추측했다. 그는 원래 가까운 사람이 아니어도 저렇게 성을 떼고 불러 주는 친절한 성격인 게 분명하다고. 그렇게라도 하지 않으면 괜한 부끄러움이 이상한 감정을 불러올 것 같았다.

자신도 다정하게 그의 이름을 부를 수 있도록 노력해 볼까 하는 마음이 잠시나마 들었지만 관두기로 했다. 이곳에서 그의 이름을 부를 기회는 열 번도 되지 않을 게 뻔했다. 머무는 인연이 아닌 스쳐 갈 인연이란 그런 거니까.

"네, 좋아합니다."

"……!"

그의 한마디에 순간 심장이 바닥으로 덜컹 떨어지는 기분이 들었다. 이유 모를 기분들이 늘어만 간다.

"커피요."

"……."

홍조는 짐짓 속으로 당황한 것이 겉으로 드러났을까 봐 표정 관리에 애써야 했다. 시선을 갑작스레 거둘 수 없어 눈을 마주하고는 있었지만 동공이 제멋대로 흔들렸다. 그에게 모든 기분 변화를 들킬 것만 같아 걱정이 밀물처럼 밀려들었다.

홍조는 자신의 당황, 놀람, 그 모든 것들을 전부 모아 세워 둔 채로 하나씩 짚어 보았다. 제멋대로 날뛰는 이 감정들의 정체가 뭘까.

'설마, 호감일까?'

자신은 절대 첫눈에 반하는 타입이 아니었다. 쉽게 사랑에 빠진 적도 없었다. 조금씩 가까워지거나 상대방의 습관과도 같은 묘한 친밀감이 사랑으로 발전하는 경우가 대부분이었다. 홍조는 자신의 연애 스타일에 대해 확실하게 말할 수 있었다.

그랬기에 고작 이틀—그래 봐야 마주한 건 전부 합쳐 24시간도 채 되지 않지만— 사이에 이런 감정을 이성에게 느끼는 '호감'이라고 정의 내리는 것이 낯설지 않을 수 없었다.

게다가 평범을 바라던 스스로이지 않았던가.

이 남자는 모든 것이 달랐다. 속해 있는 범주 같은 것이 홍조와는 확연한 차이를 지녔다.

모든 사랑은 호감에서 시작된다지만 습관과도 같은 감정이 사랑의 시작을 대부분 차지했던 홍조이다. 이런 두근거림은 제 것이 아니라고 섣부르게 판단해도 크게 이상하지 않았다.

그러나 어떤 식의 감정이, 어떤 식의 시작이, 어떤 식의 사랑이 평범한 것인지 딱 잘라 말할 수는 없는 일이다. 홍조를 보는 찬형의 눈이 그 순간만큼은 그녀가 떠올리는 '평범'의 정의를 강하게 흔들어 놓는 듯했다.

"옷차림을 보니 밖으로 나갈 예정이었던 것 같은데 잘됐네요. 같이 갈까요?"

"아, 네……."

홍조가 두 손으로 커피를 꼭 쥐었다. 손가락 끝이 따뜻하다 못해 뜨거워질 정도로 그 온기가 강렬하게 타고 올라왔다. 컵 홀더를 사이에 두고도 고스란히 느낄 수 있었다.

차가운 기운 때문일까. 겨울은 유독 이런 따스함을 몇 배나 커다랗게 느낄 수 있도록 만들었다.

찬형에게서 느끼는 유난스러울 정도의 따뜻한 기운도 어쩌면 이 계절이 가져다 준 착각이 아닐까. 문득 그런 생각이 들었다.

로비를 지나쳐 호텔 밖으로 완전히 걸음을 내딛자 아까 창문을 열었을 때 온몸으로 맞았던 것과 똑같은 바람이 전신을 휘감았다. 흩날리는 머리카락은 여전히 간지러웠다. 홍조가 한 손으로는 커피를 들고, 다른 한 손으로는 뺨을 간질이는 머리카락을 한 가닥씩 떼어 냈다.

찬형은 그런 홍조를 보면서 한 걸음을 떼었고, 홍조와 자신의 걸음이 같은 방향으로 향하는 것을 확인하며 소리 없이 웃었다.

"어디 돌아볼지는 생각했어요?"

"이 근방은 갈 곳이 한정적이니까요. 남들 다 가는 관광 코스로 쭉 돌아서 오려구요."

바닥을 딛고 앞으로 나아가는 둘의 속도가 똑같았다. 홍조가 커피를 한 모금 머금다가 입김을 내뱉는 틈틈이 찬형은 그녀의 운동화 앞코를 살폈다. 그녀의 발이 앞으로 향할 때 똑같이 발을 뻗었고, 뒤를 짚을 때는 똑같이 그렇게 했다. 그렇게 걸음걸이가 같아지고 있다는 것을 홍조는 눈치채지 못하는 듯했다.

어제도 느꼈지만 홍조에게는 확실히 경계심이 없었다. 다짜고 짜 처음 보는 사람에게 다가가 일을 만들어 버린 건 찬형 자신이 지만 그렇다고 알지도 못하는 사람을 순순히 자기 방에 들일 거 라고는 생각하지 못했다. 물론 자신이 남자의 모습이었어도 그랬 을까에 대한 고민이 함께 떠오르기는 했지만 말이다.

보통 사람이라면 신고를 하거나 미친 사람 취급을 하고도 남았 을 이야기였다. 그 말을 듣고도 가만히 고개를 끄덕이던 모습이 그녀를 재차 돌아보게 만들었다.

자꾸만 생각이 났던 게 무엇 때문이었는지 몇 번씩 머리를 쓰 지는 않기로 했다. 아침 산책을 나서려다가 마침 생각하던 그녀의 얼굴을 발견하게 된 순간, 찬형은 그러기로 마음먹었다.

어쩌면 경계심을 먼저 풀어 버린 것은 자신일지도 모르겠다. 지난 13년간의 긴장이 쉽사리 풀리고 만 듯했다. 미녀를 만난 야 수의 기분이 이런 걸까.

"잘됐습니다. 저도 그럴 참이었는데, 같이 다니면 되겠네요."

홍조의 동그란 고동색 눈이 찬형을 향했다.

그 눈을 보며 찬형은 생각했다. 이 여자는 사람을 올곧은 시선으로 마주 볼 줄 아는 여자구나.

놀람과 당황, 그러나 솔직함이 그것들과 한데 어우러져 그의 마음을 자꾸만 이끌었다. 호기심? 아니었다. 그런 성질의 것과는 확연하게 다른 무언가.

"아, 그리고 홍조 씨."

"네?"

찬형이 아는 나 자신은 적어도 다른 사람에게 먼저 다가서는 편이 아니었다. 어린 시절, 무방비하게 다가섰다가 따돌려졌던 그때의 기분을 잊지 않았기 때문이기도 했고, 다른 사람과 마주하며 꼭꼭 숨겨 놓은 자신의 치부를 들키고 말까 두려웠던 탓도 있었다.

더군다나 여자와의 친밀한 관계? 불가능이었다. 해 보지 못한 연애, 사랑, 그런 것들이 찬형을 여전히 남자로서 성장하지 못하게 만들고 있었는지도 모른다.

그런데 달랐다. 어제도, 그리고 오늘도.

아마 이 여자 때문일 것이다.

"최찬형 씨라는 호칭은 아무래도 좀 불편한 것 같습니다."

"아, 죄송해요. 불편하셨을 거라고는 생각도 못 했어요. 그럼…… 최 대표님……?"

딴에는 고민을 하고 또 한다고 머리를 굴렸을 호칭. 찬형은 저도 모르게 웃음을 터뜨릴 뻔했다.

사실 불편한 적은 없었다. 문제가 다른 데에 있다는 것을 그녀는 전혀 모르는 듯했다. 아마 그럴 것이다. 찬형이 웃는 얼굴 속에 피어나는 다른 것들을 모두 숨기고 있었으니까.

"홍조 씨가 우리 회사 직원은 아니잖아요?"

"어…… 그럼……."

굉장히 야무진 것 같으면서도 저렇게 얼빠진 표정으로 입술을 오물거릴 때면 한 번도 여자를 통해 느껴 본 적 없던 묘한 기분이 고개를 내밀었다. 흥분이라는 것은 찬형에게 있어 독약과도 같았으니 그 감정을 무조건 그런 것이라고 말할 수는 없을 테지만…….

적어도…… 처음이었다.

쉽게 명명할 수는 없었지만 자신의 인생에 있어서 사적인 대화를 제대로 나눠 보고 싶어진 것이 꼭 그랬다. 은영과의 기억은 처음도 무엇도 아니었다. 그저 어느 계기에 불과했을 뿐.

그녀는 또 다른 의미의 계기가 되어 깊은 감정의 처음을 건드려 올지도 모르겠다. 막연하게도 그런 생각이 들었다.

"성 빼고 '찬형 씨' 요."

자꾸만 웃어 주고 싶었다. 영훈이 말하는 가면이 아닌, 그 속에 숨겨진 진실된 웃음을 더 솔직하게 지어 보이고 싶게 만드는 사람이었다. 찬형에게 있어 지금 홍조는 그랬다.

추위에 떠는 자신에게 망설임 없이 점퍼를 덮어 주던 행동도, 덜덜 떠는 와중에도 자신의 코끝을 간질이던 그녀만의 향기도, 누구에게도 말하지 않을 테니 걱정 말라던 목소리, 그 표정까지도. 그를 그렇게 만들었다.

찬형은 자꾸만 그녀에게 말을 걸고 싶었고, 눈을 마주쳐 웃고 싶었다. 그녀가 다정하게 불러 주는 자신의 이름을 듣고 싶었다.

"찬형 씨……?"

그리고 그녀의 한마디가 모든 것을 시작하고 싶게 만들었다.

5

봄을 품은 너

비슷한 얼굴을 한 사람들이 산책로를 따라 천천히 걸음을 옮기고 있었다. 간혹 푸른 눈의 서양인이 보이기는 했지만 대부분은 동양인이었다. 타지에서 온 일본인도 많은 듯했고 곳곳에서 낯선 중국어, 그리고 낯익은 한국어가 드문드문 들려왔다.

눈앞에 보이는 풍경이 아니었다면 한국과 크게 다르지 않다고 생각했을 것이다. 귓가에서 들리는 정확하고도 낮은 한국어 때문에 더욱 그랬다.

"처음 봅니다, 이런 광경은."

멀찍이 펼쳐진 곳을 내다보며 찬형이 말했다. 그의 옆모습을 가만히 바라보고 있던 홍조가 천천히 고개를 돌려 그와 같은 방향을 응시했다.

산책로는 점점 위를 향하고 있었다. 오르면 오를수록 계곡은 더욱 드넓게 시야를 채웠다. 유황 냄새가 코끝을 간질였고, 눈 덮인 계곡에서는 흰 연기들이 뿌옇게 올라왔다. 땅이 이 추위에 입김이라도 불어 올리는 듯했다. 흰 눈과 옅은 갈색의 황토, 그 사이의 거뭇한 흙모래마저 이곳에서는 낯설기만 했다.

홍조가 여행 책자와 인터넷을 통해 미리 알아보고 왔던 것들을 떠올리며 입을 열었다.

"온천의 열기가 뜨거워서 풀이나 나무가 제대로 자라지 못하기 때문에 지옥 계곡이라 부른대요."

"지옥이라……."

찬형의 작은 목소리가 찬 공기를 갈랐다. 황량해 보이기는 했으나 그가 생각한 지옥은 이런 모습이 아니었다. 그는 어쩐지 실망한 듯도, 안도한 듯도 싶었다.

홍조의 시선이 다시금 그를 향했다. 참으로 따뜻한 사람이라는 생각이 들다가도 저런 얼굴을 할 때면 사람들이 가지는 특유의 고독이 보이는 기분이다. 자신 역시 수시로 느껴 보았던 '세상에 나 혼자'라는 그 느낌을 담고 있는 것 같아 한번 그를 향한 시선은 좀처럼 떼어지질 못했다.

그가 고개를 돌려 눈을 마주쳐 왔다. 이번에는 당황하지 않았다. 계곡을 향하던 그의 깊은 시선이 자신에게 고스란히 닿아 왔음에도 홍조는 그 모든 시선들을 그대로 받아 내고 있었다.

찬형이 눈가를 휘며 사람 좋게 웃었다. 유황 냄새가 여전히 코끝을 맴돌았다. 지옥이라니. 이곳은 천국일지도 모른다. 그렇게 생각하며 홍조가 그를 보고 마주 웃었다.

고요한 미소 사이에서 찬형이 정중한 말투로 물었다.

"사진 같은 건 안 찍습니까?"

"사진이요? 아, 잠시만요. 카메라는 안 가져왔는데 대신 휴대 전화가……."

홍조가 어깨에 멘 작은 가방 속으로 손으로 집어넣었다. 지갑과 수첩 같은 것들을 옆으로 치우고 휴대 전화를 꺼내 들었다. 그리고 액정에 떠 있는 수많은 부재중 전화에 가슴 깊은 곳에서부터 한숨이 토해지는 것을 느꼈다. 마치 지옥 계곡 사이에서 뿜어져 나오는 가스들처럼 말이다.

"죄송해요. 저 잠시 통화 좀……."

"괜찮습니다. 편하게 해요."

역시나. 지혜였다. 친구의 도움으로 여행을 왔으면서 정작 그녀를 뒷전으로 둔 것 같아 괜스레 미안해졌다. 통화 버튼을 누르자 한참의 신호가 흐른 뒤 거의 다 죽어 가는 목소리의 지혜가 인사 대신 그녀의 이름을 불러 왔다.

— 홍…….

"뭐야. 너 목소리가 왜 그래?"

— 나 죽을 것 같아…….

"어디 아파?"

— 아니……. 아팠으면 좋겠어……. 아파서 입원이라도 한다는 핑계로 출근 좀 안 하고 싶어……. 내 몸뚱이는 대체 왜 연달아 야근을 해도 이렇게 멀쩡해……?

자기도 모르게 언성을 높이려던 홍조가 모든 소리를 목구멍 깊숙하게 꿀꺽 삼켰다. 멀지 않은 거리에 찬형이 있었다.

흘끔 고개를 돌리자 그가 이쪽을 보며 웃는다. 홍조가 어색하게 웃음을 띠며 살며시 시선을 피했다.

"놀랐잖아. 어디 아픈 줄 알고."

— 여행은 어때? 네 목소리는 어째 한결 더 좋아 보인다?

"응, 좋아. 재미있어."

— 남자는?

"어?"

그 말을 듣는 순간 어째서 시선이 다시 찬형에게로 향했는지 모르겠다. 혼자서 구경이라도 하고 있을 줄 알았는데 두 번째의 시선에도 그는 홍조를 보고 있었다. 재차 눈이 마주쳐 버리자 그때는 조금 멋쩍고도 쑥스러운 기분이 들었다.

자꾸만 자신을 쳐다보는 것이 눈치를 보는 거라고 판단한 모양인지 찬형이 그녀를 향해 가볍게 손을 흔들어 보였다. 자신은 괜찮으니 마음 놓고 통화를 하라는 뜻이었다.

그에게서 시선을 거둬 온 홍조가 입을 열려는데 휴대 전화 너머에서 지혜가 먼저 선수를 쳤다. 영 둔해 빠진 자신과는 다르게 촉이라는 것이 남다른 친구였다.

— 어어? 뭐야아?

"뭐가?"

— 너 방금 망설였어. 평소 같으면 남자는 무슨 남자냐고 한마디 할 텐데, 어? 어어?

"설레발은. 그런 거 아니야."

— 아닌 게 아닌 것 같은데에. 현지인이야? 아니면 여행객?

"아니라니까."

— 네 목소리만 들어도 다 알아, 계집애야. 얼굴까지 보면 더 확실하게 알 수 있을 테니까, 뭐, 나머지는 한국 들어와서 확인하는 걸로! 내일 오지? 영 아쉬우면 거기서 며칠 더 머물며 뜨거운 사랑을……

"못살아. 끊어!"

홍조가 냉정하게 전화를 끊어 버렸다. 이곳까지 보내 준 은인이라면 은인과도 같은 친구였으나 저 장난을 받아 주다가는 아마한도 끝도 없을 게 분명했다. 다 죽어 가는 목소리를 내더니 꼭 흥미 있는 이야기로 이어진다 싶으면 언제 그랬냐는 듯 저렇게 귀를 쫑긋 세운다.

'뜨거운 사랑은 무슨……'

그를 재미난 이야깃거리로 던져 주고 싶은 마음은 들지 않았다. 다른 일이었다면 함께 웃고 떠들면서 나눴겠지만 찬형에 대한 이야기는, 어제와 오늘의 일들은 그냥 그렇게 마음속에 묻어 두고 싶었다.

"통화는 다 끝났어요?"

"네. 이제 걸어요."

먼저 걸음을 내딛는 홍조의 뒤로 찬형이 천천히 따라붙었다. 그러다가 무언가 발견했는지 조금 더 얼굴을 근접하게 내밀면서 그녀를 살폈다.

너무 가깝다 싶어질 때쯤 그가 카페에서처럼 귓가에 목소리를 울렸다.

"홍조 씨."

"네?"

아까처럼 눈에 띄게 놀라지는 않았다. 홍조가 속으로 다행이라며 가슴을 쓸어내렸다.

"혹시 많이 춥습니까?"

"네……?"

"귀가 빨간데요."

홍조가 손을 뻗어 자신의 귀를 잡았다. 후끈거렸다. 추위가 아닌 부끄러움으로 인한 열기라고 어떻게 말할 수 있을까. 그저 흘리듯이 '아녜요.' 라고 말했다.

그러면서 홍조는 깨달았다. 제 아무리 태연한 척해도 낯선 사람과 함께하는 지금의 모든 것들이 결코 정말 '아무렇지 않은' 것만은 아니라는 것을.

그는 계속해서 걸음을 맞춰 주었다. 마치 처음부터 이곳에 함께 여행을 왔던 사람처럼 모든 것에 어색함이 없었다. 더불어 꽁꽁 얼어 버린 바다로 인해 혹시라도 홍조가 넘어지지 않을까 계속 살피고 배려했다. 아주 가까운 사람처럼 말이다.

눈빛은 친근했지만 묘한 거리감이 분명 존재했다. 하지만 그것들이 오히려 이 간격을 설렘으로 바꿔 주기에 충분하다는 것을 이미 성인이 되어 버린 두 남녀가 모를 리 없었다.

휘청거릴 때 어쩌다가 우연인 듯 잡는 그 손이 지난밤 바다에 빠지게 만들었던 손과 동일한 것이란 사실이 홍조는 믿기지 않았다. 그 여자가 지금 이렇게 자신을 이끌어 주는 남자라는 사실도 마찬가지였다.

고개만 들었다 하면 눈이 마주치고, 눈이 마주쳤다 하면 웃어 주는 남자.

3년을 만났던 문재도 자신에게 저럴 때가 있었나 과거를 돌이켜 보게 된다. 꽤 길었던 시간이었다고 생각했는데 어느덧 기억이 나지 않았다. 신기하고 허무할 정도로.

모든 처음은 그렇게 시간이 흐르면 현재에 밀려 기억나지 않는 과거가 되어 버리고 마는 걸까.

지금 흘러가는 이 시간도 그렇게 되고 말 것이란 생각에 홍조는 괜히 무엇이든 붙들어 보고 싶은 충동이 일었다. 아무것도 생각하지 않고 내가 하고 싶은 대로, 내 몸이 끌리는 대로 가고 있는 지금을 말이다.

"홍조 씨. 발 넣어 볼래요?"

"네?"

짧은 생각은 찬형의 목소리에 쉽사리 흩어졌다. 그의 목소리만이 남았다.

"저쪽이요. 사람들이 발을 담그고 있습니다. 방금 지나간 관광객 말로는 천연 족욕탕이라고 하네요."

그가 가리키는 곳으로 고개를 돌리자 몇몇 여행객이 계곡 사이로 흘러가는 유황수에 발을 담그고 앉아 있었다. 김이 모락모락 피어났다. 공기 중으로 와 닿는 찬 기운이 낯설어질 정도로 따스한 유황수가 사람들의 발목 언저리까지 찰랑이며 온갖 피로를 품었다.

"이리 와 봐요."

대체 언제부터였을까. 이 사람의 말에 이끌리기 시작한 게. 처음 만난 순간부터였을까? 아니면 어젯밤부터? 언제부터였는지 생각을 거듭해 보아도 답이란 건 애초부터 없었던 듯 조금도 떠오르지 않았다.

찬형은 몇 번이고 홍조의 손을 잡아 이끌었고, 홍조는 그에 대한 거부감을 조금도 느낄 수 없었다.

손끝에서 느껴지는 그 감각이 좋아 어디든 그대로 이끌려 가고 싶은 기분이 들었다. 누군가가 내 손을 이렇게 잡아 준다는 든든함을 마치 태어나 처음 깨닫기라도 한 사람처럼, 홍조는 그에게 잡힌 손의 어딘가에서 맥박이 빠르게 뛰기 시작하는 것을 느꼈다.

"신발 벗고 여기에 앉아서 가만히 발 담가 봐요."

"찬형 씨는요?"

어느덧 자연스럽게 자신의 이름을 부르는 그녀를 보며 찬형은 묘하게 일렁이는 감정을 꾹 눌러 담았다. 남들이 들으면 웃을 것이다. 이름이 가진 힘을 모르는 그들은 분명 그럴지도 모른다.

"으음⋯⋯. 오늘은 홍조 씨의 기사 노릇을 하고 싶은데요."

오늘은.

그 한마디가 마치 내일도, 모레도 기약하는 것처럼 들려 홍조의 입가에 잔잔한 미소가 번졌다.

사람들은 모든 만남에 끝이 있다는 것을 예감하면서도 미래를 그린다. 그러니 이 순간 내일과 모레를 상상해 보는 것은 아마 그녀의 자유일 것이다. 누구도 그녀를 탓할 수는 없다.

그리고 그 미래가 갑자기 찾아오지 않는다고 한들 그녀 역시 누구를 탓할 수 없다. 홍조가 알고 있는 미래라는 건, 기대라는 건, 전부 그런 것이었다.

그의 말을 따라 운동화를 벗고 양말까지 전부 벗은 홍조가 맨발을 천천히 물속에 담가 보았다. 발가락 사이사이로 빠져나가는 따스한 물의 감각이, 그 흐름이, 홍조의 모든 긴장들을 한꺼번에 아래로 흘려보냈다.

입을 동그랗게 모으며 작게 감탄하자 옆에 무릎을 굽혀 앉은 찬형이 웃었다.

"기분 어때요?"

"좋아요. 따뜻한데요?"

"몸이나 마음이 좀 느슨해지는 것 같아요?"

"엄청요. 늘어질 것 같아요."

"다행이네요."

동그란 발가락을 세워 물 밖으로 발장구를 치던 홍조가 고개를 들었다. 이마의 선을 타고 옆으로 잔머리가 흘러내렸다.

"다행이요?"

"네. 이렇게 몸도 마음도 쉬게 해 줘야 해요. 그래야 앞으로 뭐든 더 해 볼 의지가 생겨나죠. 달리기 전에는 그만큼 몸을 풀어 줘야 합니다."

"……?"

도통 무슨 말인지 알 수가 없다.

"살기 싫다는 생각, 이제는 안 했으면 좋겠습니다."

"아."

홍조는 그 말이 나오고 나서야 그가 뭘 말하고 싶은 건지 알 수 있었다. 혹시 그거 때문에 계속 자신을 챙기고 눈을 마주쳤던 걸까.

그가 보여 왔던 친절하고 따스한 행동들이 어떠한 이유를 지니고 그랬던 것이라 생각하니 고마움보다는 오히려 묘한 허무함이 밀려왔다. 그렇다고 해서 그 미소와 배려가 거짓된 것은 아닐 텐데 말이다.

뭘 기대했던 걸까. 모든 기대는 항상 그만큼의 보답을 해 주지 않는다는 것을 잘 알고 있었으면서도.

"저도 그럴 때가 있었습니다."

그런 홍조의 마음을 아는지 모르는지 찬형이 한 마디씩 천천히 말을 이어 가기 시작했다.

물속에 발을 담그고 있던 사람들이 하나둘 물기를 닦으며 일어났다. 다시 신발을 신고 걸음을 옮기기 시작하는 몇몇의 소리가 스친다. 주변의 움직임에 괜스레 부산스러운 느낌이 들었지만 그의 목소리에는 조금의 변화도 없었다. 내내 그러했듯이 평온함은 모두 그에게로만 향하는 듯했다.

"제가 남들과 다르다는 게 괴로웠습니다. 다른 사람들처럼 평범하게 지낼 수 없을지도 모른다는 걸 알게 되고 나서, 살고 싶지 않은 마음이 몇 번이나 들었는지 몰라요."

"……."

"몇 번씩 옥상에도 올라서 봤고, 드넓은 바다 앞에 서 있기도 해 봤죠. 하지만 살고 싶지 않다고 해서 정말 죽고 싶은 것도 아니었다는 걸 깨달았습니다. 말장난 같지만 그래요. 막상 그 문턱 앞에 서면 그렇게 되더라고요. 그래서 그냥 살기로 했죠."

"……."

"그러니 홍조 씨도 그랬으면 합니다. 당신이 말한 것처럼 천만다행인 일이 무척이나 많을 테니까."

홍조의 말을 떠올리며 찬형은 자신이 겪은 천만다행 중 첫 번째가 영훈을 알게 된 일, 두 번째가 그녀를 만난 일이라고 생각했다. 홍조는 찬형에게 있어 어쩌면 남들처럼 한 사람의 여자를 만나 평범한 일상을 보낼 수 있게 되지 않을까 기대를 갖게 하는 능력이 있었다.

"저기……."

"네. 듣고 있습니다, 홍조 씨."

"뭔가 오해가 있는 것 같은데 말이에요."

"무엇이 말입니까?"

자신의 과거를 말하던 그에게 툭 던져도 되는 말인가에 대해 잠시 고민했다. 그러나 더 붙일 살이 없었다.

"……진짜 뛰어들려는 생각은 아니었어요. 어제 말이에요."

"아……?"

찬형이 의아한 얼굴을 했다. 홍조는 그 얼굴을 보니 더욱 머쓱해졌다.

"그냥 먹고살기 힘들다는 말처럼 습관 같아요. 먹고살기 힘들다! 아, 살기 싫다! 이런 느낌이요. 돈 버는 것도, 사람을 만나는 것도 전부 힘든 건 사실이지만 제 인생을 놓을 정도로 죽고 싶은 적은 한 번도 없었어요. 아깝잖아요. 리셋 버튼으로 다시 시작할 수 있는 삶도 아니고."

말하고 나서도 너무 가감이 없었나 하며 그의 눈빛을 살피려던 때였다. 곁에 앉아 있던 그가 긴 팔을 뻗더니 그녀의 무릎 뒤쪽으로 불쑥 손을 넣었다.

적지 않게 놀랐다. 겨울이라 치마 안에 레깅스를 입었기에 망정이지, 하마터면 살갗에 닿아 오는 그의 손길이 고스란히 느껴질 뻔했다. 그가 여자의 맨다리에 아무렇지 않게 손을 댈 정도로 생각 없는 사람이라고 예상치는 않지만 말이다.

"다행이네요."

그렇게 말하며 그녀의 두 다리를 잡은 찬형이 주머니에서 손수건을 한 장 꺼냈다. 그러고는 그녀의 한쪽 발을 잡아 물기를 닦아 주기 시작했다.

"⋯⋯."

홍조는 할 말을 잃었다. 괜찮다고, 그렇게까지 안 해도 된다는 그 말조차 나오지 않았다. 그저 찬형이 하는 행동을 가만히 넋을 잃은 것처럼 쳐다보고 있을 뿐이었다.

그는 홍조의 작고 흰 발을 가벼이 잡아 발등이며 발바닥이며 물기를 꼼꼼하게도 닦아 주었다. 다 닦은 발에 양말까지 신겨 운동화에 내려 주고 이번에는 반대편 발까지 똑같은 모양새로 닦아 내기 시작했다.

발가락이 간지러워 꼼지락거리고 싶었지만 꼭 참았다. 부끄러움이 파고들었다.

그가 하는 모든 행위가 자신을 헷갈리게 만들고 있었다. 모든 남자가 이렇지는 않다는 것을 안다. 그렇다면 이 남자는 모든 여자에게 이렇게 행동하는 걸까. 궁금했지만 물어볼 자신은 없었다.

그가 나머지 발까지 닦아 양말을 신겨 준 뒤에야 홍조는 참고 있던 숨을 조용히 내쉴 수 있었다. 모든 것을 꽁꽁 숨겨 버리고만 싶었다. 부끄러웠던 발을 운동화 속에 깊숙이, 내심 긴장했던 그 마음도 보이지 않는 곳에 아주 깊숙하게 말이다.

"갈까요?"

찬형이 먼저 몸을 일으키며 홍조를 내려다보았다. 그가 내민 손이 하늘에서 내려오는 빛과 맞물려 반짝여 보였다. 뭐에 홀린 게 분명했다. 홍조는 그렇게 생각하며 그의 손을 잡았다.

어제, 그리고 오늘. 이 사람의 손을 셀 수도 없이 많이 잡았다. 모든 행동의 사이와 사이에 그의 손이, 그리고 그 손과 아주 가까운 곳에 자신의 손이 닿아 있었다.

시간의 흐름이 점차 빨라졌다. 해가 저물어 가는 사이 둘은 산책로를 걸었고, 웃었고, 친구처럼 또는 연인처럼 이야기를 나눴다.

그는 노보리베츠 곳곳에 있는 도깨비의 형상 앞에서 우스꽝스러운 표정을 지었다. 그러면 홍조 역시 그에게 지지 않겠다는 듯이 더욱 괴상한 표정을 했다. 문재가 있었더라면 무슨 여자가 얼굴을 그렇게 막 쓰냐고 한마디 했을지도 모르겠으나 적어도 찬형은 그런 그녀를 보며 한껏 웃어 주었다.

있는 그대로의 즐거움을, 하고 싶은 대로의 모든 것들을 그는 함께해 주었다. 지옥에서 천국을 만난 게 분명했다.

모락모락 김이 피어나는 일본식 라멘을 함께 맛보기도 했고, 기념품 가게 주변을 기웃거리며 여러 액세서리들을 구경하기도 했다. 모든 것은 계획되지 않은 상태였다. 그럼에도 말할 수 없이 즐거웠다.

어쩌다가 알게 된 사람, 무작정 떠나는 장소, 일단 따라가 보는 걸음들이 홍조를 설레게 했다. 낯선 곳에서 만난 낯설지 않은 사람이 자신을 이렇게까지 만들 수 있다는 것을 태어나 처음 느껴 보는 순간이었다.

겨울이었다. 온갖 곳에 눈이 있는 타국의 섬.

점차 줄어드는 사람들의 사이로 추위를 몰고 저녁이 내려앉았다. 몇 명 남지 않은 사람들 속에 찬형과 홍조가 있었다. 두 사람이 주머니 깊숙한 곳에 차가워진 두 손을 파묻었다.

"해가 금방 지네요."

감색으로 바뀌는 하늘을 올려다보며 찬형이 말했다. 홍조는 그 순간 아쉬운 것이 그저 저 혼자만의 감정은 아니기를 바랐다.

"아쉽죠, 오늘 하루가 이렇게 지나가고 있다는 게."

"밤을 즐길 수 있는 방법도 더 많으면 좋을 텐데 말입니다."

"여름에 오면 불꽃놀이도 한다더라구요."

"아쉽습니까?"

"조금요?"

아쉬운 것이 혼자만의 감정은 아니기를.

"못 할 거 뭐 있습니까?"

"네?"

"불꽃놀이요."

그렇게 말하며 찬형이 어딘가로 걸음을 옮기기 시작했다. 홍조는 그 자리에 덩그러니 서 있었다. 그가 들어간 곳은 방금 전까지 구경하다가 나온 가게였다.

창문 너머로 그의 모습이 보였다. 그는 직원과 무어라 대화를 나누는가 싶더니 이내 계산을 치르고 직원이 주는 물건을 받아 들어 밖으로 나왔다. 그 모든 것이 1분도 채 되지 않는 짧은 시간 안에 이루어졌다.

기다림이라고 할 것도 없었다. 가만히 그 자리에 있었더니 그가 다시 나타나 자신의 앞에 섰다. 손에 무언가를 들고서.

"그게 뭐예요?"

"말했잖아요. 못 할 게 뭐가 있냐고."

짤막해 보이는 막대기 몇 개. 불꽃놀이를 위한 것이었다. 찬형이 그것들을 들고서 어깨를 으쓱이며 웃었다. 따라오라는 듯이 앞장서 걷는 뒷모습이 듬직하다. 홍조가 점차 미소를 띠면서 빠르게 그의 뒤를 따랐다.

"저기서 불꽃놀이 도구 파는 건 어떻게 알았어요?"

"우리나라도 바다 근처에서 이런 거 팔잖아요. 다를 게 없을 거라고 생각했죠."

어느덧 호텔 가까이 왔다. 그가 가는 곳으로 가만히 따라 걷다 보니 멈춰 선 장소가 어제의 바로 그 위치였다.

"아주 추웠던 첫 만남을 기념하며?"

찬형이 장난스럽게 말하고는 부스럭거리면서 불꽃놀이 막대 두 개를 꺼냈다. 그러고는 그중 하나의 손잡이 부분을 그녀의 손에 쥐여 주었다.

"괜히 오해를 사게 만들어서는……. 미안해요, 찬형 씨. 그래도 감기는 안 걸린 것 같아 다행이에요."

함께 산 라이터를 꺼내면서 찬형이 웃었다.

"전 그 흔한 감기도 걸리지 않게 조심해야 합니다. 컨디션이 안 좋아진다던 말에는 면역력이 떨어지는 것마저 포함이거든요. 감기라도 걸리는 날에는 아마 이렇게 홍조 씨와 손만 닿아도 당장 여자로 변해 버리고 말 겁니다."

무서운 일일 텐데도 저토록 편하게 이야기를 하니 더 거짓말처럼 느껴진다. 욕실에서 여자가 남자의 모습이 되어 나온 것은 보았지만 남자에서 여자로 변하는 모습은 겪지 못했으니 모든 것은 상상으로부터 비롯될 것이었다.

어제 영훈과 그에게서 듣던 바에 의하면 무척이나 괴롭다고 했다. 온몸이 타들어 가는 듯 괴로운 1분을 견디는 수밖에는 없다고도 했다.

어떤 기분일까. 내 몸이 내 몸이 아니게 되는 그 순간은. 겪어 본 적도 없는 그 짧고도 강렬한 열기는.

"홍조 씨?"

"네?"

자신을 부르는 찬형의 목소리에 홍조가 고개를 들었다. 그의 시선이 홍조의 손에 쥐어져 있는 막대로 향했다. 그를 따라 그녀 역시 시선을 막대 끝으로 고정시켰다.

"불붙일 거예요. 멍하니 있으면 화상 입어요."

"네⋯⋯."

"지금부터 잘 봐요. 얼마나 예쁜지."

찬형이 홍조의 막대 끝에 불을 붙이고 이어 자신의 막대에도 불을 붙였다. 아주 약간의 간격을 두고 두 개의 막대에서 자잘한 불꽃들이 불을 내뿜었다. 막대는 화려하고 작은 불꽃들을 수놓으며 끝에서부터 타들어 갔다.

두 사람 앞에 둘만의 작은 하늘이 생겼다. 고개를 빼 들고 높은 곳을 올려다보지 않아도 되는 하늘이었다. 찬형과 홍조의 주변으로만 여름이 찾아온 듯, 감색의 저녁 공기가 그들을 감싸며 불꽃을 더욱 반짝이게 만들었다.

작은 막대 하나가 타들어 가는 것에는 그리 오랜 시간이 걸리지 않았다. 내내 감탄하던 홍조의 얼굴이 순식간에 아쉬움으로 물들었다.

부스럭거리는 소리를 내며 새 막대를 꺼내 든 찬형이 다 쓴 막대를 바닥에 내려 두고 다시 불꽃을 지폈다. 언제 사그라졌냐는 듯이 새롭게 작은 불꽃들이 살아났다.

두 사람은 새것을 꺼내 들 때마다 몇 번이고 처음으로 돌아가 다시 벅찬 표정을 했다. 한 개, 두 개, 세 개, 그렇게 여러 개의 불꽃들이 그들의 손에서 피어나고 지기를 반복했다.

그리고 어느덧 마지막 불꽃이 타오르고 있었다. 그들의 발밑에는 이미 전력을 다한 막대들이 까맣게 그을린 철사만을 남겨 둔채 누워 있었다.

화려하게 반짝이는 작은 불빛이 점점 아래로 향할 때마다, 점차 꺼져 가는 것을 느낄 때마다, 홍조는 '조금만 더…… . 조금만…….' 하면서 붙들고 싶었다. 이 따스한 불꽃이 사라져 버리는게, 이 시간이 끝나 가는 게 아쉬웠다.

"예쁘죠."

점점 작아져 가는 불꽃을 보며 찬형이 말했다.

"네, 예뻐요."

작아지는가 싶더니 이내 사그라지고 만다. 홍조가 대답을 하면서 그와 동시에 꺼져 버린 막대의 끝을 멍하니 응시했다.

하지만 그것도 아주 잠시였다.

'이렇게 전부 끝이 났구나.' 하고 아쉬워하던 그때, 찬형이 그녀의 뺨을 붙잡아 눈을 응시해 왔다.

눈이 참 맑은 남자라고 생각했다. 그리고 점점 그 맑음 속에 빠져 버릴 것 같다는 생각이 들기 시작하는 순간.

"맞아요. 예뻐요, 당신."

그의 입술이 예고 없이 찾아들었다.

홍조가 마지막 막대를 손안에서 꽉 쥐었다. 차가울 것이라 생각했던 입술이 온갖 온기를 달고 그녀에게 맞닿아 왔다.

그 순간 홍조는 아무 생각도 할 수 없었다. 그저 눈을 감았다. 느끼는 것은 머리가 아닌 가슴으로, 온몸으로 하는 것이라 아무 생각이 나지 않아도 괜찮았다.

눈을 감고 전신에 힘을 풀었더니 찬형의 모든 것이 파도가 되어 덮치듯 그렇게 쏟아졌다. 느끼지 않으려야 않을 수 없는 감각이었다.

어떤 정신으로 호텔에 들어왔는지 기억이 나지 않았다. 술을 마신 것도 아니었는데 홍조는 무언가에 홀린 기분이 들었다. 엘리베이터에서 격정적인 키스를 나눴다거나, 복도에서조차 멈추지 않았다는 그런 드라마나 소설과는 분명 다른 무언가가 있었다.

대체 이 느낌은 무얼까. 이름 짓는 것이 어려웠다.

이어지는 키스는 없었지만 그 대신 두 사람은 손을 꼭 잡았다. 단둘이 탄 엘리베이터에서 서로의 손을 마주 잡은 채 닫힌 문을 바라보았다. 아무 말도 하지 않았다.

불빛이 들어와 눌린 층수는 찬형의 객실이 있는 곳을 알렸고, 두 사람은 엘리베이터에서 내려 복도를 걸으면서도 그 침묵을 유지했다.

깨지면 안 되는 것이었다. 그 침묵 속에 담겨진 두 사람의 가쁜 감정들은.

걸음을 딛고, 문을 열고, 단정한 객실 내부에 들어섰을 때 두 사람은 이곳이 어디인지에 대한 모든 생각마저 놓아 버리기로 했다.

찬형이 침대 위에 조심스레 홍조를 눕혔다. 누워서 자신을 올려다보는 홍조의 시선에 13년 전 그날이 떠올랐다. 잔뜩 술에 취해 자신을 부르던 은영과 자신이 최찬형답게 있을 수 없도록 만들었던 그날로부터의 모든 악몽들.

천천히 눈을 감았다. 그곳으로부터 멀리 떨어져야 했다. 그때부터 쭉 이 상태에 머물러 있기는 했지만 달라지고 싶은 순간들이, 평범하고 싶은 순간들이 무수히 많았다.

뺨에 따스한 것이 닿았다. 찬형이 감았던 눈을 다시 떴다. 그의 긴 속눈썹 사이로 깊은 눈이 빛났다.

홍조가 누운 채로 그의 뺨을 매만졌다. 마치 오래전부터 사랑해 왔던 연인이라도 된 듯 손길에는 애틋함이 묻어났다.

찬형은 웃었다. 그리고 살며시 고개를 돌려 뺨을 매만지던 그녀의 손바닥에 입을 맞췄다. 열기가 몰려오고 있었다. 아주 잘 알고 있는 열기였다. 분명 흥분을 동반한 것이었다.

그걸 알면서도 그녀에게 입을 맞추었다. 멈추고 싶은 마음이 들지 않았고 쉽사리 멈출 수 있을 것 같지도 않았다. 어차피 '여기서 정지'라는 팻말이 곧 나타나겠지만 그래도 갈 수 있는 데까지는 가 보고 싶었다. 한 번도 제대로 가 본 적이 없는 길이었다.

입술이 닿고 살며시 열린 틈으로 서로의 혀가 따스하게 얽혀들었다. 혀끝을 마주 대어도 보았다가, 볼 안쪽의 여린 살이나 혀 밑의 뜨거운 부분을 간질여 서로의 호흡을 조금 더 삼키기도 했다.

스무 살, 그때 했던 키스가 처음이자 마지막이었던 찬형은 홍조와 나누는 지금의 교감이 그때와 명백하게 다르다는 것을 알 수 있었다. 자신도 그녀도 너무 온전한 정신이었고 한껏 성장해 버린 성인이었다.

한순간의 감정에 휩쓸린다고 생각하고 싶지는 않았다. 물론 이 한순간의 감정이 더 큰 것을 불러오기 위한 과정이라면 그마저도 수용하고 싶겠지만.

딱 맞물려 있던 입술이 천천히 떨어졌다. 서로의 숨이 닿는 가까운 거리를 느끼며 찬형이 말했다.

"……전 이제 여자가 될 겁니다."

그의 얼굴에서 안타까움과 상실감을 미리 엿본 기분이 들었다. 피부에 와 닿는 그의 몸이 더는 온기가 아닌 열기로 변하고 있음을 홍조 역시 느꼈다. 붙들고 싶은 건 이 시간이 아니라 그의 변화인 걸까.

홍조는 미소 지었다. 그리고 그를 당겨 다시금 깊게 입을 맞추었다. 찬형의 심장박동이 여기까지 느껴지는 듯했다. 두려움에 휩싸인 그를 더욱 끌어안았다. 그에게 아무런 생각을 할 시간도 주지 않겠다는 듯이 더욱 깊게, 더욱 애틋하게 자신을 느끼도록 만들었다.

떼어지는 듯했던 혀는 다시금 서로를 붙들고 놓지 않았다. 닿았나 싶다가도 아쉽게 떨어졌고, 그러다가도 재차 맞물렸다.

천천히 시간을 세 보았다. 1초, 2초, 3초……. 하지만 60까지 채 셀 수도 없을 정도로 강한 열기가 두 사람을 휘감았다. 찬형은 점차 여유라는 것을 잃어 가기 시작했다.

"찬형 씨."

그녀가 자신의 이름을 부르고 있었다. 자신이 최찬형답게 있을 수 있는 주문과도 같은 그 이름을, 가장 달콤한 목소리로.

"눈 떠요."

그러나 눈을 뜰 자신이 없었다.

"찬형 씨."

평범한 남자이고 싶었다. 그런 욕심이 들끓고 있었다. 뜨거운 열기가 시작될 것이었다. 아니, 이미 시작되었는지도 모를 일이다. 더는 괴롭지 않았지만 마음 한구석이 계속해서 뜨겁게 울리고 있었다.

떳떳한 남자로서 그녀의 앞에 존재할 수 있다면 얼마나 좋을까. 마음껏 입을 맞출 수 있다면. 그녀와 지금의 밤을 놓치지 않고 내내 품 안에 둘 수 있다면.

"나 봐요."

그녀의 목소리를 홀로 외롭게 둘 수는 없는 일이다. 찬형이 천천히 감은 눈을 떴다. 시간이 멈춰 버린 듯이 여전히 홍조가 자신의 밑에 누워 있었다.

공기가 따스하게 물들었다. 그녀의 시선은 눈을 감았다 뜨기 전과 똑같았다. 고스란히 의심이 없는 시선으로 찬형을 보고 있었다.

"멈추지 말고 계속해요."

"……"

"봐요. 계속해도 될 것 같지 않아요?"

열기에 온몸이 전율할 것만 같았다. 하지만 언제나 느꼈던, 저도 모르게 각오부터 하게 만들던 그 통증은 수반되지 않았다. 그녀와 키스를 했고, 그녀의 팔을 잡았고, 그녀를 눈에 담았다. 자꾸만 비집고 나와 버리는 성적 충동 같은 것들을 참을 수 없었다. 그럼에도 괴롭지 않았다.

변하지 않았다. 60초가 지났고, 또다시 60초가 지났고, 그렇게 몇 분이 흘러 계속된 키스가 이어졌어도 몸이 변하지 않았다. 눈을 감았다가 떠도 꿈이 아니었다.

정말이지, 이상한 일이었다.

"저…… 처음입니다."

모든 것이 처음이었다. 여자와의 접촉이 이토록 자연스러울 수 있다는 것도, 변하지 않은 것도, 그리고 지금처럼 이렇게 자신이 원하는 여자를 마음껏 안을 수 있는 밤이 왔다는 것도. 찬형은 진실로 모든 것이 처음이었다.

"이를 어떡해요. 정작 저는 처음이 아닌데."

홍조의 미소에 찬형은 모든 것을 다 버리고 그녀에게 뛰어들고 싶은 충동을 느꼈다. 변하지 않았으니까 달려도 괜찮을 것이란 격려가 있었다. 여기에서 멈추라는 팻말이 적어도 그녀에게는 없을 것만 같았다.

"그럼……."

"……?"

액셀러레이터를 밟는다.

"책임져야겠네요. 홍조 씨가…… 저를."

그가 열기에 달아오른 얼굴로 힘겹게 웃었다. 그것이 변화를 앞둔 고통의 미소가 아니라는 것쯤은 홍조도 알 수 있었다.

찬형이 홍조의 목덜미에 입술을 묻으며 그녀의 치마 속으로 깊숙하게 손을 넣었다. 그가 뜨거운 숨을 뱉을 때마다 홍조는 반쯤 떴던 눈을 전부 내리감아 버렸다.

입을 맞춰도, 그녀를 품어도, 끝끝내 변하지 않았다.

그는 남자, 최찬형이었다.

6

온기가 남을 때

 최근 들어 가장 푹 잔 날이었다. 아니, 언제 갑자기 변할지 모른다는 불안감 속에서 살아온 이래 처음이었을지도 모른다.

 따스함 속에 파묻혀 있었다. 누군가를 마음껏 품은 채로 잠에 빠질 수 있다는 것을 처음 알았다. 기억나지 않는 어머니에게서도, 아버지에게서도, 유일한 가족이었던 할아버지에게서도 느껴 본 적 없는 형태의 감정이었다.

 타인의 온기가 이토록 모든 것을 '괜찮아지게' 만드는 것임을 그동안 제대로 경험해 보지 못했던 것이 안타까울 지경이었다.

 기억나지는 않지만 아주 기분 좋은 꿈을 꾼 것도 같았다. 찬형이 잠결에도 얼굴 가득 미소를 지었다. 보드라운 베개에 얼굴을 문대어 볼수록 어린 시절로 돌아간 듯했다.

 잠투정을 부려 보고 싶은 기분이 들었다. 태어나 '5분만 더…….' 라는 그 흔한 투정을 부려 본 적이 없었다. 지금이라도 그 한마디에 기분 좋은 목소리로 '일어나야지.' 하는 대답을 들을 수 있다면 좋겠다. 그게 어머니의 것이 아니어도 좋을 것이다.

그래. 그녀의 목소리여도 좋겠다. 지난밤 내내 들었던 그녀의 목소리.

손을 뻗는 곳곳에 홍조의 피부가 닿았다. 부드럽고 따스한 감각들이 찬형의 손가락이며 손바닥 전체에 감겨들었다. 쉽사리 힘을 주지도, 그렇다고 완전히 벗어날 수도 없을 것만 같은 감각이었다.

만지는 곳곳마다 그녀의 나직한 음성이 따라붙었다. 신음이 작은 불꽃놀이처럼 반짝이며 터졌다. 모든 곳에 입을 맞춰 그녀에게 꽃을 피우고 싶었다.

'찬형 씨.'

그녀가 불렀던 이름이 꿈결처럼 멀어지는 듯하다가도 가깝이 와 귓가를 간질였다. 몇 번이나 들었는지 모를 이름. 자신의 이름이 최찬형이라는 것이 그토록 감격스럽기도 힘들 것이다.

'네, 홍조 씨.' 하면서 그녀에게 대답을 하고 입을 맞추면 조금 힘겨워하면서도 자신을 끌어안아 주는 것이 고마웠다. 수없이 많이 불러 서로의 이름을 잊으려야 잊을 수 없는 밤이었다.

진정 처음이었다.

모든 것을 엉망으로 만든 첫 키스 이후, 여자와 나누게 될 몸의 대화 같은 것은 꿈꾸어 본 적조차 없었다. 오래도록 만나 온 연인들의 관계를 상상해 본 적은 있었으나 그마저도 오래전이었다.

알게 된 지 하루 이틀밖에 되지 않은 사람과 입을 맞추고 서로를 온전하게 품을 수 있을 거라는 상상을 어떻게 해 볼 수 있었겠는가.

아마 그녀도 그런 경험은 처음이었을 것이라고 찬형은 생각했다. 관계에 있어 처음이 아니라고는 말했으나 그녀가 잘 알지도 못하는 남자와 쉽사리 침대 위에서 만남을 가지거나 하는 타입은 아님을 막연하게 알 것 같았다.

무드등 하나만이 겨우 켜져 있던 지난밤. 가느다란 머리카락이 땀에 젖은 모습으로 그녀는 힘겹게 웃었다.

그때 마주친 눈이 말해 주고 있었다. 자신에게 있어 그녀가 두 번은 오지 않을 특별한 경험인 것만큼 그녀에게 있어 자신도 그렇다는 것을.

중간중간 계속해서 확인하던 그녀의 표정은 신체적 힘겨움을 드러냈지만, 끝에 가서는 또 볼 수 있을까 싶을 만큼 벅찬 흥분과 감격을 담고 있었다. 그 표정을 자신이 모조리 끌어안을 수 있다는 게, 원 없이 품을 수 있다는 게 꿈만 같았다.

그 감격을 지난밤과 꿈속에만 고스란히 남겨 둘 수는 없다. 손을 뻗는 곳곳에 그녀의 피부가 닿았던 그 시간의 일들. 몇 시간도 채 지나지 않은 순간이었기에 손가락 끝이 그 온기를 기억하고 있었다.

"……?"

하지만 닿지 않았다.

기분 좋게 옆으로 손을 뻗던 찬형이 눈을 떴다. 옆에 누워 있을 줄 알았던 홍조가 보이지 않았다. 달콤하고 따스하던 감각들이 그의 정신과 함께 순식간에 깨어나며 공기 중으로 흩어졌다.

믿기지 않는다는 듯이 눈을 재차 감았다가 떠 보았으나 텅 비어 있는 옆자리는 현실이었다. 지난밤의 일들이 정말 꿈처럼 사그라지기라도 하는 기분이 들었다. 뜻하지 않은 위기감이 찬형을 침대에서 벌떡 일으켰다.

"홍조 씨?"

그가 벗은 몸 위에 가운을 걸치며 침대에서 내려왔다. 가운의 끈을 허리에 묶고서 객실 안을 둘러보았다. 하지만 어디에서도 인기척은 들리지 않았다.

혹시 먼저 일어나 씻고 있는 건가 싶어 욕실 앞으로 다가갔다. 노크도 해 보고 조심스레 문도 열어 보았지만 씻었던 흔적만이 남아 있을 뿐, 그녀의 모습은 찾을 수 없었다.

잠에서 깨어 그녀의 허리를 끌어안고 싶었다. 또다시 그 향기로운 몸에 콧등을 비비고 싶었다. 그런 행위들이 얼마나 사람에게 끝없는 안정감과 소속감을 주는지, 또 다른 해방감과 따스함을 주는지 이미 알아 버린 탓이었다. 힘을 주어 안으면 그대로 품에 쏙 들어오는 작은 몸집을 모든 시간 느끼고 싶었다.

절대 깨지지 않을 것이라 착각이라도 했던 걸까. 찬형은 쏟아지는 좌절감을 온몸으로 받아 냈다.

살면서 가장 가지고 싶었던 것은 부모님의 사랑이었다. 하지만 그것은 자신의 힘으로 얻어 낼 수 없는 것이었다. 친구들과의 우정 역시 탐냈었다. 그러나 그들이 주지 않으면 억지로 받아 낼 수 없었다.

그 이후로 무언가에 욕심을 낸다거나 하는 일이 없었다. 모든 것은 흘러가는 대로 두면 어떻게든 되는 것들이었다. 그냥 놔두고, 그렇게 그 시간 속에 서 있다 보면 어차피 내게 올 것은 다시금 오게 될 것이라는 생각이었다.

그러나 지금은 달랐다. 내가 갖고 싶은 것은 내 손으로 꼭 쥐고 있어야만 한다는 확신 같은 것이 들었다. 한번 놓치면 그대로 영영 잃게 될 것만 같았다.

부모의 사랑도, 친구의 우정도 모두 놓쳤다고 해서 처음으로 느끼게 된 이성의 그 애틋한 감정마저 놓쳐야 한다는 법은 없지 않은가.

찬형은 가운을 벗어 던지고 급하게 자신의 옷을 찾아 입었다. 샤워를 할 여유 같은 것도 없었다. 그녀를 찾는 것이 최우선이었다. 선홍조라는 여자가 적어도 자신에게 그저 스쳐 지나갈 사람이라며 체념할 수 있는 상대는 아니라는 결론을 내렸다.

입을 맞추어도 변하지 않았다. 온몸이 흥분에 휩싸이고 정신이 어지러울 정도로 그녀를 품었음에도 끝까지 최찬형으로 남아 있을 수 있었다. 그녀에게 자신의 남성을 전부 내보이면서도 뒷일이 걱정되지 않을 정도로 그 순간에 최선을 다했다.

그리고 그녀가 자신을 남자 최찬형으로 바라보며 모든 것을 맡겨 왔다는 것도 이 몸으로 체감했다. 그런데 어떻게 놓을 수 있을까.

자신에게 남자로서 사랑을 할 수 있을지도 모른다는 희망을 준 최초의 여자를 말이다.

옷을 입고 신발까지 갈아 신은 찬형이 제일 먼저 향한 곳은 707호였다. 그녀에게 자신의 비밀을 들키게 되었던 장소이자 그녀의 따스함에 온몸을 녹일 수 있었던 장소. 그녀가 머물렀고 그녀가 머물러야만 하는 그 장소.

엘리베이터가 한참이나 먼 곳에 있어 비상계단을 이용해 두 칸씩 뛰었다. 비상구의 문을 열고 복도로 나와 객실의 번호를 하나씩 짚었다.

705, 706, 그리고 707호……

"どうかなさいましたか?" (무슨 일이세요?)

707호의 문이 열려 있었다. 안에서 청소를 하고 있던 사람 중 하나가 문 앞에 멍하니 서 있는 찬형을 보고 가까이 다가왔다. 객실의 번호를 헷갈렸나 잠시 생각했지만 행운의 숫자 두 개를 본 기억이 명확했다. 그녀조차 행운이라 여겼던 그때의 감정까지 헷갈렸을 리는 없다.

"あの……. ここにいた方は……." (저……. 여기 계시던 분은…….)

"もうチェックアウトしました." (이미 체크아웃 하셨어요.)

정말 행운이었을까.

찬형이 엘리베이터를 붙잡아 1층으로 내려갔다. 로비로 향하면서도 계속해서 그녀를 볼 수 있는 방법에 대해 고민했다.

직원이 거짓말을 했을 리는 없지만—정말일 테니 이미 청소를 시작한 거겠지만— 그래도 확인받고 싶었던 모양이다. 그녀와 보낸 이틀이 자신에게만 특별한 시간이었던 게 아니란 것을.

로비의 직원에게도 같은 질문을 했다. 그리고 같은 대답을 받았다. 그녀가 정말 이곳을 떠난 것이다. 제대로 된 인사 같은 것도 없이 말이다.

그녀는 처음부터 이곳에 없던 사람인 것처럼 사라졌다. 소리도 없이 자신의 모든 것들을 챙겨 낯선 일본 땅을 미련 없이 뜬 것이다. 하지만 약속된 것이 없었으니 그녀를 원망할 수조차 없었다.

'책임져야겠네요. 홍조 씨가…… 저를.'

눈을 마주치며 그녀에게 했던 그 말이 찬형의 마음 깊은 곳에서부터 떠올랐다.

싹을 틔우기 시작한 이 감정에 대한 책임은 스스로가 짊어지어야 하는지도 모르겠다. 원래 모든 것을 놓치는 것이, 평범한 것을 꿈꾸는 것이 사치인 삶이었으니까. 그랬기에 원망도 후회도 묻어야만 했다. 찬형이 가장 잘할 수 있는 것 중 하나였다.

그럼에도 불구하고 자꾸만 그녀를 붙잡지 못한 이 순간이 안타까운 이유는……

'찬형 씨.'

그녀가 몇 번이고 불러 준 자신의 이름 때문이었다.

송우

"홍!"

"어어, 왔어?"

지혜의 인사에는 반가움이 가득이었다. 그녀는 카페 구석에 앉아 있는 홍조에게로 뚜벅뚜벅 걸어갔다.

턱을 괴고 마우스를 달각거리던 홍조가 잠시 고개를 들었다가 다시 화면에 시선을 두었다. 맞은편에 앉은 지혜가 홍조의 앞에 놓여 있던 커피를 한 모금 마시더니 서운한 기색을 비추었다.

"사람이 왔으면 좀 제대로 보지 그래? 대체 뭐 하느라 노트북만 뚫어지게 봐?"

"뭐겠어······."

그렇게 말하며 노트북을 돌리자 화면을 확인한 지혜가 입을 꾹 다물었다. 다름 아닌 구인 구직 사이트였다.

"백수 된 지 얼마나 됐다고 벌써부터 구직 삼매경이야. 이참에 적당히 쉬어도 가면서 찾으면 되지."

"적당히 쉴 시간이 어디 있겠어. 보험이며, 세금이며, 나가야 할 돈이 줄줄이 대기 중인데."

너무도 현실적인 말에 지혜는 할 말을 잃었다. 그런 생활은 자신에게도 매달 똑같이 돌아오고 있었기에 홍조에게만 여유를 강조할 수는 없는 일이었다.

그래도 오랜만에 보는 얼굴이 활짝 피어 있기를 바랐다. 이런 얼굴을 보려고 일본에 보낸 것이 아니었다.

지혜가 홍조의 노트북을 탁, 덮었다.

"……?"

"됐고. 후기나 말해 봐."

"무슨 후기?"

홍조의 말에 뒷골이 당긴다는 듯 지혜가 인상을 쓰며 한숨을 깊게 내쉬었다.

"무슨 후기겠어. 일본 여행 후기지. 너 일본 다녀온 지 일주일이나 됐는데도 나한테 일언반구 없었던 거 알아? 난 들을 권리가 있어. 왜냐? 내가 보내 줬기 때문이지."

"별거 없었는데……. 그냥 좋았어. 시원하고, 눈도 예쁘고, 주변 경관도 예술이었고."

"그리고?"

"……그리고?"

더 말해 보라는 말에 문득 그의 생각이 떠올랐다. 일주일 동안 쉬지 않고 머릿속에 떠다니던 사람이었다. 문재에 대한 원망이 사그라진 건 다행이었지만 다시는 만나지 못할 사람이 계속해서 떠오르는 것도 그리 좋은 일만은 아니었다.

깊게 잠겨 드는 홍조의 생각을 눈에서 읽어 낸 지혜가 팔짱을 꼈다.

"지금 네가 생각하는 그 사람 얘기나 해 봐."

"어?"

눈빛이 크게 흔들렸다. 지혜가 그걸 놓칠 리 없었다.

그녀는 조금 더 추궁하듯이 상체를 기울여 테이블에 기댔다. 유심히 쳐다보는 시선이 자꾸만 홍조를 재촉하고 있었다. 엄청 좋았다며 끌어안고 방방 뛰는 것까지는 바라지도 않는다.

그저 회사를 그만두고 문재에게 실연당했던 그때와 크게 달라진 게 없는 것만 같은 저 표정은……

정말이지, 또 보고 싶지 않았다.

"어서."

지혜의 말에도 홍조는 입을 꾹 다물 뿐이었다.

그의 물음에 아무 말도 하지 못했던 자신을 떠올렸다. 서로를 탐하고, 안고, 마치 예전부터 줄곧 애틋했던 사이라도 된 것처럼 한순간에 아주 깊숙하게 빠져들었었다.

그는 잠들기 전, 홍조를 품에 안은 채 그녀에 대한 이야기를 해 달라고 나직한 목소리로 부탁했었다.

하지만 홍조는 할 말이 없었다. 자신이 항상 세금이나 월세, 부족한 생활비에 허리를 조이는 계약직 월급쟁이였다는 것도, 이제는 백수가 되어 더 막막해졌다는 것도, 3년이나 만난 남자 친구에게 계약 만료가 된 것처럼 쉽게 차이고 말았다는 것도 말하고 싶지 않았다.

누구도 자신을 모르는 곳에서 그를 만났다는 것만큼 기쁜 일이 없었다. 그가 자신을 그저 '선홍조'로 보고 있다는 것이 좋았다. 그것으로 충분했다. 입 밖으로 자신에 대한 것을 내뱉을수록 모든 것은 욕심이 되어 자신을 덮칠 게 분명했다.

그래서였다. 그에게 자신의 이름 세 글자 외에는 아무것도 남기지 않은 채 홀연히 한국행 비행기에 몸을 실은 것은.

찬형이 과연 자신을 찾았을까 궁금하기는 했지만 거기까지였다. 그랬다고 해도 달라질 건 없을 것이다. 자신은 위로를 받았고, 그 역시 말도 안 되는 비밀을 해소할 수 있었다.

서로에게 있어 잊을 수 없을 아주 춥고 따스한 밤. 그것은 단순한 기억이 아닌 '추억' 으로 남을 터였다.

"그냥 마지막 날에 같이 돌아다녔어. 같은 한국 사람이라 말도 잘 통하고 그래서 머무는 동안만 잠깐 가깝게 지냈던 거야."

"끝?"

"응, 그게 끝."

"……얘가 진짜 정신이 있어, 없어? 그런 데서 만나는 건 인연이나 다름없는데 그걸 놓쳐? 연락처 하나 없이 그걸로 정말 끝이라고?"

"내가 이 와중에 연애를 하겠니? 당장 일자리가 구해질지 아닐지도 모르는 판국에."

아무리 오랜 친구라도 그와 가까워지게 된 계기라거나 그의 비밀 같은 것을 쉽사리 꺼낼 수는 없는 일이다. 그것은 영훈과 찬형, 그리고 자신만이 알고 있을 아주 은밀한 비밀이 될 테니까.

누구에게도 말할 일 없을 것이라는 그 약속만큼은 지킬 자신이 있었다. 그를 책임져야 한다는 그 말은 꿈결인 듯 농담인 듯 그렇게 지나가 버렸더라도 말이다.

"어휴, 이 헛똑똑이야. 잠깐 기다려. 나 커피 주문하고 올게."

홍조의 커피를 한 모금씩 빼앗아 마시는 걸로는 성에 차지 않앉던 모양이다. 지혜가 자리에서 일어나 카운터 쪽으로 걸어갔다. 그녀의 뒷모습을 가만히 보던 홍조는 노트북을 자신 쪽으로 바짝 당기며 다시금 구직 사이트의 내용들을 열심히 훑었다.

여유는 요 며칠로 충분했다. 설 자리가 없어졌다는 그 생각 하나만으로도 말일이 다가오는 것이 얼마나 두려웠는지 모른다.

자신이 버젓하게 일을 하고 있는 어느 좋은 회사의 직장인이었다면, 그때 그에게 자신에 대한 것들을 스스럼없이 말할 수 있었을까?

만약이라는 것은 언제나 부질없는 것이었지만 홍조는 그 순간 그런 미련들에 사로잡혔다. 스스로에게 자신이 있다 자부했지만 그때만큼은 그렇지 않았다.

평범한 만남을, 평범한 연애를, 평범한 사랑을 하기 위해서는 가장 기본적인 것들을 갖출 필요가 있었다. 적당한 수입, 적당한 직장, 그런 것들이 꼭 그 기본에 해당하는 것은 아니었지만 서른이라는 나이가 되고 나니 뭐라도 있어야겠다는 생각은 쉬이 사라지지 않았다.

그에게 평범한 것들을 주기 위해 자신이 적어도 '보통'의 여자이고는 싶었던 것이다. 평생 내 것이 아니었던 자격지심이라는 형태의 감정이 싹을 틔우기 시작한 것이라 해도 별수 없었다.

그런 생각들의 홍수에 가슴이 답답해지려던 찰나, 홍조의 눈에 들어오는 한 회사가 있었다. 마우스를 가져가 클릭하자 상세 요강에 조금 더 정확한 정보들이 나열되었는데 그 내용이 홍조의 마음을 붙들었다. 아마 홍조가 아닌 누구라도 그랬을 것이다.

학력 제한? 없음. 나이 제한? 없음. 실무 경력자 우대. 봉사 활동 경력 인정.

그 모든 말들은 학력과 나이에 있어 주춤하는 홍조와 같은 경력(만) 부자에게는 굉장히 혹하는 것이었다. 짧지만 계약직으로 쌓아 온 경력들이 그녀의 뒤를 든든하게 받쳐 주고 있었다.

수도권이기는 했지만 전문대라는 약점과 앞자리가 3으로 바뀌어 버린 그녀의 나이에 대한 위로 같은 말. 잠시나마 그런 걱정은 내려놓고 지원해 보아도 된다고 격려를 해 주는 듯했다.

혹시 유령 회사나 다단계가 아닐까 의심스러워 해당 회사의 홈페이지까지도 들어가 보았다. 메인에 보이는 제품들과 광고 문구는 언젠가 텔레비전 광고에서도 보았던 것이었다. 그래도 의심은 사그라지지 않았다.

이런 회사에서 대체 왜—소위 말하는— 스펙이란 것을 보지 않는 걸까. 혹시 몰라 몇 번 더 검색을 해 보았다. 뉴스와 취업 커뮤니티가 시끄러운 걸 보니 최근 몇 년간 이와 같은 모집 요강으로 꽤 이슈가 되었던 모양이다.

애초에 시야를 넓히지 못하고 소기업 위주로 지원서를 넣었던 자신의 포부가 문제다. 어쩌면 나는 생각 이상으로 용기가 부족한 사람이었을지 모르겠다는 뒤늦은 깨달음이 홍조의 안에서 고개를 들었다.

지원을 할까 말까 고민이 시작되었다. 마우스를 가져다 대었다가 다시 떼었다가 반복하는 사이 지혜가 카페모카 한 잔을 들고는 가까이 다가왔다. 테이블에 컵을 내려놓기가 무섭게 홍조가 노트북을 다시 지혜 쪽으로 돌렸다.

"나 여기 지원할까?"

커피를 입가로 가져가던 지혜가 자신을 향하는 노트북 화면을 보며 반색했다.

"어? 여기 GLEAM COMPANY잖아."

"알아?"

"장난해? 내가 3년 전에 너 여기 지원해 보라고 그랬었잖아. 네가 어차피 학력이고 나이고 안 본다는 건 다 거짓부렁이라고 스킵했지만……. 그리고 얼마 안 있다가 계약직으로 훌랑. 기억 안 나?"

"……내가 그랬어?"

"그랬어. 그릇이 아주 간장 종지만 한 계집애야."

눈을 가늘게 뜨고 한심하다는 듯이 보는 시선에 홍조가 멋쩍은 듯 어깨를 으쓱였다. 그러고는 다시 노트북을 자신의 방향으로 돌렸다. '지원하기' 버튼이 유독 커다랗게 보이는 기분이 든다.

"지원할까 봐."

"이제 서른 되니까 나이 제한만 없어도 혹하지? 지원해 봐. 솔직히 밑져야 본전 아니야? 너 경력 하나는 빵빵하잖아. 그냥 서류 들이밀어 봤는데 1차 합격되면 좋은 거지, 뭐. 물론 면접은 네 능력에 맡겨야겠지만."

'홍조 씨가 궁금해요.'

문득 그의 말이 떠올랐다. 상상 속의 자신은 그에게 뭐라고 대답하고 있었는가.

'전…… 그냥 먹고살기 힘든 백수예요.'

그저 상상일 뿐이라지만 그 속의 자신은 끔찍했다. 그의 웃는 얼굴이 당황으로 물드는 것을 보고 싶지 않았다.

도망이라는 단어가 적합한지는 모르겠으나 아주 잘한 일이다. 하룻밤의 꿈이어도 행복하지 않았는가.

입사 지원 완료되었습니다.

클릭 한 번으로 노트북 화면에 길쭉하게 뜬 문장. 홍조가 멍하니 그 문장을 보며 길게 한숨을 내쉬었다.

♤♧

"40번 김효진 씨, 41번 문유라 씨, 42번 이혜원 씨. 이상 세 분, 안으로 들어오세요."

홍조가 자신의 가슴에 달린 번호표를 만지작거렸다. 침이 꿀꺽 넘어갔다.

세 명씩 부르는 걸 보니 아무래도 다음 차례에 들어갈 듯싶다. 45번이라고 적힌 숫자가 어느덧 가까워졌다. 한참 멀었다고만 생각했는데 순식간에 사람들이 지나가고 자신의 차례가 코앞까지 다가왔다.

그동안 자신이 지원했던 곳 중에서 제일 규모가 컸다. 긴장되지 않을 리 없었다.

사실 서류에서 바로 떨어질 것으로만 생각했다. 그래서 애초에 포기하고 다른 몇몇 곳에 지원서를 함께 넣어 둔 상태였다.

느닷없이 전화가 걸려 와 '선홍조 씨 되시나요?' 라고 했을 때는 심장이 덜컹거리며 바닥까지 떨어지는 줄 알았다. 서류 합격 통보와 함께 면접 일정 고지에 대한 내용을 안내하는 그 목소리에 한참이나 멍하니 수화기를 들고만 있었다.

2년제 전문대라고 적었는데도, 나이를 서른이라고 적었는데도, 그 서류가 아무런 문제없이 '통과' 라는 단어를 들고 왔다는 게 믿기지 않았다.

면접까지 보러 왔으니 기왕이면 잘되었으면 좋겠다는 욕심이 커졌다. 홍조가 크게 심호흡을 했다. 면접 대기실에 일렬로 쭉 앉아 있는 사람들도 모두 똑같은 심호흡을 하고 있었다.

홍조는 그들의 얼굴에 적잖은 긴장이 서려 있는 것을 알 수 있었다. 이곳에 있는 사람들 중 다수는 아마 스스로를 이렇게 생각할 것이다.

학력, 나이, 어쩌면 능력을 포함한 스펙까지. 그 모든 것에 '어중간한 자신감' 을 가지고 있는 사람.

바로 홍조 자신처럼 말이다.

"43번 한수연 씨, 44번 김미선 씨, 45번 선홍조 씨. 안으로 들어오세요."

흰 블라우스에 검은 스커트, 그와 걸맞은 차분한 검은 구두. 온몸에 면접의 정석을 휘감은 홍조가 또각거리는 소리를 내며 문 앞까지 다가갔다.

앞사람들부터 차례대로 들어섰고 맨 뒤에 선 홍조가 마지막 걸음을 떼자 등 뒤로 문이 닫혔다. 의자는 총 세 개가 있었다. 홍조는 오른쪽 가장 끝인 세 번째 의자에 자리했다.

두 주먹을 꽉 쥐어 무릎 위에 올렸다. 손바닥에 땀이 밸 것 같았다. 긴장감이 만만치 않았다. 천천히 고개를 들었다.

면접관은 전부 다섯 명이었다. 긴장이 다섯 배로 느는 것 같아 동공에 요란한 지진이 일어났다. 눈을 질끈 감은 채 영영 뜨고 싶지 않았지만 그럴 수는 없는 일이다. 속으로 다시금 차분히 심호흡을 하고 느릿하게 눈을 떴다.

면접에서는 어필이 가장 큰 요소라고 했다. 여기에 모든 걸 걸어야 한다. 그 생각 하나면 충분할…….

"……!"

……것이라고 생각했다.

꾹 다물고 있던 입이 멍하니 벌어졌다. 당황을 감추지 못했다.

'거짓말…….'

잘못 보고 있는 게 아니라면 분명 찬형이였다.

왜 면접관 중에 그가 있는 건지 도통 이해할 수 없었다. 계속 그의 생각을 하다 보니 헛것이 보이나 보다. 면접 중이라는 사실도 잊고 눈가를 비볐다가 다시금 떴다.

하지만 분명 눈앞에 있는 것은 찬형이 맞았다. 그가 다섯 명의 면접관 중 가장 가운데에 떡하니 앉아 있었다. 처음 카페에서 보앉던 그때와 같은 슈트 차림으로.

찬형도 홍조를 알아본 모양이었다. 내내 이력서를 넘기면서 차분한 시선으로 내용을 확인하던 그가 짐짓 당황하며 종이에 코를 박았다. 홍조의 이름과 사진을 확인한 게 분명했다. '설마?' 하는 표정으로 그가 고개를 들었다.

안 그래도 당황에 휩싸인 홍조와 정면으로 시선이 마주치고 말았다. 거짓 없이 완벽한 선홍조였다. 그날 자신을 그 외로운 침대에 홀로 두고 사라졌던 그녀가 틀림없었다.

어쩔 줄 몰라 하는 홍조와 다르게 찬형의 입가에는 어느새 웃음이 걸렸다. 영영 놓쳐 버린 줄로만 알았던 사람을 이런 식으로 마주하게 되었으니 당연한 일이었다.

어떻게든 찾고 싶었다. 호텔 측에서는 고객의 정보를 알려 줄 수는 없다며 끝까지 입을 다물었다. 미치고 팔짝 뛸 노릇이었지만 그녀에게는 자신이 딱 그 정도였나 생각하며 체념하는 수밖에 없었다.

그랬던 체념의 끝에 일말의 희망이 나타난 것이다.

"45번 선홍조 씨?"

"아, 네!"

찬형의 옆에 있던 여자가 냉철한 목소리로 홍조의 이름을 불렀다. 옆 사람들의 차례가 마무리되고 홍조의 차례가 온 참이었다. 홍조가 눈앞에 보이는 그를 무시하려 최대한 노력했다.

"경력이 꽤 많네요. 우리 회사에 지원한 이유가 뭐죠? 학력, 나이, 이런 것들에 제한이 없었다는 부분이 가장 큰 메리트였나요?"

당연하죠.

그렇게 말하고 싶었지만 참았다. 실제로 그렇게 대답했다가는 면접이 여기에서 끝나 버릴지도 모른다.

그녀의 질문은 홍조가 충분히 예상했던 것이었다. 눈앞에 찬형이 없다고 애써 생각하면서 홍조는 계속 연습해 왔던 것들을 말했다. 지원하게 된 동기, 앞으로의 포부 같은 것들은 눈 감고도 줄줄 외울 수 있을 정도로 아주 쉬운 것들이었다. 독특하지는 않을지언정 '기본'은 했을 것이다.

그때였다. 낯익은 목소리가 홍조의 이름을 다시금 불렀다.

"선홍조 씨."

"네?"

저도 모르게 놀라 버렸다. 고개를 들자 그와 눈이 마주쳤다. 찬형이 홍조의 이름을 부르며 곧은 시선을 그녀 쪽으로 향하고 있었다.

깜빡임조차 없는 아주 확고한 시선에 몸 둘 바를 몰랐다. 죄를 지은 사람처럼 자꾸만 어딘지 모를 마음 한구석이 쪼그라드는 듯했다. 그가 대체 왜 여기 있는 건지 계속해서 생각하고 또 생각했다.

'전 그냥…… 작은 회사 하나 운영하고 있습니다.'

그러다가 문득 그가 모 회사 대표라는 것이 떠올랐다. 설마 이 회사였던 건가? 거기까지 생각이 미치자 그와 자신의 거리감이 이 정도나 되었나 싶어 절망감이 새어 나왔다.

'작은 회사 하나' 라고 말하기에는 상상 이상이다. 배신감을 느낀다고 해도 그는 할 말이 없어야 한다.

게다가 그보다 중요한 것은…….

"질문 몇 가지 더 하죠."

그가 묘하게 웃는 낯으로 굉장히 사무적인 말투를 겸하며 자신을 보고 있다는 것이었다.

온갖 생각들로 머릿속이 어지러웠다.

"최근에 여행 같은 걸 다녀온 적이 있나요? 있다면 그 경험에 대해 좀 듣고 싶은데요."

"어…… 그러니까……."

말을 질질 끄는 것은 면접에서 최악이나 마찬가지다. 당황이란 감정이 홍조의 준비를 철저하게 망가뜨리려 하고 있었다. 그래서는 안 되는 일이지만 찬형의 물음이 일본에서의 만남을 노리고 던진 것만 같아 태연하게 행동하는 것이 마냥 쉽지만은 않았다.

홍조가 눈에 힘을 주었다. 가슴이 쿵쾅거리다 못해 뻑뻑해지는 기분이었다.

"스스로에게 휴식을 선물할 겸 일본에 다녀왔습니다. 단 며칠이라도 새로운 장소에서 견문을 넓히며 저 자신을 환기시키고자 하는 것이 목적이었습니다."

"아아, 그렇군요. 일본에도 좋은 장소가 굉장히 많은데, 그중에서 어딜 다녀왔죠? 전 최근에 노보리베츠에 갔었는데 겨울 바다가 아주 멋졌습니다. 지옥 계곡이라고 불리는 온천 계곡도 굉장히 인상적이더군요."

일부러 골탕을 먹이려고 저러는 걸까 의심을 하지 않으려야 않을 수 없는 말이었다. 질문이 아니라 홍조의 말문을 턱하니 막아버리는 행위다. 꾹 다물린 입술이 한참을 오물거렸다.

찬형은 계속해서 웃고 있었고 그럴수록 홍조는 난처해졌다. 죄책감일까. 대답과는 상관없이 그가 그때처럼 자신을 따스하게 생각해 주지 않을 것만 같은 두려움이 마음속으로 난입했다.

하지만 홍조의 생각과 찬형의 진심에는 조금 다른 부분이 있었다.

찬형에게 이 순간은 그저 즐거움이었다. 골탕을 먹이려는 생각도, 일부러 복수를 해 보고자 하는 마음도 없었다. 영영 보지 못할 것 같았던 그녀를 기껏 다시 마주하게 되었는데 하필 재회의 장소가 면접장이라 사적인 이야기를 나눌 수 없음이 안타까울 따름이었다.

면접을 가장하여 그녀에게 듣고 싶었던 그 이야기들을 다시 들을 수 있다면 더할 나위 없이 기쁠 것이라고 생각했다. 순전히 그뿐이었다.

그녀에게 다시 만나서 기쁘다고 말하고 싶었다. 온 얼굴이 반가움에 차 있었다. 비록 홍조에게는 그 모든 것들이 난처함의 연속이었다고 하더라도 말이다.

"삿……포로에 다녀왔습니다. 눈 내리는 밤의 도시가 잔잔하게 빛나는 게 서울의 도심과는 다른 느낌이어서 무척이나 인상 깊었습니다. 그리고……."

당황함을 무시하고 억지로 뱉기 시작한 말은 시간이 흐를수록 점차 자연스러워졌다.

그와 만났던 노보리베츠에서의 이야기는 쏙 빠뜨린 채 그 전날까지 머물렀던 삿포로에서의 일들만 전부인 것처럼 나열했다. 이야기에 살을 붙이는 것이 이토록 쉬운 일이었나 생각될 정도로 홍조 역시 스스로의 대처에 적잖이 놀랐다.

앞에 앉은 찬형의 얼굴에 묘한 서운함이 맴돌았다. 말을 끝낼 때쯤에서야 그 얼굴을 확인했다. 하지만 거기에 대고 '저 역시 똑같은 곳에 다녀왔습니다!'라고 할 수는 없는 노릇이다.

제발 알은척하지 말아 달라고 호소하고 싶었다. 자꾸만 자신을 보며 눈을 빛내는 저 표정이 부담스럽다. 어느덧 다른 두 명의 면접자는 안중에도 없다는 듯이 일방적으로 쏟아지는 질문에 모두가 조금씩 의아해하기 시작했다. 홍조는 그 분위기를 알아챌 수 있었다.

"그럼 최근에 겪었던 가장 특별한 일이라든가……."

"……대표님. 면접이 좀 길어지는데요. 다음 면접자들로 넘어가야 합니다만."

"아, 벌써요? 묻고 싶은 게 많은데."

공적인 자리에서는 누구보다 냉정했던 찬형이다. 그랬던 그가 완전히 다른 사람처럼 굴고 있었다. 그런 모습에 다른 면접관들은 내심 놀랐다.

애초에 스펙을 보지 않는 전형인 만큼 그 사람을 판단하기 위해서는 면접이 중요했다. 그 같은 이유로 직접 참여하는 찬형의 성미를 모르는 것은 아니었으나 한 번도 이런 식으로 특정한 인물에게 과한 관심을 쏟은 적은 없었다.

면접자의 인성이나 포부를 보기 위해 질문을 한두 개씩 더 던지는 경우는 몇 번 있었어도 이렇게 온 얼굴로 관심을 표한 것은 분명 처음이었다.

게다가 정해진 시간을 누구보다 잘 아는 사람이 아쉽다는 듯 '묻고 싶은 게 많은데.' 라니. 그 얼굴은 마치 친구와 더 놀고 싶다고 말하는 어린아이와 같았다. 그 자리에 있던 모두는 놀라움을 그저 속으로 삼키는 수밖에 없었다.

결국 찬형이 그들의 말에 백기를 들었다. 공과 사를 구분하는 것은 원래 찬형의 가장 큰 특기 중 하나였다.

"수고하셨습니다. 좋은 결과 있기를 바랍니다."

그 순간 홍조는 해방과도 같은 기쁨을 느꼈다. 찬형의 시선이 면접실을 나서는 홍조의 등 뒤를 내내 따라붙었다는 것조차 느끼지 못할 정도로 말이다.

면접은 어차피 망한 것이나 다름없었다. 당황했고, 놀랐고, 말을 질질 끌기까지 했다. 끝을 보지 않아도 훤했다. 차라리 미련이 남지 않는 것이 다행인지도 모른다.

"그럼 다음, 46번……."

그 뒤를 이어 세 명의 면접자가 안으로 들어서고 있었다. 고개를 살짝 돌려 힐끔 그곳을 돌아보았다.

닫히는 문틈 사이로 아주 짧은 순간 찬형과 시선이 마주친 것도 같았다. 냉정하게 닫혀 버리고 마는 문이 문재와의 영원한 이별을 말하던 그날의 엘리베이터와 흡사해 괜히 기분이 이상해졌다.

또각또각. 검은 구두가 딱딱한 복도의 바닥을 울렸다. 실감이 나지 않았다. 일본에서의 모든 일들이 그러했듯이 방금 전까지 얼굴을 마주했던 이가 정말 그 최찬형이 맞는지도 얼떨떨했다.

노골적으로 묻는 질문들 속에서 몇 가지의 키워드가 자꾸만 자신을 채근하는 것처럼 느껴졌다.

착각이 아닐 것이다. 확신에 가까웠다.

↑우

그로부터 3일이 지났다.

이력서에 자신의 연락처며 주소가 고스란히 적혀 있었다. 찬형이 연락을 하려면 얼마든지 그 번호를 연락을 하고도 남았을 것이다.

하지만 그에게서는 아무런 연락도 오지 않았다. 어쩌면 호기심에 불과했는지도 모르겠다. 그런 생각으로 스스로를 다스리고 나서야 모든 것을 좋은 추억으로 남겨 둘 마음의 준비가 가능해졌다.

그때 문자 한 통이 왔다. 딱히 연락 올 사람이 없어 분명 모바일 카드 고지서 아니면 지혜겠거니 생각했다.

방심한 상태로 휴대 전화를 들었다. 액정 속에서 딱딱하기 그지없는 문장이 홍조를 반겼다. 정말 정신이 멍해지는 기분이었다.

「이번 채용에는 안타깝게도 불합격하셨습니다.

지원해 주셔서 감사합니다.

GLEAM COMPANY.」

"친절도 하셔라……."

불합격 통보는 따로 주지 않는 회사가 태반이니 이 정도면 친절에 절을 해야 할 지경이다. 그런데 어째서 속이 허해지는 걸까.

애초에 찬형이 있는 회사였으니 그가 자신을 향한 배신감이나 실망감, 혹은 약발이 다 떨어진 호기심으로 임했다면 이런 결과는 어쩌면 당연한 것인데 말이다.

대체 왜일까. 우연인 듯, 운명인 듯, 그렇게 그를 다시 만나고 싶었던 걸까.

스스로에게 질문을 던져 보았지만 불합격이라는 세 글자 앞에 멍하니 앉아 있는 자신은 더 이상 아무런 이야기도 꺼내고 싶지 않은 듯했다.

"예상했잖아. 뭘 실망하고 그래, 선홍조. 빨리 다른 데에 더 지원해."

자기 자신을 향해 채찍질하며 다시금 구직 사이트에 접속하는 순간이었다. 이번에는 문자가 아닌 전화가 울렸다. 힐끔 고개를 돌려 액정을 확인하니 모르는 번호다.

"……여보세요?"

— 선홍조 씨 되십니까?

딱딱하고 사무적인 목소리가 어딘지 모르게 익숙했지만 감이 잡히는 구석은 없었다.

"네, 그런데요."

— 안녕하세요. GLEAM COMPANY…….

그 회사의 이름이 귓가에 와 닿자 표정이 0.1초 사이에 싹 굳었다. 문자 보냈으면 됐지, 무슨 불합격 통보를 굳이 또 전화로까지? 표정에 원망이 고스란히 드러났다.

— ……대표 이사 최찬형입니다.

"네, 네. 안 그래도 방금 전에 문자……."

— …….

"……잠깐. 뭐라구요?"

잘못 들은 게 틀림없을 거라고 생각했다.

— 내 목소리 벌써 잊었습니까?

휴대 전화를 들고 있는 오른팔이 그대로 딱딱하게 굳어 버리는 줄 알았다.

어떻게 바로 알아채지 못한 걸까. 아무리 짧은 시간이었다고는 하지만 아주 가까운 곳에서, 아주 달콤하게 그와의 추억을 만들어 놓고선 말이다.

말이 제대로 나오지 않아 금붕어처럼 입만 뻥긋거렸다. 그런 홍조를 마치 지켜보고 있기라도 하다는 양, 그가 웃음기를 띤 목소리로 다시 그녀를 불러 왔다.

— 선홍조 씨?

"네……."

— 언제부터 출근 가능합니까?

"네?"

예상하지 못한 대사에 홍조가 눈을 동그랗게 떴다.

그가 문자와는 정반대의 이야기를 하고 있었다. 불합격이라는

178

글자를 아주 정확하게 보고 읽었는데 어째서 출근이라는 단어가 나오는 건지 그에 대한 설명이 필요했다. 통화를 하고 있는 상대가 최찬형이라는 것은 둘째 치고 자신의 합격, 불합격 여부가 다시 달라질 수도 있는 일이었다.

"죄송하지만 저 방금 불합격 문자 받았는데요."

— 아아, 그건 불합격 맞습니다.

"근데 무슨 출근을……."

건너편에서 낮은 웃음소리가 떨린다. 새어 나올 듯한 웃음을 목구멍으로 넘기며 꾹 참는 호흡이 들려왔다. 그때 보았던 찬형에게서 이런 호흡을 들은 적이 있었는지, 지난 시간들을 하나씩 되짚었다.

추억이 파노라마처럼 지나쳐 갔다. 고작해야 사십여 시간에 불과한 추억들. 그 조각들.

— 대표 이사 개인 비서로 특별 채용을 할까 하는데…….

"……."

— 내일이라도 당장 출근 가능합니까?

홍조는 웃을 수 없었다.

7
더 가까이

달그락거리는 짧은 소음과 함께 테이블 위에는 두 잔의 홍차가 놓여졌다. 잔을 내려놓는 여자의 손가락이 어찌나 희고 긴지 홍조는 그 아름다운 손에서 눈을 뗄 수 없었다.

여자가 가볍게 고개를 숙인 뒤 천천히 등을 돌렸다. 문이 완전히 닫히고 나서야 그녀를 향하던 모든 집중을 떨칠 수 있었다.

"뭘 그렇게 봅니까?"

앞에 놓인 잔을 들어 홍차의 향을 음미하던 찬형이 느릿하게 눈동자를 움직여 홍조를 보았다.

그녀의 시선이 계속해서 어디에 따라붙고 있었는지 조금도 놓치지 않았다. 이렇게 단둘이 남아 서로를 마주하게 된 것이 얼마만인지 모르겠다는 그 기쁨이 그녀에게서 잠시도 방심할 수 없게 만들었다. 자신도 모르는 새 그때처럼 또다시 놓칠 것만 같았다.

홍조가 찬형을 보았다. 눈이 마주치면 그는 저렇게 웃었다. 숨겨진 뜻 같은 건 아무것도 없다는 듯이 굉장히 맑고 해사한 얼굴이었다.

저 미소 때문에 그 짧았던 시간이 얼마나 즐거웠는지 그는 알까. 몇 개의 질문을 속으로만 삼켰는지 모를 일이다.

"비서가 있네요."

"……? 예, 그러네요. 있네요."

그녀가 하는 말이 무얼 뜻하는지 도통 모르겠다는 듯한 말투. 짧막하게 대꾸하는 찬형을 보며 홍조가 기어코 나직한 한숨을 쉬었다. 가슴속 아주 깊은 곳에서부터 터져 나온 것이었다.

회사 측에서는 자신에게 불합격을 통보했고, 그는 개인적으로 연락을 취해 합격을 알렸다. 낙하산이라는 단어가 이럴 때 쓰이는 것임을 새삼스레 깨닫는 중이다.

그러니까 그는 홍조에게 낙하산 비서를 권하고 있는 것이었다. 저쪽에 저렇게 미모와 지성을 겸비한 비서가 제 할 일을 척척 해내고 있는데도 말이다. 그러니 찬형을 보는 홍조의 눈이 마냥 전 같을 수는 없는 일이다.

사실 그의 제안과는 별개로 그를 다시 만날 수 있다는 사실에 내심 떨었다. 그 제안을 빌미 삼아서라도 한 번 정도 얼굴을 더 보고 싶다는 욕심이 아예 없었다면 거짓말이다.

난처했고 고민도 되었지만 그럼에도 불구하고 홍조는 하루 만에 이곳을 다시 찾았다. 비록 대표 이사실은 처음이었지만.

책상 위에 놓인 '대표 이사 최찬형'이라는 명패가 어색하다.

그것은 커다란 바위가 되어 홍조의 가슴으로 쿵, 떨어지는 듯했다.

넓은 사무실과 멋들어진 슈트 차림의 그를 보았을 때, 이곳에 찾아온 게 정말 옳은 선택이었는지조차 의심스러웠다. 그저 그 이후로 계속해서 그의 생각이 났으니, 그리고 그 역시 자신을 완전히 모르는 사람 대하듯이 하지 않았으니, 그런 이유로 다시금 마주해 보고 싶었을 뿐이다.

그래. 그뿐이었다.

"그런데 대체 무슨 비서로 채용을 하시겠다고……."

"어제도 말했던 것 같지만 지극히 제 개인 비서로 채용하려는 겁니다."

"유 실장님도 계시잖아요."

"그렇죠. 하지만 정확하게 말해서 유 실장님은 제 사람이 아니라 이 회사 사람입니다. 제가 개인적인 일에 함부로 부려 먹기에는 무리가 있다는 말입니다."

그 말은 마치 홍조를 개인 비서로 둬 함부로 부려 먹을 것이라는 듯이 들리기도 했다.

"아, 물론 그렇다고 홍조 씨를 부려 먹겠다는 건 아닙니다. 그러니까……."

그의 말에 어떤 내용이 따라올지에 대해 홍조의 모든 감각들이 집중했다. 아직 듣지도 않았는데 벌써부터 그가 할 말을 이해할 수 있을 것 같은 기분이 든다. 아니, 이해되지 않는다 해도 이해하고 싶어질 것 같았다.

애초에 그와의 만남부터 머리로 이해할 수 있는 것은 아무것도 없었다. 만약 그때의 일이 아니었다면 지금 눈앞에 있는 이 남자가 때때로 여성의 모습을 할 수도 있는 사람이라고 어떻게 생각할 수 있겠는가.

그와 홍조의 사이에는 머리로 납득할 수 없는 성질의 감정들이 몇 가지 생성되어 있었다. 한두 가지 더 늘어난다고 이상할 게 없었다.

"쓸 만한 인재이기 때문에 채용하려는 거라고 생각해 주면 안 되겠습니까?"

"설득력이 떨어져요. 쓸 만한 인재일 리 없잖아요. 아까도 말씀드렸지만 저는 이미 불합격……."

"홍조 씨의 능력이 부족해서 불합격인 게 아니라면요?"

"……네?"

잘못을 실토하는 일곱 살 아이의 표정이 저럴까. 그는 딱 그런 표정을 지으면서 난처하다는 듯 괜히 천장 모서리로 시선을 옮겼다.

대화를 나눌 때면 언제나 상대를 올곧게 응시하던 그였다. 그 전의 그에게서는 볼 수 없었던 모습이라 낯설고도 이상했다. 여성의 모습을 보았던 것과는 별개로 또 다른 최찬형을 발견한 기분이 들었다.

"제가 빼 왔습니다."

"빼 오다니, 그게 대체 무슨……."

"제가 개인 비서로 쓰고 싶어서 홍조 씨를 중간에 인터셉트했다는 말입니다."

"……"

"그래서 회사 차원에서는 부득이하게 불합격 처리를 할 수밖에 없었어요. 홍조 씨를 회사가 아닌 제 사람으로 채용하고 싶었으니까요."

이해되지 않는 이야기들의 향연을 충분히 겪었다 생각했는데 아직도 많은 게 남은 모양이었다.

홍조는 자신이 정말 머리가 나쁜 게 아닐까 생각했다. 그렇지 않고서야 남자일 때도 있고 여자일 때도 있다는 그 말보다 어째서 지금의 저 말이 더 어려운 걸까.

"굳이 왜……"

"저에게는 제 이야기를 알고 있고, 또 저를 도와줄 수 있는 사람이 필요합니다."

내내 머릿속을 떠다니던 이해할 수 없는 단어들이 차분하게 바닥으로 가라앉았다. 그가 말하는 자신의 이야기가 무엇을 뜻하는지 홍조는 바로 알아챌 수 있었다.

"홍조 씨도 알다시피 전 여자로 변하는 순간이 있습니다. 여자와의 접촉으로 인한 성적 흥분이 가장 큰 원인이지만, 그때도 말했던 것처럼 그와 무관하게 변하는 때도 적지 않죠."

"……"

"긴장감이 과할 때, 정신적으로나 육체적으로 과로할 때, 신경과민일 때 등 수없이 많은 컨디션 변화에 따라 여자와의 가벼운 접촉만으로도 변합니다. 지금은 이렇게 멀쩡한 서른셋의 남자로 보이겠지만 당장 그 흔한 열감기만 앓아도 여자 간호사와의 접촉을 두려워하게 되죠. 전 그렇게 살아왔어요."

그때도 들었던 이야기이다. 하지만 다른 점이 있었다. 그 당시의 이야기가 그저 스쳐 지나갈 사람에게 하는 성질의 것이었다면, 지금은 쭉 곁에 두고자 하는 이에게 건네는 무거운 짐으로 변해 있다는 것이었다.

그는 그 미묘한 차이를 알 수밖에 없도록 말하고 있었다. 어쩌면 그의 노골적인 요청을 홍조가 쉽사리 외면할 수 없으리란 것까지 예상했는지도 모르겠다.

"절 도울 사람이 필요합니다."

그 순간 그는 고용주로서의 갑(甲)이 아닌, 도움을 필요로 하는 명백한 을(乙)로서 자신의 입장을 표명했다.

"그날도 겪었으니 알겠지만 유 실장님이 절 돕는 것에는 한계가 있습니다. 회사 일로도 충분히 바빠 24시간 절 케어해 줄 수 있는 입장도 아니고요. 그래서 여성으로 변하지 않도록, 변한다 하더라도 같은 여성의 모습으로 가장 근접한 곳에서 절 도울 사람이 필요합니다."

"그게 저였으면 좋겠다는 말인가요?"

"제 비밀을 알고 있는 사람은 유 실장님과 홍조 씨가 유일합니다. 선택의 여지가 없죠. 그리고……."

"……?"

"홍조 씨와 있을 때는 변하지 않았으니까요."

그를 끌어안은 채 멈추지 말라고 말하던 그 당시 자신의 목소리가 불현듯 홍조의 머릿속을 스쳤다. 자신을 보던 눈빛, 끝까지 놓을 수 없었던 그 뜨거운 감각들이 똑똑, 문을 두드리고 있었다.

"······."

"손을 잡아도, 입을 맞춰도, 당신을 끌어안고 있어도······ 변하지 않았으니까요."

그 노크를 시작으로 기억 속에 잠시 묻어 두었던 그날의 일들이 새록새록 떠오르기 시작했다. 잔뜩 상기되었던 얼굴이며, 서로에게 한 치의 망설임도 없이 닿아 오던 그날의 호흡 같은 것들.

그가 말하는 것은 전부 사실이었다. 그는 명백하게 남성으로서의 흥분을 동반한 상태였음에도 변하지 않았다. 아무리 끌어안고 입을 맞추어도 온전하게 최찬형으로 남아 있었다. 그것은 그에게도 홍조 자신에게도 묘한 쾌감이고 감격이었다.

"그날로 이 말도 안 되는 저주가 드디어 끝이 난 줄 알았습니다."

"······?"

"그런데 그 뒤로 한국에 와서도 한 차례 변했어요. ······완전히 괜찮아진 게 아니었던 겁니다. 홍조 씨가 특별했던 거죠."

"······."

"그래서 당신이 적임자라고 생각했습니다."

그날을 완벽하게 잊을 수 있다면 좋았을 것을. 다시는 보지 않을 사람이라고 생각했던 것이 스스로를 얼마나 갉아먹을지 예상도 하지 못했다.

물론 그때의 경험이 없었다면 그가 이런 부탁을 해 오는 일도 없었겠지. 그렇게 생각하면 그때의 일이 약이 된 건지 독이 된 건지 더더욱 헷갈리기 시작한다.

"도와주세요, 홍조 씨."

마주하고 있는 그의 표정은 그때와 다르지 않았다. 곧 여자가 되고 말 거라 말하던 침대 위에서의 모습을 떠올리게 했다. 스스로를 원망하는 것인지 자신을 보며 속상해하는 것인지 모를 눈이 그곳에 있었다.

홍조는 젖은 손을 내밀며 일으켜 달라고 말하던 찬형과 망설임 없이 그의 손을 잡았던 스스로를 기억해 냈다. 그때 잡았던 손을 어쩌면 앞으로 몇 번이고 더 맞잡게 될지도 모르겠다는 예감이 들기 시작한다.

"변해 있는 시간이 1시간이라고 했죠?"

"예, 그렇습니다. 단 한 번도 시간을 초과한 적은 없었습니다."

다행이라면 다행일지.

홍조는 여성의 모습으로 그가 난처해할 일이 뭐가 있을지 여러 장면들을 떠올려 보았다. 그를 도울 수 있을 만한 상황의 리스트를 무의식중에 정리하고 있었던 것이다.

"하지만 그 1시간은 제게 견딜 수 없을 만큼 힘겹고 고독한 시간입니다. 누구에게도 도움을 청하지 못한 채 시간이 흐르기만 기다려야 하죠. 체감으로는 1시간이 아니라 한 달이라고 해도 무리이지 않을 겁니다. 그러니 어떤 부분에서 도움을 달라고 구체적으로 말하기는 힘드네요. '만약' 일어날지 모르는 모든 상황을 대비해 그저 도움이 필요한 겁니다. ……막연하게 말입니다."

그가 꼭꼭 씹어 뱉는 한 마디 한 마디에 허투루 듣고 흘릴 수 있을 만한 것은 단 한 가지도 없었다. 타인에게 자신의 약점과 그 약점으로 인한 고통을 말할 때 조금도 괴롭지 않은 사람은 없을 것이다.

홍조가 다른 사람에게 자신의 힘겨운 일들을, 슬픔이나 외로움 같은 것들을 온전하게 내비치지 못하는 이유가 바로 그런 것들에 있었다. 그랬기에 찬형의 말들을 더는 모른 체할 수 없었다.

꾹 다물려 있던 입이 천천히 열리기 시작했다. 찬형이 그녀의 입술에 집중했다.

"그래서……."

"……."

"……언제부터 출근하라고요?"

♤우

홍조는 반쯤 넋이 나가 있었다. 정신을 차려야 했지만 도무지 차릴 수가 없었다. 정말 자신이 옳은 선택을 한 것인지에 대해 뒤늦은 의구심이 들기 시작한 것이다.

그냥 사무직으로 입사해서 9시 출근과 6시 퇴근, 간혹 덮쳐 오는 야근의 부담감을 온몸으로 받으며 평범한 회사원으로서의 삶을 살고 싶었다.

물론 입사에 성공하기는 하였으나 출근과 퇴근이 자신의 희망과 일치하는지에 대한 여부도 미처 확인하지 못했고, 무엇보다 평범한 사무직과는 무척이나 동떨어진 일거리를 떠맡은 기분이기도 했다.

급여는 애초에 홍조가 예상한 것에서 두 배 넘게 받게 되었지만 딱히 그 때문에 결정한 일만은 아니었다.

— 헐, 대박. 진짜? 맙소사. 백수 생활 며칠이나 했다고 이렇게 초스피드 취업이래니!

휴대 전화 너머에서 지혜가 한껏 상기된 목소리를 냈다. 자신보다 더 기뻐하며 방방 뛰는 모습이 보지 않아도 눈앞에 그려지는 듯했다. 바로 앞에 있었으면 아마 홍조의 어깨를 붙들고 두어 번 포옹까지 실행에 옮겼을 터였다.

자신의 일처럼 좋아해 주는 게 무척이나 고맙기는 한데…….

"응, 고마워…….”

— 근데 너 목소리가 왜 그래? 안 기뻐?

"기뻐……."

— 비서직이 처음이라 그래? 그래도 너 예전에 코딱지만 한 무역 회사 다닐 때 거기 사장님 비서 일 겸직으로 하지 않았어? 다 비슷비슷할 거야. 큰 회사라고 뭐 다르겠니?

"손님 오시면 차 내오고, 스케줄 확인해 드리는 수준의 일이 아니라서 그래…….”

— 그럼?

구체적으로 어떠한 사정이 있어서 이러저러한 일을 맡게 되었다고까지는 자세하게 말할 수 없어 아주 조금 속이 답답했다. 아직 스스로도 가늠할 수 없는 일들에 대한 부담감이 벌써 발밑에서부터 차곡차곡 다리를 타고 올라오는 기분이었다. 이러다가 그 속에 빠져 허우적거리게 되지는 않을지 걱정도 되었고.

"홍조 씨, 가죠."

찬형이 몇 걸음 너머에 차를 세우고는 그녀를 불렀다. 조수석 쪽 창문을 내리고 자신을 바라보는 시선이 묘하게 기분 좋아 보인다. 홍조는 저도 모르게 입 안에 고여 있던 침을 꿀꺽 삼켰다. 그가 때때로 아이 같은 표정을 짓는다는 걸 새삼스레 깨닫는다.

"내가 나중에 다시 전화할게. 지혜야, 끊어."

천천히 차가 있는 곳으로 걸어간 홍조가 조수석의 문을 열고 자리에 앉았다. 시트에 등을 기대었지만 온몸이 긴장감으로 굳은 느낌이었다.

찬형은 그런 홍조를 빤히 쳐다봤다. 힐끔, 홍조가 눈길을 주자 시선이 마주친 그가 또다시 웃는다. 말 없는 공간 속에 그의 미소만이 가득히 찼다.

웃기만 하고 아무런 말도 하지 않아 의아함이 스멀거리며 올라올 때쯤이었다. 그의 단단한 팔이 불쑥 홍조의 가슴 앞쪽으로 뻗어 나왔다.

"……!"

숨을 급하게 헉, 하고 들이켰다. 이 남자가 갑자기 뭘 하려나 싶어 당황했다. 그러나 그 놀람이 무색할 정도로 찬형은 아무렇지 않게 안전벨트를 쭈욱 잡아당겨 채웠다.

"안전벨트를 안 매고 계시길래."

"아……."

귓불까지 화끈거리며 달아올랐다. 지혜가 옆에 있었다면 '이 응큼한 것! 머리에 음란 마귀가 들었니!' 하고 놀려 댈 게 뻔했다.

입술을 아주 살짝만 벌려 소리 나지 않게 야금야금 숨을 내쉬었다. 그를 그렇고 그런 사람으로 본 것도 아닌데 그 순간 왜 그런 말도 안 되는 오해가 튀어나왔는지 모를 일이다. 온몸에 힘이 쭉 풀리는 느낌에 꼬르륵 잠겨 버렸다.

일본에서의 일을 계속해서 떠올리고 있는 것은 홍조 혼자만의 일인 듯싶었다. 찬형은 면접 때의 질문 뒤로 단 한 번도 둘의 만남에 대해 이야기하지 않았다. 홍조와의 접촉만큼은 아무런 영향을 끼치지 않는다는 언급이 전부였다. 그때 왜 말도 없이 갔냐는 말도, 어떻게 된 거냐는 말도, 그는 결국 꺼내지 않았다.

궁금해할 거라고 왜 확신했던 걸까? 그 부끄러움이 시시때때로 홍조를 놀리며 고개를 내밀었다. 꾹꾹 눌러 담기에 바빴다. 그저 하룻밤의, 아무렇지 않은, 그런 일일 수도 있는 것일 텐데.

"……유 실장님은 오늘 안 보이시네요?"

"저보다 더 바쁜 사람이거든요."

"아아."

"그리고 지금은 사적인 일로 움직이는 거니까 회사 인력을 끌어다 쓸 수는 없죠."

"어디 가는 건데요……?"

"제집이요."

그는 홍조가 깜짝깜짝 놀랄 말들을 굉장히 평온한 얼굴로 건네고는 했다. 동그랗게 뜬 눈으로 자신을 바라보는 시선을 느꼈는지 그가 운전 중에 살짝 고개를 돌렸다. 온화한 눈이 그녀를 확인하고는 부드럽게도 웃는다. 그 미소로 인해 차 안에는 또다시 따스한 공기들이 몽글몽글 차오르기 시작했다.

홍조가 찬형의 미소에 취해 있을 때, 찬형은 그녀로 인해 정신이 없었다. 향기롭고 포근한 그녀만의 향이 주변에 둥둥 떠다니며 은은하게 코를 간질이고 있었다.

핸들을 잡은 그의 손에 힘이 들어갔다. 자꾸만 솟구쳐 오르는 기쁨을 애써 눌러 내는 게 힘겨웠던 탓이다. 반가움을 온몸으로 내보이고 싶었으나 조금은 자제할 필요가 있었다. 그녀를 놀라게 하고 싶지 않았고 곁에 두고 싶었다.

그렇다고 해서 그녀의 필요성까지 핑계인 것은 아니었다. 모든 것은 사실이었다. 찬형은 13년 내내 홍조와 같은 사람이 필요했다. 여자의 몸을 했으나 여자이지 않은 자신을 여자로서 도와줄 수 있는 사람.

그에 딱 맞는 사람을 발견할 수 있어서, 그리고 그 사람이 선 홍조라는 여자여서 얼마나 기뻤는지 이루 말할 수도 없을 정도였다.

그녀가 그런 마음까지는 전부 이해할 수 없다고 해도 상관없었다. 어떠한 방식으로든지 찬형은 홍조를 더 보고 싶었다. 그녀를 곁에 두고 자신이 남자로서, 최찬형으로서 살 수 있는 방법을 모색하며 그 순간들을 만끽하고 싶었다.

"혹시 같은 집에 생활하면서 보필해야 하는 건가요?"

홍조가 찬형을 보며 물었다.

드라마나 영화에서 본 적이 있다. 이런 상황일 때 주인공 남녀는 같은 집에서 생활하며 많은 에피소드를 만들어 내고는 했다. 그가 자신을 굳이 개인(적인) 비서라고 하는 것도, 집으로 데려가는 것도, 어쩌면 전부 그를 위한 과정이 아닌가 싶어졌다.

"사생활까지 침범하며 일을 진행하고 싶지는 않습니다."

"아……."

텔레비전을 적당히 봐야겠다. 안도인지 아쉬움인지 모를 작은 탄식이 터졌다.

"그 대신 호출이 잦을 겁니다. 변하기까지 걸리는 시간은 고작 1분이지만 그 상태로 멈추어 있어야 하는 1시간은 꽤 길거든요. 홍조 씨에게 도움을 청할 일이 무척 많을 겁니다. 각자의 집에서 생활하되 호출했을 땐 언제든지 바로 와 주었으면 하는 게 제가 바라는 부분입니다."

"뭐…… 어려운 일은 아니네요."

홍조의 나직한 목소리가 덤덤한 척 그 공간을 채웠다가 사라졌다.

조금은 어색하고 또 조금은 팽팽한 긴장감이 감돌았다. 숨 막히는 시간을 뚫고 그들의 차는 빠르게 도로를 달렸다.

그의 집은 생각보다 회사에서 가까운 위치에 있었다. 잘사는 사람들은 외곽에 위치한 2층, 3층짜리 저택을 누리며 살 줄 알았다. 번화가에서 멀지 않은 골목으로 들어가는 차의 움직임에 아주 조금 놀란 것이 사실이었다.

홍조의 상상을 모조리 박살 내며 모습을 드러낸 건물은 근처에서 오면가면 꽤 자주 보는 형태의 오피스텔이었다.

"……."

"어쩐지 기대에 못 미친 얼굴인데요?"

찬형이 장난스러운 표정으로 놀리자 홍조의 얼굴이 벌겋게 물들었다.

"그, 그런 거 아녜요."

"혼자 사는 삼십 대 미혼남들은 대개 이럴 겁니다. 아, 엘리베이터는 이쪽이에요. 따라와요."

"네."

그의 뒤를 따라 걸으면서도, 엘리베이터에 타 그의 옆에 가만히 서 있으면서도, 홍조는 자신이 지금 누구와 있고 어디에 와 있는 건지 실감이 나지 않았다. 그와 대화를 했고, 대답을 들었고, 그가 말하는 대로 움직이면서 소통이라는 것을 하고 있었음에도 말이다.

그와 처음 알게 되었던 순간의 모든 것들이 꿈 같았기 때문일까. 처음이 그랬다고 해서 끝조차 마냥 꿈일 리는 없을 텐데.

자신의 발을 쥐어 물기를 닦아 주던 손길도, 입을 맞추며 한껏 긴장하던 얼굴도, 모든 것이 사실이었다. 그 사실들을 놓고 도망치듯 등을 보인 것은 자신이었다.

그런데 막상 그의 등을 보고 있자니 그때의 선택에 대한 후회감이 든다. 사귀다가 이별을 한 사이도 아닌데 대체 뭐가 아쉽고 뭐가 두려웠다고 그랬을까.

생각이 거기까지 미치자 스스로의 설레발이 우습기도 하고 한심하기도 했다. 그가 비웃는다 해도 할 말이 없다.

"여깁니다."

홍조가 생각을 멈추었다. 멈춘 생각 사이로 찬형의 목소리가 들려왔다.

그는 도어록을 눌러 현관문을 열었다. 들어오라는 듯이 손짓을 하기에 주인보다 먼저 현관으로 걸음을 옮긴 홍조가 쭈뼛거리며 구두를 벗었다.

"도어록 비밀번호는 곧 알려 줄게요. 내가 직접 문을 열지 못하는 경우가 생길 수도 있으니 그럴 땐 그냥 누르고 들어오면 됩니다. 제 사생활이라고는 여자가 될 수 있다는 약점 하나뿐이니까요. 전 홍조 씨의 사생활을 침범하지 않겠지만 홍조 씨는 제 사생활에 얼마든지 드나들어도 됩니다."

도통 벽이라고는 없는 사람처럼 보인다. 어느 정도 벽을 내세워도 충분할 사이인데 그는 첫 만남 때와 같이 예전부터 홍조를 알고 있던 사람처럼 모든 것을 훤히 펼쳐 보였다.

언제든지 자신이 있는 곳으로 뛰어들어도 괜찮다는 듯이 군다. 그 탓에 홍조는 그와의 간격이 얼마큼이나 벌어져 있는지, 얼마큼 가까워져 있는지 가늠하기 어려웠다.

"집이 굉장히 깨끗하네요."

"가끔 도우미 아주머니가 오십니다. 제 사정까지는 모르시지만 식사며 청소며 여러 가지 것들을 챙겨 주시죠. 얼굴을 뵙는 시간은 그리 많지 않아요. 제가 보통은 회사에 가 있으니까."

"아아."

"그러니 도어록 비밀번호에 대한 부담은 안 가져도 됩니다. 홍조 씨뿐만 아니라 유 실장님도 아주머니도 모두 공유하고 있는 번호거든요."

속을 꿰뚫은 듯한 그의 말에 홍조가 멋쩍게 웃었다.

그는 자신이 처음 보았던 그 모습 그대로의 최찬형이었다. 중간에 있던 둘 사이의 일들도, 떨어져 있던 그 며칠의 시간도 원래 없었던 것처럼 행동하고 있었다. 그 행동의 모든 것이 어색하지 않았다.

홍조는 그를 보며 머릿속을 어지럽히는 잡념들 역시 전부 정리하는 게 좋겠다고 생각했다. 자신은 원하던 대로 취업에 성공했고, 그 역시 원하던 인재를 뽑아 곁에 둘 수 있게 되었으니 모두에게 좋은 일인 게 분명했다.

"묘하게 계약직 같네요."

"……?"

홍조의 나직한 목소리에 찬형이 집 안을 보여 주다 말고 고개를 돌렸다. 멍하니 속마음을 말하던 홍조가 그제야 그의 시선을 알아채고는 어색하게 웃었다.

"그냥 기분이 그래서요. 찬형 씨가 언제까지고 그런 몸으로 있을 거라고는 생각하지 않거든요. 더는 여자가 되지 않고, 제 도움이 필요 없어지는 순간이 분명 올 테니까요."

"……."

그가 홍조의 이력서를 보았다면 아마 2년과 3년짜리들로 꽉 채워진 그녀의 계약직 인생을 훤히 파악했을 것이다. 홍조는 그것을 전제로 깔아 두고 말했다.

더는 그에게 자신에 대해 숨길 것이 없었다. 그 한두 장짜리 이력서와 자기소개서에 말 그대로 그녀가 숨기려 했던 이십 대의 삶이 전부 담겨 있었으니까.

조금 더 근사한 여자로 보이고 싶었다. 하지만 그에게 고용이 된 판국에 이제 와 더 근사하게 보일 수는 없을 것이다. 체념하고 나니 마음이 편한 것도 같았다.

"정말 그런 날이 온다면 좋겠네요. 더는 여자가 되지 않아도 되는 날."

찬형이 웃었다. 홍조는 그 웃음에 밴 다정함에 자꾸만 마음이 녹을 것 같았다.

춥디추운 겨울, 홋카이도의 어느 바다 근처에서도 저 웃음에 마음이 잔뜩 녹았던 기억이 났다. 고독과 상실로 텅 비었던 마음을 그가 무척 짧은 시간 안에 가득히 채워 주었다. 지나간 연인에 대한 기억도, 일자리를 잃었다는 허무함도, 그의 앞에서는 까맣게 잊어버리고 말았다. 생각해 보니 정말 고마운 사람이 아닐 수 없다.

"아마 그날이 제 퇴사일이 되겠죠? 다시 백수가 되는 건 슬픈 일이지만 찬형 씨에게 그 말도 안 되는 일이 더는 벌어지지 않는다면 기쁘겠어요."

홍조가 그를 따라 웃었다.

"......."

그녀의 웃는 얼굴에 찬형이 잠시 얼굴을 굳혔다. 한없이 기쁜 상상 속에 그녀가 없다는 건 조금 슬픈 일이다.

"······서운하네요."

"네?"

"퇴사일이라니······. 상상만으로도 서운합니다. 평생을 여자와 남자로 번갈아 살고 싶지는 않지만 그래도 홍조 씨를 자르진 않을 겁니다."

축 처지는 눈꼬리를 보며 홍조는 문득 일을 할 때의 그가 궁금해졌다. 줄곧 따뜻하고 다정한 모습만 보아 왔기 때문일까. 자신이 모르는, 한 번도 보지 못했던 달의 이면을 확인하고 싶어졌다.

문을 열어 준 것은 그이지만 스스럼없이 그 안에 발을 내디딘 것은 자신이다. 그의 모든 것을 속속들이 보고 싶어지는 욕심까지 부정하고 싶은 생각은 없었다.

"찬형 씨는 아주 좋은 고용주인 것 같아요."

그의 약점으로 취업을 했다는 생각이 없지 않아 있었지만 또 한편으로는 자신이 아닌 다른 사람은 그에게 이런 도움을 줄 수 없을 것이란 사실이 기뻤다.

그저 평범하고 싶다고 말하면서도 그에게 있어 자신만이 할 수 있는 특별한 일이 생겼다는 것이 이토록 마음을 풍요롭게 만들 줄은 몰랐다. 그는 여러모로 홍조를 가장 평범할 수 있게, 또 가장 특별할 수 있게 만들었다.

"그나저나······."

"······?"

홍조가 고개를 들어 그를 보았다. 알듯 말듯 그의 오묘한 표정이 계속 홍조의 시야를 맴돌았다.

"좋네요."

"네?"

"고용주와 고용인이 되었어도 계속해서 들을 수 있는 '찬형 씨'라는 호칭이요."

그에게 있어 타인이 불러 주는 이름의 무게감은 남다른 듯했다. 홍조는 어느새 그걸 느끼고 있었다. 그와 처음으로 통성명을 하고 어색하게나마 서로의 이름을 부르게 되었던 그때의 일을 떠올렸다.

그러던 중 느닷없이 그의 이름을 부르기에 앞서 고민했던 것이 다시금 고개를 내밀었다. 대표님이라고 불러야 하느냐는 말에 회사 직원도 아닌데 그렇게 부를 이유가 무엇이 있겠냐던 찬형이다. 그렇다면 개인 비서가 된 지금은 다르지 않을까.

"아, 참! 대표님이라고 불러야 하죠?"

홍조가 그때의 생각을 하며 호칭의 정정을 위한 한마디를 꺼내었으나 찬형에게 딱 가로막히고 말았다.

"아니요."

"네?"

끔뻑끔뻑 눈을 뜨고 있는 홍조를 보며 그가 단호하게 말했다.

"쭉 '찬형 씨'라고 불러 주세요."

굉장히, 단호하게.

송우

차라도 마시고 가라는 찬형의 말에 홍조는 한사코 거절의 뜻을 표했다. 더 오래 머물렀다가는 아무렇지 않은 게 아니라 아무렇지 않은 '척' 하고 있다는 걸 그에게 들켜 버릴 것만 같았다.

그러자 찬형이 그럼 데려다주겠다며 겉옷을 가지러 방 안으로 들어갔다.

공적인 사이로만 대할 수 있으면 좋으련만. 그가 지어 보이는 웃음이 어찌나 한결 같은지 홍조는 어디까지가 그의 선인지를 가늠하기 어려웠다. 벽이 있는 것도 같았고 없는 것도 같았다. 노골적이던 그때의 질문과 표정은 어떻게 그리도 순식간에 사라질 수 있는 걸까.

홍조가 현관에 서서 그런 생각들을 하고 있는 사이, 어느덧 가까이 다가온 찬형이 무언가 떠올랐다는 듯이 말했다.

"아, 그리고 개인 비서라고는 하지만 아마 별다른 상황이 일어나지 않는 한 회사 일을 병행해야 할 겁니다. 제가 대부분의 시간을 회사에서 보내기 때문에 항상 곁을 지키려면 그 편이 좋을 것 같네요."

"그럼 평소에는 비서실 직원분들과 같은 업무를 보면 된다는 말씀인가요?"

"음…… 전반적인 회사 업무를 함께 맡아서 하는 데에는 어려움이 많을 겁니다. 비서실 업무 보조 정도로만 생각해 주세요."

"다행이네요. 전문 비서직에 대해서는 저도 무지한 편이라서.

기존에도 업무 지원 위주의 일을 했었거든요. 그 편이 낫겠어요."

홍조의 말에 찬형이 그렇게 생각해 준다니 다행이라며 웃었다. 그러고는 그녀의 등 뒤로 손을 뻗어 현관문을 열었다. 아주 잠시 찬형의 체취가 가까이 훅 끼쳐 와 홍조는 저도 모르게 마른침을 삼켰다.

"아, 하나 더. 아까 했던 말은 농담 아닙니다."

"네?"

"'찬형 씨'라고 불러 달라던 그 말 말입니다. 혹시나 농담으로 들렸을까 봐."

"아니, 아무리 그래도⋯⋯."

"하지만 회사에서는 아무래도 무리가 있겠죠? 그러니 둘만 있을 때로 한정하는 건 어떻습니까, 홍조 씨?"

"그런 거라면⋯⋯."

그는 가끔 진심을 장난처럼, 장난을 진심인 것처럼 말해 사람을 헷갈리게 했다. 그 탓에 괜스레 찬형을 향한 원망의 싹을 틔울 뻔도 했다. 어디까지가 장난인지 알 수 있다면 그날의 설렘이나 벗어나고 싶은 위기감 같은 것들을 다시 생각해 볼 수도 있을 텐데.

자신의 잡념을 다시금 떨친 홍조가 현관문을 열며 그를 보았다. 복도의 찬 기운이 옷깃에 달라붙었다.

"그럼 출근은 언제부터 하면 될까요?"

"이사도 하고 그러려면 시간이 좀 필요하겠죠?"

"네? 이사요?"

갑작스러운 단어의 등장에 홍조가 눈을 동그랗게 떴다.

"대표님, 아, 아니, 찬형 씨 이사해요? 그럴 거면 이 집은 굳이 오늘 소개하지 않으셨어도……."

"아니요. 저 말고 홍조 씨요."

"저요?"

도통 무슨 말인지 이해할 수가 없다는 홍조의 표정을 찬형이 말간 얼굴로 응시했다.

"네, 홍조 씨의 이사요."

"잠깐만요. 잘 이해가 안 되는데……. 제가 왜 이사를……."

찬형이 열려 있던 현관문을 닫으며 홍조와 함께 아예 복도로 나와서 섰다. 그는 주머니에 손을 넣는가 싶더니 이내 별 이야기 아니라는 양 넓은 어깨를 으쓱였다.

그의 앞에만 서면 자꾸 바보가 되는 기분이 든다. 이유가 달리 있었던 게 아니다. 이런 순간들이 유독 그랬다. 이해할 수 없는 말들을 홀로 이해하고 앞서가는 찬형을 느낄 때.

"일종의 기숙사라고 생각하면 될 것 같습니다."

"기숙사요?"

"미리 말씀드렸지만 언제 갑자기 여자로 변할지 모르거든요. 회사에 함께 있는 시간 외에도 언제든 제게 위기의 순간이 닥친다면 홍조 씨는 바로 달려와 주어야 합니다. 지금은 유 실장님이 그걸 맡고 계시지만 홍조 씨도 느꼈다시피 만만치 않게 바쁜 인물이거든요, 그쪽도."

"그래서요……?"

"가까운 곳에 작은 오피스텔을 하나 얻어 두었습니다. 회사 근처이기도 하니 출퇴근하기도 편할 거고, 제가 도움을 요청했을 때 오는 시간 역시 절약할 수 있죠."

"……."

"업무를 위해서 하는 이사이니만큼 모든 비용은 제가 책임집니다. 그러니 장거리 통근이 힘겨워 회사에서 지원하는 기숙사에 들어가 지내는 거라고 생각하면 됩니다. 부담 없죠?"

부담과는 다른 의미의…… 뭐랄까……. 그래. 당황이었다, 당황.

예정에도 없던 업무 내용과 그에 따른 취업, 그리고 이사까지. 모든 것이 자신의 의지와 상관없이 진행되고 있다는 것이 홍조를 그 순간 덜떨어진 여자처럼 만들었다.

홍조가 멍하니 그를 보았다. 그러자 그가 웃는다. 배려심이 많은 사람인 것은 사실이지만 사적으로 만날 때와 공적으로 만날 때의 태도가 확연하게 달라 그 속도를 따라가기가 무척 버거웠다.

하지만 그가 말하는 것에 대해 절대 싫다고 할 수 있을 만한 명분이 없었다. 통근 시간이 꽤 걸리는 것은 사실이었고, 찬형이 비용을 전부 부담해 준다면 마다할 이유도 딱히 없었던 것이다. 매달 월세를 내는 것도 꽤 힘겨운 일이었으니 일을 위한 기숙사라면 오히려 다행인 일이 아니겠는가.

좋은 게 좋은 거라고 생각하기로 했다. 집세도 아끼고, 취업도 하고. 어찌 보면 잘된 일이다.

"그렇게 할게요. 감사합니다."

"오케이. 그럼 됐네요. 제 일로 인한 이사이니 이사 비용 역시 제가 지불합니다. 이사 일정만 홍조 씨가 적당한 때로 잡아서 말해 주세요."

"그럴게요. 그런데……."

"말씀하세요."

"제가 머물게 될 곳이 그래서 어디쯤인가요? 이 근처라면 온 김에 미리 위치라도 알고 갔으면 하는데요."

홍조의 말을 듣던 찬형이 좋은 생각이라는 듯 주머니에서 손을 빼며 웃었다. 그러고는 고개를 끄덕이면서 오른편으로 손짓을 한다.

"그러죠. 그럼 갈까요?"

그의 말에 홍조가 고개를 마주 끄덕인 뒤 먼저 걸음을 옮겼다. 엘리베이터로 향하는 걸음에 어느새 조금씩 자신감이 붙었다.

상황을 받아들이는 데에 꽤 능숙한 편이었다. 적응력도 좋은 편이라 사회생활을 하며 느닷없이 들이닥치는 태풍 같은 상황들에 녹다운 되는 일도 그리 많지는 않았다.

업무에 대한 설명을 충분히 들었고, 앞으로의 거취며 이후의 일들까지 대충 파악이 되었다. 그러자 걱정이 차츰 줄어들기 시작했다.

상대가 하룻밤을 함께 보냈던, 그것도 굉장히 마음이 동했던 남자였다는 사실만 뺀다면 모든 것은 순풍에 돛을 단 듯이 흘러가게 될 것이다.

그가 아무리 당황스럽게 굴어도 오늘처럼 어떤 말에든 고개를 끄덕일 자신이 생기는 듯했다.

"홍조 씨, 어디 가요?"

홍조가 엘리베이터 버튼을 누르려다 말고 고개를 돌렸다. 찬형이 여전히 복도에 선 채로 홍조를 부르고 있었다.

"……?"

가자면서 왜 안 오고 저기 그대로 서 있대?

의아한 홍조를 보며 더 속 모를 표정을 지은 것은 오히려 찬형이었다. 자신이 먼저 가자고 했으면서 마치 홍조가 본인을 두고 가 남겨진 듯한 얼굴이라니.

"이리 와요."

그의 말에 홍조가 다시 걸음을 돌렸다. 옆에 가서 서니 그제야 만족스러운 표정이다.

그는 영문을 모르겠다는 그녀의 얼굴에 대고 마치 이게 대답이라는 양 눈앞에 있는 현관문을 가리켰다.

"……이 집은 왜요?"

"왜라뇨."

찬형이 도어록의 네 자리 숫자를 익숙하게 눌렀다. 마지막 별 표시를 누르자 잠금이 풀리면서 문이 열렸다. 손잡이를 붙잡아 돌리는 손놀림이 굉장히 익숙해 보인다. 찬형의 집에 들어가던 아까처럼.

"여기니까요."

"네?"

홍조가 눈을 동그랗게 뜨며 고개를 들었다. 목을 젖혀 현관문 정면에 붙어 있는 숫자를 보았다.

말도 안 돼.

순간 든 생각은 그 하나뿐이었다.

홍조가 머물 곳이라며 그가 안내한 곳은 벽을 하나 사이에 둔, 다름 아닌 찬형의 옆집이었다.

그가 말한 '가까운 곳'이 바로 옆집일 줄 누가 알았겠는가.

현관 안으로 들어가지 못한 채 얼떨떨한 얼굴로 서 있는 홍조를 보며 찬형이 또다시 사람 좋은 얼굴로 웃었다. 순수한 아이의 얼굴과도 같았다. 홍조의 당황스러운 마음을 그는 여전히 눈치채지 못한 모양이었다.

"아, 비밀번호는 이사 온 다음에 홍조 씨가 직접 바꾸면 됩니다. 지금 이대로 두어도 전 절대 마음대로 드나들지 않을 테니까 안심하고요. 물론…… 믿기진 않겠지만."

그가 아무리 당황스럽게 굴어도 모든 것을 태연하게 받아들일 자신이…… 앞으로도 과연 생길 수나 있을까? 세상은 내 뜻대로 흘러가지 않을뿐더러, 잠시라도 방심하면 네 예상이 빗나갔다며 뒤통수를 때려 오기 마련인데 말이다.

이 순간 홍조는 스스로의 자신감을 나무라고 싶어졌다.

같은 집에서 생활하는 게 아니라고 당당하게 말하던 그. 사생활을 침범하는 일은 없을 거라고 안심시키던 그. 그러면서도 옆집의 도어록 비밀번호를 아무렇지 않게 누르는 그.

그리고…….

"뭐해요? 안 들어오고."

……어느새 다정한 이웃사촌의 얼굴을 하고 있는 그.

홍조의 못 말리는 고용주는 어서 들어오라며 그녀의 예비 보금
자리에서 당당하게도 손을 내밀고 있었다.

8
구겨진 마음 달래기

"H호텔에서 5시에 호주 A사 대표님과의 미팅이 있을 예정이니까 그 부분만 한 번 더 체크해 줘요. 서류는 이따가 유 실장님이 전부 챙기실 테니 나머지는 크게 신경 쓰지 않아도 되고요."

"네, 알겠습니다."

"홍조 씨. 안에 차 두 잔만 가져다줄래요?"

"네! 지금 바로 가져갈게요!"

오늘따라 시침의 흐름이 마치 초침의 속도와도 같았다. 시계에 달린 세 개의 바늘이 전부 초침처럼 빠르게 돌아가지 않고서야 시간이 이렇게나 빨리 흘러갈 수는 없는 일이다.

그에게 아주 개인적인 비서직을 제안받고 나서는 긴장감에 시간이 더뎠다. 그런데 정신을 차려 보니 어느덧 출근이 코앞에 와 있었다.

이사까지는 일주일 정도가 걸렸다. 월세로 살던 작은 원룸이라 짐은 그리 많지 않았다. 다음 달이면 계약도 끝날 예정이었다. 마치 짜 놓은 각본처럼 모든 일이 생각보다 수월하게 진행되었다.

그 일주일 동안 찬형과는 이사와 첫 출근 날짜에 대한 이야기만 했을 뿐 별다른 연락은 취하지 않았다. 차라리 다행이었다. 연락을 계속해 왔다면 아마 마음이 더 복잡했을 것이다.

마음을 비우고 새 각오를 하는 사이 디데이는 다가왔다. 언제나 그러했듯 디데이가 닥쳐오니 그때부터 시간은 미친 듯이 빠른 속도로 달리기 시작했다.

그리고 오늘 하루도 아마 그럴 것이다. 벌써 오후 시간이었으니 말이다.

출근을 앞둔 오늘 아침까지만 해도 홍조는 대체 내가 할 수 있는 일이 뭐가 있을까에 대해 많은 걱정을 했다. 하지만 1시간도 채 지나지 않아 걱정이 무색해졌다. 찬형 덕분이었다.

그는 출근하기가 무섭게 비서실 사람들에게 홍조를 소개했다. 그리고 업무상 필요한 게 있으면 뭐든 시켜도 된다는 말과 함께 그녀를 그 틈에 쑥 밀어 넣었다.

영훈이 아닌 찬형이 직접 소개하자 직원들은 조금 얼떨떨한 얼굴이었다. 낙하산 티를 내는 것만 같아 홍조는 더욱 가슴이 쪼그라들었다.

하지만 그는 그것까지 신경 쓸 여유가 없는 듯했다. 한 번도 본 적 없는 차가운 얼굴을 하고 있었다.

똑똑.

"들어가겠습니다."

반나절 동안 일을 하면서 가장 크게 느낀 것이 있다면 단연 그의 또 다른 모습일 것이다.

최찬형 대표는 자신이 알고 지내던 남자 최찬형과는 너무도 달랐다. 회사에서는 한없이 냉정하고 사무적이기만 해서 조금 의외였다. 아이처럼 웃으며 옆집을 가리키던 그 못 말리는 남자와 동일 인물처럼은 보이지 않았다.

생각 없이 일을 저지르는 막무가내라고 오해라도 할 뻔했다. 그가 얼마나 철두철미하게, 그리고 조용하게 일에 임하는지를 보지 않았더라면 말이다.

"차 나왔습니다."

"아아, 거기에 두고 가요. 어디까지 말했죠?"

"예. 그러니까 이번 신제품은 아무래도 기존 공장들이……."

테이블 위에 차 두 잔을 내려놓은 홍조가 소리 나지 않는 걸음으로 문 쪽을 향했다.

바깥으로 나와 천천히 문을 닫으면서 점점 좁아지는 틈 사이로 찬형의 모습을 보았다. 그는 아마 홍조가 차를 두고 나갔다는 사실조차 모르고 있을 게 분명했다. 자신이 '두고 가요.' 하고 말했다는 사실 자체를 인식이나 했을는지 모르겠다.

완전히 문이 닫힐 때까지도 찬형과는 눈을 마주칠 수 없었다.

그는 굉장히 바쁜 사람이었다. 일본에서 그토록 여유 있게 산책을 하고 함께 커피를 마시던 사람이 정말 저 남자였는지 믿기지 않을 정도였다.

찬형은 영훈이 바쁜 사람이라고 했지만 비서실 직원들과 종일 함께 있던 홍조로서는 영훈의 얼굴보다 찬형의 얼굴을 보는 것이 더 힘들었다. 딱 붙어서 그를 지키고 있어야 한다는 생각이 내내 머릿속에 있었으나 그는 일에 파묻혀 도통 여성들과의 접촉이 있으려야 있을 수도 없어 보였다.

그러나 긴장을 풀고 있을 수는 없는 일이다. 외부 일정이 잦은 편이라고 했다. 13년이나 반복해 온 그조차도 예상할 수 없을 정도로 갑작스러운 순간은 분명 언제든지 닥쳐올 수 있었다.

"대표님. 슬슬 움직이셔야 할 것 같습니다."

서류에서 시선을 떼지 못하던 찬형이 영훈의 목소리에 고개를 들었다.

"아, 벌써 시간이……. 가죠."

그는 손목에 채워진 시계를 한 번 확인하더니 망설임 없이 자리에서 일어났다. 반쯤 열린 문 사이로 그의 모습을 보고 있던 홍조가 한 걸음 뒤로 물러섰다. 찬형이 사무실에서 나오자 영훈이 뒤따라 나오며 문을 닫았다.

"그쪽 일 보고 바로 들어갈 테니까 다들 시간 되면 알아서 퇴근하세요."

"예, 대표님. 알겠습니다."

"……."

대표 이사실 데스크 앞에 앉아 있던 여직원이 일어나 찬형에게 고개를 꾸벅였다.

그 순간 홍조는 갈피를 잃었다. 그와 동행해야 한다고 생각하면서도 발을 뗄 수 없었다. 공적으로는 조금도 그를 도울 일이 없을 것이라 생각하니 갑자기 스스로가 무능하게 느껴졌다.

그때 엘리베이터로 향하던 찬형이 고개를 돌렸다.

"선 비서."

"네?"

낯선 단어였다. '홍조 씨.' 하고 부르던 그에게서 그런 호칭이 나올 것이라고는 예상하지 못했다. 자신이 찬형을 대표님이라고 부를 때의 그도 이런 기분일까 짐작해 본다.

멍하니 서서 그의 부름에 눈만 마주치고 있자 찬형이 고개를 끄덕였다.

"뭐해요. 안 갑니까?"

"아."

홍조가 빠르게 겉옷과 가방을 챙겨 들었다. 그녀가 하는 행동을 가만히 지켜보고만 있는 찬형의 뒤에서 영훈 역시 그녀를 응시했다.

일본에서 홍조가 떠난 바로 그날, 찬형은 영훈의 방으로 오더니 다짜고짜 '형, 비행기 탑승객 연락처 같은 건 못 알아내나?' 하고 물었다. 호텔 측에서도 알려 주지 않는 연락처를 항공사에서 퍽이나 알려 주겠다고 생각하며 영훈은 묵묵히 고개를 저었었다.

처음이었다. 그토록 생생하게 살아 있는 찬형의 얼굴은.

그래서 느닷없이 홍조를 개인 비서로 채용하겠다던 찬형의 말에 굳이 '왜?' 라고 묻지 않았다. 충분히 알 수 있었다.

찬형을 도울 수만 있다면 사실 그거로도 충분하다고 생각했다. 찬형이 그녀와 있을 때는 유일하게 변하지 않는다고 했으니 말이다.

하지만 영훈이 본 홍조는 그 이상이었다. 직접 겪어 보니 일도 썩 잘하는 편이라 더할 나위 없이 좋은 인물이었다. 찬형이 그녀에게 느끼는 감정이 남달라 보인다는 것까지 더하면 그녀는 아마 크나큰 몫을 할 게 분명했다.

그녀가 찬형에게 해 줄 수 있는 게 생각 이상으로 많을지도 모르겠다는 판단이 서자 영훈은 그저 홍조가 고마워졌다. 자신에게 동생과도 같은 저 외로운 남자를 누구보다 평범하게 만들어 줄 수 있으리란 희망이 생겼다.

"외부에서는 조금 더 신경을 곤두세우고 있어야 할 겁니다."

"알겠습니다."

홍조의 대답에 찬형이 웃었다. 출근한 이후로 저렇게 웃는 모습을 처음 보는 듯했다. 원래 홍조가 알고 있던 그의 얼굴이었다.

어떤 것이 실제의 그에 더 가까운지는 모르겠지만, 적어도 이렇게 얼굴을 마주하고 있을 때만큼은 주변이 따뜻해지는 것 같아 마음이 녹았다.

정말 서운하기라도 했던 걸까. 같은 공간에 있음에도 자신의 존재를 인식조차 못 하고 있던 그의 모습에 말이다.

그녀를 보며 웃던 찬형이 이내 영훈 쪽으로 고개를 돌렸다. 두 사람은 엘리베이터에 타기가 무섭게 다시 업무에 관련된 이야기를 나누기 시작했다.

홍조는 스스로가 꿔다 놓은 보릿자루처럼 느껴졌다. 하지만 자신이 하기 나름이다. 정말 그렇게 전락해 버리지 않도록 정신을 바짝 차리고 있어야겠다고 생각했다.

눈치껏 임해야 했다. 회사를 옮길 때마다 갖던 마음을 또다시 갖기로 했다. 처음으로 돌아가 다시 새로 시작하는 마음을 품는다.

땡, 소리와 함께 엘리베이터가 숫자 1을 가리켰다. 찬형과 영훈의 뒷모습을 보던 홍조가 다시금 위의 숫자를 응시했다. 그리고 바깥으로 걸음을 내디뎌 천천히 그들의 뒤를 따랐다.

출근 1일 차의 오후가 그렇게 흘러가고 있었다.

☆ 우

홍조는 언제나 시간을 붙잡아 두고 싶었다. 숨을 쉬고 생활하는 매 순간 그런 생각을 했다.

해가 지날수록 찾아오는 겨울은 점점 더 추운 기분이었고, 그럴수록 마음은 더욱 시렸다. 흘러가는 시간에 따라 점점 그 높이를 달리하는 '나이'라는 이름의 키가 훌쩍 자라 버리는 것조차 서글펐다.

내가 원하는 시점에 말뚝을 박아 놓은 채로 영영 머물 수 있다면 얼마나 좋을까. 그렇게 과거를 돌이켜 보면서 현재를 아쉬워하는 순간들이 부쩍 많아진 것이 사실이었다.

하지만 오늘은 달랐다. 홍조는 처음으로 빠르게 흘러가는 시간에 몸을 맡길 수 있었다.

정신없이 휘몰아치던 업무들. 찬형을 따라나서며 등 너머로 보고 배운 여러 가지들. 단 하루의 경험이 지난 시간들의 아쉬움마저 모조리 떨쳐 냈다. 찬형이 마련해 준 자리의 힘은 실로 대단했다.

홍조가 조수석에 앉아 차창에 머리를 기대고 멍하니 창밖을 보았다. 어둠이 내려앉은 도로의 주변으로 반짝이는 불빛들이 세상에 따스함을 작게 수놓았다. 한없이 춥다고만 생각했던 계절이 때때로 온기의 소중함을 깨닫게 만드는 이 순간들이 좋았다.

"홍조 씨."

조용하던 차 내부에 찬형의 목소리가 울렸다. 바깥으로 시선을 두고 있던 홍조가 고개를 돌렸다. 찬형은 정면을 보면서 부드럽게 핸들을 돌렸다. 차선을 바꾸면서 사이드미러를 확인하고 이내 1차선에 자리를 잡은 그가 흘깃, 홍조와 시선을 마주쳤다.

"많이 피곤합니까?"

"아, 아니요."

온 얼굴에 피로감이 가라앉아 있었음에도 손을 내저었다. 같은 차에 타고 있었지만 잠시 그걸 망각하고 힘이 쭉 빠진 모양새로 늘어져 있었다.

그와 있던 순간의 긴장감 같은 것들은 어느새 설렘과는 별개로 몸에서 쑥 빠져나갔다. 잠시도 그에게서 시선을 떼기가 힘들었고, 앞으로도 그래야만 하는 일이었으니 당연했다. 하물며 첫 출근에도 긴장하지 않는 이가 어디에 얼마나 있겠는가.

"얼굴에 피곤하다고 쓰여 있어요. 무사히 모실 테니까 눈 좀 붙여요."

찬형은 퇴근길에 직접 차를 몰았다. 영훈은 외부 미팅을 끝낸 뒤 먼저 다른 곳으로 걸음을 옮겼다. 업무 외적으로는 기사 노릇을 굳이 하지 않는 모양이었다.

덕분에 홍조는 찬형과 둘만 남았다. 어떻게 돌아가야 하나 생각하는 그녀를 보며 찬형은 조수석 문을 열었다. '타요.' 라는 한마디와 함께. 그는 아무것도 이상하다 여기지 않는 모양이었다.

하지만 아무리 생각해도 대표가 비서에게 차 문을 열어 주고 직접 운전을 해 주는 것이 자연스러워 보이지는 않았다. 물론 그것이 대표와 비서가 아닌, 남자와 여자로서의 상황이라면 자연스러울 수도 있겠지만…….

어찌 되었든 그것조차도 문제되지 않는 것은 아니었다. 홍조의 마음에 있어서는 말이다.

"유 실장님은 같이 안 오시던데 따로 택시를 타고 퇴근하시는 건가요?"

"아아, 아마 회사로 다시 돌아갔을 겁니다. 차를 회사에 두고 온 탓도 있겠지만 꼭 그것 때문만은 아니고. 자발적인 야근이라고 해야 하나."

"야근이요?"

"제 시간에 퇴근하는 걸 본 적이 없습니다. 지금쯤 오늘 미팅건을 정리하겠죠. 일중독이에요. 저는 명함도 못 내밉니다."

그러고 보니 찬형은 일중독이라는 단어 하나로 정의하기에는 너무도 많은 모습을 홍조에게 보이고 있었다. 일을 할 때는 홍조에게 시선을 줄 여유조차 없었다지만 퇴근길에 오르면서부터는 온전하게 홍조를 보았다. 그녀가 알고 있던 최찬형으로 돌아왔다.

"그나저나 놀랐습니다."

신호를 확인하고 액셀러레이터를 밟으며 찬형이 말했다.

"뭐가요?"

"홍조 씨의 업무 능력이요. 단순히 업무 보조만 해 주는 걸로도 충분하다고 생각했는데 바라던 것 이상이었습니다. 아까 미팅에서 보니 비즈니스 영어도 썩 잘 구사하는 것 같았고요. 영어로 하는 농담에도 잘 받아치고, 중간에 틈틈이 스케줄 체크까지. 미리 말한 적도 없는데 말입니다."

"예전 회사에서 어깨 너머로 듣던 게 도움이 됐나 봐요. 원래 학교 다닐 때도 쓸데없이 범생이 스타일이었어요. 범생이라는 별명에 비해 비록 대학 진학 결과는 좋지 않았지만……. 왜, 학교 다니다 보면 하나씩 있잖아요. 내내 필기 노트만 붙잡고 사는 재미없는 인물이요."

그녀의 종알거리는 목소리에 찬형의 얼굴이 한껏 풀어지기 시작했다. 핸들을 꽉 쥐고 있던 손도 어느새 가벼워졌다.

"당신과 학교를 같이 다녔으면 좋았을 텐데."

"네?"

"재미없는 인물 둘이 만났더라면 그래도 덜 재미없지 않았겠어요?"

조금 더 어렸던 시절의 그와 자신이 만났더라면 어떤 관계가 되었을까. 홍조가 생각했다.

아무런 상처도 없는 그때의 모습으로 만났더라면 한결 순수한 만남을 가질 수 있었을까. 조건이나 앞으로의 미래를 의심하지 않고, 미리 겁먹는 일 없이, 말하고 싶은 것을 말하며 솔직한 관심을 표현할 수 있었을까.

그랬더라면 아마도 '나 당신한테 호감이 있었어요!' 라고 말하며 그 밤의 감정을 토해 낼 수 있었을 것이다. '있었어요!' 가 아니라 '있어요!' 마저도…… 아마 가능하지 않았을까.

홍조의 눈빛이 어린 모습을 한 그와 자신을 떠올리며 차분해졌다.

그러는 사이 차는 어느덧 오피스텔의 지하 주차장으로 들어서기 시작했다. 그제야 완전한 퇴근이 이루어졌음을 실감한다.

첫날이 생각보다 버틸 만했으니 아마 내일도 모레도 충분히 잘해낼 수 있을 것이다. 그런 자신감이 붙기 시작했다. 기회는 잡기 나름이고, 운 좋게 잡은 그 기회는 사람의 능력을 발휘할 수 있는 좋은 무대를 마련해 주는 법이다.

홍조는 찬형에게 더 인정받고 싶었다. 내일은 오늘보다 더, 모레는 내일보다 더. 그에게 더 좋은 말들을, 더 따뜻하고 더 다정한 말들을 듣고 싶어졌다. 마치 아이처럼.

엘리베이터를 타고 올라와 같은 복도에 나란히 선 두 사람이 눈을 마주쳤다. 몇 뼘 정도의 간격이 있었지만 같은 공간에 서 있다는 것이 묘했다.

"수고했어요, 홍조 씨."

"아니에요. 대표님도 종일 고생 많으셨어요."

"퇴근했는데 아직 대표님입니까?"

"아……. 찬형 씨……."

드디어 듣고 싶었던 대답을 들었다는 듯 찬형이 만족스러운 표정을 지었다.

그의 기다란 손가락이 현관의 비밀번호를 눌렀다. 홍조는 그 손가락을 가만히 바라보고 있었다.

"아, 맞다."

그때, 무언가 생각났다는 듯 찬형이 고개를 돌렸다.

"……?"

"비밀번호 말입니다. 1470입니다. 기억하고 있어요. 언제 갑자기 불러도 바로 들어올 수 있게."

그렇게 말하며 그는 먼저 집 안으로 들어섰다. 금방이라도 다시 만날 사람처럼 미련 없는 걸음이었다.

홍조가 닫히는 문을 보다가 자신의 현관문을 보았다. 그러고는 며칠 전 새로 정한 비밀번호 네 자리를 눌렀다. 띠릭, 신호음과 함께 현관문이 열렸다.

안으로 들어가자 어둡게 가라앉은 내부의 공기가 천천히 홍조를 감싸며 달라붙었다. 가장 먼저 거실의 불을 켜고 보일러를 틀었다. 이사 전부터 내내 함께였던 작은 1인용 소파 위에 가방을 내려놓았다.

"1470……? 무슨 의미지? 생일? 아무래도 날짜는 아닌 것 같은데."

블라우스를 벗어 한쪽에, 스커트를 벗어 다른 쪽에 허물 벗듯이 내려놓은 홍조가 길게 기지개를 켰다. 그러다가 문득 1470년대에 일어났던 일이 무엇이 있을까 생각하며 휴대 전화를 집어들었다.

잠금 화면의 비밀번호 네 자리를 눌러 홈 화면으로 넘어가려던 때였다. 홍조가 손을 잠시 멈추고 액정을 빤히 보았다.

1, 4, 7, 0……

키패드를 하나씩 눌렀더니 왼쪽에 위치한 숫자가 위에서부터 일렬로 아래를 향한다.

"……1234나 9876이랑 다를 게 뭐야? 되게 단순하네."

반듯한 얼굴과 예의 바른 말투, 온화한 미소를 짓는 사람에게서 가끔씩 이렇게 아이 같고 말도 안 되는 면을 발견할 때면 불현듯 웃음이 터지고는 했다. 알고 지낸 게 그리 오래지는 않았더라도 아주 조금은 그를 파악할 수도 있을 것 같은 기분이 든다.

속옷 바람으로 거실 한가운데에 선 홍조가 소리를 죽여 웃었다.

송우

— 아, 진짜? 오올, 홍. 칭찬도 받고. 대단해.

"생각보다는 할 만한 것 같아. 바짝 긴장을 하고 있어서 실수를 안 한 덕이 크겠지만."

— 너 원래 회사 일은 빠릿빠릿하잖아. 아무튼 다행이다. 역시

큰 회사는 달라!

휴대 전화 너머에서 들리는 지혜의 목소리에 마음이 푹 놓인다. 홍조가 베개에 한쪽 뺨을 파묻었다. 푹신한 느낌이 전신을 나른하게 만들었다. 새로 산 바디 로션의 은은한 향기마저 곳곳에 맴돌아 더할 나위 없이 좋은 밤이었다. 이대로 잠들어 깨지 않으면 좋겠다는 생각마저 들었다.

— 맞다, 홍.

"응?"

— 부모님께는 말씀드렸어? 너 회사 옮긴 거.

"아, 응. 너한테 전화 오기 전에 통화했어. 어떤 회사냐고 물으시기에 월급을 더 많이 주는 큰 회사라고 말했더니 엄청 좋아하시더라. 우리 엄마랑 아빠는 회사 이름으로 말해 드려도 잘 모르셔. 무조건 크고 돈 많이 주는 회사면 장땡이야."

— 나 너희 부모님 진짜 좋아. 미치겠어. 완전 쿨하시다니까!

"그건 쿨한 게 아니라……. 어?"

가만히 눈을 감았다가 뜨는 순간 홍조가 말끝을 흐렸다. 삑, 삑, 짧은 소리와 함께 휴대 전화에서 알림음이 울린 것이다.

귓가에서 전화기를 떼어 낸 그녀가 액정 화면을 확인했다. 통화 중 대기로 전화 한 통이 들어오는 중이었다.

'최찬형'이라고 딱딱하게 적힌 세 글자에 이유 없이 뜨끔했다. 그러나 그것도 잠시, 찬형이 이 늦은 시간에 무슨 일이지 싶어져 마음이 덜컹 내려앉았다.

집에 있는 게 아니었나? 그것도 아니면 혹시 집에 누군가 찾아

온 건가?

예상할 수 있는 일들은 무척이나 많았다. 예상할 수 없는 일들은 아마도 그것보다 훨씬 많을 것이다.

— 흥? 왜 그래?

"지혜야. 나 지금 전화 들어와. 내가 나중에 다시 연락할게."

급하게 종료 버튼을 누르자 대기 상태였던 찬형의 목소리가 흥조의 귓가에 들려왔다.

"여보세요?"

— 흥조 씨. 미안한데 지금 당장 와 줘요.

"이 밤에 대체 무슨 일이에요? 지금 어딘데요?"

— 집이에요. 급하니까 제발 빨리.

"바로 갈게요!"

화장도 다 지워 완전한 민낯에 심지어 잠옷 차림이었다. 하지만 그 순간 흥조는 그런 것들을 생각할 겨를이 없었다.

책상 의자에 올려 두었던 얇은 카디건을 대충 걸치고 슬리퍼를 질질 끌며 현관문을 열었다. 그의 집이 이토록 가깝다는 것이 무척 다행이었다.

카디건과 잠옷을 뚫고 복도의 찬 기운이 몸을 휘감았다. 순간적으로 부르르 떨었다. 맨발에 와 닿는 서늘함에 흥조가 발가락을 움츠리며 현관문을 두드렸다. 그러다가 아차! 하며 그가 알려 준 번호를 떠올리고는 도어록을 오픈했다.

괴로운 상태면 현관까지 나오는 것조차 힘겨울 수 있다. 차마 가늠도 해 볼 수 없는 고통. 그는 여성으로 변하는 그 짧은 시간의 고통이 가히 말로 설명할 수 없을 만한 것이라고 했다.

'1, 4, 7, 0······.'

명쾌한 소리와 함께 도어록의 잠금이 풀렸다. 망설임 없이 손 잡이를 잡아당긴 홍조가 급하게 그의 현관으로 들어섰다.

그리고 슬리퍼를 벗어 던지다시피 하며 안으로 올라서던 그녀 는 움직임을 멈출 수밖에 없었다.

찬형이 현관 앞에 아무렇지 않게 서 있었던 것이다.

"······어?"

"32초. 생각했던 것보다 빠르네요. 넉넉하게 1분은 잡고 있었 는데."

"······."

홍조가 눈을 깜빡이며 그를 응시했다. 그는 특유의 차분한 분 위기를 풍기며 여유 있게 시간을 확인했다.

이게 대체 무슨 상황인지 모르겠다는 홍조의 얼굴을 보며 찬형 이 온화하게 웃었다. 그 웃음이 대답이라는 듯이 말이다. 덕분에 홍조가 뒤늦게 밀려오는 배신감에 부르르 떠는 것까지는 느끼지 못한 듯했다.

"뭐예요?"

"뭐가 말입니까?"

"급하니까 빨리 와 달라면서요."

"아, 맞다. 네. 급하죠."

말과 달리 전혀 급해 보이지 않는 느릿한 걸음걸이. 등을 보이 며 방 쪽으로 향하던 찬형이 홍조를 향해 손짓했다. 그곳으로 와 보라는 뜻이었다.

미간을 살짝 좁혔다가 풀어낸 홍조가 묘한 배신감을 품은 채 그의 손짓을 따라갔다.

그를 따라 들어간 방에는 온갖 옷들이 걸려 있었다.

'이게 말로만 듣던 드레스 룸인가……'

멍하니 바라보는 홍조를 지나쳐 더 안으로 들어선 찬형이 그중 하나의 서랍장을 열었다. 가까이 와 보라는 고갯짓에 몇 걸음 더 앞으로 내딛자 곱게 개어진 여러 개의 넥타이가 홍조의 시선을 사로잡는다.

여자들의 것처럼 다양한 질감, 다양한 색상으로 놓인 넥타이를 보고 있자니 마치 그것이 남자들의 액세서리처럼 느껴졌다.

"넥타이 좀 골라 줘요."

"네?"

찬형의 말에 홍조가 빠르게 반문했다. 느긋한 말투로 급하다고 말하며 넥타이를 보여 주더니 기껏 하는 이야기가 그거였다. 넥타이를 골라 달라는 것.

대체 그게 왜 다급하게 전화까지 걸어 부탁해야 하는 일인지는 알 수 없었으나 한 가지는 알 것도 같았다.

이 남자, 지금 날 놀리는구나.

"내일 중국에서 손님이 오시는데 어떤 넥타이를 하고 가는 게 좋겠어요?"

"……."

"음?"

재촉하는 그에게 '잠깐 그 입 좀 다물어 봐요.' 라고 말하고 싶은 것을 꾹 참았다. 그 짧은 순간 너무도 많은 걱정들이 휘몰아치고 지나간 터라 갑자기 두통이 밀려오려 했다.

그의 사정이 얼마나 큰 고통일지 충분히 알고 있었기에 온몸으로 함께 느끼고 공감했던 것이다. 그런데 그걸 빌미로 사람을 똥개 훈련이나 시키고. 분하지 않을 수 없다.

하지만 원망도 잠시였다. 어찌 되었든 그는 지금 이렇게 무사하고, 자신이 아는 '남자 최찬형'의 모습으로 내일의 일정을 이야기하고 있지 않은가.

그것이 가장 큰 안도로 다가왔다. 그가 아프거나 괴롭지 않다는 사실이, 조금은 짓궂은 장난일지라도 결국은 아무 일도 일어나지 않았다는 사실이, 그를 향하려던 분노를 가라앉혀 주고 있었다.

가만히 대답을 기다리는 찬형을 보며 홍조가 한숨을 내쉬었다.

"휴……. 그럼 빨간색이요."

"빨간색 좋아해요?"

"제가 좋아하는 걸 고르는 건 의미가 없죠. 중국에서 손님이 오신다면서요. 중국인들은 빨간색에 대한 애착이 강하고, 특히나 금전적인 일에 관련해서는 빨간색의 선호도가 높은 편이니까 기왕이면 붉은 계통의 색깔을 하고 가시는 게 좋을 것 같아요. 이 빨간색은 좀 이상하고……. 아, 이 넥타이가 좋겠어요."

홍조가 넥타이 중 하나를 가리키며 고개를 들었다. 그런데 찬형의 반응이 조용하다.

"……."

"왜요? 제가 골라 드린 게 취향과 다른가요?"

"아니요. 마음에 들어요. 역시 홍조 씨야. 제가 사람을 제대로 봤어요."

골탕 먹인 뒤에 건네는 칭찬 같은 건 전혀 기쁘지 않거든요. 속으로 그렇게 말하며 찬형을 흘기던 홍조가 그의 미소에 침을 꿀꺽 삼켰다.

명백한 반칙이었다. 얄밉도록 장난을 걸어와 놓고 화도 낼 수 없게 만드는 저런 얼굴은.

"근데 나, 중국에서 오는 손님이라고 했지, 중국인 손님이라고는 하지 않았는데."

"……예?"

"그래도 홍조 씨가 골라 준 거니까 이걸로 할게요. 홍조 씨 이름이랑 어울리는 넥타이네요, 빨간 게."

"……."

"전 좋아하거든요, 빨간색."

빨간색을 좋아한다고 말하면서 마치 '너 좋아해요.'라고 하는 듯한 표정이라니.

그는 입을 열어도, 다물어도, 웃어도, 웃지 않아도, 전부 홍조를 놀리는 것 같았다. 모든 게 진심 같아서 그게 오히려 더 장난처럼 느껴지기만 했다.

찬형은 홍조가 만난 몇 안 되는 남자 중에서도 가장 어려운 남자였다.

⚘ 우

첫 출근이니까 시험해 보고 싶었을 수 있다. 홍조가 그와의 일을 얼마나 진지하게 여기고 있는지, 얼마나 온 마음으로 그의 공포와 위기를 헤아려 주고 있는지, 그 모든 것들을 직접 확인하고 싶었을 수 있다.

그렇게 생각하니 고작 넥타이를 핑계로 했던 그날의 일을 홍조는 조금이나마 이해할 수 있을 것 같았다.

하지만 그것조차 착각이었을까.

— 홍조 씨. 급해요. 지금 당장 와 줘요. 어서요.

출근 둘째 날을 무사히 마무리 지으려던 밤. 씻고 나와 머리를 말리던 홍조에게로 걸려 온 전화 한 통. 바로 하루 전의 통화와 같이 다급한 그의 목소리가 홍조를 불렀다.

덕분에 머리도 제대로 말리지도 못하고 뛰쳐나갈 수밖에 없었다. 축축하게 젖은 머리카락을 휘날리며 그의 집으로 달렸다. 이번에는 20초 안쪽의 시간을 달성하지 않았을까 싶을 정도로 아주 빠른 속도였다.

"하아, 하아. 저 왔어요. 대체 무슨 일……."

"배가 고파서 치킨을 시켰는데 생각보다 양이 많아서요. 뜨거울 때 먹어야 맛있죠. 뭐해요? 와서 앉아요."

"……."

상사만 아니었더라면 분명 한 대 쥐어박았을 것이다.

넥타이를 골라 달라고 했던 처음의 호출은 그저 시작에 불과한 모양이었다. 홍조의 진짜 수난은 퇴근과 동시에 시작되었다.

찬형은 그 이후로도 퇴근 후의 시간까지 침범하며 수시로 홍조를 불렀다. 하루는 한겨울에 모기가 나왔다며 함께 잡아 달라고, 또 하루는 재미있는 영화가 방영되고 있으니 같이 보자고. 그는 그런 식으로 하루도 거르지 않고 꼬박꼬박 다급한 —척하는— 전화를 걸어왔다.

홍조의 머리는 점점 빙글빙글 어지럽게 돌았다. 그는 회사에 가면 세상 둘도 없을 냉철한 대표의 모습을 했고, 퇴근만 하면 다시 인간 최찬형으로 돌아왔다.

성별이 변하는 것과 별개로 인격도 두 개인 게 아닐까 싶어 속이 끓을 때도 있었지만, 어쩌면 아이 같은 그 모습이 진짜 그의 모습인지도 모르겠다는 생각이 들기도 했다.

그러나 그것도 아주 잠깐이었다. 그가 설마 토요일까지 쉬지 않고 호출을 해 올 거라고는 생각지도 못했으니 말이다.

첫 출근을 포함한 5일의 시간이 흐르고 처음으로 맞이한 휴일의 아침이었다.

"아아……. 시끄러워……. 조금만 더 자고……."

정신없이 울리는 휴대 전화 소리. 침대에 파묻혀 잔뜩 인상을 쓴 홍조가 이불을 머리끝까지 뒤집어썼다. 그럼에도 휴대 전화의 울림은 도통 멈출 생각을 하지 않았다. 잠시 끊기는가 싶더니 또다시 세차게 울리기를 반복했다.

"아……. 누가 토요일 아침부터 이렇게……."

인상을 잔뜩 찌푸린 채 중얼거리던 홍조가 다시 감기려던 눈을 번쩍 떴다. 찬형이 생각난 것이다. 며칠째 별것도 아닌 이유들로 자신을 불러 대던 그가 떠올랐지만 설마 주말 아침부터 그런 장난을 걸어올까 싶었다.

물론 주말이 아닌 평일이라고 했을지라도 홍조는 그를 양치기 소년과 똑같이 취급할 수 없었다. 그가 부르는 열 번 중 단 한 번이라도 진짜 괴로운 순간이 없을 거라고는 장담할 수 없는 일이다. 아마 그가 백 번을 속이면 백 번 전부 믿으며 뛰어갈 홍조였다.

"여보세요?"

— ……홍조 씨.

다급하게 부르던 평소의 전화와는 달라 멈칫했다. 정말로 모든 잠이 달아나 버렸다. 홍조가 벌써 일어나 급하게 카디건을 걸쳤다. 다리는 어느새 현관을 향하고 있었다.

"말하기 힘들면 안 해도 돼요. 저 지금 가니까 기다려요."

휴대 전화 너머의 그는 아무런 말도 하지 않은 채 색색거리며 간간히 숨만 내쉬고 있었다. 힘겨운 게 분명했다.

마음이 점점 다급해진 홍조가 맨발에 슬리퍼를 대충 끼워 신었다. 막 잠에서 깨어나 세수도 제대로 하지 못한 채 그의 현관문 앞에 섰다.

이 아침부터 어떤 여자와의 접촉이 있었을지 도무지 예상하기 어려웠다. 그러다가 유일하게 떠오른 것이 집안일을 도우러 오신다는 아주머니였다. 최악의 상황까지 머릿속의 상상이 치닫기 시작하자 피가 싹 식어 버리는 기분마저 들었다.

익숙하게 '1470'을 누르고 안으로 들어섰지만 평소처럼 현관 앞에 서 있는 찬형의 모습은 발견할 수 없었다. 어디 욕실에라도 쓰러져서 이미 여자가 되어 버린 게 아닌가 걱정이 되기 시작했다. 욕실, 드레스 룸 등의 문을 벌컥벌컥 열어젖히며 그를 찾았다.

그리고 침실의 문을 엶과 동시에 홍조는 그대로 동작을 멈추었다.

"······으응? 홍조 씨 왔어요?"

"······."

정말 어이가 없어서.

홍조가 그렇게 말하듯이 한숨을 터뜨렸다. 다 죽어 가며 말도 제대로 못 하던 그 목소리가 설마······.

"아, 전화 걸어 놓고 잠깐 졸았나 봐요."

"······."

설마설마했다. 근데 그 설마가 정말로 자신을 잡아챌 줄은 생각도 못 한 홍조였다. 아픈 목소리와 졸린 목소리를 구분하는 능력 같은 건 자신에게 없었다.

침실에서 등을 돌려 도로 나갔다. 익숙하지 않은 홍조의 뒷모습에 찬형이 침대에서 벌떡 몸을 일으키며 따라 나왔다.

"그냥 가게요?"

"6일 연속 장난에 낚인 걸로 충분해요. 게다가 오늘은 명백히 제가 누릴 수 있는 휴일이잖아요. 맞죠, 대표님?"

"……."

이번에는 정말 화가 난 모양이다. 한 번도 저렇게 말을 한 적이 없던 홍조였기에 찬형은 당황했다.

미안한 표정을 지은 그가 그녀의 팔을 잡아 돌려세웠다.

"……?"

"이렇게 합시다. 오늘은 특근입니다. 물론 특근 수당도 나갈 겁니다. 장난이 아니라면 되는 거죠?"

절대 쉽게 해 주겠다는 말은 안 하는 그의 반응에 홍조가 얼이 빠진 표정을 지었다.

"그게 그러니까……."

찬형이 올곧은 그녀의 시선에 그답지 않은 말투로 한참을 망설였다.

"……?"

"……모처럼의 휴일인데 혼자 밥 먹기 싫어서 불렀어요."

그의 말에 홍조가 입을 꾹 다물었다. 너무도 의외의 대답이었다. 일을 할 때처럼 혼자만의 생활도 아무렇지 않게 해낼 사람이라고만 생각했다.

이 남자도 다른 사람들처럼 혼자 밥 먹기 싫을 때가 있기도 하다는 것이 신기했다. 자신에게 있어 찬형이 얼마나 특별한 사람처럼 보였었는지를 재차 깨닫게 만드는 말이었다.

홍조가 이렇다 할 말이 없자 그가 머쓱하게 자신의 까치집을 긁적였다.

"혼자 밥 먹는 건 익숙했는데…… 이상하네요. 오늘 아침에는 눈을 뜨자마자 혼자 밥 먹기 싫다는 생각이 들었습니다. 그러면서 홍조 씨가 떠올랐어요."

"……."

입을 꾹 다물고 있자 그가 홈런을 날린다.

"같이 먹어 주세요……."

갑자기 강아지 같은 눈을 한 채 뱉는 한마디. 이미 결론은 난 것이나 다름없었다.

묵묵히 다물려 있던 홍조의 입이 천천히 열리기 시작했다. 그녀의 말을 한 음절도 놓치지 않겠다는 듯 찬형이 귀를 기울였다.

"하아……. 뭐 먹고 싶은 거라도 있어요?"

결국 백기를 드는 것은 앞으로도 홍조의 몫일 게 분명했다.

9
시작하는 마음

찬형에게 가족이란 그저 엄하게 서 계시던 할아버지가 유일했다. 남들처럼 속마음을 털어놓거나 농담을 주고받을 친구 하나 없었다. 공부밖에 모르며 자랐고, 그 때문에 사람을 잘 사귈 수 있는 방법 같은 걸 터득할 기회도 없었다.

사람들은 그런 찬형을 보며 숫기가 없다고 했다.

하지만 틀린 말이었다. 그가 아무리 노력하고 애를 써도 누구하나 그의 목소리에 귀 기울여 주지 않았을 뿐이다.

있는 집 자식들은 원래 있는 애들끼리 노는 거 아니냐며 비아냥거리는 소리도, '최찬형'이 아닌 '잘사는 집의 손자'를 보고 친해지려는 인사들도 찬형은 모두 느낄 수 있었다.

그와 비슷한 환경의 사람들이 모두 이런 식으로 자라지는 않겠지만, 그렇게 따진다면 오히려 찬형은 무척이나 운이 나쁜 편에 속했다. 누릴 수 있는 것보다 누리지 못한 것이 더 많았을 정도로.

그 나빴던 운은 학창 시절을 그 흔한 친구 하나 없이 생활하게 했을 정도로 크게 자라났다. 뿐만 아니라 성인이 된 뒤로는 친구가 아닌 애인 한 명 사귀어 보지도 못하게, 제대로 남자 구실조차 할 수 없게 만들어 버렸다.

가족도, 우정도, 사랑도, 무엇 하나 제대로 느껴 본 적이 없었다.

그래서 찬형은 스스로에게 크나큰 결점이 있다고 생각했다. 남들이 느끼는 그런 감정들을 제대로 키워 본 적도 없다는 사실 때문이었다.

하지만 그렇다고 해서 모든 것을 포기하거나 하지는 않았다. 그랬던 자신의 작은 노력이 어쩌면 크나큰 다행을 불러왔는지도 모르겠다. 찬형은 이 순간 홍조의 뒷모습을 보며 그렇게 생각했다.

"냉장고가 왜 이렇게 텅 비었어요? 아무리 혼자 살아도 밥은 먹고살 거 아녜요."

홍조가 찬형의 냉장고 문을 활짝 열어 보더니 한숨을 쉬었다.

"평소에는 안 그렇습니다. 단지……."

"단지?"

"이번 주는 아주머니께서 집안 사정으로 못 오시는 바람에……."

"그럼 다른 분이라도 부르는 편이 좋지 않았을까 싶은데요."

"이 집에 모르는 사람을 들이는 게 저한테는 꽤 큰 각오를 필요로 하는 일이라서 말입니다."

"아."

냉장고 문이 천천히 닫혔다. 그 주변으로 빠져나오던 냉기의 흐름이 뚝 끊겼다.

미처 생각하지 못했다며 홍조가 미안한 기색을 표하자 찬형이 웃으며 식탁 의자를 잡고는 그녀를 보았다.

"그래서 홍조 씨를 부르지 않았습니까."

"⋯⋯."

"'아무나'가 아닌 사람."

그렇게 말하며 웃는 찬형을 마주하자 얼굴이 확 달아올랐다. 홍조가 급하게 고개를 돌렸다. 혼자 밥 먹고 싶지 않다는 그에게 해 줄 수 있는 게 뭐가 있을까 애써 다른 생각들을 했다.

그러다 보니 그가 이번 주 내내 제대로 된 저녁밥을 먹었는지 조차 의심스러워졌다. 생각해 보면 항상 식탁이며 싱크대가 물기 하나 없이 깨끗하게 말라 있고는 했다. 저녁 먹는 걸 본 게 치킨을 시켰다던 그때가 유일했던 것 같기도 하고⋯⋯.

음식을 한 흔적도, 먹은 흔적도 전혀 없었던 것이 아주머니의 부재 때문이었음을 그제야 알 수 있었다.

'하지만 이 상태로는 어째 마땅히 할 수 있을 만한 게⋯⋯.'

"아, 그러고 보니 라면은 꽤 많습니다."

홍조의 고민을 느꼈는지 옆에서 그저 쳐다보기만 하던 찬형이 싱크대 위의 선반에 손을 뻗었다. 닫혀 있던 선반의 문을 열자 온갖 종류별로 가득 채워진 라면들이 요란하게도 모습을 드러냈다. 손님 받는 분식집 주방도 아니고…….

"이게 대체 다……."

"주말에는 역시 라면이죠. 혹시 라면 싫어합니까?"

"아, 아뇨. 싫어하는 건 아닌데……."

찬형이 라면 두 개를 꺼냈다. 그러고는 홍조의 팔을 잡아당겨 식탁 의자에 앉혔다.

특근은 자신의 몫이고 그는 고용주인데 묘하게 주객이 전도된 느낌이 든다. 홍조가 알 수 없는 표정을 지었다.

"직접 끓이게요?"

"다른 건 몰라도 라면 하나는 잘 끓입니다. 혼자 먹은 라면만 해도 한 트럭은 넘을 거예요."

그가 자신 있게 말하며 냄비에 물을 받았다. 혼자 밥 먹고 싶지 않다는 말이 사실이었던 모양이다. 근사한 식사가 필요한 게 아니었던 것이다. 그에게는 그저 라면 하나라도 좋으니 누군가와 함께 먹는 따스한 식탁이 필요했던 건지도 모르겠다.

홍조가 그렇게 생각하며 표정을 풀었다. 아무래도 좋다는 생각이 들었다. 그가 저렇게 아이처럼 기쁜 얼굴을 할 수 있다는 게 중요했다.

"근데…… 두 개로 돼요?"

"아, 혹시 홍조 씨는 두 개로 부족합니까? 세 개 끓일까요?"

"아니요, 아니요. 그게 아니라……."

문재가 떠올라 버렸다. 혼자서 라면 두세 개는 거뜬하게 먹던 그가 생각이 나 두 개만 끓이는 모습이 영 어색해진 것이다. 머릿속에서 완전히 날려 버렸다고 생각했는데 아니었나 보다. 전혀 예상치도 못하는 순간에 불쑥 튀어나오는 걸 보면.

"남자들은 좀 더 많이 먹지 않나 해서요."

"……홍조 씨가 알고 지냈던 남자들은 다들 그 정도는 먹었나보군요."

"아니, 그게……."

"세 개 끓이겠습니다. 홍조 씨가 한 개 먹고, 제가 두 개 먹는 걸로. 남자가 돼서 라면 두 개도 못 먹는 건 말이 안 되죠. 충분히 가능합니다."

괜히 그를 자극한 게 아닌가 하는 생각이 들면서도 '홍조 씨가 알고 지냈던 남자들은…….' 하며 묻는 것이 묘한 질투처럼 들리기도 해서 기분이 이상했다. 아니, 이상하다기보다는 뭐랄까……. 오히려 설레어 오는 감정. 이런 기분을 예전에도 느껴 본 적이 있는 것 같은데 정확하게 그게 언제였는지는 모르겠다.

문재와 처음 연애를 시작하던 때의 설렘이 이런 느낌이었나 돌이켜 보았다. 하지만 그의 생각에 묶여 현재를 방해받는 것이 싫어 고개를 저었다. 조금 더 최근의 설렘을 떠올려야 했다.

그래. 예를 들면…… 일본에서의 벌어진 일들과 그와의 만남 같은 것.

눈을 마주쳤던 일, 손을 잡았던 일, 자신의 발을 닦아 주었던 일, 입을 맞추었던 일. 그리고 그와 보냈던 따스하고도 정신없던 밤의…….

"다 됐어요. 이제 먹을까요?"

몇 분의 시간이 이토록 짧을 줄이야. 가만히 입을 다문 채 지난 일들을 회상하던 홍조가 붉어진 얼굴을 숙이며 고개를 끄덕였다.

그에게는 별거 아닐지도 모르는 그때의 일을 혼자서 몇 번이고 곱씹다 보니 괜스레 무안해졌다. 찔릴 만한 일을 한 것도 아닌데 가슴 언저리에 무언가 덜컥 내려앉는 듯했다.

두 사람은 가운데에 냄비를 두고 각자의 그릇에 라면을 덜어 먹었다.

홍조는 젓가락질을 하면서도 수시로 찬형을 흘끔거렸다. 그는 꽤 열심히 먹는 것 같더니 얼마 안 가 금세 지쳐 버렸다. 젓가락질이 느려지기 시작하고 꼭꼭 씹는 그 행위가 힘겨워지는 것을 홍조는 알아챌 수 있었다.

저러다가 체하지 싶은 마음에 홍조가 조금 더 손을 바삐 놀렸다. 한참이나 남은 라면을 자신의 그릇으로 옮겨 와 열심히도 해치웠다.

가능할까 싶었는데…… 정말 가능했다. 스스로도 놀랍지 않을 수 없었다. 세 봉지나 넣고 끓인 라면이 바닥을 드러낸 것은 순전히 홍조의 노력이나 다름없었다.

"아……."

홍조가 잔뜩 부른 배를 슬그머니 감싸며 깊게 숨을 내쉬었다. 라면이 목 끝까지 차오른 느낌이었다.

반면 그녀의 숨은 노력을 알 리 없는 찬형이 혼자 의기양양한 얼굴을 했다.

"다 먹었네요. 저 이렇게 많이 먹어 본 거 처음입니다."

"네……."

'제가 다 먹었어요…….'

하지만 말해서 무엇하리. 그저 속으로 삼킬 수밖에 없는 말이다. 홍조가 어색하게 웃었다.

찬형은 뭐라도 된 양 어깨를 펴며 자신의 배를 쓰다듬었다. 홍조의 눈에는 그게 이상하게 귀여워 보였다. 남자한테 이렇게 귀엽다는 느낌이 자주 들어도 되는 건가 싶은 생각이 들었지만 그렇다고 해서 그가 남동생이나 여자로 보이는 것은 아니었으니 무엇도 문제 될 것은 없었다.

아마 그가 여성의 모습을 하고 있어도 홍조는 그가 가지고 있는 특유의 멋진 모습들을, 남자 최찬형의 설레는 모습들을 찾아낼 수 있을 게 분명했다.

까치집을 한 머리, 토요일 오전의 첫 끼니로 해치운 라면 세 봉지, 졸린 눈을 애써 부릅뜨며 한 설거지까지. 말이 특근이었지, 그저 평범한 일상 중 하루에 지나지 않았다.

그리고 그 아무렇지 않은 일들이 어느 소중한 경험이라도 된 듯 즐거워하는 찬형을 보며, 홍조는 그가 가져 보지 못했을 '평범의 특별함'을 조금씩 가늠해 보고 싶어졌다.

누군가와 주말의 아침을 보낸 게 몇 번이나 될까. 다른 사람과 머리를 맞대고 라면을 끓여 먹어 본 일이 또 있기는 할까. 모두가 한 번씩은 경험해 보았을 그 일들이 그의 기억 속에도 과연 존재하기는 하는 걸까.

한 번도 듣지 못했던 그의 외로움을 이상하게도 벌써 들여다봐
버린 기분이 들었다.

가벼운 식사와 늘어진 잠으로 보내 왔던 휴일의 오전을 계획에
도 없던 누군가와 함께 보낸다는 것은 홍조에게도 마냥 익숙한
일은 아니었다. 문재와의 데이트가 주말마다 있기는 했지만 이런
사소한 행복감과는 조금 다른 느낌이었다.

그때는 왜 몰랐을까.

지금에 와서 떠올리니 그 당시 문재가 자신이 알던 남자와는
달랐다는 것을 조금이나마 깨닫게 된다.

'문재 씨, 날씨 좋다. 우리 나가서 데이트하자.'

'나 어제도 야근했어, 자기야. 농담이 아니라 진짜 피곤해.'

'……그치만 벌써 한 달째 집에서만 만났잖아. 하루 정도는
우리도 바깥 공기 쐬면서 데이트하면 안 돼?'

'나가면 전부 돈이고 피곤하기만 해. 그리고 난 자기랑 단둘
이서만 있을 수 있어서 좋은데? 그냥 이대로 쉬면서 데이트하
자. 어? 이리 와 봐.'

'아, 오늘은 안 하고 싶어. 그냥 예쁜 옷 입고 근처 카페 같
은 데라도…….'

'쉿. 금방 좋다고 할 거면서 그런다.'

"아……."

짧은 한 마디와 함께 홍조의 미간에 주름이 잡혔다. 떠올라 버

렸다. 서운했던 수많은 일 중 하나.

왜 언제나 좋기만 했던 것처럼 기억하고 있었을까. 헤어지고 나니까 이렇게 하나둘씩 자신이 애써 묻어 버렸던 서운한 기억들이 떠오르기 시작하고 마는 것을.

생각해 보니 헤어지기 몇 달 전부터는 바깥에서 데이트를 한 기억이 별로 없었다. 집에서 만났고, 집에서 음식을 해 먹었고, 정신을 차리고 보면 그저 그 남자와 잠자리를 가지고 있었을 뿐. 그게 전부였다. 그것조차 데이트라고 말할 수 있는 걸까.

몇 달을 그렇게 같은 일만 반복하며 보냈던 것이 이제 와 허무하게 와 닿을 줄은 생각도 못했다.

그때의 나는 정말 그런 연애여도 좋았던 걸까.

"표정이 왜 그래요?"

"네?"

찬형이 커피 두 잔을 들고 소파 쪽으로 오며 물었다. 혼자 텔레비전을 노려보며 인상을 쓰고 있었나 보다. 홍조가 두 손을 내저으며 아무것도 아니라는 것을 피력했다. 누가 보아도 그게 더 어색할 지경이었는데 본인은 모르는 듯했다.

하지만 찬형은 그냥 눈감기로 했다. 그녀에게 묻고 싶은 게 많았지만 아무것도 섣불리 물을 수 없게 된 탓이었다.

지난 일본에서의 밤도 그랬다. 그녀가 궁금해 많은 것들을 물었지만 결국 아무것도 알려 주지 않은 채 홀연히 떠나 버리지 않았었는가.

조금만 더 천천히.

머릿속에 그 말만을 떠올렸다.

"아메리카아—노. 마셔요."

"아, 정말……. 자꾸 놀릴 거예요? 그리고 이건 그냥 믹스커피 잖아요."

영훈의 일본어를 따라 했던 그때의 그 '아메리카아노'라는 발음을 가지고 몇 번이나 놀림을 받았는지 모른다. 오늘도 어김없었다. 홍조가 그를 흘기면서 머그잔을 받아 들었다.

새침하게 흘기는 것조차 귀엽다는 듯 찬형이 웃으며 바닥에 앉았다. 그러자 소파에 앉은 홍조의 시야에 동그란 두상과 함께 그의 정수리가 보였다. 위에서 내려다보니 그가 조금 작아 보여 기분이 묘했다.

쓰다듬고 싶다는 생각이 들면 좀…… 이상한 걸까?

"그때 말입니다."

"네?"

찬형의 머리를 내려다보던 홍조가 그의 목소리에 움찔했다. 그는 텔레비전 화면을 꽉 채우는 주말 예능 프로그램을 응시하며 잔잔한 목소리로 말했다.

"왜 그랬던 겁니까?"

"뭐, 뭐가요?"

혹시 말도 없이 도망쳤던 그때의 일을 말하는 건가 싶어 홍조가 조용히 침을 삼켰다.

"아메리카노요. 인위적으로 발음을 늘리니까 엄청 웃기더라고요. 처음엔 이 사람 뭐 하는 건가 했다니까요."

"……."

확 쥐어박을까. 잠시 그런 생각을 했다.

"일본어는 젬병이라 죄송하네요! 그냥 유 실장님 발음이 엄청 자연스러워서 따라 해 보고 싶었을 뿐이에요. 다른 단어들도 조금만 현지인이랑 비슷하다 싶으면 바로 따라 하고 그랬어요. 영어 배울 때도 발음 따라서 연습하고 그러잖아요. 뭐, 그런 거였……."

"왜요? 마저 말해요."

"……그렇게 뚫어지게 보고 있는데 어떻게 말해요."

찬형이 어느덧 몸을 완전히 돌려 소파에 두 팔을 기댄 채 홍조를 올려다보고 있었다. 그 맑은 눈이 반짝반짝 빛을 내면서 뚫어지게 자신을 바라보는데 어떻게 말을 이어 가란 말인가.

저런 식으로 바라볼 때마다 대체 얼마나 많은 여자들이 넘어갔을까. 그런 생각을 하다가 문득 '이것도 질투인가?' 하고 자문해 본다.

"내가 너무 뚫어지게 봐서 말하려던 걸 까먹었어요?"

"……그런 것 같아요."

"그럼 다른 얘길 해 줘요."

"어떤……?"

"그때 말입니다."

또다시 2차 놀림이 시작되는 건가 싶어 도로 입을 꾹 다무는 홍조였다.

하지만 놀림은 없었다. 넘어가지 않겠다는 양 비장한 표정을 짓는 그녀에게로 예상치 못한, 그러나 사실은 몇 번이나 예상했던 질문이 날아들었다.

"왜 말도 없이 갔습니까?"

커피를 손에 쥐고만 있길 잘했다. 아마 마시려 들었으면 그대로 사레들렸을 것이다.

입 안이 바짝 말라 오는 것이 느껴졌다. 뭐라고 해야 할지 열심히 머리를 굴려 보지만 홍조는 그럴수록 머릿속이 더 하얗게 비워지는 것을 느낄 수 있었다.

신세가 너무 초라해서 나에 대해 이야기하는 게 창피했다고 할까. 아니면 나와는 다르게 너무도 잘난 남자라 괜히 호감을 가졌다가 또다시 버려지는 것이 두려웠다고 할까.

뭐라고 말을 한들 결국은 나 자신을 부끄럽게 여기는 대답이 되어 버리고 만다.

그래서 침묵할 수밖에 없었다. 너무도 솔직한 마음들이었기 때문에.

"……."

홍조가 아무런 말도 하지 않자 가만히 지켜보며 대답을 기다리던 찬형이 커피를 한 모금 들이켰다. 텔레비전에서는 유명한 개그맨이 나와 웃음을 유도하고 있었지만 둘 사이에는 약간의 미소조차 새어 나올 수 없었다.

"홍조 씨."

"있잖아요, 찬형 씨."

나직하게 흐르던 그의 말을 홍조가 잘랐다.

"없던 걸로 했으면 좋겠어요."

"……뭘 말입니까?"

"일본에서의 일이요. 그러니까 정확하게 말해서…… 그날 밤의 일이요. 그냥 하룻밤의 꿈처럼 생각해 주면 좋겠어요. 저 역시도 그렇게 생각하고 묻을게요. 다시는 볼 일이 없을 사람인 줄 알고 그랬어요. 이런 식으로 다시 만나고, 계속 보게 될 사람이었다면 그러지 않았을 거예요."

"나와…… 밤을 보내지 않았을 거라는 말입니까?"

"……."

홍조는 대답하지 않았다.

"안타깝게도……."

나름 야무지게 말했다고 생각했지만 그런 홍조의 생각과 찬형의 생각이 일치하지는 않았던 모양이다. '안타깝게도…….' 라는 말로 운을 띄우는 찬형의 표정이 그랬다.

"……제가 원하던 대답이 아니군요."

목소리는 부드러웠지만 그 속에 박힌 그의 뜻만큼은 확고하게 들렸다.

"찬형 씨."

"홍조 씨, 저는 말입니다."

마치 홍조를 따라 하듯이 찬형이 그녀의 말을 냉정하게 잘랐다. 홍조는 시작되는 그의 말을 다시 막을 수 없었다. 그는 깜빡임조차 없는 깊은 눈으로 홍조를 응시했다.

"무언가를 욕심내 본 적이 한 손에 꼽습니다."

"……."

"가진 사람들이 자주 하는 대사죠? 하지만 저에게는 다릅니다. 굳이 욕심내지 않아도 얼마든지 가질 수 있었다는 뜻이 아닙니다. 제 경우, 어차피 욕심을 내도 가질 수 없을 거라는 걸 알았기 때문이었죠. 욕심을 내지 않으면 상실감 같은 건 느끼지 않아도 되었으니까요."

"……."

"어릴 적에는 아버지와 어머니가 갖고 싶었습니다. 악몽을 꾸면 무섭지 않았느냐며 달래 줄 커다란 방공호가 필요했습니다. 하지만 아이가 갖고 싶다고 아무 때나 임신을 할 수는 없듯이 부모가 갖고 싶다고 새로 태어날 수는 없었죠."

"……."

"그보다 조금 더 자랐을 때에는 친구가 갖고 싶었습니다. 길거리에서 함께 군것질을 하고, 서로 숙제를 베끼기도 하고, 가끔 얼굴에 시퍼런 멍을 달 정도로 주먹싸움을 하기도 하는, 딱 그 나이대의 나와 같은 친구들 말입니다. 하지만 못 가졌습니다. 남들은 다 갖는 그 흔한 친구 하나가 제게는 없었어요."

"……."

"따돌림이었습니다. 이유는…… 말해 주기가 어렵네요. 따돌림에는 아무런 이유가 없으니까요. 제가 아무리 돈 많은 집의 손자여도, 아무리 공부를 잘해도, 그저 그뿐인 겁니다. 돈이 많으니까 친해져야지, 공부를 잘하니까 친해져야지, 그런 이유 없이 그저 순수하게 친해지고 싶다는 마음은 단 한 번도 받아 본 적이 없었습니다. 전 그 고독에 대해…… '운이 나빴다.' 라고 말했습니다. 내 탓이 아니었으니까요."

"……찬형 씨."

지금 자신이 무슨 말을 하고 있는지 제대로 알고나 있는 걸까. 홍조가 조용히 그의 이름을 부르면서 그런 생각을 했다. 그는 어째서 이런 이야기를 나에게 하는 걸까. 그가 느끼는 우리들의 간격이 얼마큼 가까운지 아직 제대로 가늠조차 하지 못하고 있는 자신에게 말이다.

"웬만한 것들은 전부 체념하고 살았습니다. 가족도, 친구도, 남들이 누리는 그런 평범한 일상들도 전부요."

"……."

"누군가와 사랑을 나누는 것도 꿈꾼 적 없었죠. 가족이나 친구도 주어지지 않는 제게 사랑하는 사람이나 달콤한 연애 같은 것들이 주어질 리 없다고 생각했거든요. 욕심낸 적 없다는 것이 차라리 다행이었습니다. 사랑하는 사람과 입을 맞추다가 여자로 변해 버렸다면 날 괴물 보듯 하는 상대방의 얼굴을 영영 잊을 수 없었을 겁니다. 욕심을 내지 않았으니 잃을 것도 없었어요. 아무도 잃지 않았죠. 유 실장님과 홍조 씨를 빼고 누구에게도 들키지 않고 살 수 있었어요. 가까이에 아무도 없었으니까."

"……."

"그런데 당신이 내게 잊고 살던 '욕심' 이라는 단어를 심어 줬어요."

홍조는 두 손으로 쥐고 있던 머그잔 속의 커피가 미지근한 온도로 식어 가는 것을 느꼈다.

갈증이 일었지만 입에 댈 수조차 없었다. 마시면 분명 더욱 갈증이 나고 말 것이다. 알기 때문에 마시지 않았다.

알았기에 그러지 않았던 것이다. 그가 그동안 그래 왔던 것처럼. 일본에서의 자신도.

"그토록 따스하게 날 바라봐 주는 여자는 처음 봤습니다. 그토록 포근하게 안겨 주는 사람도, 세상 가장 사랑스러운 표정으로 내게 입 맞춰 주는 사람도 처음이었습니다."

"……."

"말했잖아요. 처음이라고."

'저…… 처음입니다.'

그때 그가 말했던 것이 떠올랐다. 잔뜩 젖은 눈을 한 채 자신의 품에 뛰어들듯이 내려다보던 그의 모습, 그의 목소리, 그의 체온 같은 것들도 함께 되살아났다.

홍조에게 있어서도 그의 따스한 눈, 포근한 품, 달콤한 입맞춤 같은 것들은 둘도 없을 만큼 가슴 뛰는 것이었다.

그가 말하는 것처럼 태어나서 처음 겪는 그런 일은 아니었지만, 꽤 오랜 시간 잊고 있었던 감각들을 그가 다시금 깨우쳐 주었다고 해도 과언은 아니었다. 그대로 바싹 말라 시들어 버릴 것만 같았던 감정에 그는 물 한 방울을 나누어 주었다.

누군가에게는 버려도 그만인 사람이, 별거 아닌 감정이, 또 다른 누군가에게는 무척이나 욕심나고 반짝이는 새로운 것일 수도 있다는 사실을 그를 통해 깨닫는 기분이 들었다.

3년 동안 해지고 낡아 더는 쓸모없는 사람으로 전락한 자신을, 그는 남이 쓰다 버린 중고가 아닌 지금이 아니면 가질 수 없는 한 정품 대하듯이 하고 있었다.

감정은 다 쓰면 버릴 수 있는 소모품이 아니라는 걸 문재에게도 알려 줄 수 있다면 좋았을 것을 그랬다.

누군가에게 호감을 느끼고, 그 호감이 설렘으로 바뀌고, 결국 사랑이라는 결실을 맺기까지 수많은 사람들이 얼마나 많은 노력과 시간을 들이는지, 그리고 우리 역시 그런 사람들 중 하나였다는 것까지도 말이다.

"홍조 씨."

"네."

찬형이 또다시 홍조의 이름을 불렀다.

그가 이름을 부를 때 매 순간 피하지 않고 그 눈을 바라보며 대답할 수 있으면 좋을 텐데. 그런 생각을 하면서 천천히 고개를 들었을 때, 홍조는 언제나처럼 발견했다.

자신을 보며 한 치의 망설임도 없이 모든 감정을 내보이려 하고 있는 남자를.

"아무래도 좋아하는 것 같습니다."

"……."

"홍조 씨를."

목적어가 정확하게 홍조를 향했다. 더는 물러설 곳이 없었다.

대답을 해야 하는 건지 안 해도 되는 건지에 대한 부분이 명확하지 않았고, 대답을 한다고 한들 그에게 느끼는 자신의 감정이 그와 동일한 것인지도 자신할 수 없었다.

모든 사랑은 호감에서 시작된다는 것을 문재와의 연애로 겪은 바 있었지만, 그리고 줄곧 그런 연애를 해 왔지만, 찬형과는 쉽사리 그럴 수 없었다.

계속해서 그 이유를 찾고 있었다. 이 남자에게는 대체 왜 이렇게 어려운 감정이 드는 걸까.

"매 순간 궁금하고 자꾸 곁에 두고 싶어집니다. 그래서 계속 불렀고, 함께 있으려 했던 겁니다. 따지자면 장난은 아니었어요. 오히려 진심이었죠."

"……찬형 씨."

기어들어 가는 목소리의 끝에 찬형의 이름이 걸렸다. 하지만 그는 아랑곳하지 않고 웃었다.

"미녀와 야수 알아요?"

"네?"

아, 또다. 아이처럼 웃는 얼굴.

"마치 그 야수가 나 같았어요. 내 방에 있는 책, 의자, 침대, 컵, 시계, 그런 것들 말고는 누구도 나와 함께 있어 주지 않는 그 고독한 야수가 말이죠."

"……."

"하지만 결국 미녀가 나타나잖아요. 야수를 왕자로 만들 수 있는 힘을 가진, 바로 그 미녀요."

"전 미녀가……."

"당신은 내게 유일한 사람이 될 거예요."

누구에게도 하지 못했던 확신이라는 것을 찬형은 그 순간 하고 있었다.

"내 마법을 풀어 줄 수 있는 아주, 아주……."

"……."

"……유일한 사람이요."

홍조는 그 순간 가물가물하던 미녀와 야수 이야기의 끝을 떠올렸다. 그리고 더는 떠오르지 않으며 중간에 뚝 끊겨 버린 기억을 더듬으려 고개를 들었을 때……. 오히려 그가 자신에게 마법을 걸고 있다는 확신을 갖게 되었다.

야수라고는 할 수 없을 정도로 한없이 아름다운 얼굴을 한 그가 따사롭게도 웃고 있었다.

10
꽃의 염원

"저…… 실장님."

홍조의 목소리에 영훈이 고개를 돌렸다. 꽤 조심스러운 목소리로 다가와 직접적으로 자신을 부른 것은 처음이었던 터라 그녀의 한마디에 온 신경이 집중되었다.

"말하세요."

"내일 월차를 낼까 하는데…… 가능할까요?"

무슨 일이 있는 거냐고 물을까 잠시 생각하다가 말았다. 공적인 관계에서 사적인 일에 대해 묻는 것은 그의 성격과 영 맞지 않는 것이었다. 본 적 없던 표정이라 궁금한 것이 사실이었지만 캐묻고 싶지는 않았다.

영훈이 고개를 짧게 끄덕였다.

"가능합니다."

"아, 감사합니……."

"그런데."

"네?"

가능하다는 말과 쉬라는 말은 동일하지 않았다.

"홍조 씨는 제가 아니라 대표님께 결재를 받아야 합니다."

영훈의 손가락이 찬형이 있는 곳을 가리켰다. 평소에 몇 번이고 드나들던 바로 그곳.

"아……."

어딘지 모르게 난처해 보이는 얼굴을 하고서 홍조가 고개를 끄덕였다.

영훈은 그녀가 입사 한 달을 겨우 채운 이 시점에 느닷없이 월차를 신청하는 이유가 무엇인지 추측해 보았다. 정확한 건 몰라도 아마 찬형 때문일 것이다. 찬형이 웃는 얼굴 뒤에 수많은 감정을 감추고 있는 것과 반대로 홍조는 감추려 해도 모든 감정들이 겉으로 드러나는 편이었다.

"들어가서 직접 말하세요."

"네……."

홍조가 힘 빠지는 소리로 대답했다. 이렇게 기어들어 가는 목소리로 대답을 하는 건 그녀답지 못했다. 그렇지만 불가항력이었다.

누군가 자신에게 어쩌다가 이렇게 됐느냐고 묻는다면 지난 며칠의 시간을 다시금 곱씹어야 한다.

절대 놓치고 지나갈 수 없는 가장 중요한 사실 한 가지.

찬형에게, 고백을 받았다.

'아무래도 좋아하는 것 같습니다.'

그때의 그 말이 아직도 귓가에 남아 여운처럼 울렸다. 홍조가 고개를 저었다. 고백이 아닐 수도 있지 않을까 생각을 해 보기도 했지만 생각을 거듭하면 거듭할수록 그건 명백한 고백이었다.

태어나서 그토록 정확한 고백을 들어 본 적이 없었다. 하물며 3년을 사귀었던 문재와도 자연스레 시작하게 되었을 뿐, 제대로 고백을 들은 기억은 나지 않았다.

좋아한다는 말이 그토록 설레고 가슴 뛰는 것일 줄이야.

그 탓에 잠도 제대로 못 잤던 걸 그는 아마도 모를 것이다. 그러니 보름이 지나도록 그때의 일에 대해 한 마디 말도 없는 게 아니겠는가.

평소와 다름없이 지나가는 시간. 평소와 다름없이 퇴근 후면 반복되는 그의 장난. 그럼에도 그 속에 고백과 관련된 말은 단 한 마디도 존재하지 않았다. 마치 처음부터 그런 일은 없었다는 듯이, 꿈이라도 꾼 게 아니냐는 듯이 말이다.

눈치를 보는 것은 홍조의 몫이었다.

자꾸만 그때의 고백이 떠올라 얼굴이 벌겋게 달아올랐다. 그러나 찬형은 평소와 같았다. 왜 대답을 하지 않느냐는 말도, 언제까지 기다리면 되겠느냐는 말도 그는 하지 않았다. 재촉을 하지 않는 것인지 아니면 딱히 어떤 관계의 진전을 바라고서 한 말이 아니었는지는 모르겠지만 말이다.

고백을 받은 사람이 무작정 갑(甲)의 입장에 서는 것은 아니지만, 어째서 먼저 고백한 찬형보다 자신이 더 가슴 졸이게 된 것인지 그 부분이 묘하게 억울한 홍조였다.

장난인 듯 진심인 듯 그가 하는 모든 말과 행동이 홍조를 수시로 헷갈리게 했다. 그게 진심이 아니라면 참을 수 없을 만큼 화가 날 것도 같았다.

하지만 그에게 아무런 말도 할 수 없을 게 분명했다.

그는 태어나 욕심이라는 것을 가져 본 일이 한 손에 꼽는다고 했다. 그의 고백이 '우리 사귑시다.' 라는 말이 아닐 수도 있음을 아주 조금은 안다.

그래도…… 자신이 그에게 '욕심' 이라는 단어를 되새겨 주었다고 하지 않았는가.

그가 무언가를 욕심내게 되었다는 것이, 그게 자신으로 인한 것이었다는 사실이 홍조는 내심 기뻤다.

똑똑. 홍조가 손등을 세워 노크를 했다.

"들어와요."

안에서 들린 찬형의 목소리에 홍조가 침을 꿀꺽 삼켰다. 그리고 조심스럽게 안으로 들어섰다.

등 뒤로 철컥, 작은 소리를 내며 문을 닫자 서류에 코를 박다시피 고개를 숙이고 있던 찬형이 꼿꼿하게 허리를 세웠다. 그의 눈이 홍조를 발견하고는 잠시 반짝였다.

"아, 선 비서. 무슨 일입니까?"

벌써 한 달이 다 되었는데도 홍조는 아직까지 그가 부르는 '선비서'라는 호칭이 낯설기만 했다. '홍조 씨'라는 그의 달콤한 호칭에 길들여지기라도 한 듯 그 딱딱한 말투에 괜스레 서운함이 쭈뼛 올라서는 기분.

　하지만 이내 마음을 가다듬은 홍조가 특유의 차분한 목소리로 말했다.

　"대표님. 내일 월차를 내려고 하는데요."

　"사유가 뭡니까?"

　그렇게 직구를 던지며 물어 올 거라고는 미처 예상하지 못했다. 너무도 당연하게 그러라고 할 줄로만 알았다.

　그의 물음에 홍조가 할 말을 잃었다. 쉽사리 대답할 수 없었다. 스스로도 알 수 없는 이유가 마음속 어딘가에 분명 있었다.

　당신이 고백한 이후 내 마음이 엉망진창이기 때문이라고 할까? 그게 진심이었는지 아니었는지 헷갈려서 짜증이 났다고 할까?

　어떤 대답도 할 수 없다. 그날의 고백을 자신의 입으로 먼저 꺼내는 것은 쉬운 일이 아니었다.

　"그게⋯⋯."

　그녀답지 않게 자꾸만 망설이는 태도를 본 찬형이 '으음⋯⋯.' 하면서 낮게 숨을 흘렸다.

　"그래요. 푹 쉬어요."

　"네?"

　대답을 하지도 않았는데 찬형은 마치 벌써 들었다는 양 고개를 끄덕였다. '네?' 하고 되묻는 그녀의 목소리에도 그는 별다른 말을 덧붙이지 않았다.

"말 그대롭니다. 푹 쉬고 모레 봅시다."

"아, 네……."

"중국 출장 건 때문에 오늘은 좀 늦게 끝날 것 같으니 먼저 가요. 같이 가면 좋겠지만 몇 시에 끝날지도 모르겠네요."

어디까지가 그의 모습일까. 모든 게 그의 모습이라면 그가 가지고 있는 모습은 대체 몇 가지나 되는 걸까.

홍조에게는 성별에 따른 변화보다 이 순간 그의 태도에 대한 변화가 더 중요했다.

고백을 했다고 해서 그가 바로 연인인 척 가깝게 구는 것을 바란 건 아니지만, 조금도 달라진 게 없는 저 사무적인 태도는 정말 예상 밖이었다. 더불어 자신이 공과 사도 구분하지 못하는, 이 정도 능력밖에 되지 않는 사람이라는 것을 새삼스럽게 확인당한 기분이기도 했다.

홍조는 '네, 알겠습니다.' 하는 짧은 대답을 끝으로 고개를 숙였다. 그녀가 사무실을 나설 때까지도 찬형은 아무런 말도, 아무런 시선도 보내오지 않았다.

또다시 사무실의 문이 철컥, 소리를 내며 아무렇지 않게 닫혀 버렸다. 홍조의 두 발이 닫힌 문 앞에 가만히 섰다.

이미 열려 버린 마음의 문은 쉬이 닫힐 것 같지 않았다.

☆우

눈꺼풀이 점점 감기는 듯하다가 다시 위를 향했다. 멍하니 흐려지는 것 같던 눈이 앞에 있는 텔레비전 화면을 응시했다. 입술 사이에서는 심호흡인지 한숨인지 모를 아주 깊은 숨이 빠져나와 주변을 떠다녔다.

살아 있는 건지 살아 있는 척을 하는 건지 모를 한 사람의 아주 작은 움직임들. 한 번의 깜빡임, 나직한 숨, 가늘게 움직이는 손끝 같은 것들이 현재 이 사람이 잠든 것도 죽은 것도 아님을 알 수 있게 했다.

"……."

홍조가 고개를 들어 벽에 달려 있는 시계를 보았다. 아까 시간을 확인하고서 이제 겨우 1시간이 지났다. 회사에서 일을 할 때는 그토록 빨리 지나가던 시간이 왜 집에서 가만히 쉬려고 하니 이토록 굼뜨게 흘러가는 걸까.

어차피 쉬기로 한 거, 차라리 아무것도 안 하고 종일 잠이라도 자면 피곤하지나 않을 텐데 막상 침대에 몸을 누이면 정신이 더욱 맑아졌다. 기가 막힐 노릇이었다.

드라마의 재방송을 틀어 놓았지만 재미가 없었다. 앞 내용을 하나도 모르는 상태에서 보려니 무슨 내용인지 이해될 리가 없다.

개그 프로그램으로 채널을 돌려 보기도 했다. 하지만 웃음 포인트가 어디인지 알 수 없어 숨이 넘어가라 웃는 방청객들과 달리 혼자만 무표정하게 있었다.

채널을 몇 번이고 돌리다 보니 다시 처음의 그 드라마 채널로 되돌아오고 만다.

홍조가 다시 고개를 들어 시계를 확인했다. 방금 전에 확인한 시간으로부터 정확하게 2분이 지났다.

"하아……."

아무것도 하지 않고 있는 게 더 힘든 일임을 깨달은 홍조가 소파에서 몸을 일으켰다. 그러고는 천천히 걸어가 냉장고 문을 열었다.

딱히 무언가 먹고 싶은 게 있는 건 아니었지만 '먹는 행위'라도 하면 덜 지루하지 않을까 싶었다. 정신을 만족시킬 수는 없어도 심심한 입 정도는 달랠 수 있을 것이다.

그렇게 생각하며 냉장고에서 탄산수 한 병을 꺼냈다.

〈당신을 좋아합니다.〉

뚜껑을 열어 한 모금 넘기던 홍조가 갑자기 '푸읍!' 하고 탄산수를 뱉었다. 턱을 타고 바닥으로 물이 뚝뚝 떨어졌다. 당황한 표정으로 고개를 돌리자 아까 틀어 놓은 드라마에서 남자 주인공이 여자 주인공에게 고백을 하고 있다.

〈미선 씨, 좋아해요. 그러니 이제 그만 망설이고 내게…….〉

"아……."

홍조가 바닥에 떨어진 물기를 닦을 생각도 하지 않고 리모컨부터 집어 들었다. 버튼을 꾹꾹 눌러 채널을 돌리자 딱딱한 시사 프로그램이 화면을 가득하게 채웠다.

한결 나은 기분이 들…… 리가 없지.

대체 뭐가 문제일까. 그가 다짜고짜 사귀자고 했어도 부담스러웠을 텐데. 자신에게 아무것도 바라지 않고 요구하지도 않는 그 모습이 다행이기는커녕 왜 이렇게 신경 쓰이고 억울하고 답답하게 느껴지는 걸까.

아무것도 하지 않겠답시고 찬형의 생각도 일절 떠올리지 않으려고 했지만 무리였다. 그는 허락도 구하지 않은 채 다시금 홍조의 머릿속을 자신으로 물들이기 시작했다.

"안 되겠어."

홍조의 손이 종일 죽은 듯이 있던 휴대 전화를 잡았다. 이 순간 연락할 곳은 딱 하나. 지혜뿐이었다.

지금쯤 야근을 할지 안 할지 모르는 기로에 놓여 있겠지만 그래도 혹시 모르니 연락이라도 해 보아야겠다. 가능하다면 퇴근 후에 만나 수다라도 떨고 싶었다.

지혜의 단축 번호를 누르려던 찰나였다.

"어?"

휴대 전화 위로 '유 실장님'이라는 네 글자가 떴다. 영훈이였다.

"여보세요?"

— 홍조 씨? 유 실장입니다.

"네, 실장님. 이 시간에 갑자기 어쩐 일이세……."

홍조는 무슨 일로 연락을 했냐고 물음과 동시에 한 가지 생각을 떠올려 냈다.

자신이 찬형에게 고용된 이유. 최대한 그의 곁에서 그를 주시하고 있어야만 한다고 영훈이 당부했던 바로 그 이유. 선홍조라는 여자의 필요성.

그 모든 것은 단 하나로 이어졌다.

'설마……'

아주 짧은 찰나의 시간. 홍조는 자신이 상상할 수 있는 최악의 상황을 떠올렸다. 지난 한 달이 너무도 평화롭기만 해서 처음부터 그에게 일어날 수 없는 상상 속의 일처럼 느껴졌던 모양이다.

아닐 거라고, 그저 다른 일 때문에 연락한 게 분명할 거라고 애써 생각해 본다. 그가 자신을 필요로 하는 순간에 지루함에 파묻힌 채로, 그의 고백에 대한 원망을 밀고 당기기라 치부하며 시간을 의미 없이 써 버린 스스로가 한심하게 느껴질 것 같았다.

— 당장 회사로 오세요. 지금 당장이요.

그러나 설마는 홍조를 잡았다.

♂우

평일 오후. 퇴근 시간 전이라 그런지 도로는 꽤 한산했다. 홍조가 잡아 탄 택시는 한적한 도로를 빠르게 달렸다.

기본요금이면 충분한 아주 가까운 거리였음에도 그녀에게는 아득할 정도로 길게만 느껴졌다. 택시 기사가 액셀러레이터를 더 세게 밟았지만 홍조는 계속해서 '빨리요. 빨리요.' 하고 말했다. 마음이 조급하니 모든 게 제 뜻과는 반대로 흘러가는 기분이 들었다.

기어코 우려하던 일이 발생했다. 찬형이 여자가 되어 버린 것이다.

너무도 오랜 시간 방심했다. 그가 남들과 다르다는 것을 누구보다 잘 알고 있었는데 말이다. 느슨하게 풀어져 버린 마음이 그 사실을 망각하게 만들어 버렸나 보다. 그렇지 않고서야 충분히 각오하고 있었던 그 말이 이토록 충격적일 수는 없을 것이다.

홍조의 머릿속에서는 굉장히 다양한 가능성들이 줄을 서고 있었다.

내내 회사에 있었을 테니 성적 흥분으로 인한 변화의 가능성은 생각보다 낮을지도 모르겠다. 그렇다면 그 외의 가능성으로 뭐가 있을까.

머리를 굴리다가 요즘 제대로 쉬거나 여유 부리는 모습을 볼 수 없었던 그의 스케줄을 떠올렸다. 퇴근 후에 자신을 부르는 건 여전했지만 막상 들어가 보면 테이블이며 책상이 온통 서류 천지였다. 집에서조차 일을 쉬지 않는 것 같았다.

컨디션이 안 좋거나 과로할 경우에는 여성과 접촉만 해도 변한다고 했다. 이 순간 그게 가장 큰 설득력을 지녔다. 애초에 여성으로 변하는 이 상황 자체에 '설득력'이라는 단어가 따라붙는다는 게 굉장히 이상했을지라도 말이다.

"하아, 하아……."

건물 앞에 도착하자마자 택시에서 튕겨지듯이 내렸다. 홍조가 가쁜 숨을 내쉬며 1층 엘리베이터까지 단숨에 달렸다. 계단으로 올라가기에는 엄두도 나지 않는 높이였다.

초조함에 입 안의 여린 살을 잘근거리며 씹었다. 엘리베이터에 뜨는 숫자를 시곗바늘 돌리듯이 빠르게 돌려 버리고 싶었다. 당장 눈앞에 숫자 '1'을 나타낼 수 있도록.

땡, 소리와 함께 엘리베이터가 도착했다. 닫힘 버튼을 족히 다섯 번은 연달아 눌렀다. 대표 이사실을 누르는 손가락 끝이 덜덜 떨렸다.

여성의 모습을 했던 찬형을 떠올려 본다. 어두운 밤바다에서 처음 보았던, 잊을 수 없는 모습.

남자의 정장을 걸친 듯한 그 모습은 굉장히 가녀린 것처럼 보이기도 했고, 금방 무너질 것처럼 느껴지기도 했다. 바닷물에 흠뻑 젖은 그녀를, 아니, 그를 부축하고 걷던 그때의 기억이 돌연 홍조의 머릿속을 가득 채웠다.

그로부터 시간이 대체 얼마나 지났더라. 얼마 만에 겪는 힘겨운 시간인 걸까.

그때, 엘리베이터가 멈추어 섰다. 그리고 그와 동시에 모든 생각들이 빠르게 흩어지며 사라졌다.

"실장님!"

홍조의 목소리에 영훈이 고개를 돌렸다. 그는 답지 않게 조금 초조해 보였다. 홍조와 다를 것 없는 표정이었다.

"아, 홍조 씨. 빨리 왔네요."

"어떻게 된 거예요?"

"일단 여긴 회사라 듣는 귀가 있을지 모르니 잠깐 저쪽으로……."

영훈은 구석진 곳으로 걸음을 옮겼다. 그를 따라간 홍조가 곁에 바짝 붙어 섰다. 그가 피곤한 목소리로 입을 열었다.

"대표님께서 여자의 몸으로 변하셨습니다."

"알아요. 그러니까 어쩌다가요."

"그러니까 그게……."

영훈이 약간의 지친 기색을 담아서 꺼낸 이야기는 이랬다.

찬형과 영훈은 대회의실에서 있을 임원 회의를 위해 엘리베이터에 올랐다. 하지만 무슨 일이었는지 갑자기 사람들이 밀려들었다. 마치 출근 시간대라도 된 듯 엘리베이터 안에는 사람들이 꽉꽉 들어찼고 두 사람은 점점 더 구석으로 밀려났다.

문득 염려가 되어 고개를 돌린 영훈이 찬형에게 '괜찮으십니까?'라고 물었을 때는 이미 늦었다. 찬형의 낯빛이 달라진 뒤였다.

찬형은 몸을 휘감는 열기를 누르려 애썼다. 새어 나오려는 신음을 꾹 참았다. 그걸 아는 영훈이 최대한 그를 가리고 섰다. 엘리베이터에 탔던 많은 여성들 중 누구와의 접촉으로 인한 것인지는 알 수 없었다.

단 60초의 시간. 누구에게도 보여서는 안 되는 모습이라는 게 중요했다.

중간중간 멈춰 선 층에서 사람들이 하나둘 내렸다. 대회의실이 있는 위치까지 엘리베이터가 순식간에 올랐다. 그러나 두 사람은 내릴 수 없었다. 열린 문을 다급히 도로 닫았다.

사무실로 돌아가야 했다. 영훈은 시간이 최대한 느리게 흐르기를 속으로 바랐다. 이곳은 회사였고, 가장 안전한 찬형의 공간으로부터 벗어난 곳이었다.

누구에게도 들켜서는 안 되는 변화였다. 그가 쌓은 모든 것들이, 앞으로 지켜야 할 것들이 전부 무너질 수도 있을 만큼 아주 무겁고 은밀한 비밀이었다.

사무실로 돌아온 영훈은 찬형을 부축하여 대표 이사실 안으로 들여보내고 문을 굳게 닫았다. 그러고는 무슨 일이냐고 물어 오는 비서실의 다른 직원들을 모두 밖으로 내보냈다. 자신이 연락하기 전까지는 누구도 오지 말라는 말까지 덧붙이면서.

홍조는 평소에 출퇴근하며 수시로 오르내렸던 엘리베이터가 왜 유독 오늘만 문제가 되었느냐고는 구태여 묻지 않았다. 영훈도 홍조도 알고 있었다. 최근 들어 쉬지 않고 일에만 전념하던 찬형을 말이다. 컨디션 난조였어도 다른 사람에게 결코 티를 내지 않았을 것이다.

그런데 자신은 고백 이후에 왜 아무런 말도, 아무런 행동도 없는 거냐고 그를 향한 한심한 생각이나 하고 있었다니. 홍조는 스스로가 한심해 견딜 수 없었다.

"대표님은 어디 계세요?"

"안에 계십니다. 아, 그리고 전 잠시 자리를 비워야 합니다. 회의를 갑자기 취소한 바람에 수습이 좀 필요해서. 홍조 씨는 여길 좀 지켜 주세요."

"……안에 들어가 봐도 괜찮을까요?"

"괜찮을 겁니다. 좀…… 많이 좌절하고 계시겠지만요. 이 일로 회사 일에 영향을 끼치고 나면 굉장히 괴로워하시거든요."

굳게 닫힌 문 앞까지 몇 걸음을 내디디면서 홍조는 마음이 한없이 무거워지는 것을 느꼈다.

만약 오늘 자신이 쉬지 않았더라면 지금의 상황은 달라졌을까. 그가 다른 여자와의 접촉으로 열기에 휩싸인 그 순간 자신이 곁에서 그를 안아 주었더라면, 손을 잡아 주었더라면.

하다못해 쉬겠다고 말하던 그 순간, 피로감에 잔뜩 지친 그의 표정을 제대로 살피기만 했더라도 지금의 이 위태로운 시간을 막을 수 있었을지 모르는데.

수많은 생각과 후회들이 짧은 시간 홍조의 마음속에 강하게 휘몰아쳤다. 늦게 끝날 것 같으니 먼저 가라고 하던 얼굴을 뒤늦게야 떠올렸다.

후회를 실은 작은 손이 똑똑, 노크를 한 뒤 조심스레 문고리를 잡았다.

"대표님. 선 비서입니다. 들어가겠습니다."

대답이 없었다. 그러나 홍조는 아랑곳하지 않고 문을 열었다. 안으로 몸을 들여놓을 때까지도 고개는 들지 못했다.

등 뒤로 문을 닫으면서야 천천히 고개를 들 수 있었다. 그의 모습을 확인하는 것이 내심 두려웠던 것도 같다.

변한 모습을 본다는 사실 때문이 아니었다. 이런 순간을 위해 자신을 곁에 두었음에도 결국은 아무것도 할 수 없었다는 죄책감 때문이었다.

찬형은 자리에 앉아 있었다. 두 손으로 머리를 짚은 채 텅 빈 책상 위를 멍하니 응시하기만 할 뿐 조금도 움직이지 않았다.

어느덧 여자가 되어 버린 모습.

그때 분명히 보았던 모습인데도 막상 다시 마주하니 잠시나마 잊고 있던 것이 정말 현실이 되어 다가왔다.

숙인 고개 밑으로 결 좋게 흘러내리는 길고 검은 머리카락, 흰 와이셔츠 속으로 보이는 가느다란 팔이나 몸의 선 같은 것들이 너무도 익숙했다. 바닷물에 푹 젖어 제게 기대어 걷던 그때의 그녀가 최찬형이었음을 그는 지금 이렇게 홍조에게 보여 주고 있었다.

자신이 들어와 있다는 걸 알고는 있는 걸까. 인기척을 내어도 도통 그의 고개가 들릴 생각을 하지 않자 홍조가 먼저 그에게로 한 걸음을 내디뎠다.

그의 눈이 자신을 향했으면 좋겠다고 생각하면서도 또 한편으로는 그의 상실한 표정을 보고 싶지 않았다. 그래서일까. 찬형은 여전히 고개를 숙인 채 평소의 그 다정한 웃음을 도통 보여 주려 하지 않았다.

홍조가 그의 명패 앞에 섰다. '대표 이사 최찬형'이라는 글자의 근사함과 어깨가 축 쳐진 그의 모습이 전혀 어울려 보이지 않는다.

다정하게, 그러나 언제나처럼 확신에 찬 얼굴로 웃으면서 자신을 불러 주길 바랐다. 이조차도 그의 모습이겠지만 적어도 그가 한없이 나약해지지만은 않기를 내심 바랐던 것도 같다.

"대표님."

"……."

반응이 없어 가슴이 시큰거린다. 홍조가 다시 한 번 그를 불렀다.

"……찬형 씨."

넋이라도 나간 사람처럼 한참 고개를 숙이고 있던 그가 그제야 반응했다. '찬형 씨.' 하고 부르는 홍조의 목소리에 찬형이 천천히 고개를 들었다.

그리고 그와 눈을 마주치는 순간, 홍조는 덜컥 숨이 막혔다.

한없이 깊은 그의 눈이 말할 수 없이 지쳐 보였다.

"아."

그녀를 발견하고 찬형이 뱉은 말은 그게 전부였다. '아.' 하는 한 마디뿐.

홍조는 무슨 말을 더 이어야 할지 갈피를 잡을 수 없었다. 계속 그의 곁을 지키지 못한 스스로를 탓해 달라고도 할 수 없었고, 미안하다는 사과를 할 수도 없었다.

허락을 받고 쉰 것이라 해도 업무상 있어서는 안 될 가장 큰 실수를 해 버린 느낌을 지울 수 없었다. 언제나 그의 곁을 지켜야 하는 자신에게 휴일 같은 게 있다는 것 자체가 사실 말이 안 되는 일이었다.

더 다가가도 좋을까. 짧은 시간 깊게 고민했다.

한 걸음을 내딛고 멈추었다. 또 한 걸음을 내딛다가 다시 멈추었다. 세 걸음도 되지 않는 거리를 걸어가는 것이 그토록 힘겨운 일이 될 줄은 몰랐다.

바로 눈앞에 그가 있었지만 홍조는 발바닥이 바닥에 붙어 버린 것처럼 마지막 한 걸음을 떼어 내기가 너무도 힘겨웠다.

"......."

"......."

둘 중 누구도 쉽사리 입을 열지 못했다. 찬형은 홍조를 가만히
바라볼 뿐이었다.

검은 눈동자는 여전히 그만이 가진 특유의 깊은 고요함을 지니
고 있었다. 아름다운 여성의 모습이 되어 버렸음에도 눈만 보면
그가 보였다. 자신과 입을 맞추고, 자신을 좋아한다 말하며 설렘
을 안겨 주었던 바로 그 남자.

저 눈은, 그러니까 자신을 바라보며 한없이 일렁이는 저 눈빛
은, 최찬형만이 가지고 있는 아주 유일한 것이니까.

"홍조 씨."

계속될 것 같던 침묵이 깨졌다. 예상 외로 그가 먼저 입을 열었
다.

찬형의 목소리에 홍조가 눈 한 번을 깜빡이지 못한 채 그를 응
시했다. 텅 빈 눈을 하고 있던 그가 홍조를 마주했다. 결코 평온
한 얼굴은 아니었다.

찬형은 웃었다. 홍조를 볼 때마다 그랬던 것처럼 미소를 지었
다. 하지만 입가에 걸려 있는 그 미소가 이상하게도 힘겨워 보인
것은 분명 그녀의 착각이 아니었을 것이다.

"이런 상황에 대비하려고 홍조 씨를 고용했던 건데 말입니
다……."

그의 말에 홍조가 호흡을 멈추었다. 숨소리조차 낼 수 없었다.
그가 꺼내는 말이 자신을 탓하는 것만 같아 잠시 뒤로 숨겨 두었

던 죄책감이 와르르 쏟아지려 했다.

"……싫어지네요."

가슴 어딘가를 누군가에게 세게 맞기라도 한 것처럼 강한 통증이 일었다. 태어나 처음 느껴 보는 감각이라 이걸 무어라 표현해야 할지 알 수 없었다. 그가 말한 '싫어진다'는 것이 무얼 말하는건지, 누굴 말하는 건지 묻는 행위조차 이 순간 엄청난 두려움으로 다가왔다.

역시 실망했겠지. 혹시 좋아한다고 했던 그 말을 이제 와 후회라도 하는 걸까. 온갖 두려움이 홍조를 좀먹기 시작했다. 그에게서 결코 들을 리 없을 말이라고만 생각했다.

"찬……."

"당신 앞에서 이렇게 내가 아닌 다른 꼴을 하고 있다는 게……."

"……."

"남자라고도 할 수 없고 여자라고도 할 수 없는 괴물 같은 내 모습을 당신에게 보일 수밖에 없다는 게……. 앞으로도 이런 식으로 몇 번이나 보여야 할지조차 알 수 없다는 게……. 죽을 만큼 싫어집니다. 이런 모습…… 보이고 싶지 않습니다."

홍조를 바라보는 찬형의 얼굴은 분명 웃고 있었다. 하지만 울 것 같은 얼굴로 웃는다고 한들 홍조가 그를 따라 마주 웃어 줄 수 있을 리 만무하다. 그의 곁에서 자리를 피해 줄 수도, 사라져 줄 수도 없는 노릇이었다.

금방이라도 무너질 것 같은 표정을 한 채 자신에게 이런 모습을 보이는 스스로가 싫다는 저 남자를, 자신보다 더 아름다운 여자의 모습을 한 저 사람을, 어떻게 괴물 취급하며 고개 돌릴 수 있을까.

딱 한 걸음 정도가 남았다. 내내 바닥에 붙들려 있던 홍조의 발이 천천히 들리며 앞으로 내디뎌졌다.

마지막 걸음을 바닥에 내리고 나자 그와의 거리가 바짝 가까워졌다. 자리에 앉아 있던 찬형이 조금 더 고개를 치켜들어야만 홍조의 얼굴을 바라볼 수 있을 정도로 무척이나 가까운 거리였다.

홍조가 천천히 팔을 뻗었다. 그러고는 찬형의 머리를 끌어안아 자신의 품으로 이끌었다. 찬형이 자리에 앉은 채로 그녀의 품에 머리를 기댔다.

그의 앞에 가만히 선 홍조가 긴 머리카락을 천천히 매만지기 시작했다. 따스하고 작은 손바닥이 그의 뒷머리를 부드럽게 쓰다듬었다. 마치 아이를 달래는 듯 조심스럽고도 한없이 다정한 손길이었다.

찬형은 그녀의 품에서 눈을 동그랗게 뜨고 있었다. 그녀가 이런 행동을 보일 것이라 예상하지 못한 탓이다.

그러나 부드러운 손길에 조금씩 마음이 놓이기 시작했다. 바짝 굳어 있던 어깨에 힘이 빠지면서 그가 온몸을 온전히 그녀에게 기대 왔다.

"괜찮아요."

그 말은 마치 주문과도 같았다.

"……."

"괜찮아요, 찬형 씨."

어릴 적에 읽었던 그 동화의 결말이 기억나지 않는다. 야수와 미녀가 끝까지 행복하게 살았었나? 미녀는 야수에게로 다시 돌아왔나? 야수의 저주가 결국은 풀렸었나? 무엇도 제대로 기억나는 것이 없었다.

그럼에도 조금도 답답하지 않았다. 내내 야수라 생각하던 자신을 그저 평범한 남자로 대해 주는 이 여자가 곁에 있다.

"괜찮아요."

반복되는 괜찮다는 말. 고작해야 말 한마디일 뿐인데 그게 무슨 힘이 되겠느냐고 생각했던 시절이 있었다. 누구도 괜찮다고 말해 주지 않던 지난 시간들.

찬형이 그 품에 안겨 천천히 눈을 감으며 생각했다.

……어쩌면 내게는,

"괜찮아요."

그 한마디가 필요했었는지도 모른다.

11
가장 조용했던 밤의 위로

'아……. 못생겼다…….'

집을 나서기 전, 홍조가 자신의 모습을 거울에 비추어 보며 한숨을 내쉬었다. 화장을 한다고 했음에도 거뭇하게 자리를 잡아 버린 다크서클은 좀처럼 감추어질 생각을 하지 않았다. 보름달처럼 부어 버린 얼굴이며 퀭한 눈도 도저히 봐 주기 힘들 정도였다.

지난밤에는 제대로 잠을 이루지 못했다. 까무룩 잠이 드는가 싶다가도 다시 정신이 맑아졌다. 멍하니 불 꺼진 천장을 바라보는 것만 몇 번을 반복했는지 모르겠다.

출근을 생각하면 1분이라도 더 잠을 청해야만 했는데도 피곤을 외치는 몸과 달리 머리는 계속해서 잠이 드는 것을 거부했다. 정신이 깨어 있는 상태로 눈만 감고 있는 것은 꽤 괴로운 일이었다.

머릿속으로는 계속 같은 장면만 떠올랐다. 여성의 모습을 한 채 한껏 지쳐 자신을 바라보던 찬형의 표정이었다.

연신 괜찮다고 말하며 머리를 쓰다듬어도, 등을 매만져도, 그는 끝내 홍조를 바라보던 눈빛을 평소처럼은 되돌리지 못했다. 마치 자신이 크게 상처를 줘 버린 것처럼 느껴질 정도로 그 눈은 홍조에게도 꽤나 아팠다.

그래서 더는 아무런 말도 할 수 없었다. 퇴근하기까지도, 집에 오는 동안에도, 분명 같은 공간에 있었지만 아무 대화가 오고 가지 않았다. 그토록 숨 막히는 침묵은 실로 오랜만이었다.

"하아……."

작은 한숨과 함께 집을 나선 홍조가 몇 걸음 더 옮겨 옆집 현관문 앞에 섰다. 찬형의 집이었다.

퇴근 후면 숨 돌릴 틈도 제대로 주지 않고 몇 번이나 온갖 핑계를 대며 불러 젖히던 그가 어젠 유독 잠잠했다.

'푹 쉬어요.'

그 말과 함께 집 안으로 사라져 버린 뒤 오늘 아침이 될 때까지 그의 모습, 목소리 하나 듣질 못했다. 시답지 않은 이유로 불러 댈 때는 그렇게 열 받더니, 막상 부르지 않고 축 가라앉은 뒷모습만 남기니 한없이 신경 쓰여 답답할 지경이었다.

그에게 괜찮다는 말 말고는 아무런 말도 할 수 없었던 자신이 한심하기도 했고, 차라리 섣부른 위로를 건네지 않았던 것이 다행일지도 모르겠다며 스스로를 격려하기도 했다. 그가 없는 자리에서 어떤 생각을 한다고 한들 의미는 없었지만 말이다.

딩동. 벨이 울렸다. 홍조가 벨을 한 번 누르고 굳게 닫힌 현관문을 응시했다. 속으로 몇 초나 세웠을까. 안에서 기척이 나지 않아 다시금 벨을 눌렀다. 그러나 침묵은 반복되었다.

"뭐지? 먼저 출근했나?"

홍조가 휴대 전화를 꺼내 시간을 확인했다. 생각보다 여유가 많지는 않았다.

'버스를 타면 어느 정도 걸리려나……'

대충 시간을 재어 보고는 아쉬운 걸음을 돌릴 수밖에 없었다.

항상 함께하던 출근길을 홀로 나서려니 괜스레 허전했다. 항상 지하 2층을 누르던 그의 손가락이 생각났고, 엘리베이터 문이 열리면 먼저 내리라고 가볍게 고갯짓을 하던 그의 표정도 떠올랐다.

"아."

그 탓에 1층을 눌러야 하는데 지하 2층을 눌러 버렸다. 혼자 출근하는 것이 이곳에 온 이래 처음이라는 게 실감 났다.

대체 이 엄청난 허전함의 정체가 뭘까. 잠도 이루지 못할 정도로 반복해서 떠오르는 그 잔상의 이유는 또 뭐지.

온통 그런 생각들로 머릿속을 가득하게 채운 채 출근하자마자 들은 말은……

"대표님은 오늘부터 출장이신데요?"

……였다.

"네? 출장이요?"

"설마 정말 몰랐던 거예요? 대표님 스케줄도 제대로 모르면서 일은 어떻게 하려고 그래요, 홍조 씨?"

"중국 출장 건이라면 제가 알기로는 내일……."

"어젯밤에 변경됐잖아요. 다들 연락받았는데 혼자만 못 받았다고 할 건 아니죠?"

못 받았다. 전혀 들은 적 없는 말이다. 어제 분명 찬형과 함께 퇴근을 했는데 아무런 말도 듣지 못했다. 그 이후로 문자나 전화 한 번 오질 않았으니 출장 날짜가 변경되었다는 공지를 받았을 리도 만무했다.

입술을 잘근 깨물었다. 설마 고의는 아니겠지 싶은 생각이 들면서도 그 약간의 의심을 떨칠 수가 없었다.

화장실을 핑계로 잠시 나온 홍조가 복도 한쪽에 섰다. 휴대 전화를 꺼내 '대표님'도 '찬형 씨'도 아닌 '최찬형'이라고 딱딱하게 적힌 이름을 뚫어지게 응시했다.

수시로 액정에 뜨던 이름이었지만 먼저 전화를 걸어 본 적은 없었던 것 같다. 그 사실을 이제야 깨달았다. 그는 언제나 '홍조 씨.' 하고 먼저 자신을 찾아 주었다. 아주 당연하게 말이다.

통화 버튼을 눌렀다. 건너편에서 들려올 목소리를 기다리는 그 몇 초가 평소보다 더 길게 느껴졌다. 이상한 일이었다. 일을 할 때는, 그리고 그와 함께 있을 때는 순식간에 흘러가던 시간이 지금은 무척 느리게 가고 있었다.

그럴수록 비어 있는 자리의 허전함이 더욱 크게 느껴진다는 것을 시간이란 녀석은 모르는 모양이었다.

― 여보세요?

"아, 찬형 씨. 저 홍……."

— 홍조 씨입니까? 유 실장입니다.

"실장님이 왜……."

너무도 눈에 띄게 실망한 기색을 드러내 버렸다. 영훈은 찬형보다 훨씬 눈치가 좋은 편이니 모를 리 없을 것이다.

— 대표님께서는 지금 미팅 중이십니다. 그래서 제가 대신 받았습니다.

홍조는 영훈의 목소리를 듣고도 태연한 척할 수 없었다. 이 순간 감정을 숨기는 것은 그녀에게 있어 사치였다. 자신에게 일부러 말하지 않고 출장을 가 버린 거라면 영훈도 찬형과 공범이나 다름없었다.

"정말 중국이에요?"

— 그렇습니다.

"어떻게 된 거예요? 출장은 내일 아니었어요?"

— 아아, 원래는 그랬죠. 어젯밤에 중국 공장 측에 문제가 발생하는 바람에 직접 확인하고 이야기 나누시겠다고 하셔서 하루 앞당겼습니다. 비서실 직원들에게 메일 발송했는데 못 받았습니까?

"전혀요."

홍조의 목소리에는 배신감이 가득했다.

어찌 되었든 자신은 찬형의 곁에 항상 있어야만 하는 사람이었다. 곁에 있어 달라던 사람이 한국을 떠나면서 3일이나 자신을 홀로 둔다는 건 도무지 이해할 수 없는 일이었다.

언제 갑자기 그 일이 일어날지도 모르는 상황에서 아무런 말도 없이 그렇게 훌쩍 떠나 버리다니.

"충분히 연락할 수 있었잖아요. 전화 한 통이면 될 일이었어요. 왜 절 두고 가셨어요? 중국에서도 또 그런 일이 생기면 대체 어쩌시려……."

— 홍조 씨.

영훈의 목소리가 낮고 딱딱하게 들려왔다.

그 순간 홍조가 빠르게 뱉던 말을 멈추었다. 감정이 조금 격해졌다. 영훈에게 할 말이 아니었는데도 찬형과 통화를 할 수 없게 되자 원망이 그에게로 튀어 버렸다.

바로 옆집이니까 잠깐 들러서 말해도 되는 일이었다. 그게 아니더라도 평소 저녁마다 하던 것처럼 전화를 걸어 말했어도 충분했을 것이다. 그런데 끝까지 아무런 말도 하지 않고 훌쩍 떠나 버렸으니 원망이 들지 않을 리 없다.

아무리 생각해도 이유는 한 가지밖에 없었다. 어제 자신이 그의 곁을 지키지 못했다는 사실.

그가 말없이 가 버린 것은, 동행해 달라고 하지 않은 것은, 어쩌면 선홍조라는 여자의 필요성이 전처럼 절실해지지 않았기 때문일지도 모른다.

그의 마음을 멋대로 판단하는 일은 최대한 하지 않으려고 했지만 홍조는 계속해서 땅을 파고 깊숙하게 들어가는 생각들을 멈출 수 없었다.

'괜찮아요.' 하고 그를 위로할 때만 해도 모든 것이 괜찮아질 줄로만 알았다. 그가 자신의 품에 가만히 안겨 있어 주었던 것이 대답이라고만 생각했다.

문재에게 그랬던 것처럼 그에게 있어서도 또다시 쓸모없는, 더는 곁에 두지 않아도 아쉬울 것 없는 사람으로 전락하고 싶지 않았다.

처음에는 미안하기만 하던 감정이 원망이 되어 버리는 것은 순식간이었다. 사람이라는 게 자신의 감정을 우선시하다 보니 이토록 이기적인 존재일 수밖에 없다.

— 3일 동안 쉬십시오.

"……네?"

홍조가 눈을 동그랗게 뜨며 되물었다.

— 본사에 대표님이 안 계시는 상황에서 홍조 씨가 혼자 출근을 해 봐야 아무 의미가 없습니다. 그러니 중국 출장이 끝날 때까지는 휴가라 생각하고 그냥 집에서 쉬어요. 그게 좋겠습니다.

"……."

— 홍조 씨?

"그거…… 혹시 대표님의 지시인가요?"

— ……예. 그렇습니다.

"알겠습니다."

그 말을 끝으로 통화는 끝이 났다. 영훈은 아무런 말도 덧붙이지 않았고, 홍조도 더 이상 아무것도 묻지 않았다. 영훈은 정해진 대답이 있는 사람처럼 말했고, 홍조 역시 무엇을 물어보아도 그가 대답해 주지 않을 것을 알고 있었다. 의미 없는 시간 낭비임을 알면서도 붙잡고 있을 사람들이 아니었다.

고작해야 3일이다. 그가 없는 3일의 휴가를 마음껏 누리기만 하면 된다.

그러나 말 그대로의 '휴가' 일 뿐인데도 전혀 반갑지가 않았다. 그토록 쉬고 싶다고 생각을 했으면서도 덩그러니 혼자 남고 나자 그 허전함이 말로 다 하기 힘겨울 정도였다.

그에게 필요한 사람이고 싶었던 모양이다. 그에게 도움을 주고, 그를 통해 자신이 그만큼 든든할 수 있다는 뿌듯함을 느껴 보고 싶었던 것도 같다.

홍조는 최근 들어 자신이 느꼈던 기쁨이나 행복 같은 것들이 찬형으로 인한 것이었음을 뒤늦게 깨달았다. 쉬고 싶다고 했던 것과 달리 마음은 자꾸만 외로워져 갔다.

'괜찮아요.'

쉴 새 없이 그에게 건네었던 말이 떠올랐다.

그는 괜찮지 않았다. 그리고 실망했을 것이다. 선홍조라는 여자의 무능함을 알아 가는 중일지도 모른다.

과연 이 3일이 휴가의 전부일까. 돌아온 뒤에도 그가 자신의 고용을 후회한다고 하면, 취소하겠다고 하면, 그땐 어떻게 해야 하는 걸까.

생각이 점점 많아졌다. 그 생각 속에 빠져 숨이 막힐 것 같았다.

'괜찮아요.'

정작 괜찮지 않은 건 자신이었다.

☆우

"정말 이대로 괜찮으시겠습니까?"

"……?"

"홍조 씨 말입니다. 굉장히 화가 난 것 같은 목소리였습니다. 서운해하는 것도 같고 말이죠."

"…….."

"……대표님."

대답을 기다렸지만 찬형은 입을 다문 채 아무런 말도 하지 않았다. 그저 아무리 불러 봐야 원하는 대답은 나오지 않을 것이라는 무언의 뜻을 전할 뿐이었다.

영훈은 그것을 충분히 느낄 수 있었다. 하루 이틀 봐 온 사이가 아니었으니 당연했다.

지금 눈앞에 보이는 찬형의 모습은 무척이나 낯선 것이었다. 저렇게 감정적으로 누군가를 대하는 모습은 최근 들어 처음이었다. 아니, 최근이 아니라 최찬형이라는 인물을 알게 된 이래 처음이었을지도 모르겠다.

찬형은 영훈을 제외하고는 누구에게도 감정적인 면모를 보이지 않았다. 그동안 영훈에게 보여 왔던 모습들도 온전하게 감정을 다

내보인 것인지 확신할 수 없는 일이다.

웃는 얼굴 뒤로 감추어 왔을 수많은 감정들. 끝내 알아내지 못한 채 속아 넘어간 적이 한두 번이 아니었을 것이다.

그랬던 찬형이 요새 점점 홍조를 닮아 갔다. 얼굴에 감정이 드러났다. 그것이 가장 크게 닮아 가는 변화였다. 그래서 모르는 척하는 게 어려워졌다. 홍조의 이야기를 자꾸만 꺼내게 되는 이유가 거기에 있었다.

사랑에 빠진 게 분명하다고 생각했다. 사랑에 빠진 사람이 하고 있을 얼굴은 아니었지만 말이다.

영훈은 그 속까지 전부 들여다볼 수 없는 스스로가 조금 답답했다. 그가 저기압인 이유가 어제의 일 때문이라면 홍조에게 화풀이를 하는 게 더 이상한 일이다.

"최찬형."

좀처럼 먼저 말을 놓지 않는 영훈이 그의 이름을 불렀다.

따스하게 볕이 쏟아져 들어오는 넓은 객실의 창가. 반짝이는 햇빛을 바라보며 커피를 마시던 찬형이 그의 목소리에 고개를 돌렸다. 창틀에 조심히 찻잔을 내려놓자 달그락, 소리가 났다.

"다른 사람도 아니고 최찬형이 그럴 리는 없겠지만…… 그래도 혹시나 싶어서 묻는 건데 말이야."

"……?"

"홍조 씨한테 화풀이하는 건 아니지? 네 몸에 일어나는 일에 대해서."

그 순간 찬형이 작게 웃었다.

"여자가 되어 버린 순간에 왜 내 곁에 있지 않았느냐는 화풀이? 혹시 그거야, 형?"

"내가 생각해도 어이없는 질문이지만……. 그래, 맞아."

창밖으로 고개를 돌린 그는 나직하게 대답했다.

"내가 어떻게 그 사람한테 화풀이를 해."

"……."

"얼굴을 보면 한 번이라도 더 웃어 주고 싶고, 한 걸음만 가까이 와도 일단 안고 싶어서 어쩔질 못하겠는데."

그렇게 말하는 찬형의 얼굴 위로 잔잔한 미소가 띄워졌다. 홍조를 생각하는 짧은 순간에도 찬형은 저도 모르게 그렇게 웃었다. 그녀에 대해 말하자 그와 동시에 머릿속은 온통 홍조의 얼굴, 홍조의 목소리로 가득 차 버렸다. 그러니 웃지 않고 배길 수 없다.

하지만 그 웃음은 이내 천천히 어둡게 가라앉았다.

"소중하게 대해 주고 싶고, 항상 예쁘다고 말해 주면서 그렇게 곁에 두고 싶었는데 말이야."

"……그런데?"

"문득 그런 생각이 들더라고. 그 여자는 대체 무슨 죄지? 좋아하지도 않는 사람의 비밀을 자신의 의지와 상관없이 알게 되어 버리고, 그 이유로 계속 곁에 머물면서 그 사람을 주시하고 있어야 한다니."

그의 말을 듣던 영훈이 조금 울컥했다.

"고용한 거잖아. 다른 신입 사원들의 두 배가 넘는 급여를 주면서. 이 일을 하겠다고 한 건 홍조 씨야. 본인의 선택이었다고."

하지만 찬형의 목소리는 여전히 차분했다. 마음을 바닥에 전부 내려놓기라도 할 것처럼.

"돈 때문만은 아니야. 홍조 씨는 내가 구체적으로 급여 이야기를 하기도 전에 먼저 하겠다고 했었어."

"……."

"착해서 그래. 그 사람이 착해서 거절하지 못한 거야. 내가 내 약점을 들이밀었으니까."

"……하아."

찬형을 미련스럽게 바라보던 영훈이 한숨을 내쉬었다. 지금 저렇게 나약한 모습을 보이면서도 몇 시간 뒤에 있을 회의에서는 또다시 세상에 둘도 없을 냉정한 얼굴을 하겠지. 일에 지장을 주지 않는 건 좋은 일이지만, 속에서 문드러질 감정을 생각하니 속이 다 쓰린 기분이다.

"형."

"말해."

"있지, 나는 그 사람이 내 운명이라고 생각해."

"운명?"

영훈이 흘끔, 그를 보며 반문했다.

"그 사람과 있으면 변하지 않는다는 걸 알게 된 순간 그런 확신이 들었어. 처음 봤을 때부터 계속 눈이 가길래 대체 왜 그럴까 싶었는데 그 사람을 품에 안으니까 알겠더라고. 아, 그동안 꼭꼭 숨어 있던 존재가 이 사람이구나."

"……."

"몸이 변하기 직전에 열이 오르잖아. 정신이 혼미해질 정도로 온몸이 뜨거워지면 난 그냥 체념을 해. 아무리 내가 발버둥을 쳐도 결국 변하고 말 테니까. 그런데 그 사람과 있으면 그게 멈춰. 그날 밤이 그랬어. 변할 것처럼 온몸이 뜨거워지는 게 느껴졌는데도 그 사람이 날 만지면서 내 이름을 불러 주니까 갑자기 그 열기가 가라앉는 거야. 그리고 온전한 흥분감만 남더라. 내가 태어나 처음으로 느껴 본 '진짜' 흥분이었어."

착각이 아니었다. 그 후로 홍조가 자신의 팔을 잡거나 어루만지거나 할 때마다 찬형은 마음 깊은 곳에서 부글거리며 폭발을 기다리던 그 불안한 감각이 조용하게 사그라지는 것을 느꼈다.

이미 변한 뒤라면 소용이 없겠지만 적어도 변하기 직전이라면 그녀의 작은 손길 하나가 자신을 막을 수 있을 거라는 확신을 갖게 되었다. 그럴수록 점점 그녀의 필요성이 강해졌다. 더욱 절실해졌다.

그리고 문득 그녀 없이는 정말 아무것도 할 수 없게 될까 봐 무서워졌다.

"나에게는 그 사람이 필요해."

"……알아."

"하지만 그 사람에게 나는 꼭 곁에 있지 않아도 되는 사람일지 모르겠다는 생각이 들어."

"……."

"나는 그 사람이 내 운명이라고 생각하는데 그 사람에게는 내가 운명이 아닐 수도 있다는 걸 너무 늦게 깨달은 것 같아. 내 곁을 지키지 못했다고 미안해하던 그 표정이 머릿속에서 떠나질 않아."

"……."

"괜찮다고 말하는 그 사람 덕분에 난 점점 괜찮아져 가는데 오히려 내 상태를 신경 쓰고 눈치 보는 그 사람을 보니 더 괴롭더라. 그 사람은 그저 날 돕고 있을 뿐인데 내가 편하자고 그 사람을 힘들게 만드는 것 같아. 그런 주제에 좋아한다고 고백까지 해 버렸으니 마음이 얼마나 무겁겠어."

찬형이 지난 하루 사이에 얼마나 많은 고민에 휩싸였었는지 알 수밖에 없는 말들이었다. 지친 기색을 감추지 못하면서도 그는 조용하게, 그러나 아픈 표정으로 진심을 털어놓았다.

딱히 어떠한 대답을 바라고 한 말은 아닌 것 같았다. 그저 누군가 듣고 있다는 사실만으로도 그에게는 손톱만큼의 위로가 되었을지 모르겠다.

마시다 말고 내려놓은 커피 위로 김이 모락모락 피어올랐다.

언제부터였을까. 커피만 보면 '아메리카노.' 하고 입술을 동그랗게 모으던 그녀의 모습이 떠올랐다. 그녀를 생각하면 이렇게 또다시 웃음이 새어 나올 것만 같은데, 꼭 생각의 끝에 가서는 '괜찮아요.' 하면서도 미안해하던 마지막의 그 표정만이 남는다.

"찬형아."

생각에 잠겨 있는 그의 침묵을 영훈이 깨뜨렸다. 잔잔하던 커피의 수면이 잘게 흔들린 듯한 착각이 일었다.

"네 비밀을 유일하게 알아 왔고, 또 가장 솔직한 네 모습을 옆에서 지켜봐 온 형으로서 말할게."

"……."

"그 사람의 고민이나 그 사람의 생각은 전부 그 사람의 몫으로 남겨. 상대가 얼마나 힘들지, 얼마나 괴로울지, 그런 생각들은 하지 마. 그건 네 몫이 아니야. 힘들다는 말도, 괴롭다는 말도, 그 사람이 직접 말한 적 있어? 아니잖아. 말한 적도 없는 감정들까지 네가 미리 앞서 끌어안을 필요는 없다는 말이야."

"……."

"그 사람이 네게 했던 말을 떠올려 봐. 네가 혼자서 예상한 말이 아니라 그 사람이 정말 네게 했던 말."

"……괜찮아요."

귓가에 그녀의 목소리가 울린다. 괜찮아요, 찬형 씨. 괜찮아요. 괜찮아요.

"그럼 넌 그 사람을 위해서 그저…… 괜찮아지면 되는 거야."

"……."

"운명은 두 사람의 몫이야. 어느 한 사람만 운명일 순 없어. 서로에게 운명이기 때문에 운명이라고 부를 수 있는 거야. 그러니까……."

"……."

"네 운명을 믿어 봐."

영훈의 말에 찬형이 커피로만 향하던 시선을 내려 감았다.

눈을 감아도 커피의 향이 코끝을 간질였다. 눈을 감아도 영훈의 기척이 느껴졌다. 눈을 감아도…… 그녀의 얼굴이 아른거렸다.

단 한 가지 진심이 남았다.

홍조가 보고 싶었다.

♧우

3일이 지났다. 그토록 흐르지 않을 것만 같던 시간이 겨우 흐르고 흘렀다.

지난 3일간 홍조는 본가에 와 있었다. 오랜만에 동생들을 보고, 엄마의 일을 돕고, 아빠와 대화를 나누었다.

좀처럼 집에 내려오는 일이 없었기 때문일까. 급할 때마다 조금씩 돈을 부쳐 달라고 하던 게 미안했던 부모님은 3일 내내 계속해서 홍조를 먹이고, 먹이고, 또 먹이며 쉼 없이 챙겼다.

그렇게 몸을 움직이고, 음식을 나누어 먹고, 동네를 돌기도 하면서 1분 1초가 얼마나 길고 소중한 시간인지 깨달을 수 있었다. 앞으로는 절대 '아무것도' 하지 않은 채 시간을 허투루 쓰지 않겠다는 다짐마저 했다. 찬형이 없는 곳에서 자신이 할 일을 찾느라 내적으로 바쁜 시간이었다.

오죽하면 출근이 기다려졌다. 빨리 그가 마련해 준 공간으로 돌아가 출근 준비를 하고 싶었다. 회사로 가 분주하게 일을 하고, 또 일을 하고, 계속 일을 하고, 그리고…….

……그의 곁에서 그와 함께 있고 싶었다.

자신을 두고 중국으로 가 버린 찬형이 미워 아예 휴대 전화를 꺼 놓을까 생각도 했었다. 하지만 뒤늦게라도 '홍조 씨. 정신이 없어서 연락을 못 했어요.' 하며 말도 안 되는 핑계를 댈까 봐, 그런 연락이 올까 봐 차마 끄지 못했다.

하지만 그에게서는 끝까지 연락 한 통 오지 않았다. 액정에 뜨는 이름은 지혜의 것이 유일했다. 덕분에 쉬는 내내 지혜와의 연락으로 배터리만 축냈다.

"누나, 가?"

"응. 누나 내일 출근해야 돼. 휴가 끝이야."

"휴가 끝나서 좋아?"

"응?"

"회사 가야 되는데 왜 자꾸 웃어?"

"아……."

가방을 챙기는 홍조를 보며 유치원생 막내가 고개를 갸웃거렸다.

표정 관리가 안 됐던 모양이다. 출근이 기쁜 게 아니라 출근을 하면서 만나게 될 얼굴이 반가워서 그런 거라고 하면 알아듣기나 할까?

홍조가 고개를 돌려 작은 얼굴을 힐끔 보았다. 눈을 깜빡이면서 멀뚱멀뚱 올려다보는 게 여간 귀여운 게 아니었다.

조그만 게 말도 어찌나 또박또박 잘하는지.

한껏 웃는 표정을 들킨 건 둘째 치고 못 보던 사이에 훌쩍 자란 동생이 귀여웠던 홍조가 막내를 번쩍 안아 들었다. 그러자 저 멀리 있던 또 다른 막내가 부리나케 달려와 홍조의 반대편 다리에 달라붙어 자신도 안아 달라고 졸랐다.

막내는 쌍둥이였다. 홍조와 스무 살이나 넘게 차이 나는 막둥이이기도 했다. 쌍둥이였던 탓에 노산을 한 엄마의 걱정도, 아이들에 대한 걱정도 많았다. 둘 다 또래에 비해 체구가 작아서 정말 괜찮을까 싶었는데 그런 걱정이 무색하게 어느덧 이만큼 컸다.

물론 그래도 아직 작은 편이기는 했지만 머리는 똘똘하게도 먼저 성장한 모양이었다. 출근이니 회사니 하는 말들을 유치원생과 주고받는 게 어쩐지 홍조는 조금 어색했다.

홍조가 육남매의 맏이답게 막내 두 명을 동시에 안아 올리려 할 때였다. 아르바이트를 하느라 요새 엄청 바쁘다던 둘째가 다가와서 두 꼬마를 냉큼 자신의 양쪽 팔에 끼워 들었다.

"요놈들아. 누나는 여자라 너희를 한꺼번에 못 든다니까. 요즘 부쩍 무거워진 것도 모르고, 이것들이."

"어? 홍재 왔네? 아르바이트 끝?"

"응, 끝. 누나는 지금 가게? 터미널까지 데려다줄까?"

어느덧 홍조보다 머리 하나 이상은 더 자란 남동생이 듬직하게 웃으면서 말했다. 홍조의 눈에는 그마저도 아직 어린애처럼 보여 못내 웃음이 났다. 절레절레 고개를 저었다.

"됐어. 짐도 없는데, 뭘. 나오지 마. 엄마랑 아빠는 오늘 모임 있다고 나가셨어. 넌 집에서 꼬맹이들 봐야지."

"근데 누나."

"응?"

"혹시 요즘 다시 연애해?"

"어, 어?"

홍조가 태연한 척하지 못하고 말을 더듬었다. 연애를 하고 있는 게 아니니 그저 아니라고 하면 되는데 대체 뭐가 찔린 걸까.

"그 새끼랑 헤어진 뒤로 내내 풀 죽은 목소리만 들었던 것 같은데 지금 보니까 얼굴이 다시 살아났길래. 출근한다면서 실실 쪼개던 것도 그렇고. 새 회사에 괜찮은 꿀단지라도 생겼어?"

"그, 그런 거 아니야."

"으음……? 말을 더듬는 게 수상하지만, 뭐, 아닌 걸로."

문제를 '그 새끼'라고 칭하는 것도, 누군지도 모르는 상대를 '꿀단지'라는 사랑스러운 단어로 표현해 주는 것도, 알 것 같지만 모르는 척해 주는 것도 전부 고맙고 귀여웠다.

그럼에도 홍조는 결국 자신의 동생에게 끝까지 이렇다 할 대답을 해 주지 못한 채 집을 나섰다. 속을 전부 들켜 버린 것처럼 괜스레 마음이 간지러웠다.

꿀단지라는 단어가 묘하게 찬형과 어울리는 것도 같았다. 적어도 홍조에게 있어서는 항상 달콤하고 또 달콤한 사람이었으니 회사에 꿀단지를 숨겨 놨다고 표현해도 크게 다르지는 않을 것이다.

그에게 가서 '꿀단지라는 호칭 어때요?' 하고 물으면 어떤 표정을 지을까. 그런 생각을 하며 홍조가 작게 웃었다. 어느덧 찬형을 향했던 원망 같은 건 잠잠해진 듯했다.

지금쯤이면 돌아오는 비행기 안이려나. 아니면 이미 도착해서 쉬는 중일까.

찬형에 대한 여러 생각을 하며 엘리베이터에서 내리자마자 홍조는 그대로 복도 끝에 우뚝 멈춰 설 수밖에 없었다.

오피스텔 현관문 앞에 서 있는 키 큰 남자. 찬형이였다.

"찬형 씨?"

홍조의 목소리에 찬형이 고개를 돌려 그녀를 보았다. 무겁게 가라앉은 것처럼 보이던 눈이 잠시 크게 뜨여진다. 그가 성큼성큼 홍조에게로 빠르게 걸어왔다.

"언제 도착했……."

말이 끝을 보지 못하고 뚝 끊겼다. 찬형이 다짜고짜 그녀를 끌어안아 버린 탓이었다.

홍조는 눈만 깜빡거리며 그의 품에 안겼다. 힘을 주어 꽉 끌어안는 바람에 몸이 좀 욱신거리는 듯한 느낌마저 들었지만 입을 열 수는 없었다. 온몸으로 느껴지는 그의 감정 때문이었다. 무언지 모르겠지만 엄청나게 커다란 감정이 넘쳐흐르는 기분이었다.

"어디 갔었습니까."

"네? 아, 본가에 갔었어요. 부모님도 뵙고, 동생들도 보고……."

"또 사라져 버린 줄 알았습니다."

"응? 내가 왜 사라져요."

홍조의 귓가에서 찬형의 목소리가 깊게 울렸다. 꼭 끌어안은 홍조를 끝까지 놓지는 않은 채 그는 웅얼거리는 듯한 낮은 목소리를 냈다.

"혹시라도 화가 났을까 봐요. 나한테 실망했을까 봐요. 돌아왔는데 당신 집에 불이 꺼진 채로 한참이나 인기척이 없길래 짐을 싸서 가 버린 줄 알았습니다."

"그럼 안에 짐이 있는지 없는지 열쇠 아저씨 불러서 문이라도 따 보지 그랬어요?"

"30분만 더 기다려 보고 그럴 참이었습니다."

"……내 참, 어이가 없어서."

너무도 진지하게 대답을 하길래 오히려 할 말을 잃어버렸다.

홍조는 가만히 안겨 그의 품에서 나는 어른스럽고 듬직한 그만의 향기를 맡았다. 그의 집에 들어서면 항상 홍조의 주변으로 달라붙던 너무도 익숙한 향기였다.

"전화를 하면 되잖아요. 집에 없는 것 같은데 어디 갔냐고 물어보면 될 일을. 휴대 전화 사용할 줄 몰라요? 평소에는 사람 쉬지도 못하게 잘만 걸어 대더니."

"안 받으면 그건 그거대로 무서울 것 같아서……."

"……진짜 애도 아니고."

못산다는 듯이 한숨을 내쉬던 홍조가 문득 멈칫했다. 한숨을 내쉬었더니 입김이 공기 중으로 하얗게 번졌다. 날이 꽤 추웠다. 가만히 그를 안고 선 홍조의 손가락 끝이 차갑게 얼기 시작한 것도 낮은 기온 탓이었다. 지금의 날씨를 아주 잠시 잊었다.

"잠깐. 혹시 여기서 얼마나 기다렸어요?"

"모르겠습니다. 도착했을 때만 해도 해가 떠 있었는데."

"미쳤어요? 말도 안 돼. 계속 밖에서 기다렸다는 소리는 아니죠, 설마? 맞아요?"

"……맞으면 안 됩니까?"

" 나한테 두들겨 맞고 싶어요? 바로 옆에 따뜻한 자기 집 놔두고 왜 복도에서 기다려요? 집에 들어가 있다가 중간에 나와서 왔는지 안 왔는지 확인해 봐도 되잖아요."

홍조가 답답하다는 얼굴로 그의 품에서 벗어났다. 얼굴을 제대로 보니 코며 뺨이 잔뜩 빨갛게 얼어 있었다. 그 잘생긴 얼굴이 루돌프처럼 빨간 코를 하고 있으니 뭔가 웃기기도 했지만 그보다는 안쓰러움이 먼저였다.

자신도 모르게 손을 뻗어 찬형의 얼굴을 감싸 쥐었다. 아주 자연스러워 그게 이상하다는 생각은 조금도 하지 못했다.

"세상에. 얼굴이 다 얼어서 차갑잖아요."

"……."

"일할 때나 나 놀릴 때는 그렇게 머리가 잘 굴러가는 사람이 이럴 땐 진짜 바보도 아니고."

"……."

홍조를 가만히 내려다보던 찬형이 소리 없이 살며시 웃었다.

"……뭐예요. 왜 웃어요."

"좋아서요."

그대로 굳어 버렸다. '좋아서요.'라는 말이 온전하게 홍조를 향했다. 빨간색이 좋다거나, 커피가 좋다고 말하던 그 말들과는 다르다는 걸 모르려야 모를 수가 없는 눈빛이었다.

"……뭐, 뭐가요."

그럼에도 불구하고 확인받고 싶었던 걸까.

"홍조 씨가요."

"……."

"홍조 씨가 좋아서요."

그가 계속 웃는다. 또다시 그의 주변이 따스하게 물들기 시작한다.

분명 그는 마법을 부릴 줄 아는 것이다. 그러니 웃을 때마다 이렇게 온 주변이 따스함으로 반짝거리는 게 아니겠는가.

"……."

홍조가 반짝이는 그의 얼굴을 멍하니 바라보고 있을 때였다.

"홍조 씨."

"네?"

"홍조 씨 손에서 홍조 씨의 냄새가 나요. 아주 좋은 냄새요."

"……냄새 말고 향기라고 해 줄래요?"

홍조가 팍 하고 인상을 쓰면서 쳐다보자 찬형이 또다시 웃었다. 홍조는 인상을 쓰면서도 붙잡고 있는 그의 뺨에서 손을 떼어 내지는 않았다. 왜인지는 모르겠다. 그의 차가운 모든 곳을 자신으로 녹여 주고 싶었다. 그의 미소가 자신의 마음을 녹였듯이 말이다.

"아, 참. 그러고 보니 저녁은 먹었어요?"

"밥이요?"

"……아니에요. 말해서 뭐해. 내내 여기서 기다렸다고 하는 걸 보면 안 먹었을 게 뻔한데. 들어와요. 오늘은 우리 집에서 밥 먹고 가요. 저도 아직 공복이에요."

"정말요?"

찬형은 때때로 이렇게 강아지 같은 표정을 지었다. 저 뒤로 꼬리 같은 게 보인 것도 같은데, 분명 착각이겠지.

슈트 차림의 그는 언제나 냉정하고 사무적인 사람이었는데 오늘따라 그 슈트가 제 역할을 못 하는 모양이다. 그러니 저렇게⋯⋯.

"초대해 주셔서 감사합니다. 그럼 실례하겠습니다."

⋯⋯귀여워 보이는 거지.

고개를 내저은 홍조가 도어록 비밀번호를 누르고 현관문을 열자 찬형이 먼저 들어섰다. 집 안 가득 홍조의 향기가 혹 끼쳐 왔는지 왠지 모를 벅찬 표정을 짓기도 했다. 그는 숨을 크게 들이마셨다. 그 뒤에서 홍조가 웃고 있는 것도 모르면서 말이다.

혼자만 있던 공간에 다른 사람이 들어섰다. 그것만으로도 이 공간에는 따스한 공기들이 새롭게 피어났다. 자신이 그의 집에 갔을 때도 이런 기분이었을까 생각하며 홍조가 찬형을 보았다. 그러자 찬형도 고개를 돌려 그녀를 본다.

"근데 홍조 씨."

"네."

"⋯⋯원래 이렇게 말을 잘하는 편이었습니까? 오늘 좀 무서울 정도로 야무진 것 같습니다."

"오늘따라 찬형 씨가 바보 같다는 생각은 안 드나 보네요⋯⋯."

찬형은 바보 같다는 홍조의 말에도 웃었다. '바보' 소리에도 아무래도 좋은 모양이었다.

이 순간 바보라는 말은 세상에서 가장 달콤한 단어로 둔갑한다. 결국 홍조도 따라 웃어 버렸다.

'보고 싶었어요.'

입 밖으로 내지 않은 두 사람의 말이 현관에서 빙글빙글 맴돌았다.

12
로맨스가 필요해

힐끔, 영훈이 홍조를 보았다. 노골적인 시선은 아니었지만 그래도 수시로 힐끔거리는 게 벌써 몇 번째였다. 이 정도면 느껴질 법도 한데 그녀는 조금도 눈치채지 못한 듯했다. 방금 전 전화로 30분 정도 늦춘 찬형의 외부 스케줄을 정리하는가 싶더니 슬슬 회의 준비를 시작해야겠다며 금세 분주해진다.

평소와 다름이 없는 것 같으면서도 또 묘하게 평소와 달라 보이는 이유가 대체 뭘까. 영훈이 혼자서 짐작하려 애쓰다가 도무지 모르겠다고 판단했는지 입을 열었다.

"홍조 씨."

"네? 뭐 시키실 일 있어요?"

홍조가 고개를 들어 영훈과 눈을 마주쳤다. 어딘지 모르게 홀가분해 보이는 눈빛이다.

3일 전, 통화를 할 때만 해도 자신을 향해 분을 감당하지 못하겠다는 듯이 말을 내뱉던 그녀였다. 그런데 어느새 그런 모습은 온데간데없다. 대체 왜 그랬던 거냐고 물어 올 줄 알았는데 질문은커녕 한껏 기분 좋은 얼굴이다.

어제 찬형을 만난 게 분명했다. 그렇게 결론을 내리니 더 이상 자신이 덧붙일 말은 없어 보였다.

"아닙니다."

"……?"

"대회의실로 올라가서 다른 사람들 준비 돕고 있어요. 대표님 모시고 올라갈 테니."

"네, 알겠습니다."

영훈은 복도를 향해 나서는 홍조의 뒷모습을 보다가 고개를 돌렸다. 그리고 굳게 닫힌 대표 이사실의 문을 응시했다.

찬형에게 네 운명을 믿어 보라고 했던 말을 떠올렸다. 자신의 말이 큰 영향을 주었을 거라고는 생각지 않는 영훈이었지만, 적어도 찬형이 자신의 마음을 솔직하게 따르려 노력하고 있는 게 아닐까 싶어 그것만으로도 다행이었다. 그 노력이 찬형 스스로를 괴롭히기 시작했더라도 말이다.

중국에 있는 내내 찬형은 자꾸만 불안해 보였다. 위태로움 외에는 다른 단어를 찾을 수 없었다.

하지만 그를 완전히 괜찮아지게 하는 방법을 영훈은 몰랐다. 그저 묵묵히 그의 곁을 지키는 수밖에 없었다. 그러면서 홍조가 있었으면 좀 달랐을까 생각했다.

한국을 떠난 3일의 시간. 찬형이 여자로 변한 것은 총 다섯 번이었다.

홍조의 표정을 보아하니 그곳에서의 이야기는 전혀 듣지 못한 것 같았다. 어찌 보면 당연한 일이다. 여자가 되는 걸 보여 주고 싶지 않다고 괴로워하던 찬형이다. 그녀에게 당신이 없던 사이 다섯 번이나 변했다는 말을 했을 리 없다.

그녀를 만나 잠시의 위로는 되었을 수 있겠으나 완전히 괜찮아지지는 않았을 것이다. 찬형은 여전히 과도한 업무에 시달리는 중이었고, 홍조와의 관계에는 아무런 진전이 없는 데다가, 최근 들어 여자로 변해 버리는 일이 늘어 극도로 예민해진 상태였으니 말이다.

한 달에 두어 번, 많아야 일주일에 한 번 정도 변할까 말까 하던 빈도가 갑자기 늘었다. 3일 안에 다섯 차례나 변한 것은 처음이었다. 아마 지금쯤 마음이 말이 아닐 것이다.

영훈이 많아지는 생각을 끊지 못한 채 굳게 닫힌 문에 대고 노크를 했다.

"대표님, 유 실장입니다."

"들어오세요."

문을 열고 안으로 들어서자 여느 때와 다름없이 서류에 집중하는 찬형의 모습이 보였다. 평소와 달라 보이지 않아 그게 더욱 신경 쓰이는 영훈이였다.

아무 말도 하지 않고 있는 그가 이상했는지 찬형이 천천히 고개를 들었다.

"뭡니까?"

"곧 임원 회의가 있습니다. 올라가 보셔야 합니다."

"그거 말고 뭔가 할 말이 있는 것 같은데요."

눈치도 참.

"……괜찮으십니까?"

그 질문은 곧바로 찬형을 괜찮지 않게 만들었다. 태연한 표정을 짓고 있던 찬형의 눈빛이 잠시나마 흔들리는 것을 영훈은 놓치지 않았다.

평소라면 웃는 얼굴로 속내를 완벽하게 감추고도 남았을 사람이다. 그런 최찬형이 이런 질문 하나에 속을 들킬 정도라면 전혀 괜찮지 않다는 뜻이다.

"가죠, 회의."

"홍조 씨에게는 말 안 하신 것 같던데."

상태가 부쩍 안 좋아졌다고 해서 이미 정해진 회사의 스케줄을 마음대로 바꿔 버릴 수는 없는 일이다. 지난번에도 갑자기 일정을 취소해 버리는 바람에 그를 향하는 시선이 좋지 않았다. 그렇기에 찬형이 더 바쁘게 움직이는 걸 이해 못 하는 바도 아니었다.

하지만 그럴수록 더욱 홍조에게 도움을 요청해야 되는 거 아닌가 싶은 영훈이였다.

현재의 컨디션이 얼마나 말이 아닌지 설명을 하거나, 하다못해 언제 갑자기 변할지 몰라 불안하니 가까이에 있어 달라고만 말해도 한결 안심이 될 텐데 찬형은 그러지 않았다. 그러고 싶지 않은 것이다.

"말하지 않아도 될 일입니다."

"바로 어제만 해도 두 번이나 변하셨습니다. 그래서 도착하자마자 홍조 씨부터 찾으신 거 아닙니까? 홍조 씨를 그렇게 필요로 하면서 왜 정작 도움은 요청하지 않으시는 겁니까? 고용하신 의미가 없잖아요."

"내 필요에 의해서 그 사람을 찾게 되는 게 싫으니까."

"⋯⋯."

"그저 당신이 보고 싶고, 당신과 함께 있고 싶어서라고 당당하게 말하고 싶으니까."

"⋯⋯대표님."

"그 사람 앞에서는 여자가 되기도 하는 남자가 아니라 그냥 남자이고 싶어져. 시간이 흐를수록 바라는 게 많아지고 욕심이 커져서 비겁하더라도 내 약한 모습은 전부 숨기고 강한 모습만 보이고 싶어져, 형."

어젯밤, 그녀와 함께 식사를 하는 따뜻한 시간을 보내면서도 찬형은 자꾸만 마음 한구석이 무거웠다. 보고 싶었던 그녀와 눈을 마주치고 웃었지만, 한국 땅을 밟기 전에 갑자기 여자의 몸이 되어 비행기를 타지도 못할 뻔한 것을 생각하면 치가 떨리고 끔찍했다.

요즘 부쩍 많은 것들을 신경 쓰기 시작한 자신을 무척 잘 알고 있었다. 신경이 과민해지면 그런다는 것도 너무나 잘 알고 있는 사실이었다. 하지만 성적 흥분 없이도 이토록 자주 변한 것은 처음이라 찬형은 스스로도 당황 속에서 헤어 나오기 힘들었다.

많아진 일 때문이라고 하기에는 무리가 있었다. 과로한 적은 많았어도 이토록 과하게 변한 적은 없었다.

그러다가 문득 깨달았다. 모든 것이 홍조로 인한 것일지도 모르겠다는 것을.

욕심이라는 게 생겨 버린 탓이다. 그녀의 앞에서 완전한 남자가 되고 싶고, 남들처럼 평범하게 살고 싶어진 탓이다.

그녀에게 고백을 하면서부터였던 것도 같다.

겉으로는 아무렇지 않은 척했지만 그녀가 자신에게 조금 더 마음을 열어 주기를 바랐다. 어린아이 같은 장난 없이 온전한 진심으로 그녀와 만나고 싶었다.

처지가 이래서 대놓고 '사귑시다.' 라는 말조차 못 했는데 생각했던 것 이상으로 욕심이 불어나 버린 모양이었다.

더 가까이 가고 싶어도 갈 수 없고, 평범하게 사랑하고 싶어도 할 수 없는 스스로에게 화가 났기 때문이었을까. 언제나 안에서 폭발할 것처럼 몸을 웅크리고 부글부글 끓던 그 열기가 찬형의 불만과 불안을 타고 불시에 터져 버린 것인지도 모른다.

사랑하고 싶다는 욕심이 자꾸만 스스로를 옥죄는 것처럼 느껴져 찬형은 그럴수록 더욱 이런 불안을 들키고 싶지 않았다.

"찬……."

"회의 늦겠습니다. 가죠, 유 실장님."

찬형이 또다시 특유의 미소 속에 감정을 숨겼다.

'네 운명을 믿어 봐.'

믿고 싶은 운명이 눈앞에 있었지만 13년째 자신을 붙드는 그 저주가 자꾸만 막아섰다.

그 저주조차 운명이라는 듯이.

↑우

"그래서 올해 목표가 뭐죠?"

"온라인 구매자 수를 7% 정도 높이는 것입니다."

"'정도'요? 이 회사에 몇 년을 근무하셨는데 회의에서 '정도'라는 애매한 단어가 나오는 겁니까?"

"7% 더 높이는 것이 목표입니다."

"고작 7%로 되겠습니까? 저는 상반기 목표가 아닌 올해의 목표를 묻고 있는 겁니다. 잘못 들으신 것 같으니 다시 묻죠. 올해 목표가 어떻게 됩니까?"

"……10% 이상 높이겠습니다."

"10% '이상'이라고 하셨으니 기대해 보죠."

팀장 이상급만 모아 놓은 회의에 참여하는 것은 처음이었던 터라 홍조의 눈이 동그래졌다. 라면 두 개 정도는 거뜬하게 먹는다고 허세를 부리던 그 사람과 동일 인물인가 싶어진 탓이다. 일할 때와 평소의 모습이 다르다는 것 정도는 익히 느끼던 바였지만 조금 새삼스러웠다.

전화를 안 받을까 봐 무서워 내내 밖에서 기다렸다던 어제의 그 인물이 지금 저 사람이 맞긴 맞는 건가. 홍조가 눈을 두어 번 더 깜빡였다. 그러면서 동시에 지난 저녁 식사를 떠올렸다.

당당하게 같이 저녁을 먹자고 한 것치고 냉장고가 너무 횅했다. 아무거나 잘 먹는다는 그의 말에 미안한 기색을 겨우 감추고 남아 있던 김치로 김치볶음밥을 만들었다.

추위에 콧등이 빨갛게 변한 채 볶음밥을 먹는 찬형이 마냥 귀엽게만 보이는 이상한 저녁이었다. '국물 같은 거 없어도 괜찮겠어요?' 하고 물었더니 '전 볶음밥을 제일 좋아합니다.' 라고 받아치던 그 따뜻한 미소가 이상할 정도로 마음에 와서 착 달라붙는 그런 저녁이기도 했다.

평소보다 한 걸음 더 그와 가까워진 기분이 들었다. 홍조의 입가에 잔잔한 미소가 떠올랐다.

"10분 뒤에 이어서 하죠."

회의가 잠깐의 휴식을 맞았다. 꼿꼿하게 허리를 펴고 자리에 앉아 있던 사람들이 조금씩 등을 굽히며 자세를 편히 쉬었다. 긴장되었던 회의실 안의 분위기가 조금 편하게 바뀌는 듯했다.

그때, 그녀를 가만히 보던 영훈이 낮게 속삭였다.

"홍조 씨."

"네?"

"대표님과 최대한 가까운 위치에 가서 있는 게 좋을……."

"꺅! 죄송합니다, 죄송합니다!"

영훈의 말이 갈피를 잃었다. 회의실 안이 순식간에 어수선해졌다. 술렁이는 소리와 함께 회의실에 남아 있던 사람들의 시선이 한곳으로 집중되었다.

찬형의 옆에 놓여 있던 뜨거운 커피가 쏟아져 테이블과 바닥으로 뚝뚝 떨어지는 중이었다.

사고를 친 장본인은 이십 대 초중반 정도로 보이는 굉장히 젊은 여자였는데, 이번 공채를 통해 비서실에 입사한 신입 사원이었다. 새로 가져온 커피를 찬형의 자리에 놓아 주려다가 실수로 엎지른 모양이었다.

"대표님, 괜찮으세요? 죄송합니다. 정말 죄송합니다."

"아아, 괜찮……."

괜찮다고 말하던 찬형의 낯빛이 변했다. 회의실 벽 쪽에 붙어서 있던 홍조와 영훈은 그 변화를 단번에 알아챌 수 있었다. 그의 옆에서 당황하며 부산을 떨던 신입 사원이 테이블의 커피를 닦으려다가 그와 접촉한 게 분명했다.

영훈은 머리가 아찔해지는 것을 느꼈다. 혹시라도 이런 일이 생길까 봐 홍조에게 찬형의 가까이에 가 있으라고 말하려던 것이었는데……. 한발 늦었다.

평소라면 아무것도 아닐 회의겠지만 지금 찬형의 상태로는 이 회의실에 있는 여직원들이 모두 주의 대상이었다.

왜 항상 설마 하며 걱정하는 일들은 꼭 현실이 되어 버리는 걸까. 이해할 수 없는, 이해하고 싶지도 않은 일이다.

모든 걸 망쳐 버릴 수도 있다. 지금 이 자리에 모인 사람들이 그 변화의 증인이 되어 버릴 수도 있는 상황이었다. 그들이 보는 앞에서 변하기라도 하면 그 뒷감당은 아마 누구도 할 수 없을 게 분명했다. 찬형과 영훈이 상상했던 가장 최악의 상황이 되고 말 것이다.

지금 당장 찬형을 데리고 밖으로 나가면 괜찮을까. 엘리베이터를 누르고 사무실까지 도망을 치는 데에 걸리는 시간은 얼마일까. 그 모든 게 60초 안에 가능할까.

복도에는 몇 명의 사람들이 있을까. 엘리베이터는 몇 층에 있을까. 바로 올라올 수 있을까. 타이밍이 도와줄까.

수많은 질문이 아주 짧은 순간 영훈을 괴롭혔다.

그가 찬형에게로 한 걸음 내디딜 때였다. 옆에 서 있던 홍조가 그보다 더 빠른 속도로 찬형에게 달려갔다.

"대표님! 괜찮으세요?"

홍조의 높은 목소리가 회의실을 울렸다. 사람들의 시선을 분산시켜도 부족할 판에 평소보다 더 눈에 띄게 구는 홍조를 도무지 이해할 수 없는 영훈이였다.

"어머! 어떡해. 손에 커피를 쏟으셨나 봐요. 화상 입으셨잖아요. 당장 병원부터 가셔야겠어요!"

그렇게 말하면서 홍조가 찬형에게 가까이 붙었다. 잔뜩 일그러진 얼굴은 이미 열기에 휩싸인 듯 꽤 고통스러워하고 있었다.

짧았던 머리카락이 조금씩 자라나기 시작했고, 뼈대가 가늘어지기 시작하는 게 보였다. 막기에는 이미 늦었다. 홍조가 급하게 그를 부축하며 일으켰다.

화상 같은 건 없었다. 하지만 그녀는 마치 큰 화상이라도 된다는 양 호들갑을 떨었다.

사람들이 웅성이는 사이 찬형의 손을 자신의 손수건으로 감싼 홍조가 입구를 향해 걸었다. 찬형은 홍조와 함께 걸음을 옮기면서도 다리에 힘이 풀리려는 모양인지 잠시 비틀거렸다.

'여기서 변하면 안 돼요. 제발 조금만, 조금만……'

속으로 그렇게 외치며 그의 무게를 지탱할 때였다. 영훈이 넓은 등으로 그 둘을 가리고 서서 임원들을 응시했다.

"대표님께서 화상을 입으신 관계로 부득이하게 오늘 회의는 여기서 마무리 짓도록 하겠습니다."

홍조가 고개를 돌려 그를 보았다. 영훈은 빨리 어디로든 데려가 숨으란 듯 등 뒤로 작게 손을 휘저었다.

영훈과 사람들을 뒤로하며 홍조의 걸음은 회의실로부터 조금씩 멀어졌다. 웅성거리는 소리도 작아졌다.

엘리베이터까지는 엄두도 나지 않았다. 간다고 쳐도 엘리베이터가 곧바로 와 줄지도 알 수 없는 일이었다. 홍조가 당황을 감추고 최대한 냉정하게 머리를 굴리려 노력했다.

'당장 몸을 숨길 수 있는 곳이 어디가 있을까. 어디, 어디……' 아.'

그러다가 발견한 곳이 화장실이었다.

제발 아무도 없기를 바라면서 찬형을 데리고 화장실로 간 홍조가 남자와 여자의 팻말 사이에서 아주 잠시 고민을 했다. 그러다가 빠르게 여자 화장실을 택했다.

그를 데리고 들어선 여자 화장실 안에는 다행히도 사람이 없었다. 홍조는 안으로 들어가자마자 화장실의 입구를 잠가 버렸다. 누구도 들어올 수 없을 거라고 안도를 하고 나자 그제야 찬형의 모습이 보였다.

찬형은 여자 화장실의 세면대를 붙잡고 바닥에 주저앉아 있었다. 길고 아름다운 흑발을 늘어뜨린 채 거친 숨을 몰아쉬는 사람은 방금 전까지 회의실 안에서 냉정하게 눈빛을 빛내던 그 남자가 아니었다. 몸에 맞지 않는 슈트를 걸친, 홍조와 같은 여자였다.

"……."

"……찬형 씨."

화장실 안에는 침묵이 맴돌았다. 찬형은 가쁜 숨이 서서히 가라앉는지 더는 아무런 소리를 내지 않았다.

홍조가 천천히 그에게 다가가 손을 뻗으려고 하자 찬형이 조금 가늘어진 목소리를 냈다.

"거기 그대로 있어요."

"……?"

발이 바닥에 붙들렸다. 그에게로 향하려던 걸음이 그대로 멈추었다. 홍조가 눈을 깜빡일 생각도 하지 못한 채 가만히 그를 바라보았다.

"……그냥 그대로 있어요. 제발 가까이 오지 말고 거기 있어요."

"찬형 씨?"

"……빌어먹을."

찬형이 분노를 참지 못하고 낮게 원망을 뱉었다. 누구를 향한 것도 아닌 스스로를 향한 것이었다.

계속 고개를 숙이고 있어 표정을 볼 수는 없었지만 홍조는 그의 얼굴을 예상할 수 있었다. 얼마나 일그러졌을지, 얼마나 괴로울지, 전부 다 눈앞에 그려졌다.

다시 그에게 다가서려 할 때였다. 찬형이 천천히 고개를 들었다.

눈이 마주쳤다.

"……."

홍조는 입을 다물 수밖에 없었다.

울 것 같은 얼굴이었다.

"……찬형 씨."

"아무래도 안 될 모양입니다."

"……."

"최근 들어 더 자주 변하기 시작했어요. 당신이 모르는 사이에 몇 번이나 이 모습을 하고 있었습니다. 창피하고 수치스러워서 부를 수도 없었어요. 당신을 좋아한다고 말하면서 여자의 모습을 하고, 다른 사람에게 들킬까 전전긍긍하는 게 얼마나 괴로운지 아마 모를 겁니다."

"찬형 씨……."

"이제 확실하게 알겠어요. 도움이 필요해서 당신을 고용했던 게 아니었어요. 이 저주를 핑계로 대서라도 그냥 당신을 곁에 두고 싶었던 겁니다. 정작 당신이 필요한 순간에는 부를 수도 없었어요. 좋아하는 여자를…… 그냥 좋아하는 여자로만 두고 싶었으니까요."

"……"

"……그러니까 이젠 날 돕지 마요. 차라리 모르는 척 있어요, 홍조 씨."

그때, 어느덧 가까이 다가온 홍조가 그의 손을 붙잡았다.

"……"

찬형이 말을 잃은 채 멍하니 그녀를 보았다. 홍조는 그의 손을 꼭 쥐고 놓지 않았다. 눈에는 망설임이 없었고, 붙잡은 손에는 온기가 가득했다.

그의 말이, 그의 눈빛이, 마냥 고통스럽지 않았다. 힘들지 않았다.

조금 더 그의 힘겨운 모습들을 함께하고 싶었고, 조금 더 그가 마음속으로 생각하는 모든 감정들을 자신의 앞에 내보였으면 하고 바랐다. 언제나 따뜻하게, 그저 다정하게 자신을 향해 웃어 주는 것보다는 이게 나을지도 모르겠다고 생각했다.

화가 나면 화를 내고, 눈물이 나면 울어도 되는 그런 삶을 그에게 주고 싶었다.

홍조는 그 순간…… 그러고 싶었다.

"찬형 씨."

"……"

"내일 쉬는 날인데 뭐 해요?"

"……"

그가 눈을 깜빡일 때마다 맑은 눈 속에 홍조의 모습이 보였다가 사라졌다가 하기를 반복했다.

홍조가 웃으면서 그를 마주했다. 어떤 모습을 하고 있든지 그는 항상 이런 눈을 했고, 그 눈 속에는 이렇게 그를 보며 웃는 자신의 모습이 있었다.

그때 깨달았다.

이 사람을 보고 있을 때의 나는 이렇게 웃고 있구나.

대체 자신에게 왜 이렇게까지 하는지 이해할 수 없다는 표정을 지으며 찬형은 그녀의 말을 듣고만 있었다. 이해할 수 없다면 이해하지 않아도 된다는 양 홍조가 그의 손을 더 꼭 잡으며 눈을 마주쳐 왔다.

"내일도 집에서 라면으로 끼니 때우며 종일 일만 할 거라면 차라리……."

찬형의 눈이 깜빡였다.

"나랑 데이트하지 않을래요?"

깜빡일 때마다 그 눈 속에 홍조가 나타났다가, 사라졌다가,

"네?"

반짝였다.

↕우

찬형이 거울 속의 자신을 빤히 쳐다봤다. 단정하게 빗어서 뒤로 넘긴 머리와 잘 차려입은 슈트 차림은 평소와 다름이 없었다.

넥타이를 골라 목에 걸던 그가 문득 손의 움직임을 멈추었다. 그러고는 다시 맞은편의 거울을 보았다.

영 어색한 얼굴을 한 남자가 자신과 눈을 마주쳐 온다.

"데이트라……."

익숙하지 않은 단어를 가만히 입 밖으로 내본 찬형이 넥타이를 다시 빼내어 원래 있던 자리에 내려 두었다. 와이셔츠의 단추마저 풀어 침대 위로 던져 버린 그는 다른 옷장을 열어 곱게 개어 놓았던 감색 니트와 면바지를 꺼냈다.

전부 다시 갈아입고 나서 뒤로 넘겼던 머리를 마구 헝클여 이마를 덮었다. 이러니 어쩐지 세 살 정도는 어려 보이는 듯도 싶다.

어색하게나마 씨익 웃으며 거울을 마주했다. 부자연스럽기가 이루 말할 수 없을 정도였다.

"아……."

억지로 웃으니 더욱 못나 보이는 것만 같아 깊은 한숨이 절로 나왔다.

평소처럼 하자고 생각하다가도 홍조가 직접 제안한 '데이트' 라고 자각하고 나면 평소처럼 되질 않았다. 평범하고 싶다고 생각하던 지난 시간들이 거짓말처럼 느껴졌다.

이상하게도 오늘은 특별하고 싶었다. 그녀와의 특별한 날인만큼, 그녀가 자신에게 특별한 것처럼 자신 역시 그녀의 앞에서 특별해 보이고 싶었다.

너무도 이상한 기분이었다. 누군가와의 관계에 있어 '특별' 이라는 단어가 특별해 보인다는 것은 말이다.

지갑과 휴대 전화, 차 키를 챙긴 찬형이 현관문을 천천히 열었다. 새로운 세계로 향하는 신비의 문을 여는 것 같은 기분으로.

"워!"

"……."

현관문을 열자마자 그 앞에 숨어 있던 홍조가 튀어나오며 찬형을 놀래 주었다. 아쉽게도 놀라지 않았지만 말이다.

"놀래려고 한 건데 전혀 놀라지 않으시니 굉장히 민망하네요……."

"……아닙니다. 놀랐습니다."

"거짓말."

"전 거짓말 못 합니다."

"그것도 거짓말."

찬형이 눈앞의 홍조를 가만히 응시했다.

한 번도 본 적 없는 차림새였다. 회사에서는 언제나 블라우스에 긴 바지만 입어서 몰랐는데 이렇게 보니 확실히 곳곳이 예뻐 눈을 뗄 수 없을 정도다. 남들이 뭐라고 하든 그 순간 찬형의 눈에 홍조보다 예쁜 여자는 없을 게 분명했다.

코트 사이로 살짝 보이는 베이지색 원피스는 예쁘게 수놓인 레이스를 포인트로 하며 단아함을 뽐냈다. 그러면서도 전체적인 색감 때문인지 묘하게 섹시한 느낌마저 드는 게……. 이러면 안 된다고 생각하면서도 그녀를 뚫어지게 훑을 수밖에 없었다.

자꾸만 그 속을 더 상상하고 싶어졌다. 잠시 잊었던 어느 밤의 일이 생각날 정도로.

"거짓말 아닙니다. 정말 놀랐습니다, 예뻐서."

"……."

"진심입니다."

"……진심으로 말하지 말아요. 놀라지 않았다는 말보다 방금 그게 몇 배는 더 민망하니까."

홍조가 부끄러운 기색으로 머쓱해하며 고개를 돌렸다. 아직 열려 있던 찬형의 현관문을 대신 닫은 그녀가 엘리베이터 쪽으로 슬쩍 눈짓을 했다.

"가, 갈까요?"

또각또각. 그녀는 앞장서 엘리베이터로 향했다.

홍조의 구두를 가만히 보던 찬형은 천천히 다리를 타고 올라가 그녀의 뒷모습을 응시했다.

누구를 이토록 좋아해 본 일이 없기 때문일까. 왜 얼굴을 마주하고 있지 않아도 저 뒷모습조차 사랑스러운 건지 도통 이유를 알 수가 없다.

그러면서 찬형은 생각했다. 앞을 볼 때는 그녀와 눈을 마주칠 수 있어서 좋고, 등을 돌리면 눈치 보지 않고 그녀의 모습을 눈에 담을 수 있어 좋으니, 이 순간 좋지 않은 게 하나도 없어 다행이라고.

"어디로 갈까요? 홍조 씨가 좋은 곳으로 가겠습니다."

그렇게 말하며 엘리베이터에 함께 오른 찬형이 주차장이 있는 지하 2층을 눌렀다. 홍조는 대답 대신 1층을 눌렀다.

"……?"

"오늘은 차 없이 이동할 거예요. 버스 타고 가요, 우리. 차 끌고 나가 봐야 주말에는 어딜 가든 주차 대란인 거 몰라요? 여기저기 구경하고 걸어 다니려면 이 편이 훨씬 편할 거예요."

"어딜 가는데 그럽니까?"

"가 보면 알아요."

엘리베이터가 1층에 도착하자마자 홍조가 찬형의 손을 붙잡았다. 그녀의 작은 손이 힘을 주어 자신을 꽉 잡자 손끝으로 느껴지는 온기에 찬형이 묘한 표정을 지었다.

목적지도 알려 주지 않은 채 이렇게 무작정 손을 이끄는데 조금도 두렵지가 않다. 어딜 가든 이 손만 있다면 마냥 괜찮을 것 같은 기분이 든다.

찬형이 아무런 말없이 혼자서 웃자 홍조가 그를 흘끔 보고 몰래 따라 웃었다. 기분이 좋아 보여 다행이었다. 데이트를 제안한 어제의 일을 떠올리며 너무 뜬금없었나 생각도 했지만 내지르니 차라리 마음이 편했다.

생각이 많아지면 용기는 사라지고 망설임만 남는다. 스스로를 칭찬하면 그만인 일이다. 그렇게 결론 내리니 지금의 이 시간이 그저 설렘으로만 다가왔다.

"어? 버스 와요. 저거 타야 돼요, 저거."

항상 차를 타고 이동하는 터라 정류장에 서 있을 일이 별로 없는 찬형이다. 나름 리드라도 해 볼까 하고 노선도를 살펴볼 때였다. 홍조가 정류장 쪽으로 들어오는 버스 하나를 가리켰다.

고개를 들어 버스를 보았다. 버스의 정면에는 서너 개의 주요 노선이 큼지막하게 쓰여 있었는데 그중 한 단어가 굉장히 돌출된 것처럼 찬형의 눈에 들어왔다.

"설마……."

"뭐해요? 얼른 타요."

잘못 본 걸까. 분명 '명동'이라고 쓰여 있었다. 설마 주말에 가면 온갖 관광객과 수많은 인파에 치여 정신이 쏙 빠진다는 바로 그 명동은 아니겠지.

찬형이 멈칫하는 걸 느낀 홍조가 뒤에서 그의 등을 밀어 버스에 오르게 했다.

얼떨결에 탄 찬형은 운전석 옆에서 눈만 멀뚱멀뚱 뜨고 가만히 서 있었다. 운전사의 시선이 따가워 힐끔 그를 보았다. 카드 안 찍고 뭐하냐는 눈으로 기사가 바라보자 찬형이 그제야 다급하게 '지갑이 어디…….' 하며 코트의 안주머니로 손을 넣었다.

"혹시 신용 카드도 됩……."

"둘이요."

홍조가 그를 안쪽으로 쭈욱 밀면서 위로 성큼 올라왔다. 그러고는 태연하게 두 사람분의 요금을 찍었다.

눈이 마주치자 찬형이 머쓱하게 시선을 피했다. 놀림받으면 창피할 것 같았다.

하지만 그의 예상이 틀렸다는 듯 그녀는 아무런 말없이 찬형의 손을 잡더니 버스 뒷좌석으로 그를 데리고 걸어갔다.

창가 쪽에는 홍조가, 통로 쪽에는 찬형이 앉았다. 어색하게 등을 세우고 앉아 있던 찬형이 괜스레 헛기침을 하며 버스 내부를 살피자 홍조가 그제야 '픕.' 하며 참았던 웃음을 터뜨렸다.

"……왜 웃습니까?"

"남들처럼 치킨도 시켜 먹고 라면으로 끼니도 때우길래 몰랐는 데, 버스 타는 게 서툰 걸 보고 새삼 찬형 씨가 금수저긴 금수저 였구나 싶어지는 거 있죠."

찬형의 얼굴이 붉어졌다. 항상 능숙하고 여유 있는 모습을 보이고 싶었는데 최근 들어 마음대로 되는 일이 하나도 없었다.

그녀의 앞에서 여자의 몸으로 좌절한 것부터 시작하여 보고 싶어 안달 내던 걸 들키기도 했고, 그녀가 떠날까 불안해하던 모습마저 보여 버렸다. 그러고도 부족해 이제는 이렇게 모자란 티까지 내다니. 더 떨어질 나락도 없을 듯했다.

그럼에도 홍조가 웃고 있다는 사실이 좋았다.

찬형이 그녀의 옆모습을 가만히 바라보았다. 뭐가 그렇게도 즐거운 건지 연신 웃는 얼굴로 분홍색 입술을 달싹거리면서 말한다. 달콤한 목소리가 주변을 물들인다.

"……."

찬형은 그녀와 눈을 마주할수록 마음이 확고해지는 것을 실감했다. 그녀를 향한 감정이 더욱 깊어지고 있었다.

자신은 앞으로 계속해서 그녀를 필요로 하게 될 게 분명했다. 계속 곁에 두지 않으면, 계속 앞에 두고 보지 않으면 점점 참을 수 없어지고 말 테니까.

누군가를 좋아하게 되면 원래 이런 걸까. 그 사람 없이는 안 되는 바보가 되어 가는 기분이 든다.

찬형이 잠시 눈을 감았다 떴다. 홍조가 여전히 반짝이는 눈으로 자신을 보고 있었다.

무능하고 바보 같은 자신이 처음으로 좋아지는 순간이었다.

"……."

버스를 타고 도착한 명동은 말로 할 수 없을 만큼 사람이 많았다. 어느 쪽으로 걸음을 내딛든 사람들과 부딪칠 수밖에 없을 정도였다.

찬형은 덜컥 겁이 났다. 이렇게 사람이 많은 곳에서 갑자기 변하기라도 하면 대체 무슨 일이 벌어질지 상상하는 것조차 끔찍했다.

그때 멍하니 인파를 바라보고 있는 찬형의 손에 약한 힘이 느껴졌다. 고개를 돌리자 옆에서 홍조가 그의 손을 붙잡은 채 고개를 끄덕였다. '내가 이렇게 잡고 있으니까 괜찮아요.' 라고 말하는 것 같기도 했다.

마른침을 삼킨 찬형이 그녀를 따라 고개를 끄덕였다. 그녀가 이렇게 가까이에서 자신과 함께 있는 한 모든 것은 괜찮을 것이다. 그런 믿음을 가질 수 있었다.

홍조가 가지고 있는 마법은 자신을 여자로 변하지 않게 하는 게 아니라 이 마음을 괜찮아지게 만드는 것이었다.

"길거리 음식은 먹어 봤어요?"

잡은 손을 놓지 않고 천천히 걸으면서 홍조가 물었다.

"아주 어릴 적에는 학교 앞에서 파는 떡볶이 같은 걸 먹어 봤던 것도 같은데 기억이 가물가물합니다."

그의 말에 길거리에서 파는 수많은 음식들을 눈으로 대충 훑어보던 홍조가 마음에 드는 걸 발견했는지 서둘러 그를 이끌었다. 그녀의 종종걸음을 따라서 걸어가자 닭꼬치를 파는 포장마차 하나가 나타났다.

"닭꼬치 괜찮죠? 치킨도 좋아하잖아요."

"예, 괜찮습니다."

"아저씨. 여기 닭꼬치 원자폭탄 맛으로 두 개만 주세요."

"잠깐. 원…… 뭐라고요?"

계산을 하려고 지갑을 꺼내던 찬형이 눈을 동그랗게 떴다. 뭔가 굉장히 낯선 단어가 들려 순간 잘못 들은 거겠지 생각했다.

하지만 고개를 돌려 앞을 보니 아주 정확하게 '원자폭탄 맛'이라고 쓰인 메뉴가 그곳에 있었다. 듣도 보도 못한 맛이라 대체 저게 무슨 맛인지 가늠조차 할 수 없었다.

원자폭탄을 먹어 보지 않고서야 저 맛을 어떻게 안단 말인가?

"여기요."

멍하니 서 있는 찬형 대신 계산을 마친 홍조가 그에게 꼬치를 내밀었다.

"이게…… 대체……."

"맛있어요. 얼른 먹어 봐요."

꼬치를 먹으며 고갯짓을 하는 홍조를 빤히 바라보았다. 굉장히 맛있게 잘 먹는 모습이 그 와중에 또 예뻐 보여 찬형의 경계심이 절로 풀렸다.

닭꼬치를 입으로 가져가 한입 먹은 찬형이 천천히 맛을 음미하는가 싶더니 갑자기 씹는 걸 포기해 버렸다. 저도 모르게 그대로 꿀꺽 삼켰다.

"헉! 그러다가 탈 나요. 제대로 씹지도 않고 삼키면 어떡해요!"

"매, 맵습니다."

"매워요?"

"물, 물을 사야겠습니다. 아니, 우, 우유."

혀를 쏙 내밀고 그 자리에서 어쩔 줄 몰라 하는 모습이 왠지 커다란 강아지처럼 느껴져 홍조가 고개를 숙이고 웃었다. 찬형이 헥헥거리면서 원망의 눈으로 그녀를 보았지만 홍조는 오히려 더 놀릴 심산인지 걸음을 천천히 늦췄다.

결국 참다못한 찬형이 그녀의 손을 꽉 잡고 성큼성큼 근처 편의점을 찾아 빠르게 걸었다. 결국 뒤에서 따라 걷던 홍조가 웃음을 참지 못하고 소릴 내며 웃었다. 하지만 찬형은 웃지 말라는 한마디조차 할 수 없었다. 입에서 난 불을 진압하는 게 우선이었다.

편의점에서 나오며 500ml 우유 두 개를 그 자리에서 다 비웠다. 그와 동시에 찬형은 아무래도 홍조에게 뻥 차이고 말겠다는 슬픈 예감을 했다. 버스를 탈 줄도 모르고 매운 것도 먹을 줄 모르는 이런 남자를 뭐가 좋다고 받아 주겠는가 싶어진 것이다.

처음이자 마지막 데이트가 될지도 모르겠다고 생각하는 찬형의 속을 아는지 모르는지 홍조가 다시금 그의 손을 이끌었다.

이번에는 또 어떤 실망을 확인하려고 하는 걸까. 체념한 찬형이 그녀를 따라나섰다.

"어? 여긴……."

"여기 널린 게 옷 가게인데 온 김에 쇼핑은 해야죠."

안으로 들어선 홍조가 남성복 코너에서 하늘색 셔츠 하나를 들더니 그의 몸에 대어 보며 말했다. 멀뚱멀뚱 눈을 깜빡이며 그녀가 하는 행동을 가만히 보고 있자 홍조가 그의 등을 밀어 거울 앞으로 데리고 간다. 다시금 셔츠를 목 밑에 대어 본 그녀가 거울을 함께 응시했다.

"어때요? 이거 잘 어울리는 것 같지 않아요? 뭐든 다 잘 받지만 찬형 씨는 그중에서도 파란 게 좀 더 잘 어울려요."

"……그렇습니까?"

영훈에게 부탁해 파란색의 옷을 종류별로 대량 주문해 놔야겠다고 다짐하는 찬형이었다.

"이것도 잘 어울리는 것 같고……. 아, 이것도 예쁘다. 그죠."

"……."

대답을 하는 것이 의미가 없었다. 그녀가 어울린다고 하면 정말 어울리는 것일 테고, 이걸 입어 주었으면 좋겠다고 했으니 당장 구매해서라도 입으면 되는 일이다.

그보다 더 중요한 것은 눈앞에서 오로지 최찬형이라는 남자에게만 집중하며, 최찬형이라는 남자와 관련된 이야기만 해 주는 바로 이 여자였다.

홍조는 찬형에게 무엇이 어울리는지, 어떤 느낌이 더 좋겠는지

쉽 없이 떠들었고, 찬형은 그녀의 말들이 온통 달콤하게 들려 매장 안에 멍하니 서서 취할 것만 같았다.

"듣고 있어요? 이거 별로예요?"

"예?"

"별론가 보다. 이것도 잘 어울린다고 생각했는데 찬형 씨 취향은 아닌가 봐요."

"아, 아닙니다. 저 원래 파란색 좋아합니다."

"……지금 제가 들고 있는 건 회색이에요, 찬형 씨."

"아……."

자신에게 집중하지 않는다고 생각하기라도 한 걸까. 홍조가 들고 있던 셔츠를 다시 제자리에 걸어 놓았다. 찬형이 순간 아차 싶어 그녀의 손을 낚아챘다.

"……?"

"그것보단 홍조 씨 옷을 먼저 사죠."

"네?"

찬형이 그녀의 손을 잡고 여성복 코너를 향해 성큼성큼 걸어갔다. 괜찮다고 말하는 홍조의 목소리는 못 들은 체했다. 여러 벌의 옷 앞에 선 그는 방금 전 홍조가 했던 것처럼 그녀에게 어울릴 법한 옷 몇 벌을 골라 내밀었다.

"……?"

"입어 주세요."

어울릴 것 같다는 말도 아니고, 이거 어떠냐는 말도 아니고, 다짜고짜 '입어 주세요.'라니. 어쩌면 이렇게 모든 게 서툴까.

연애가 사업과 같은 방식으로도 가능한 것이었다면 찬형은 아마 연애 고수가 되었을 것이다. 하지만 그는 사업을 제외한 모든 일에서 초보 티가 났다. 사람과 개인적인 대화를 나누는 것도, 도움을 요청하는 것도, 무언가를 바라는 것도 전부.

그랬기에 그가 좋아한다고 말했던 그 고백이 뒤늦게야 새삼 놀라웠는지도 모르겠다.

그에게 거절 같은 것을 할 수 있을 리 없다. 그의 고백부터 지금의 이 부탁까지 전부. 문득 그런 생각이 들었다. 모든 답은 이미 그때부터 정해져 있었던 것만 같은 기분이 들었다.

홍조가 앞에 내밀어진 옷을 보며 웃는 얼굴로 고개를 끄덕였다.

여러 벌의 옷을 가지고 피팅룸으로 들어가는 홍조를 보며 찬형이 묘하게 설레는 얼굴을 했다. 자꾸 가슴이 두근거렸다.

데이트라는 게 정확하게 무얼 말하는지는 모르겠지만 분명 남들도 이런 기분이지 않을까 생각했다. 남들이 하는 평범한 데이트를 하고 있다는 것과 함께 그 상대가 홍조라는 것이 한없이 고마웠다.

안에 들어갔던 그녀가 서너 벌의 옷을 입고 나오길 반복했다. 무얼 입어도 찬형은 고개를 끄덕이며 '예뻐요.' 혹은 '예쁩니다.' 할 뿐이었다. 여러 벌을 입어 보는 의미가 없었다. 그는 마치 정해진 명령어를 넣으면 똑같은 답만 하는 시스템이라도 된 듯이 굴었다.

"찬형 씨."

"예."

"혹시 프리티 우먼이라고 알아요?"

"홍조 씨 별명입니까?"

"……."

"농담입니다."

"……찬형 씨가 하면 진담 같으니까 그런 농담은 참아 줄래요?"

귀까지 벌겋게 달아올랐다. 묘한 열기 같은 것이 양쪽 뺨에서조차 느껴졌다.

차라리 '영화 프리티 우먼을 찍는 기분이에요.' 하고 솔직하게 말하는 게 나았을까. 그렇게 진지한 얼굴로 '홍조 씨 별명입니까?' 할 줄이야. 대체 어디까지 닭살스러울 작정일까 싶어 할 말을 잃었다.

도무지 적응될 것 같지가 않았다. 찬형은 자신이 무슨 행동을 해도, 무슨 말을 해도, 자꾸만 눈으로 '예뻐요.' 라고 말했다.

연애를 그렇게 많이 한 건 아니었지만 적어도 그전에 연애를 할 때는 이렇게 온몸으로, 온 얼굴로 애정을 발산하는 사람을 만나 보지 못했다. 찬형에게 이런 순간이 처음이듯이 홍조 역시 이런 기분은 처음이나 다름없었다.

"계산해 주세요."

"잠깐만요. 이거 전부 안 살 거예요. 하나만요. 이거 딱 하나만 주세요."

"전부 마음에 든다고 하지 않았습니까?"

"제가 아무리 대표님, 아, 아니, 찬형 씨에게 기존 연봉의 두 배 이상을 받고 있다고는 하지만 아직도 돈 들어갈 데가 쌔고 쌨다고요. 이렇게 씀씀이가 큰 편은 되질 못해요."

"무슨 말인지 잘 모르겠습니다. 여기, 카드."

자연스럽게 내밀어지는 찬형의 카드에 그의 팔을 붙잡고 있던 홍조가 눈을 동그랗게 떴다. '내 옷을 사는데 왜 당신 카드를?' 하고 말하는 듯이.

"입어 줬으면 좋겠습니다."

"……."

"그러니 제가 사는 게 맞습니다. 이 옷을 입은 홍조 씨를 보면서 즐거울 사람은 바로 저니까요. 절 위한 일이니 제가 삽니다."

찬형은 때때로 정말 말도 안 되는 말들을 굉장히 그럴싸하게 건네고는 했다. 바로 지금처럼 말이다. 홍조는 그가 패드에 서명하는 모습을 멍하니 보면서 말릴 생각조차 못 했다.

그때 쇼핑백에 담기는 옷을 지켜보기만 하던 홍조가 갑자기 어디론가 걸어갔다. 찬형이 고개를 돌려 그녀를 보았다.

그녀는 남성복 코너 앞에 서 있었다. 가만히 몇 벌의 셔츠를 보는가 싶더니 아까 골랐던 여러 벌 중 한 벌을 들고 와 카운터에 턱, 내려놓았다.

"그럼 이건 제가 살게요."

"……?"

"찬형 씨가 '꼭' 입어 줬으면 좋겠어요. 제가 좋아하는 스타일이거든요."

"······."

"저도 찬형 씨처럼 전부 계산하면 좋겠지만 입사 한 달 차 일 개 사원일 뿐이라 당장은 지갑 사정이 여의치가 않네요. 제 능력이 닿는 선에서 딱 요거 한 벌만 살게요. 부담 없죠?"

자신이 했던 것처럼 똑같이 카드를 내는 홍조가 자꾸만 반짝여 보여 찬형은 눈을 뗄 수 없었다. 끝까지 받지 않겠다고 하지도 않았고, 그렇다고 불편한 기색을 보이지도 않았다. 본인이 할 수 있는 선에서 뭐든 하려고 하는 그녀가 사랑스러워 견딜 수 없었다.

그런 찬형의 시선을 홍조 역시 느끼지 않은 건 아니었다. 하지만 당당하게 말했던 것이 이내 쑥스러움으로 바뀌게 두고 싶지는 않아 애써 시선을 마주치지 않았다.

백수인 게 싫어서, 먹고살기 바쁜 게 갑갑해서, 그런 현실적인 이유로 그와의 설레는 첫 만남으로부터 도망을 쳤다는 게 믿기지 않았다. 지갑 사정이 여의치 않다고 솔직하게 말하면서 그의 셔츠를 계산하는 지금 이 여자가 정말 내가 맞나? 홍조는 카드를 다시 받아 들면서도 아주 조금 얼떨떨했다.

스스로가 생각하는 선홍조는 이런 거 못 받겠다고, 마음만 받겠다고 하면서 거절하는 게 더 어울리는 인물이었다. 물론 지혜가 보내 준 일본 여행을 덥석 받은 전적이 있기는 하지만 십여 년을 함께 지내 온 지혜와 눈앞의 이 남자는 분명 같을 수 없었다.

그런데 어째서 그게 가능한 걸까? 아무리 도망치고 숨으려 해도 결국은 이 사람에게로 마음이 향하고 만다. 문득 이 남자 앞에서 자꾸만 당당해지고 싶은 그 이유가 궁금했다.

생각을 거듭해 보았다. 그럴수록 마음속의 또 다른 선홍조는 '답은 정해져 있으니 너는 깨닫기만 하면 돼.' 라고 말했다.

그가 자신을 변화시키고 있다는 것을.

송 우

"짠."

소주잔 두 개가 짧게 붙었다가 떨어졌다. 망설임 없이 입 안으로 털어 넣자 소주 한 병이 완벽하게 비워졌다.

찬형은 고기가 탈까 싶어 다시 뒤집으며 굽기 시작했다. 그리고 홍조는 소주를 한 병 더 시켜야 하나 고민했다.

술을 너무 잘 마신다는 인상을 주고 싶지는 않은데, 남녀가 소주 한 병만 두고 끝을 내자니 묘하게 아쉬운 기분도 들고…….

에라이, 모르겠다.

"이모, 여기 소주 한 병만 더 주세요."

"홍조 씨, 술 잘 마십니까?"

"그렇게 센 편은 아니에요. 그래도 각 1병은 해야죠."

"……잘 마시는 걸로 알겠습니다."

찬형이 조금 의외라는 표정을 지었다. 하지만 애초에 내숭 같은 것과는 거리가 먼 홍조였다. 평소의 그녀를 떠올린 그가 이마저도 몹시 선홍조다워 결국 웃고 말았다.

자신의 비밀에 대한 이야기 없이, 회사와 관련한 주제도 없이,

온전하게 그저 한 남자와 한 여자로 보내는 지금의 시간이 계속 꿈만 같았다. 갑자기 깨 버리지 않도록 정신을 똑바로 붙들고 있으려 애썼다.

"오늘 데이트 어땠어요?"

"……."

느닷없이 직구를 던져 오는 홍조로 인해 찬형이 고기 굽던 손을 멈추었다. 0.5초 정도 정지해 있다가 다시 천천히 고기를 뒤집었다. 그가 최대한 덤덤한 척 입을 열었다.

"좋았습니다."

"찬형 씨가 좋았다고 하니까 저도 좋아요."

"……."

복수라도 하려는 걸까. 찬형이 그 순간 그런 생각을 했다. '저 그거 좋아합니다.' 하고 말하던 자신의 말장난을 떠올리며 그가 슬쩍 고개를 숙였다.

그녀의 접시 위에 노릇하게 구워진 고기를 올려놓는 순간에도 찬형의 귓가에는 계속해서 홍조의 '좋아요.' 라는 말이 맴돌았다. '좋았다고 하니까 저도' 라는 부분만 빼면 자신이 원하는 가장 완벽한 문장이 완성될 텐데. 그 점이 몹시 아쉬웠다.

"홍조 씨. 저 잠시 화장실 좀 다녀오겠습니다."

"아, 혼자 가도 괜찮……."

의자에서 일어나던 찬형이 홍조의 말에 엉거주춤하게 멈추어 섰다. 홍조 역시 말을 마치지 못하고 어정쩡하게 말끝을 흐렸다. 혼자 갈 수 없다고 한들 그와 화장실까지 동행할 수는 없는 일 아닌가.

이상한 상상이 머릿속에 떠오르려고 하는 바람에 두 사람이 동시에 고개를 저었다.

"괘, 괜찮습니다. 다녀오겠습니다."

"그, 그러세요."

민망함을 애써 감추며 찬형이 빠르게 화장실 쪽으로 향했다. 등 뒤로 홍조의 한숨 소리가 작게 들린 것도 같았다.

생각해 보니 오늘 하루 종일 엄마 붙잡고 다니는 아이라도 된 것처럼 그녀의 손을 꼭 잡은 채로 걸었다. 매장에 들어가도, 밖에 있어도, 웬만해서는 잡은 손을 놓지 않았다.

고기를 먹고 술잔을 기울이는 것까지 그 상태로 할 수는 없어서 마지못해 놓기는 했지만, 오늘 하루 중 대부분의 시간을 그녀의 온기와 함께했다고 생각하니 이상하게 가슴이 벅차올랐다.

찬형이 남자 화장실로 향하며 나사 하나 빠진 사람처럼 실실 웃었다.

그러나 웃음도 잠시였다. 화장실 안으로 걸음을 들여놓는 순간, 그는 심장이 떨어질 듯 기겁하며 놀랐다.

"죄, 죄송합니다!"

다급하게 사과를 하면서 화장실 밖으로 빠져나왔다. 하마터면 여자 화장실로 들어가 사달을 낼 뻔했다. 아찔한 순간이었다고 생각하면서 고개를 들어 입구를 확인했다.

"어?"

아주 정확하게 '남자 화장실'이라고 쓰여 있다.

찬형이 잠시 눈을 깜빡이며 다시금 입구 쪽을 흘끔 보았다. 그리고 다시 팻말을 확인했다. 두 번을 봐도 세 번을 봐도 남자 화장실이 확실했다.

팻말을 잘못 본 게 아니라면 안에 있는 사람을 잘못 본 건가? 그가 의아해하며 다시 안으로 걸음을 옮겼다.

하지만 잘못 본 건 없었다. 남자 화장실 안에는 분명 여자가 있었다. 그것도 세면대를 손으로 붙들고 바닥에 주저앉은 상태로 말이다. 금방이라도 풀썩 쓰러질 것 같았다.

'이를 어쩐담……'

찬형은 난처한 기색을 감추지 못한 채 입구 쪽에서 서성였다. 용변을 보는 것도, 그렇다고 여자 화장실로 가는 것도 불가능한 상황이었다. 게다가 어딘지 모르게 불편해 보이는 눈앞의 여자를 무시하고 등을 돌리자니 마음이 영 내키지 않았다.

결국 직원에게 도움을 요청하는 편이 좋겠다고 결론을 내리며 그곳에서 빠져나가려던 때였다.

"저 좀…… 도와주세요……"

여자의 가느다란 목소리가 찬형을 붙들었다.

"저…… 말입니까?"

조심스레 대답하자 여자가 천천히 고개를 들어 올렸다. 입술이 파랗게 질려 어딘지 모르게 아파 보였다. 도무지 그냥 지나칠 수 없을 만한 모습이었다.

"괜찮습니까? 어디가 아픈 거예요?"

아직도 손에는 홍조의 온기가 남아 있는 기분이었다. 그래서 분명 괜찮을 것이라 생각했다.

"왜 안 오지……?"

노릇하게 구워졌던 고기는 그릇으로 옮겨 놓자 꽤 빠르게 식어 가기 시작했다. 홍조가 고기에는 손도 대지 않은 채 손가락으로 테이블을 탁, 탁, 연주하듯 두드렸다. 금방 다녀올 줄 알았는데 10분 이상 흘렀다.

오래 걸리는 볼일인가? 그냥 먼저 먹고 있을까? 그런 생각을 하며 잔을 들 때였다. 불현듯 어떤 예감이 스쳤다.

"……에이, 설마. 아니겠지."

말은 그렇게 했지만 일단 불을 지핀 불안감은 쉽게 사그라지려 고 하지 않았다.

자리에서 벌떡 일어선 홍조가 화장실로 갈까 하다가 다시 자리 에 앉았다. 그러다가 다시 벌떡 일어섰고, 또다시 앉기를 반복했 다.

초조했다. 요즘 부쩍 쉽게 변하던 그를 떠올렸고, 종일 자신의 손 하나로 안도했던 그의 미소를 되새겼다.

"어……?"

더 기다려 보는 게 좋을까 고민하는 홍조의 옆으로 창백한 안 색의 여자가 스쳤다. 그녀는 일행으로 보이는 다른 여자의 부축을 받으며 가게 밖으로 지나쳐 갔다.

화장실 쪽에서 나오는 두 명의 여자.

다른 모든 것을 떠나 그저 '여자'라는 사실 하나가 홍조를 볼 안으로 몰아넣었다. 남자 화장실과 여자 화장실의 구분이 명확할 텐데도 이런 불안감이 엄습하는 이유가 대체 뭘까.

그 순간, 홍조의 휴대 전화가 울렸다. 확인하니 찬형의 이름이 뜬다. 불안감이 급격하게 몸집을 불리기 시작했다.

"여보세……."

— 홍조 씨.

"지금 어디예요? 화장실 간다던 사람이 왜 전화를……."

— ……여자 화장실입니다.

불안은 꾸역꾸역 누군가의 기대에 부응한다.

"기다려요."

급하게 전화를 끊은 홍조가 자리에서 일어났다. 무작정 화장실로 가려다가 걸음을 멈추었다. 차분하자, 차분하자. 스스로를 다스리고 나서 지갑과 함께 그가 두고 간 겉옷을 챙겨 들었다.

일단 카운터로 가 계산부터 했다. 최대한 태연하게 지갑을 열었고, 영수증을 챙겨 가방에 넣으면서 화장실로 걸었다.

방금 전까지 앉아 있던 테이블을 지나치면서 찬형이 구워 담아 주었던, 어느덧 식어 버린 고기들을 힐끔 보았다. 입에 대 보지 못한 두 번째 소주도 시선을 잡았다.

평소라면 뚜껑만 따고 마시지도 못한 소주가 아까웠을지 모른다. 지혜와 있을 때는 남은 한 방울조차 털어 넣던 홍조였으니 아마 그랬을 것이다.

그러나 이 순간 홍조에게 가장 아까운 것은 흘러가는 시간이었다. 더도 말고 덜도 말고 딱 1분만 붙들어 둘 수 있으면 좋을 텐데.

시간은 무정하게도 흘렀다. 그에게 괴로운 60초만을 선사한 채로 말이다.

또다시 좌절할 그를 떠올릴수록 홍조는 자신이 최대한 태연해야 함을 상기했다. 그의 앞에서 함께 무너져 내린다면 그는 또다시 자신을 밀어낼 것이고, 숨으려 들 게 분명했다. 진심은 절대 그렇지 않으면서 말이다.

그렇게 두고 싶지 않았다. 다시는 그가 외로운 시간을 견디게 만들고 싶지 않은 홍조였다.

여자 화장실에는 사람이 하나도 없었다. 혹시라도 뒤를 따라 들어오는 누군가가 있는지 살핀 홍조가 천천히 안쪽으로 들어섰다.

네 칸의 화장실 중에서 단 한 곳만이 굳게 닫혀 있었다. 조심스럽게 걸음을 내디딘 홍조가 똑똑, 노크를 건넸다.

"찬형 씨."

"……홍조 씨입니까?"

"저예요. 나올 수 있겠어요?"

"나갈 수는 있습니다. 그런데…… 홍조 씨의 얼굴을 마주 볼 자신이 있는지는 잘 모르겠습니다."

가느다란 목소리가 망설이면서 한 마디씩 뱉는다. 홍조가 그 대답을 들으며 그의 겉옷을 꽉 쥐었다.

"겉옷 챙겨 왔어요. 일단 나와 봐요. 코트 걸치면 몸이 가려지니 이상하게 보이지 않을 거예요. 니트에 운동화 차림으로 나온

게 아무래도 신의 한 수였던 것 같죠? 슈트가 아니라 천만다행이
에요. 집으로 가요, 우리."

아무런 걱정 없이 그녀와 보낼 수 있는 천국과도 같은 시간이
었다. 그런 그에게 있어 집으로 돌아가자는 말은 예상보다 더욱
커다란 좌절로 다가왔다.

타의에 의해서 어쩔 수 없이 지금의 이 시간을 끝내야 한다는
것이 찬형에게 있어 얼마나 슬픈 일인지 홍조가 알까. 그는 그 순
간 그런 것이 궁금했다.

천천히 화장실의 문이 열리면서 숨어 있던 그가 모습을 드러냈
다. 그 짧았던 시간이 얼마나 괴로웠는지 이마에는 식은땀이 맺혀
있었다. 홍조가 손을 위로 올려 길게 늘어진 그의 머리카락을 쓸
어 넘기고는 이마에 맺힌 땀방울을 닦았다.

찬형은 긴 속눈썹을 깜빡이며 홍조를 가만히 내려다보았다. 그
의 시선을 느꼈는지 홍조가 어설프게 웃었다.

"미안해요, 이번에도 늦어서."

사과하는 홍조의 말을 듣고 싶지 않았다. 그녀는 계속해서 자
신의 곁에 있었다. 잠시도 눈을 떼지 않았고, 손끝으로 끊임없이
따스한 온기를 전해 주며 진심을 표현해 주었다.

모든 것이 고마웠던 그녀에게 고작해야 미안하다는 말밖에는
이끌어 낼 수 없는 스스로가 원망스러웠다.

찬형이 주먹을 꽉 쥐었다. 겨우 마주쳤던 시선이 기어코 바닥
으로 떨어졌다.

"……여자라기보다는 환자였습니다. 얼굴이 창백해서 도움을

요청하는데 도무지 외면할 수가 없었습니다. 부축을 해서 일으킬 때까지만 해도 괜찮았는데, 뒤따라 들어온 일행까지 여자일 줄은 미처 생각도 못 해서. 그러니까, 그냥 그 환자를 부축해서 넘겨 줬을 뿐인데, 그랬던 게……."

아까 자신의 옆을 스쳐 지나가던 두 명의 여자가 떠올랐다. 찬형의 말이 앞뒤 구분할 수 없이 뒤죽박죽이었음에도 전부 이해할 수 있었던 건 그 때문이었다.

횡설수설하는 그의 모습이 더 창백해 보여 홍조가 눈동자 가득 안쓰러움을 담았다. 아무래도 좋다. 모든 것은 그의 뜻과는 상관 없이 벌어지는 일이니까.

"잘했어요."

홍조의 말에 찬형이 멈칫하며 눈을 마주쳐 왔다.

"……?"

"착하다구요, 당신. 변하는 게 무서웠을 텐데도 곤경에 처한 사람을 외면하지 않았잖아요."

"……."

"생각해 보면 일본에서 우리 처음 만난 날도 그랬어요. 여자로 변한 상태라 여러모로 괴로웠을 텐데도 날 도왔잖아요. 오해이긴 했지만…… 어쨌든 죽으려던 사람을 구하려고 거침없이 다가올 줄 아는 사람이었어요, 당신은."

"……."

"당신처럼 마음이 따뜻한 사람은 본 적이 없……."

찬형이 천천히 손을 뻗자 홍조가 말을 멈추었다. 뭘 하려는 걸까 싶은 시선이 찬형을 마주했다.

그의 커다란 손이 그녀의 손을 마주 잡았다. 홍조가 망설임 없이 잡아 오던 그 손. 멈칫하는 것이 느껴졌지만 찬형은 잡은 손을 놓지 않았다.

"홍조 씨."

"네?"

"착해서가 아닙니다."

"……?"

"당신이었기 때문이에요. 착해서 당신을 도운 게 아니라 계속 당신이 내 시선을 끌었기 때문에, 자꾸만 당신에게 끌렸기 때문입니다. 내 마음을 따뜻하게 녹인 건 바로 당신이에요. 난 처음부터 따뜻했던 적이 없었습니다."

"……."

"그러니 이젠 날 위로하려고 애쓰지 않아도 됩니다. 결국 난 평생 이렇게 살게 될 거예요. 지금은 하루나 이틀에 한 번 꼴이지만 이러다가 몇 시간에 한 번이 되거나 영영 돌아오지 않을지도 모르는 일입니다."

찬형은 밤바다 앞에 가만히 서 있던 그때의 그녀를 기억했다. 다가가면 다가갈수록 뒤로 물러서던 여자. 그러나 손을 뻗자마자 곧바로 잡혀 오던 아주 예쁜 손목을 지닌 여자.

그녀는 그때도 지금처럼 자신의 몸 위에 겉옷을 걸쳐 주었었다. 그녀의 옷에서 느껴지던 향기를, 손끝에서부터 은은하게 번지는 봄의 기운을 지금까지도 잊을 수 없다. 그리고 아마 앞으로도 그럴 것이다.

어떻게든 위로하려는 그녀에게 자신이 선물해 줄 것은 그녀를 자유롭게 하는 것 단 하나뿐이라고 찬형은 생각했다.

운명이라는 것은 한 사람이 애쓴다고 되는 일이 아님을 이제는 알 것도 같다. 마음 가는 사람을 괴롭게 하는 것이 운명이라면 차라리 운명이 아니라 생각하는 게 훨씬 좋을 것이다.

언젠간 괜찮아지겠지, 그녀만 있으면 괜찮아지겠지, 그러면서 그녀를 옥죄었다. 괜찮아질지 아닐지도 모르는 일로 도박을 할 수는 없었다.

"고맙습니다, 홍조 씨."

"뭐가요?"

"잊지 못할 하루를 선물해 줬어요. 태어나서 가장 행복했던 두 번의 경험이 모두 당신으로 인한 것이었어요. 일본에서의 하루, 그리고 오늘."

고맙다는 말이 듣기 싫은 건 처음이다. 홍조의 눈이 불안으로 일렁였다.

"……찬형 씨?"

"그리고 미안합니다."

"……?"

"더는 홍조 씨를 곤란하게 만들고 싶지 않습니다. 변해 버린 건 내 몸의 빌어먹을 저주 때문인데 왜 홍조 씨가 내게 미안해하는지 모르겠습니다. 그런 표정을 짓게 하고 싶지도 않고, 그런 표정을 마주하고 싶지도 않습니다. 더는 볼 자신이 없어요. 난 당신을 기쁘게 하는 남자이고 싶었지, 언제나 불안하고 걱정되고 미안하게만 만드는 그런 남자로 남고 싶지는 않아요."

"……."

"미안합니다. 더는 날 돕지 않아도 됩니다. 우리 관계는 여기에서 끝내겠습니다."

"……."

"먼저 가 보겠습니다."

찬형이 홍조를 지나쳐 화장실을 빠져나갔다.

"잠깐……!"

뒤늦게 그의 뒤를 따라가 보았지만 그는 이미 여러 테이블을 지나쳐 가게를 나서는 중이었다.

홍조는 그 자리에 멍하니 선 채 찬형이 지나간 자리를 가만히 보고 있었다. 시작하지도 않았는데 이별 통보를 받아 버린 기분이 들었다.

엘리베이터 앞에 선 채로 문재에게 일방적인 엔딩을 선물받았던 그 당시의 기억이 떠올랐다.

그때의 그는 자신에게 조금의 미안한 기색도 없었다. 그토록 사랑했던 사이라 자부했는데도 이별에 대한 예의마저 존재하지 않았던 그 시간.

그런데 왜 시작한 적도 없는 그가 자신에게 이별의 예의를 갖춘단 말인가?

홍조가 그에게 바랐던 것은 사과가 아니었다. 그리고 자신이 그에게 주고 싶었던 것 역시 미안한 감정이 아니었다.

그 생각과 동시에 자신의 말이 그의 죄책감을 불러왔음을 깨달았다.

미안하단 말을 하려던 게 아니었다.

그보다 더 먼저 주고 싶은 마음이 있었다. 아주 깊은 곳에서부터 조금씩, 천천히, 단단하게 크기를 키워 오며 확신이란 단어로 한 걸음씩 내딛던 분명한 마음이.

멍하니 서 있던 다리가 움직이기 시작했다. 홍조의 모든 신경이 발끝에 몰렸다. 걷는가 싶던 다리가 빠르게 속도를 내며 달렸다.

가게 밖으로 나와 주변을 두리번거렸다. 주말 저녁 명동의 인파가 홍조의 눈앞을 어지럽힌다.

하지만 그는 자신에게 특별한 사람이었다. 멀리 있어도 찾을 수 있었다. 다시는 단 1분의 시간도 홀로 두지 않겠다는 다짐이 홍조의 심장을 뜨겁게 물들였다.

달렸다. 멀찍이 보이는 익숙한 뒷모습을 향해 홍조는 계속해서 달렸다. 구두를 신은 발이 금방이라도 고꾸라질 듯 아파 왔지만 멈출 수 없었다.

인파를 비집고 달리자 부딪치는 사람들이 작게 짜증을 냈다. 하지만 사과할 여유가 없었다. 그가 잡힐 듯 잡히지 않을 듯 바로 앞에 등을 보인 채 걷고 있었다.

"찬형 씨!"

홍조의 목소리가 크게 울리자 찬형의 걸음이 멈추었다.

숨 가쁘게 쫓아온 홍조가 그의 뒤에서 무릎을 짚고 크게 호흡

했다. 추위에 코며 뺨이며 분홍색으로 물들었다. 천천히 고개를 돌린 찬형의 눈에 온몸으로 살아 숨 쉬는 듯한 홍조의 모든 움직임이 들어왔다.

"……."

늘씬한 키에 검고 긴 머리칼이 매력적인 어느 모델 같은 여자가 홍조를 응시한다.

하지만 홍조에게 그녀는 세상 어디에도 없을, 가장 다정하고, 가장 따스하고, 가장 바보 같은 남자일 뿐이었다.

홍조가 또각거리는 소리를 내며 찬형에게로 더 가까이 다가갔다. 찬형은 홍조가 코앞에 다가와 설 때까지도 움직일 수 없었다.

그녀가 부르는 자신의 이름은 마법이었다. 모든 걸 멈추고 그녀에게 집중할 수밖에 없도록 만드는 마법.

어떻게 저 여자를 두고 등을 돌릴 수 있을까. 어떻게 시작도 못한 이 관계를 끝낼 수 있을까.

"미안하다고 했죠?"

홍조가 물었다. 둘 사이로 입김이 번졌다.

"……?"

"미안하단 말 쏙 들어가게 해 줄게요. 지금부터 내가 더 미안한 짓을 할 거거든요."

"……!"

홍조의 팔이 가까이 다가온다는 것을 자각한 순간에는 이미 늦었다.

코트 속에 숨겨진 가느다란 두 팔이 찬형을 향해 뻗어지는가 싶더니 그의 목을 끌어안듯 밀착했다. 덕분에 고개가 숙여졌고 한 순간 혹 가까워지며 따뜻한 입술이 닿았다.

찬형이 눈을 동그랗게 떴다. 홍조는 아무래도 좋다는 양 그의 목에 팔을 두르고서 입을 맞췄다. 감은 눈꺼풀 위로 속눈썹이 예쁘게 호선을 그리며 내려앉았다.

아주 가까운 곳에 그녀가 보였고, 아주 가까운 품속에 그녀가 있었고, 가장 따뜻한 곳에서 가장 뜨거운 숨을 나누었다. 행복한 꿈에서 깰까 봐 그토록 애를 썼던 오늘 하루가 빠르게 스쳐 지나 갔다.

정말 깨져 버릴 수도 있던 달콤한 시간. 깨지지 말라며 그 하루를 끝까지 붙든 것은 다름 아닌 홍조였다.

찬형은 그녀가 온몸으로 자신을 끌어안으며 기대 오자 이 순간 더할 나위 없이 벅찬 감정을 느꼈다. 울컥 치미는 무언가를 더는 참을 수 없었다.

가느다란 그녀의 허리에 팔을 둘렀다. 그러고는 힘을 주어 더욱 가까이 끌어안았다. 찬형은 한 손으로 홍조의 뒷머리를 받치더니 더 깊게 당겨 입술을 탐했다.

주변으로 사람들이 모여들었다. 명동 한복판에서 두 여자가 나누는 키스에 모두 웅성거리기 시작했다. 어떤 이들은 환호성을 질렀고 어떤 이들은 기겁을 했다. 하지만 찬형과 홍조에게는 아무런 소리도 들리지 않았다.

특히나 홍조에게 있어 지금의 키스는 당신이 어떤 모습이든지 내게는 조금도 미안한 일이 아니라는 것을 보여 주기 위한 가장 극적인 행위였다.

마법이 시작되었다.

사랑이었다.

13
이대로 시간이 멈추길

함께였다. 두 사람은 택시 뒷좌석에 나란히 앉아 같은 곳으로 돌아가고 있었다. 택시 안에는 잔잔한 밤 시간대의 라디오가 흘러나오고 있었고 택시 기사도 별다른 말이 없었다.

찬형과 홍조는 각자 창밖의 밤거리를 바라보고 있었지만 꼭 잡은 손만큼은 놓지 않았다. 다른 곳을 보고 있어도 손끝으로 느껴지는 온기가 서로의 마음이라고 확신할 수 있을 것만 같은 기분이 들었다.

한없이 애달프고 뜨거웠던 키스가 끝나고 서로의 눈을 봤을 때, 눈빛을 통해 그 속에 숨어 있던 모든 마음을 읽었다.

찬형은 더 물러나지 않기로 한 듯 그녀를 꼭 끌어안았고, 홍조는 자신이 붙잡으면 고스란히 잡혀 주는, 아니, 오히려 한 걸음 더 성큼 다가와 주는 이 남자가 고마워 미소 지었다.

'같이…… 집에 갈까요?'

　홍조의 말 속에 들어 있던 '같이'라는 단어가 커다란 울림으로 다가왔다. 찬형이 그녀에게 홀린 듯 가만히 고개를 끄덕였다.

　웅성거리는 사람들 사이를 걸어가면서 손을 더욱 꽉 잡았다. 뒤에서 욕을 하는 사람들의 목소리가 들려왔지만 웃음을 거둬 낼 수는 없었다.

　곁에 있는 이 사람이 사실은 얼마나 멋지고 사랑스러운 남자인지 알 리 없는 그들의 시선까지 탓할 수는 없는 일이다. 그의 '진짜 모습'을 나만이 알고 있다는 쾌감 같기도 했다.

　마음을 보는 사이라는 것. 단 한 번도 느껴 본 적 없는 형태의 관계.

　"잔돈은 안 주셔도 돼요."

　거스름돈을 챙기려던 기사가 택시에서 내리는 두 사람의 모습을 응시했다. 그러면서 고개를 갸웃거렸다.

　"이상하네……. 탈 땐 분명히 여자 두 명이었던 것 같은데……."

　등 뒤로 출발하는 택시를 힐끔 보며 원래대로 돌아온 찬형과 그 옆의 홍조가 웃음을 터뜨렸다.

　기나긴 1시간이 흘렀다.

　"찬형 씨, 잠시만요. 스타킹이 아직 발목에……."

"아."

마음이 앞선 탓일까. 찬형이 홍조의 원피스 지퍼로 손을 뻗다가 멈칫했다. 스타킹이 아직 발목에 덜렁거리며 걸려 있는 상태였다.

홍조의 가느다란 다리를 쥐고 스타킹을 완전히 벗겼다. 발목을 붙들자 다리가 살짝 들려 치마가 밀려 올라갔다. 전부 다 벗은 몸을 보이기도 했었는데, 게다가 곧 그렇게 될 텐데, 그럼에도 불구하고 엄청난 부끄러움이 몰려왔다.

일본에서처럼 반복되진 않을까 하며 두 사람 모두 현재의 시간을 의심해 보기도 했다. 하지만 아닐 거라 믿을 수 있었다. 서로가 내뱉는 상기된 숨소리며 피부 위로 올라오는 뜨거운 체온 같은 것들은 모조리 사실이고 현재였다.

홍조가 누운 채로 천장을 응시했다. 천천히 시선을 내리자 집 안 곳곳에 찬형의 흔적이 보였다. 온통 찬형의 냄새로 가득했다.

그와 함께 이곳에서 보냈던 사소하고도 작은 일들이 떠올랐다. 대체 언제 이만큼 가까워진 걸까. 이 남자는 어느새 날 이토록 길들여 버린 걸까. 그런 생각을 하며 다시 시선을 옮기자 홍조의 위에서 두 팔로 몸을 지탱한 채 내려다보는 찬형이 보였다.

"찬형 씨."

"듣고 있습니다. 말해요."

"나 좋아해요?"

긴 머리를 흩트려 놓은 채 누운 그녀가 왜인지 모르게 꽤 색정적으로 보인다.

찬형은 말없이 홍조를 바라보았다. 언제나 따뜻하고 다정하기만 하던 그의 눈빛이 평소와는 다르게 일렁였다.

가장 바라던 문 앞에 바짝 다가선 기분이었다. 그 문을 열기까지 누군가의 도움이 필요했는데 그 도움이 아마 그녀의 것이었나 보다.

"아니요."

찬형의 대답에 홍조가 멈칫하며 당황하는 사이, 그가 가늘게 맥박이 뛰는 그녀의 가느다란 손목을 잡아 그 위에 입을 맞추었다.

"사랑합니다."

그의 고백이 자신의 손목 부근에서 쿵쾅거리며 울렸다. 심장이 손목에 달려 있는 듯한 기분에 홍조는 손가락까지 저릿해지는 감각을 느꼈다. 움찔하며 손을 움츠리자 이번에는 찬형이 그녀의 손가락 끝에 입을 맞춰 온다.

손가락 하나, 그 끝에 달린 동그란 손톱 하나마저 사랑스럽다는 듯 입술을 비비는 행동에 홍조가 손을 펴 그의 뺨을 만졌다. 찬형의 시선이 홍조에게 닿았다. 눈을 마주치며 홍조가 천천히 입을 열었다.

"……저도요."

조금 더 자세하게요. 조금 더 깊게요. 그 감정을 노골적으로 요구하지 않아도 홍조는 찬형의 뜻을 다 읽을 수 있다는 듯이 웃었다.

"사랑해요."

그 고백은 마치 마법의 주문 같았다. 찬형은 그녀의 한마디에 온몸을 가눌 수 없을 정도로 강하게 휩싸는 열기를 느꼈다.

하지만 변하기 위한 열기가 아님을 누구보다 잘 알 수 있었다. 머리가 어지러울 정도로 강하게 스스로를 몰아붙이는 이 열기는, 이 감정은, 태어나 처음으로 사랑하게 된 여자를 향한 욕망이고 진심이었다.

찬형이 그녀의 등 뒤로 손을 뻗어 지퍼를 내렸다. 방금 전까지 마음만 앞서 스타킹 하나 제대로 벗기지 못하던 사람이 맞을까 싶을 정도로 부드럽고 능숙했다.

벗겨 낸 원피스를 침대 밑으로 떨어뜨린 그는 그녀의 예쁜 가슴을 감추고 있던 브래지어마저 저 멀리 치워 버리고 나서야 만족스러운 듯이 웃었다. 홍조가 부끄러움을 말로 다 할 수 없어 입을 꾸욱 다물었다.

봉긋하게 자리 잡고 있는 가슴이 그의 한 손에 쥐어졌다. 그리고 그는 언제부터 일어서 있었는지 모를 그녀의 유두에 혀끝을 세우더니 이내 한입에 삼켜 버릴 듯 머금었다.

말캉하고 볼록한 감각이 혀에 닿을 때마다 아이처럼 그것을 빨자 홍조가 눈을 가늘게 뜨며 바르르 떨었다. 간지럽고도 참을 수 없는 감각이 목 부근을 뜨겁게 만들었다.

반대편 가슴을 손에 쥐어 주물렀다. 말랑거리는 촉감이 한없이 귀엽고 사랑스럽게 느껴졌다. 그래서였을까. 저도 모르게 손에 힘이 들어간 모양이다. 홍조가 얼굴을 살짝 찡그리며 앓는 소리를 냈다.

"아…… 찬형 씨, 아파요……."

"아, 미안해요."

이 와중에 사과라니. 귀여워서 자신도 모르게 웃자 찬형이 머쓱하게 그녀를 내려다보았다. 미안하다고 하면서도 전혀 미안하지 않은 표정이었다. 어느덧 온전한 남자의 얼굴을 한 그에게서는 조금 상기된 목소리가 나왔다.

"혹시 모르니 지금부터 미리 미안하다고 해 두겠습니다. 힘 조절이 안 될 것 같아서요."

미리 사과하는 사람은 처음 본다. 홍조가 바람 빠지는 소릴 내며 웃었다.

"바보."

"……."

"마음 놓고 해요. 이번에는 정말 내가 찬형 씨 책임질게요."

"……고맙습니다. 기다렸던 대답입니다."

허락이 떨어지기 무섭게 그는 드로즈 한 장만을 남기고 자신의 옷을 전부 벗었다. 그러고는 조금 더 빠르게 입을 움직였다. 내내 그녀의 가슴 위에 머물던 입술이 살결을 타고 밑으로 내려오는가 싶더니 볼록하게 올라온 아랫배에 입을 맞췄다.

"간지러워요."

"홍조 씨는 배도 귀엽습니다."

귀여운 칭찬으로 홍조의 신경을 돌린 찬형이 그녀의 허벅지를 잡았다. 상체를 더욱 숙여 허벅지 안쪽의 여린 살을 입으로 물자 홍조의 얼굴이 찡그려진다. 하지만 그는 멈출 생각이 없었다.

매끄러운 살결을 따라 천천히 입술을 움직이던 그가 그녀의 속옷 위로 입을 맞췄다. 홍조가 이불을 꼭 쥐었다.

"으……."

보드라운 속옷이 살짝 젖기 시작했다. 그가 아랑곳하지 않고 입을 맞추자 홍조는 말도 못 할 부끄러움에 온몸이 하얗게 타 없어져 버릴 것만 같았다.

홍조가 앓는 소리를 내자 찬형이 잠시 고개를 들어 그녀를 올려다보았다. 하지만 멈추기 위함은 아니었다.

그는 홍조의 속옷을 조심스레 벗겨 내리더니 그녀의 내부를 탐하기 시작했다. 꽁꽁 숨겨져 있던 은밀한 장소를 조금 더 탐험하기 위해 그가 더욱 안쪽으로 혀를 내밀었다.

흥분을 참지 못하고 점점 젖어 가는 동그란 스팟에 혀끝을 세우자 홍조가 저도 모르게 허리를 들썩였다. 찬형이 손을 뻗어 들썩이지 못하도록 그녀를 꽉 잡았다. 그 순간 홍조가 얼마나 원망했는지 그는 아마 알지 못할 것이다.

그와의 처음이 어땠더라. 그는 처음에도 이렇게 능숙했었나. 홍조가 아득하게 멀어지는 그때의 기억을 떠올리려 애썼다.

정신없던 밤이었다. 춥고도 뜨거웠던 시간이었고, 그가 누구인지 제대로 알지도 못하면서 그저 한없이 사랑스럽게 안고 입 맞춰 주는 모든 행위에 취했던 날이기도 했다.

그때도 이렇게 그의 입맞춤 하나, 그의 손길 하나에 온몸의 세포가 깨어나는 기분이었나?

바르르 떨면서도 계속해서 이성을 잃지 않으려 노력하는 홍조를 무력하게 만들고 싶었나 보다. 찬형이 그녀의 다리 사이에서 고개를 들더니 조금 더 위로 올라왔다. 그는 드로즈를 벗고 홍조의 가느다란 다리를 제 허리에 감으며 자리를 잡았다.

그의 단단한 몸이, 그리고 그보다 더 단단한 흥분이 온전하게 홍조에게 와 닿았다. 지난 기억의 끝을 붙잡으려 애쓰던 이성이 빠르게 녹아내려 사라진다.

"홍조 씨."

"하아……. 네……?"

"약속 지키셔야 합니다. 저 책임지세요."

그렇게 말하며 찬형이 허리에 힘을 주었다. 더는 막을 수 없을 정도로 강하게 흥분한 그가 홍조에게로 파고들었다.

긴장한 홍조가 그의 어깨를 꽉 쥐었다. 허리에 감고 있던 다리에도 힘이 들어갔다. 다리에 힘을 줄수록 그의 몸이 더욱 가깝게 홍조와 밀착되었다.

"아!"

"윽……."

"찬형 씨, 아, 잠깐, 천천히……."

"이젠 못 멈춥니다."

잔뜩 일그러진 홍조의 입가에 입을 맞추며 그가 냉정하게 말했다. 그리고 더욱 강하게 그녀의 끝을 향해 돌진했다.

새된 신음과 여운처럼 남는 사랑한다는 한마디에 정신이 혼미했다. 자신을 더욱 갈구하며 더 뜨거운 곳으로, 더 깊은 곳으로 받아들이려 하는 그녀의 모든 움직임이, 그 마음이, 찬형을 자꾸만 갈증 나게 만들었다.

"아……!"

탄성과 함께 고개를 젖힌 홍조의 목덜미에 찬형이 입술을 묻었다.

그녀를 한입에 삼켜 버리고 싶었다.

♤♧

그대로 까무룩 잠이 들어도 이상하지 않을 만큼 노곤했다. 종일 행복하고 즐거웠지만 하마터면 서로를 놓칠 뻔했던 탓인지 정신이 급격하게 지친 것도 같았다.

그럼에도 홍조가 쉽게 눈을 감을 수 없었던 것은 바로 옆에서 자신을 꼭 안고 있는 한 남자 때문이었다.

찬형은 처음부터 자신을 향해 직진을 해 왔다. 모르는 척 고개를 돌려도 계속 같은 자리에 서 있었고, 그러다가 힐끔 쳐다보기라도 하면 그렇게 봐 주길 내내 기다렸다는 듯 다정하게 웃었다.

언제나 같은 시선으로, 같은 표정으로, 그렇게 올곧게 바라봐 주는 사람이 있다는 게 어떤 기분이었는지 처음 깨달았다.

분명 예전에 만났던 사람들도 홍조를 그렇게 봐 주었던 적이 있었을 것이다. 그럼에도 무엇 하나 기억나는 것이 없었다. 원래 모든 사랑은 과거에 어땠는지를 잠시 묻어 둔 채 다시 모든 것이 처음이라는 듯 성큼 다가와 있는 게 아닌가.

찬형이 그랬다. 홍조가 경험했던 모든 것들도 처음인 것처럼 느끼게 했다. 모르는 사이, 사랑이 되어 있었던 것이다.

먼저 다가와 주고, 먼저 웃어 주고, 먼저 마음을 표현해 준 사람이었기에 더는 물러설 필요를 느끼지 못했다. 갑자기 거리를 두던 것조차 자신을 위한 것이었음을 알게 되었으니 이제 와 그 마음을 모르는 척하는 게 가능할 리 없다.

그가 두 걸음 왔다가 한 걸음 물러서면 자신은 딱 한 걸음만큼만 다시 다가가도 되는 일이다. 찬형은 모든 것을 그렇게 준비해 놓은 듯했다. 많이 힘들지 않게, 버겁지 않게, 고개만 돌려도, 한 걸음만 내디뎌도, 그렇게 그와 마주할 수 있도록 말이다.

"홍조 씨."

"네?"

홍조를 가만히 품에 안고 있던 찬형이 나직하게 말을 꺼냈다. 홍조가 그의 가슴에 뺨을 기대고 있다가 천천히 고개를 들었다. 찬형의 깊은 눈에 자신이 비친다.

"갑자기 생각난 건데 말입니다."

"……?"

"아까는 정신이 없어서 신경을 못 썼습니다만 혹시 사진이라도 찍혔으면 어떡합니까? 저야 여성의 모습이었으니 알아볼 사람이 없다지만 홍조 씨는……."

그러고 보니 서로밖에 보이지 않아 주변을 조금도 생각하지 못했다. 명동이었고, 주말이었고, 특히나 사람이 많은 저녁이었다. 누군가 휴대 전화로 촬영을 하지 않았을 거라는 보장이 없다. 그저 두 여자가 공개적으로 키스를 나누는 장면으로만 보였을 것이다. 충분히 흥미를 유발할 수 있는 상황이다.

그럼에도 홍조는 그리 걱정하지 않는다는 표정이었다. 가만히 눈을 깜빡거리기만 하던 그녀가 찬형을 보았다.

"찬형 씨, 사업하면서 쌓은 인맥 중에 변호사들도 많죠?"

"예?"

"혹시라도 사진이나 영상이 올라오면 바로 법적 조치를 취할 예정이니까 유능한 변호사로 연결만 잘해 주세요."

그 말이 워낙에 당당하고 걱정 없어 보여서 찬형은 자신이 가지고 있던 마음의 짐까지 내려놓을 수밖에 없었다.

정말이지, 대단한 여자가 아닐 수 없다. 홍조는 옆에 있는 찬형에게까지 모든 것이 괜찮아질 거라는 묘한 확신을 주었다. 세상에 무서울 것이 하나도 없는 사람처럼.

"홍조 씨는 정말 대단해요."

"대단하긴요. 원래 잃을 게 없으면 무서운 것도 없어지는 거예요."

"그래서 제가 지금 이렇게 겁쟁이가 된 건가요?"

"뭘 잃는 게 가장 두려운데요? 회사? 돈?"

"당신이요."

깜빡깜빡. 홍조가 눈을 깜빡이며 찬형을 보았다. 그는 농담이 아니라 진심이었다. 그의 눈이 굉장히 깊게 빛을 내며 홍조를 보고 있었다. 그러니 이 사람에게는 무엇도 닭살이라고 핀잔할 수 없는 것이다. 모든 게 너무도 진심이라서.

"아까는 홍조 씨를 잃을 각오였기 때문에 무서울 게 없었던 것도 같습니다."

"앞으로도 쭉 겁쟁이겠네요."

"그럴 겁니다. 다른 건 몰라도 당신 앞에서는요."

"……못살아."

"그러니 앞으로도 책임져 주세요."

그렇게 말하면서 찬형이 팔을 뻗어 홍조를 더 끌어안았다. 이렇게 마음껏 안을 수 있다는 게 믿기지 않는다는 듯 그는 팔에 힘을 풀었다가도 다시금 힘을 주어 그녀를 끌어안았고, 이따금씩 그녀의 목덜미에 얼굴을 묻어 향긋한 냄새를 맡았다.

내내 땀을 흘렸는데도 그녀에게서는 땀 냄새조차 나지 않았다. 이런 걸 살 내음이라고 하는 건가? 또다시 한입 베어 먹고 싶어질 정도로 아주 맛있게 느껴졌다.

"찬형 씨는 좀 독특해요. 그래서 더 귀엽구요."

"뭐가 말입니까?"

찬형이 홍조의 목덜미에 여전히 입술을 묻은 채 웅얼거리며 물었다.

"보통은 '오빠가 책임질게.' 그러잖아요. 그런데 반대로 책임져 달라는 말을 들으니까 책임감이 막중해지는 거 있죠."

"……."

그가 파묻고 있던 고개를 들어 홍조와 눈을 마주쳤다.

"'보통'은 그런단 말이죠?"

홍조가 눈을 깜빡였다. 그렇게 안 보이는데 정말 파악하기 쉬운 사람이다. 미간에 잡힌 주름이 그의 기분을 알 수 있게 했다.

질투였다.

'이런 것도 귀여워 보이다니……'

홍조가 웃음을 꾹 참았다. 여태껏 연애를 하면서 한 번도 발견하지 못했던 팔불출의 면모가 자신의 안에 꽁꽁 숨어 있었나 보다.

"뭐……. 드라마를 봐도 그렇잖아요. '보통'은 그렇던데."

"드라마 얘깁니까, 경험입니까?"

"네?"

찬형의 눈이 이글거리며 불타는 듯 보였다. 이 순간 그는 굉장히 진지했다. 그래서 홍조는 끝까지 웃지 않으려고 애썼다.

"다르게 질문하겠습니다. 그전에 만나던 사람들을 뭐라고 불렀습니까?"

"이름으로 불렀죠. 찬형 씨를 부르는 것처럼 누구누구 씨, 아니면 누구야. 이렇게요."

"……정말입니까? 다른 호칭은 또 없었습니까?"

찬형은 스스로가 집요하다고 생각하면서도 질문을 멈출 수 없었다. 이 순간, 유독 특정 단어에 반응하는 자신을 느낀다.

"무슨 호칭을 말하는 건데요? 설마, 오빠?"

찬형이 멈칫했다.

"……다시 말해 보세요."

"뭘요? 오빠요?"

"'요'는 빼고."

"오빠."

"……."

가만히 홍조의 눈을 응시하며 대답을 요구하던 그가 갑작스럽게 자세를 바꾸고 그녀의 위로 올라탔다. 두 개의 시선이 짧게 마주쳤다.

아, 또다. 아까 보았던 그 눈이다. 참을 수 없을 만큼 깊게 일렁이는 눈.

"홍조 씨."

"네?"

"……한 번 더 해도 됩니까?"

그의 말과 함께 홍조의 허벅지에 뜨거운 무언가가 닿았다. 굳이 자세하게 설명하지 않아도 모든 게 느껴질 정도라 홍조는 할 말을 잃었다.

어느덧 단단하게 일어선 그의 것이 열기를 잔뜩 품은 채 자꾸만 홍조의 살갗에 성을 냈다. 찬형이 입술 사이로 낮고도 뜨거운 숨을 뱉었다. 표정이 좀 전과는 달라졌다.

마주하면 마주할수록 대답을 재촉하는 것만 같아 홍조의 얼굴도 그를 따라 붉어졌다. 자꾸만 온몸의 구석구석이 간지럽게 찌르르 울리는 기분이 든다. 그의 열기가 그렇게 만들고 있었다.

"……그런 걸 누가 물어보고 해요."

홍조가 부끄러움을 이기지 못하고 나직한 목소리로 말하자 찬형이 웃었다.

"그럼 세 번째부터는 묻지 않고 하겠습니다."

"……!"

홍조의 눈동자가 흔들렸다. 별거 아닌 말이 그녀에게 이후에 대한 두려움을 선사했다. 대체 몇 번이나 할 작정이길래 '세 번째'가, 심지어 그냥 세 번째인 것도 아니고 세 번째 '부터'라는 말이 나온단 말인가.

그녀의 눈빛까지는 읽어 내지 못한 걸까. 찬형은 특유의 정중한 말투로 홍조에게 대답한 뒤 더는 아무 말도 하지 않았다. 아니, 할 수 없었다. 여유를 부릴 틈이 없었다.

그가 홍조의 입술로 찾아들어 다시금 혀를 밀어 넣었다. 자신만큼이나 뜨거운 숨을 잔뜩 품고 있던 입 안을 헤집기 시작한다. 말캉하고 뜨거운 혀가 누구의 것인지도 혼미할 정도로 질척이며 맞물렸다.

"으응……."

홍조가 목울대를 울렁이며 마치 고양이처럼 낮은 신음을 흘렸다. 찬형은 키스를 하면서 그녀의 머리칼을 쓸어 넘겨 주었다.

입을 맞추는 도중 가늘게 뜬 시선에는 갈증이 가득했다. 그는 그녀를 맛보고 느끼면서도 끝까지 눈에 담았다. 한 순간도 놓칠 수 없었다. 모든 것이 소중했고 아쉬웠다.

여전히 축축하게 젖어 있는 홍조의 은밀한 입구로 찬형이 제 것을 맞대었다. 농밀하게 천천히 살을 비비면서 준비를 할수록 더욱 뜨겁게 달궈진 신음이 그의 목구멍으로 넘어갔다.

모든 것이 뜨거워 그대로 녹아 없어질 것만 같았다. 머리까지 어지러운 느낌이었다. 이대로 다시 변해 버리는 게 아닐까 싶을 정도로 아주 아찔하고도 아득해지는 열기.

그는 모든 이성을 놓기로 했다.

"……사랑합니다."

"아……!"

눈을 질끈 감는 순간, 그가 깊숙하게 침범하며 홍조를 점령했다. 홍조는 손가락으로 그의 단단한 등을 긁으면서 울음을 터뜨릴 듯 애타는 소리를 냈다. 그럴수록 찬형은 그녀를 더 강하게 끌어안으며 더욱 깊게, 더욱 가깝게 모든 것을 갈구했다.

욕심을 내기로 했다. 앞으로도 계속해서. 끊임없이.

14

꽃잎이 하나둘

왜 모든 일은 전부 끝났다고 생각할 때쯤이면 다시 시작되는 걸까. 왜 잠시 쉬어 가도 좋겠다고 생각할 때쯤이면 바로 뒤까지 쫓아와 다시 뛰게 만드는 걸까.

대체 왜 모든 것들은 단 한 번도 나라는 사람의 뜻대로 순순히 흘러가 주는 법이 없는 걸까.

평소보다 조금 더 날카로운 노크 소리와 함께 다급히 안으로 들어온 영훈의 얼굴을 보며 찬형은 문득 그런 생각을 했다.

최근 들어 너무 많은 것을 욕심내기는 했었다.

"대표님."

"……."

자신의 사랑에 취하는 순간 왜 누구도 떠올릴 수 없게 되는 걸까. 모든 것은 보이는 것보다 더욱 가까이에 있는 법이거늘. 운전

대만 잡아도 흔히 접하는 그 문구가 일상에조차 적용될 수 있다는 것을 새삼 깨닫고 만다.

"회장님께서 지금 당장 본가로 오시랍니다."

"……."

내가 모르는 사이 얼마나 많은 감정들이 가까이에 도달해 있던 걸까.

눈 깜빡할 사이 등 뒤로 서늘한 감각이 와 닿았다.

♤우

차 안에는 침묵이 가득했다. 누구도 쉽게 말을 꺼내지 않았다. 간혹 영훈이 액셀러레이터를 밟을 때면 느껴지는 묵직한 소리만이 그들의 귓가를 울렸을 뿐이다.

긴장에도 무게라는 것이 있다면 이 순간 그 긴장은 분명 공기보다 더 무거울 것이다.

찬형이 창밖으로 향해 있던 시선을 천천히 옮겨 옆을 보았다. 곁에 앉아 있는 홍조의 옆모습이 시야를 가득하게 채웠다.

언제 보아도, 보고 또 보아도, 한없이 아름답고 사랑스럽기만 한 여자. 태어나 처음으로 자신이 정말 남자였음을 깨닫게 하고, 누군가를 향해 이토록 진중한 감정을 가져 볼 수도 있게 만든 유일한 사람. 그 사람이 바로 옆에서 이 긴장을 함께해 준다는 것이 얼마나 고마운 일인지 그녀는 아마 모를 것이다.

그의 시선을 느꼈는지 홍조가 스쳐 지나가는 풍경으로부터 시선을 떼어 내 찬형이 있는 곳으로 고개를 돌렸다.

한번 마주친 시선은 쉽사리 서로에게서 떨어지지 못했다. 허공에서 한참이나 얽혀 있는가 싶더니 누가 먼저랄 것도 없이 미소를 지으며 서로에게 섞여 들어갔다.

그리고 그 시선 뒤로 영훈과 나누었던 대화들이 느릿하게 찬형의 머릿속을 스쳐 지났다.

'할아버지가 갑자기 왜……?'
'일단 홍조 씨와 함께 당장 오라고만 하셨습니다.'

영훈의 한마디에 찬형은 홍조와의 위태로움, 잠시의 위기를 이기고 다가온 한없이 달콤했던 시간들을 떠올렸다. 대수롭지 않게 생각했던 일들에 대한 노파심이 시기를 착각하고 뒤늦게야 찾아들었다.

예상할 수 있는 게 아무것도 없었다. 홍조에 대해 어떻게 알고 있는지, 홍조를 보면 뭐라고 할지, 홍조를 보고자 하는 이유가 무엇인지, 정말 아무것도 짐작할 수 없었다.

할아버지와 가깝지 않았던 탓이다. 유일한 가족이라고 말하면서 별다른 애틋함도, 유별난 애정도, 가족이라면 으레 가지고 있는 그런 감정이나 흔한 대화 같은 것도 존재하지 않는 사이였다. 그러니 갑작스레 홍조를 데리고 오라는 그 말이 쉽사리 이해될 리 없다.

사랑하는 손주 녀석의 여자 친구를 만나 보고 싶다는 그런 평범한 목적은 절대 아닐 거라고 확신할 수 있었다.

여러 생각들이 찬형의 머릿속을 어지럽혔다. 그러다가 최근 들어 변화가 자주 일어나면서 업무에 지장을 주었던 것이 떠올랐다.

역시 회사 일 때문일까. 대표 이사라는 직함을 달고서 일 하나 제대로 하지 못해 기어코 누를 끼쳤다고 생각하는 걸까. 이러려고 회사에서 물러난 게 아니라고, 이렇게 멋대로 행동하라고 회사를 물려준 게 아니라고, 그렇게 꾸중이라도 할 심산인 걸까.

어쩌면 그걸 빌미로 곁에 머무는 홍조마저 나무라며 상처 입히려 들지도 모른다.

할아버지의 무관심으로 인해 한없이 외롭고 또 외로웠던 어린 시절을 떠올리며 찬형은 홍조를 자신의 과거에 데려다 놓지 않기 위해 노력해야겠다고 마음먹었다. 그곳에서 그녀를 지킬 수 있는 건 자신이 유일할 테니까.

"……씨."

"……."

"찬형 씨?"

"아?"

"……괜찮아요?"

홍조의 걱정스러운 시선을 마주하고 나서야 찬형은 정신을 차릴 수 있었다.

고개를 들고 정면을 보았다. 3층짜리 저택이 마치 커다란 성처럼 보였다. 어릴 적부터 살아왔던 곳임에도 찬형은 괜스레 주눅이 들 것 같았다.

"괜찮습니다. 그럼 유 실장님은⋯⋯."

"전 차에서 기다리고 있겠습니다. 다녀오세요."

"그러죠. 홍조 씨, 들어갈까요?"

"네."

찬형이 천천히 걸어가 커다란 대문 앞에 섰다. 초인종을 누르고 손가락을 떼어 내기까지의 시간이 한없이 길게만 느껴졌다.

홍조는 그의 손을 잡아 주지 않았다. 등 뒤에서 그의 걸음을 가만히 지켜봐 주고 싶은 기분이었다.

— 누구세요?

"접니다."

— 어머, 도련님 오셨어요? 잠시만요!

모두에게 대표님이라 불리는 찬형이 어느 위치에 있든, 몇 살을 먹든, 이곳에서는 여전히 '도련님'이라는 게 못내 낯설기도 하고 어색하기도 한 홍조였다.

그녀의 주변에서는 누구도 집 안에 가정부를 두지 않았고, 누구도 도련님이라는 호칭으로 불리지 않았다. 찬형이 결코 평범하지 않다는 것은 아마 그의 특별한 비밀이 아니었다면 이런 배경에만 국한되었을지 모를 일이다.

묵직한 소리를 내며 대문이 열렸다.

"홍조 씨?"

"아, 네. 가요."

찬형이 커다란 대문을 안쪽으로 밀면서 홍조를 보았다. 차 옆에 서 있는 영훈의 모습을 가만히 바라보던 홍조는 천천히 찬형의 뒤를 따라 안으로 들어섰다.

드라마에서나 보던 정원이 그곳에 있었다. 한겨울이었지만 그곳만이 유일하게 봄인 것처럼 묘한 푸름이 곳곳에 숨어 있었다. 금방이라도 피어날 꽃봉오리가 보이지 않는 곳에 더 많이 모습을 감추고 있을 것만 같은 정원이었다.

봄이 되면, 그리고 여름이 되면 얼마나 아름다운 곳으로 변할까. 홍조가 자신의 상상력을 발휘했다. 상상 속의 정원은 한없이 아름다웠고, 그 정원의 가운데에는 홍조와 찬형이 함께였다.

그러던 그녀는 문득 어린 시절의 찬형을 떠올려 보았다. 그때의 어린아이도 혹시 이 정원에서 뛰어놀았을까. 작은 나무 뒤에, 풍성하게 모여 있는 꽃밭 사이에 몸을 숨겼을까.

하지만 잔뜩 긴장한 기색으로 성큼성큼 돌계단을 밟아 오르는 찬형을 보자 괜스레 마음이 시큰거렸다. 저 커다란 저택의 어느 구석지고 넓은 방에서, 어린 그는 내내 책을 파고 또 팠을 것이다. 보지 않아도 볼 수 있었다. 그의 과거를.

"도련님! 이게 얼마 만이에요!"

집 안으로 들어서자마자 현관 앞에 서 있던 도우미 아주머니가 부리나케 달려 나왔다. 찬형에게 얼굴을 바짝 들이대며 인사를 했지만 그는 놀란 기색도 없이 다정하게 웃었다.

홍조가 처음 찬형을 알게 되었을 때 수도 없이 봤던 바로 그 표정이었다. 그의 따스함을 발견할 수 있게 만들어 주었던 얼굴이기도 했다. 아직까지는 홍조가 알고 있는 그의 모습이다.

"그간 잘 계셨어요?"

"그럼요. 저야 항상 같죠. 도련님은 어쩐지 얼굴이 전보다 더 핼쑥해진 것 같……. 아, 여자 친구 데려오셨구나!"

그녀의 시선이 어깨 너머로 향하자 찬형의 뒤에 가만히 서 있던 홍조가 한 발 앞으로 나오며 고개를 꾸벅였다.

"안녕하세요."

"어서 오세요. 잘 오셨어요. 밖에 춥죠? 따뜻한 차라도 드릴……."

"왔냐?"

그때, 굵고 낮은 목소리가 짧은 순간 세 사람의 시선을 움직였다. 머리가 하얗게 샜지만 눈빛만큼은 엄중하게도 빛나는 노인이 모습을 드러냈다.

소개를 받지 않았어도 알 수 있었다. 찬형의 할아버지였다.

아주머니는 말씀 나누시라며 주방으로 걸음을 옮겼고, 그사이 찬형은 홍조를 자신의 뒤로 숨기듯이 둔 채 할아버지의 앞으로 성큼성큼 걸어갔다.

"할아버지. 그간 무고하셨습니까."

"그게 궁금했으면 내가 부르기 전에 진작 와 보지 그랬냐."

"죄송합니다."

말투는 한없이 정중했지만 딱딱했고, 예의를 갖추었지만 분명한 거리감이 함께 존재했다.

홍조는 잠깐이나마 느낄 수 있었다. 찬형이 자신의 할아버지에게 느끼는 그 거리감, 어려움, 모든 것들을.

가만히 찬형의 뒷모습을 바라보고 있던 홍조에게로 날카로운 시선이 와 닿았다.

"이 아가씨가 그 아가씨인가?"

"홍조 씨. 이리 와서 인사드려요. 할아버지예요."

"안녕하세요, 회장님. 선홍조라고 합니다."

홍조는 그가 자신을 옆에 세우기 전에 먼저 앞으로 걸어 나왔다. 주눅이 들 법한데도 좀처럼 움츠러들지 않았다. 스스로도 놀라울 정도로.

그리 오래지 않은 시간을 돌이켜 보았을 때 지금의 모든 것들은 홍조가 그토록 바라던 평범과는 너무나 멀어져 있었다.

3년짜리 계약직, 승진을 꿈꾸며 자신을 희망 고문 하던 전 남자, 생활비를 쪼개도 매달 빠듯하게만 느껴지던 월세. 그런 것들에서 벗어나 아주 조금 나은, 남들처럼 여유를 느낄 수 있을 만큼의 평범을 꿈꾸어 왔다.

그런데 지금은 얼마나 멀리 왔는가. 헤아려도 믿기지 않을 만큼 멀리도 와 버렸다. 이런 대궐 같은 저택에 들어올 일이 생길 줄은 꿈에도 몰랐다.

찬형을 만난 뒤로 평범한 건 하나도 없었다. 그럼에도 모든 감정은 무엇보다 평범하고 소중하게 변하기 시작했다. 홍조는 그 모순을 천천히 받아들였다.

"자네."

"예, 회장님."

홍조는 떨지 않았다. 정작 긴장한 것은 찬형이였다.

딱히 강압적으로 굴거나 불호령을 내린 적이 있었던 것도 아닌데 찬형의 공포는 형태 없이, 설명될 수 없이, 그렇게 스스로의 안에서 자라나 크기를 키웠다. 할아버지가 그녀를 향해 날을 세울까 염려되어 마음이 편치 않았다.

"이놈 부하 직원으로 온 건가, 아니면 만나는 여자로 온 건가?"

"……예?"

"난 내 손주 놈이 만난다는 여자를 데려오라고 했는데 왜 저 녀석 부하 직원이 왔느냐는 말이야. 내가 왜 자네 회장님인가?"

"아."

할아버지의 말에 찬형과 홍조가 잠시 서로를 쳐다보며 눈을 깜빡였다. 그리고 다시 고개를 돌려 동시에 같은 사람을 응시했다. 홍조는 자신이 예상했던 인물과 일치하지 않는 질문에, 찬형은 자신이 알고 있던 사람이 하지 않을 법한 대사에 쉽사리 입을 열지 못했다.

홍조는 찬형보다 아주 조금 빨랐다. 그의 말을 이해하고, 그에 맞는 정답지를 내미는 것에.

"아닙니다, 할아버지. 제 생각이 짧았어요."

뻣뻣하게 서 있는 손주와 달리 '할아버지' 라는 단어를 재빠르게 붙이며 웃는 그녀가 마음에 든 모양이다. 그는 엄해 보이던 얼굴 위로 주름이 더 움푹 패게 웃었다.

이상한 일이다. 이렇게 보니 전혀 무섭지가 않다. 그냥 어느 집에서나 있을 법한 인자한 할아버지로 보였다.

"그래도 생각보다 눈치는 있는 아가씨네. 안으로 들어가지. 식사는 했나?"

"점심이라면 회사에서……."

"지금 시간이 몇 신데 점심을 운운해. 아줌마, 차는 됐고 식사 준비부터 하지. 저녁이라도 같이 해야겠으니."

"예, 회장님! 바로 준비할 테니 말씀들 나누고 계세요!"

주방에서 아주머니가 고개를 살짝 내밀며 웃었다. 할아버지는 제 손녀를 마주한 듯 홍조의 등을 두어 번 두드리고는 식탁 쪽으로 그녀를 이끌었다.

홍조야 워낙 상황에 적응하는 것도, 눈치를 발휘하는 것도 빨랐으니 이상할 것 없다지만 찬형은 아니었다. 아무리 보아도 할아버지의 태도는 찬형이 그간 알아 왔던 것과는 너무도 달랐다.

그가 그들의 뒤에 가만히 서서 눈만 멀뚱멀뚱 뜨고 있을 수밖에 없는 이유였다.

"그래, 식사는 입에 맞았고?"

"예, 할아버지. 정말 맛있게 먹었어요. 감사해요, 아주머니. 덕분에 입이 호강했어요."

"아유, 별말씀을."

누가 손주이고 누가 손님인지 모르겠다. 뻘쭘하게 물을 한 모금 넘겨 낸 찬형이 홍조와 할아버지를 번갈아 쳐다보았다.

그를 제외한 대화에는 한결같이 따뜻한 기운이 맴돌았다. 꾸역꾸역 밥을 밀어 넣느라 고생할 것이라 예상했던 것과 다르게 찬형은 마음 놓고 아주 든든하게 식사를 할 수 있었다. 홍조가 방긋

거리고 웃어 가며 할아버지와의 대화에 곧잘 응해 준 덕분일지도 모르겠다.

정말이지, 이상한 일이었다. 혈연관계인 할아버지와 단둘이 식사를 할 때는 먹은 게 명치끝에 덜컥 걸려 체하곤 했었다. 그런데 오늘의 식사는 달랐다. 거짓말처럼 홍조가 있다는 단 하나의 변화만으로도 너무 많은 것들이 달라 보였다.

"넌 잘 먹었고?"

할아버지의 물음이 자신을 향하자 찬형이 마시던 물을 내려놓고 '크흠.' 하면서 목을 가다듬었다.

"……예. 잘 먹었습니다."

서로를 가만히 응시하는 두 남자 사이로 아주머니가 조심스레 말을 꺼냈다.

"식사 다 하셨으면 이만 차를 내올까요?"

그녀의 말에 할아버지가 고개를 끄덕이자 상다리를 부러뜨릴 듯 가득 놓여 있던 접시들이 빠르게 치워지기 시작했다.

엉거주춤하게 일어난 홍조가 도우려고 했으나 그녀는 한사코 거절하며 도로 앉혔다. 아주머니가 '회장님께 혼나요.' 라고 말하며 웃자 할아버지가 고개를 돌려 '아니, 내가 자네를 언제 그렇게 혼냈다고? 저번 달부터는 월급도 올려 주지 않았나!' 하며 받아쳤다.

도무지 적응이 되지 않는 모습이었다. 화목하고, 투닥거리고, 여느 가족과 다름없는 분위기. 그리고 무엇보다 정말 '할아버지' 같은 그. 찬형이 알고 있던 그는 할아버지보다는 오히려 회장님에 더 가까웠다.

"그럼 저는 자리 비울 테니 말씀들 나누세요."

식사가 끝이 났고 아주머니는 자리를 비켰다. 대화가 채 시작되지 않은 식탁 위에는 은은한 향이 모락모락 피어나는 싱그러운 허브 차 세 잔이 놓여졌다.

"선홍조 씨는……."

"그냥 홍조라고 편하게 불러 주셔도 돼요, 할아버지. 저도 회장님이 아니라 저희 할아버지처럼 대하고 있으니까요."

"그래. 홍조는 이 녀석의 어떤 모습이든 사랑할 자신이 있는 거지?"

"그럼요, 어떤 모습이든……. 네?"

그 질문은 홍조의 시선과 더불어 찬형의 시선마저 잡아끌었다. 가족의 입장으로서 으레 할 수 있는 질문이었지만 그 묘한 뉘앙스를 느끼지 못할 정도로 둔감하지는 않았다.

찬형은 할아버지가 말한 '어떤 모습이든'이란 부분이 있는 그대로의 질문인지 아니면 무언가를 내포한 것인지 알고 싶어졌다. 섣부른 궁금증이 날카로운 칼날을 자신 쪽으로 향하게 만들지도 모르지만 방금 느낀 그 의아함이 결코 착각은 아니라는 묘한 확신이 들었다.

"표정이 왜들 그러냐?"

"아, 아뇨. 아무것도 아니에요……."

할아버지의 말에 홍조가 조심스럽게 고개를 내저었다.

"아무것도 아니기는. 큰일을 낼 뻔하고서는."

"……?"

홍조가 무슨 뜻이냐는 눈으로 할아버지를 볼 때였다. 그녀의 곁에서 내내 침묵만 유지하고 있던 찬형이 할아버지만큼이나 묵직한 울림으로 자신의 목소리를 냈다.

"역시 뭔가 알고 계신 거죠."

"네가 말하는 '뭔가'가 무언지부터 말해 봐라."

"……말장난하시는 분 아니잖아요."

"왜 난 그런 사람이 아니라고 생각하는지도 함께 말해 주면 더욱 좋겠구나."

"할아버지!"

찬형이 평소의 그답지 않게 목에 힘을 주며 소리를 높였다.

그의 마음을 아는지 모르는지 할아버지는 여전히 느긋한 시선을 천천히 내리깔았다. 그러고는 자글자글하게 주름이 진 큼직한 손으로 앞에 높인 찻잔을 들었다. 차를 음미하는 노인의 얼굴 위로 또 다른 여유가 내려앉았다.

"이제야 좀 사람답구나."

"……?"

입가에서 잔을 떼어 낸 그가 가장 먼저 뱉은 말은 찬형을 헷갈리게 하기에 충분했다. 무슨 뜻이냐는 듯 찬형이 미간을 좁혔다.

"예전의 넌……. 아니지, 바로 얼마 전까지만 해도 넌 영 딱딱한 게 인간미가 없었어. 언제나 속마음을 감춘 채 입을 다물고서는 정해진 대로만 생각하고 생각한 대로만 움직였지."

"지금 무슨 말씀을……."

"그랬던 네가 일본에 다녀온 뒤 달라진 걸 알고 있었다. 조사를 해 볼까 했는데 굳이 그러지 않아도 되겠더구나. 네 얼굴에 다 쓰여 있었거든."

"……?"

"네가 그렇게나 티를 냈다는 소리다. 네가 변한 게 전부 이 여자애 때문이라는 것을."

변화.

그 변화가 찬형의 일상, 그의 마음가짐 같은 것들을 말하는 것이라면 이상할 게 없다. 하지만 그에게는 다른 의미의 변화도 분명 존재한다.

그가 갑옷을 더욱 단단히 둘렀다.

"저한테 사람 붙이셨어요?"

"내가 붙인 게 아니라 그 사람이 계속 네 곁에 붙어 있었을 뿐이다."

영훈이였다. 할아버지가 말하는 '그 사람'이 영훈임을 찬형은 알 수 있었다.

아군이라 생각했는데 설마 스파이였을 줄은.

"대체 저 모르게 유 실장님과 무슨 이야기를 주고받으신 거예요?"

"딱히 대화를 하고 말 것도 없었다. 그 녀석을 통해서 네 이야기들을 듣게 될 거라고는 생각도 못 했으니까. 단지 네 편이 될 놈인지 네 등 뒤에 칼을 꽂을 놈인지 알고 싶었을 뿐이지."

"그게 무슨 뜻이죠……?"

찬형이 인상을 쓰며 조심스레 물었다.

"네가 여자로 변한다는 걸 녀석에게 처음으로 들켰으니 어떻게든 입막음을 시켜야겠다는 생각이었다. 그놈이 완벽하게 널 지지하고 지켜 줄 네 편이라는 걸 확인하기 전까지는 말이다."

판도라의 상자가 예고도 없이 열려 버렸다. 설마, 혹시나, 그런 호기심과 의심으로 똘똘 뭉쳐 있던 것들이 쉽사리 알맹이를 드러내고 말았다.

말도 안 된다고 생각했다. 하지만 모든 것은 말이 되었고, 그 말은 현실을 깨닫게 만들었다.

"알고…… 계셨어요?"

"알고 있기만 해? 네놈이 다른 사람들에게 들키기라도 할까 내가 얼마나 전전긍긍하며 지켜봐 왔는지 알기나 하느냐?"

그렇게 말하며 할아버지는 사진 한 장을 꺼내 식탁 위에 올렸다. 사진 속에는 깊게 입을 맞추고 있는 두 명의 여자가 있었다.

찬형과 홍조였다.

"대체 무슨 정신이길래 여자의 몸으로 이런 경솔한 짓을 해! 그러다가 갑자기 남자로 돌아가기라도 하면 어쩌려고!"

"코, 콜록, 콜록."

홍조의 요란한 기침 소리에 잠시 두 남자의 시선이 그녀에게로 향했다. 할아버지가 그의 비밀을 알고 있었다는 것도 놀라운데 설마 키스하는 사진까지 찍혔을 줄이야.

찬형이 급히 주머니에서 손수건을 꺼내 홍조에게 건넸다. 홍조가 입을 가리며 어색하게 웃었다.

"놀랄 거 없다. 다른 사람이 찍은 게 아니라 김 기사가 찍어 보내 온 거니까."

두 사람은 얼빠진 표정을 했다. 그걸 지금 말씀이라고……

"언제부터 아셨어요. 어떻게 아신 거예요."

"처음부터. 네가 스무 살이 되고 여자의 몸으로 변했던 그때부터."

"대체 어떻게……"

"넌 그 일을 처음 겪었겠지만 난 처음이 아니었으니까."

"예?"

"……네 아비도 너랑 똑같았다."

그렇게 말하며 할아버지는 눈가의 주름이 깊게 패도록 눈을 가늘게 떴다. 그러고는 찻잔을 천천히 자신의 앞에 놓았다. 달그락하는 소리와 함께 그는 꽤 오래전의 일을 떠올리는 듯 크게 숨을 들이마셨다.

"그러니까…… 네 아비가 스물이 되던 해였다."

언제나 바쁜 회사 일정으로 집에 붙어 있기 힘들었던 그가 모처럼 제 시간에 귀가를 한 날이었다. 그는 저녁 식사를 마친 뒤 서재에서 휴식을 취하고 있었다. 창밖으로는 어느덧 뉘엿뉘엿 해가 저무는가 싶더니 완전한 어둠이 내려앉았다.

그때, 서재의 문이 벌컥 열리며 그의 아들이 등장했다. 찬형이 얼굴조차 기억하지 못하는 아버지. 그리고 그가 기억하는 한 가장 슬픈 얼굴을 했던 젊은 날의 아들.

그러나 '아들'이 아닌, '남자'가 아닌, 어느 여자의 모습이었다.

'아버지⋯⋯. 저⋯⋯ 몸이 이상해요⋯⋯.'

어디에서 뒹굴었는지 옷은 온통 흙 범벅이었다. 오는 길에 울기라도 했던 건지 작은 얼굴 위로는 눈물 자국이 선명했고 두 다리는 금방이라도 무너져 내릴 듯 덜덜 떨렸다. 겨우 버티고 서 있던 가는 다리는 더 이상 몸을 지탱하지 못하고 서재 바닥에 풀썩 주저앉았다.

낯선 여자가 더러운 몰골로 집에 들어왔다고 생각한 그가 크게 소리쳤다.

'아줌마! 뭐하는 거야! 김 기사 불러! 문단속을 어떻게 했길래 이런 여자가 내 집 안까지 들어온 거야!'

하지만 그는 자신의 생각이 틀렸음을 몇 초도 채 지나지 않아 알 수 있었다. 서재 바닥에 주저앉은 채로 괴로워하던 여자의 몸이 점점 굵직해지더니 그가 보는 앞에서 변해 버린 것이다.

남자의 몸으로. 그것도 무척이나 익숙하고 익숙한⋯⋯.

'⋯⋯!'

자신의 아들로.

전혀 몰랐다. 방금 전 눈앞에 있던 더러운 여자의 옷이 평소 아들이 자주 입던 옷이었음을. 몸이 원래대로 돌아오기 전까지는 짐작도 할 수 없었다.

옷이 같다고 해서, 자신의 집에 들어왔다고 해서, 생전 처음 보는 여자가 자신의 아들임을 어떻게 알아챌 수 있을까. 얼굴만 달라진 게 아니었는데. 아예 성별이 달랐는데.

그게 시작이었다. 그가 마주한 변화의 시작.

원인을 알 수 없어 일시적인 일이겠거니 했다. 하지만 아니었다. 아들은 여자와 접촉을 하기 시작하면서 몇 번이고 변했다. 정확한 원인은 몰라도 모든 게 여자 때문이란 것은 알 수 있었다.

그는 자신의 회사를 하나뿐인 아들에게 물려주기 위해 애써 왔다. 그러나 그 노력들은 허망하게 무너졌다.

여자가 되어 버리는 아들을, 앞으로 여자와 만나 결혼을 하고 아이를 낳으며 살 수 없을 아들을, 도무지 받아들일 수가 없었다.

그에게 있어 아들은 남들과 조금 다른 부분이 있는, 아주 조금 특별한 아이가 아니었다.

그래서 '괴물 취급' 했다.

도움을 호소하는 아들의 그것이 일종의 병이 아닌 말도 안 되는 저주 같은 것임을 깨닫고 나서 그는 완벽하게 무심한 아버지로 돌아섰다. 그리고 아들을 아주 먼 지방으로 보내 버렸다. 아들의 행적을 묻는 다른 이들에게는 외국으로 유학을 보냈다고 했지만 사실이 아니었다.

그의 아들, 그러니까 찬형의 아버지는 인적 드문 어느 시골 마을에 유배라도 보내진 양 그렇게 생활할 수밖에 없었다.

사람이 몇 안 되는 시골 마을은 비밀스러운 성 같기도 했고 감옥 같기도 했다. 모든 여자와의 접촉이 차단되었다.

그는 아들을 보내 놓고도 계속해서 사람을 붙여 감시했다. 그렇게 흘러간 시간이 10년에 가까웠다. 고작 스물이었던 아들이 서른이 될 만큼 기나긴 시간이었다.

"그리고 10년 하고도 몇 달이 지난 어느 날, 네 아비에게 붙였던 내 비서에게서 뜻밖의 이야기를 하나 들었다."

그 당시 그의 비서는 지금의 영훈처럼 모든 것을 알고 있었다. 찔러도 피 한 방울 나오지 않을 것 같은 그를 유일하게 보필할 수 있는 사내였다. 그런 그에게 아들의 변화를 지켜보라고 한 것은 그가 아들에게 할 수 있는 최소한의 배려였다.

'보고해 봐.'

'……도련님께 여자가 있습니다.'

'이게 무슨 말이야? 여자랑 붙어 살 수가 없는 놈인데 여자를 만난다고?'

'그게 좀…… 이상합니다.'

'이상해? 뭐가?'

'쭉 지켜봐 왔습니다만…… 그분과 함께 계셔도 여자로 변하시지 않는 것 같습니다. 재작년부터 1년 반이 넘도록 단 한 번도……'

'뭐? 1년 반? 근데 그걸 왜 이제야 말하는 거야!'

'시간을 두고 조금 더 확실해지면 말씀을 드리려고……'

10년이라는 긴 시간 동안 보고받은 것들은 고작 아들이 어떻게 생활하고 있는지에 대한 것이 전부였다. 그동안의 보고도 거짓은 아니었지만 가장 중요한 사실을 쏙 빼놓아 왔다는 것에 비서를 향한 배신감과 분노가 치밀어 올랐다.

하지만 감정적으로 화만 내고 있을 수는 없는 일이었다. 10년 만에 듣게 된 믿을 수 없는 그 소식을 직접 눈으로 확인하지 않고는 배길 수 없었다.

모든 것이 의심이었다. 사업을 하면서 생긴 나쁜 습관은 제 가족, 제 아들에게도 예외이지 않았다.

어떻게 된 걸까. 인적 드문 시골로 보내 버렸음에도 마주하게 된 어떤 여자. 그리고 그 여자와 함께 지내는데도 변하지 않고 1년 반을 버틸 수 있는 이유. 생각하면 할수록 모든 것들이 그를 흥분케 했다.

그리고 얼마 지나지 않아 받은 또 다른 보고를 통해 그는 더욱 놀랐다. 두 사람이 이미 혼인신고를 한 상태라는 사실이었다. 식을 올리지는 않았지만 혼인신고를 하고 함께 사는 것 같다고 했다.

함께 살기 전부터 같이 있는 모습들이 자주 목격되었다. 심지어 입을 맞추는 모습마저 볼 수 있었는데, 그럼에도 불구하고 그는 단 한 번도 그녀의 앞에서 여자로 변하지 않았다고 했다.

여자로 변한 순간들을 놓쳤을 수도 있다는 생각에 비서는 1년이란 시간을 더 지켜보기로 했다. 하지만 달라지는 건 없었다.

그 저주가 풀릴 수도 있다는 생각을 왜 한 번도 하지 않았던 걸까.

이유는 알 수 없었으나 어찌 되었든 자신의 아들이 멀쩡하게 여자를 만날 수 있는 몸이 되었고, 변하지 않게 되었다는 사실 하나만으로도 그에게는 충분했다.

지난 10년의 시간을 당장 되돌리고 싶은 충동에 휩싸였다. 자신의 아들이 누구인지도 모르는 여자와 혼인신고를 했다는 것은 그에게 있어 아무것도 아니었다. 영영 잃을 수도 있었던 아들을 다시 되찾을 수 있게 되었으니 말이다.

그래서 아들에게 집으로 돌아오라 일렀다. 그것도 10년 만에.

"내쫓으실 땐 언제고, 변하지 않게 되니까 그제야 다시 불러들였다? 그 말씀인가요, 지금?"

"……그래. 날 원망해도 좋다. 하지만 그땐 그랬다. 혼자 힘으로 회사를 그만큼 키우며 산전수전 다 겪었다고 생각한 내게도 도무지 감당할 수 없을 만큼 말도 안 되는 일이었으니까. 나 역시 내 아들을 받아들일 시간이 필요했던 거지."

"전부 핑계예요. 할아버지는 아버지를 버리신 거나 다름없습니다. 받아들일 시간이 필요했던 게 아니라 원래대로 돌아올 때까지 기다리신 거 아닌가요? 그 힘든 날들을 혼자서 버티게 고독 속에 내버려 둔 채로요!"

그는 입을 꾹 다물며 찬형을 보았다. 그날의 아들과 눈빛이 참으로 많이 닮았다.

"보고 싶었다. 그래서 핑계가 필요했어."

"……."

"……내 아들에게 저지른 짓이 얼마나 큰 상처였는지 깨닫고
나니 시간이 흐를수록 힘겨웠다. 10년이나 버려두었으니 당연한
일이다. 남들은 쉽게 할 수 있는 그 '돌아와라.' 라는 한마디가 그
렇게도 어려웠지."

할아버지는 한없이 나약한 노인의 얼굴로 과거를 회상했다.

찬형은 문득 일방적으로 날을 세우는 것이 얼마나 미련한 짓인
지 깨달았다. 한 번도 본 적 없는 나약한 얼굴을 보니 그런 생각
이 들었다.

외롭게 자란 것도, 소중한 사람 하나 곁에 두지 못한 채 지내
온 것도, 그래서 뒤늦게 알게 된 지금의 감정들을 어떻게 해야 할
지 몰라 매일이 두려움과 설렘의 공존이 되어 버린 것도, 할아버
지의 탓은 아니었다. 그게 찬형 자신의 탓도 아니듯이 말이다.

"그래서…… 아버지는 돌아왔습니까?"

"돌아오지 않았다."

"……."

"아니, 돌아오지 못했다."

찬형의 눈빛만큼이나 홍조의 눈빛도 어둡게 가라앉기 시작한
다. 무슨 소리냐고 누구도 물을 수 없었다.

"오겠다고 했었다. 불러 줘서 고맙다고, 언제까지고 기다릴 작
정이었다고, 그렇게 말하더구나. 그때의 후회란…… 말로 다 할
수 없을 거다. 아비란 사람이 그렇게 못되고 미련했는데도 그 아
이는 혼자서 묵묵히 잘 참고 성장해 주었지. 마냥 아이 같기만 하

던 아들이 어른이 되어 날 기다렸다고 하는데…… 그토록 미안하고 기쁠 수가 없더구나."

"……."

"그곳을 정리하고 오겠다고, 곧바로 올 수는 없으니 몇 달의 시간을 달라고 하더라. 그래서 그리하라고 했다. 녀석을 기다리는 몇 달이 홀로 있던 10년의 시간을 보상할 만큼 설레었다. 항상 곁에 두었던 아들을 내게서 떼어 놓고서야 알게 되었지. 세상에 하나뿐인 내 피붙이에게 정말 몹쓸 짓을 했구나. ……그렇게 사죄하며 모두 갚아 줄 생각이었다. 네 아비에게, 그리고 한 번도 본적 없던 네 어미에게."

"……."

하지만 그 기다림 끝에 온 소식은 '도착'이 아닌 '사고'였다.

시골에서 홀로 조용하게 지내던 아들에게 승용차 같은 게 있을 리 없었다. 차를 보내 주겠다고 해도 아들 내외는 고속버스를 타고 오겠다고 했다. 내내 무정하던 아비가 갑자기 챙겨도 부담스러울 수 있겠다 싶어 그는 강요 없이 그저 그러라고 했다.

하지만 아들은 제 두 발이 아닌 다른 이의 도움으로 돌아올 수밖에 없었다.

싸늘한 주검으로 말이다.

'이게 대체…….'

'고속버스 추락 사고랍니다. 두 분 모두 그 자리에서 즉사하였다고…….'

소파에서 일어나려다 말고 뒷목을 잡는 그에게 비서는 아직 더
할 말이 남아 있다는 듯 머뭇거리며 한마디를 덧붙였다.

'근데……'

'……'

'아이가…… 살아 있답니다.'

'……아이?'

버스의 승객은 모두 그 자리에서 즉사했다. 뉴스 속보가 모든
채널을 점령했을 정도로 당시에는 꽤 충격적인 사건이었다.

그런데 그 끔찍했던 현장에서 유일하게 숨을 쉬는 생명이 있었
다. 추락하며 죽는 순간까지도 품에서 놓지 않았던 한 여자로 인
해 피어날 수 있었던 아이.

모두가 사망했다는 애도의 물결 속에서 작은 희망이 빛났다.

한 살도 채 되지 않은 갓난아이가 차갑게 식어 가는 엄마 품에
서 울지도 않고 얌전히 안겨 있었다.

"설마……"

"그래. 그게 너였다."

"……"

"혼인신고를 했다는 것만 알았지, 아이가 있었을 거라고는 생
각조차 못 했다. 그런데 네가 태어났더구나. 내게 몇 달만 시간을
주라고 했던 이유가 거기에 있었던 게야. 막 낳아 핏덩이 같은 널

데리고 올 수 없었을 테니까."

처음 듣는 이야기였다. 태어날 때부터 부모 없는 아이처럼 커왔으니까.

"……"

"내가 기다리던 내 아들, 내 며느리의 얼굴도 제대로 보기 전에 난 존재조차 몰랐던 손주의 얼굴부터 확인했지."

"……"

"난 울고 있었는데, 어린 너는 날 보며 웃더라."

"……"

"내가 누군지도 모르면서 말이다."

찬형의 존재는 그에게 있어 상처였다. 느닷없이 품에 안게 된 손주는 하나뿐이던 아들이 세상에 남기고 간 유일한 흔적이었다. 그리고 그와 동시에 아들에게 저지른 죄를 용서받을 수 없을 거라는 무언의 압박 같기도 했다.

그 죄를 갚기 위해 더욱 열심히 키우자고 생각하면서도 그럴 수 없었다.

아이의 맑은 얼굴을 보면 아들의 얼굴이 떠올랐다. 몸이 이상하다며 여자의 모습으로 울던 젊은 날의 아들이 내내 그의 뒤를 쫓아다녔다. 찬형의 존재는 그에게 있어 반복되는 죄책감이었다.

그는 찬형이 자신의 아픔을 위로해 주길 바라면서도 한편으론 모든 것들을 사죄하고 싶었다. 아들의 몫까지, 며느리의 몫까지, 그리고 아무것도 모른 채 외로이 자라난 찬형 본인의 몫까지.

"넌 내게 아픈 손가락이었다."

"……."

"눈에 보이지 않는 뭔가가 손톱 깊숙이 박힌 것처럼 말이다. 날 사람답게 살 수 있도록 하면서도 사람답지 않았던 날의 나를 자꾸만 떠올리게 했지."

"……."

"시간이 흐르고 보니 모든 게 우스운 일이더구나. 누가 누구를 용서하고, 또 누가 누구를 위로한단 말이냐. 어느 것도 네 잘못인 건 없었고, 그 녀석 역시 이런 못난 아비라도 끝까지 고맙다 해 줬는데 말이다."

"……할아버지."

"미안하다."

한 번도 기대해 보지 않은 말.

그 짧은 말에 찬형은 가슴이 텅 비는 것 같았다.

"이 말이 꼭 하고 싶었다. 네 아비에게 못다 한 말이 아니다. 널 제대로 사랑해 준 적도 없던 네 할애비로서 전하는 진심이야. 예전의 네가 사람답지 않았다고는 했지만…… 사실 네가 사람답게 지낼 수 없었던 데에는 내 몫이 있지 않았겠니."

"……."

"그동안 외롭게 해서 미안하구나, 찬형아."

'찬형아.'라는 한마디에 저도 모르게 눈물 한 방울이 뚝 떨어졌다. 허벅지 위에 올려놓은 손등이 반짝이며 젖는다.

그는 한 번도 제대로 이름을 불러 준 적이 없었다. 가장 가까이에 있으면서 단 한 번도 말이다.

그랬기에 홍조가 이름을 부를 때마다 꽃 피어나듯 감정이 따스하게 물들었던 걸까.

찬형이 할아버지를 보았다. 자신의 외로움을 그가 알아주었다는 단 하나의 사실이 속에만 꼭꼭 숨겨 놓았던 눈물을, 유일한 가족을 향한 마지막 애틋함을 전부 토해 낼 수 있게 했다.

물기 어린 그의 손등 위로 홍조의 작은 손이 겹쳐졌다. 고개를 돌리지 않아도 느낄 수 있다. 그녀의 시선, 그녀가 하고자 하는 말, 그녀의 온기 속에 담겨 있는 수많은 감정들. 그 모든 것이 유일하고 특별한 사랑으로 이어지고 있음을.

"마지막으로 통화를 했을 때 녀석이 그러더구나. '아버지, 저 사랑하는 사람이 생겼어요.' 라고."

"……."

"그래서였을 거다. 네 아비가 괜찮아진 이유 말이다."

"……."

사랑하는 사람.

찬형이 그녀의 손을 더욱 꽉 쥔다.

"애 엄마도 없이 나 홀로 녀석을 키웠다. 핑계로 들리겠지만 일이 바쁘고 힘겨워 그만큼의 사랑을 주지 못했어. 네 아비도, 너도, 그런 말도 안 되는 일에 휘말린 게 어쩌면 사랑받으며 자라지 못했기 때문은 아닐까 하고 날 탓했다. 그래……. 내 탓이지. 사랑을 알고 나서야 괜찮아졌다니."

"……."

"그러니 너도 그렇게 될 수 있을 거다. ……얼마나 다행인지 모르겠구나. 더 늦기 전에 네가 사랑을 찾을 수 있어서. 내가 죽기 전에 이렇게 직접 확인할 수 있어서."

"……."

"꼭 그리될 거다."

"……."

"……진짜 사랑이라면 말이다."

찬형은 세월을 담은 그의 눈을 가만히 응시했다. 눈가가 축축하게 젖어 들었지만 눈빛만큼은 강하게 빛났다.

그리고 생각했다. 진짜…… 사랑이라는 것을.

그의 마음을 함께 느끼고 있다는 듯, 마주 잡은 그녀의 손이 둘 사이의 따스함을 더욱 꽈악 붙들었다.

15

함께하는 꿈

할아버지와의 만남 후, 찬형은 그의 마지막 말을 몇 번이나 곱씹었다. '진짜 사랑'이라는 게 무엇인지에 대해서.

한 번도 제대로 떠올려 본 적 없는 단어였다.

친구, 가족, 막연하게 그런 단어들을 속에 품은 적은 있었다. 하지만 그게 전부였다. 홍조를 만나기 전까지는 누군가와 열렬하게 사랑을 하거나 모든 것을 주고받을 수 있으리란 꿈조차 꿔 본 적이 없었으니 당연한 일이었다.

'사랑이라는 단어 앞에 수식어가 필요한가?'

그는 한 번도 홍조를 어떤 사랑이라고 이름 붙여 떠올리려 하지 않았다. 그저 어느 순간 정신을 차려 보니 사랑으로 다가와 있었고, 그녀를 품에 안아 녹아들 때면 '이게 사랑이구나.' 하고 깨닫기 바빴을 뿐이다.

그러니까 사랑은…… 그냥 사랑일지도 모르겠다.

찬형이 한 손에 펜을 끼워 빙글빙글 돌리며 그런 생각들을 하고 있을 때였다. 노크와 함께 영훈이 대표 이사실 안으로 들어왔다. 왼쪽 입가가 터진 채로.

"오후 일정에 변동이 생겨 보고드립니다. Y사 이사님께서 부친의 갑작스러운 입원으로 부득이하게 오찬 날짜를 바꾸고자 하십니다."

"그러죠. 이번 주에 이틀 정도는 외부 일정이 없었던 것 같은데, 둘 중 아무 때나 스케줄 맞춰서 넣어 보세요. 조찬도 괜찮고."

"알겠습니다."

굉장히 사무적인 대화로 일관하던 두 사람 사이에 아주 잠깐의 침묵이 맴돌았다. 찬형이 고개를 들어 영훈을 똑바로 올려다보자 영훈이 안경을 치켜 올리며 찬형을 내려다보았다.

"……."

"……."

아래에서 보니 얼굴이 참으로 가관이다. 몇 년만 지나면 불혹의 나이를 달성하는 사람이 애들처럼 입가에 상처를 달고 있는 꼴이라니.

"약은 발랐어?"

"병 주고 약 준다던데. 약이나 주고 말씀하시죠, 대표님."

물론 자신이 남긴 상처지만 말이다.

"엄청 욱했었어. 미안해, 형."

"하루가 꼬박 지나고 나서야 미안해졌다고?"

그렇게 말하면서 영훈이 터진 입가를 당겨 웃었다. 찬형이 아무렇지 않은 척 굴면서도 내심 신경 쓰고 있는 게 느껴진 탓이었다.

언제나 여유 있는 척 미소로 자신을 무장하고 있던 모습을 떠올려 보면 눈앞의 최찬형은 확실히 조금 다른 사람처럼 느껴졌다.

본가에서 나온 찬형의 얼굴은 딱딱하게 굳어 있었다. 할아버지에게 모든 이야기를 들은 모양이었다.

차에 타라고 말하려던 찰나, 성큼성큼 다가온 찬형이 다짜고짜 그의 얼굴에 주먹을 날려 버렸다. 그나마도 빗맞아서 망정이지, 조금만 제대로 맞았으면 광대가 움푹 꺼졌을지 모를 일이다.

아마 태어나서 누굴 때려 보는 게 처음이었을 것이다. 주먹을 내지르고도 얼떨떨하게 그 자리에 서 있던 찬형과 옆에서 더 놀란 홍조의 얼굴을 그는 잊을 수 없었다.

"그러니까 왜 말을 안 했어."

"회장님께 직접 기회를 드리고 싶었으니까."

"뭐?"

"너무 늦기 전에 용기 내실 수 있게, 직접 네 얼굴 보고 말씀하실 수 있도록 기다려 드리고 싶었어. 홍조 씨의 등장을 예상하지 못했던 상태라 그 시기가 생각보다 빨랐다는 게 의외였지만."

미소 짓는 영훈을 보며 찬형이 조금 불퉁한 목소리로 중얼거렸다.

"……할아버지는 주변에 본인 편이 많아서 좋으시겠네."

"그 할아버지가 네 편이니 넌 얼마나 좋겠어."

"……."

할아버지를 만나 손주로서의 입장을 다시금 깨달았기 때문일까. 서른을 훨씬 넘긴 나이에도 묘하게 어린애가 된 기분을 지울 수가 없는 찬형이였다.

눈앞에서 영훈이 능글맞게 웃었다. 그 얼굴이 얄미워 보여 찬형이 얼굴을 찌푸렸다.

"……."

그런데 이상했다. 인상은 썼지만 하나도 기분이 나쁘지 않았다.

웃어도 슬플 수 있듯이, 잔뜩 화를 내어도 마음은 이토록 기쁠 수 있다는 게 찬형에게는 한없이 낯설고 어색했다.

♤ 우

— 찬형 씨?

"아, 홍조 씨. 잘 잤어요?"

찬형은 전화를 받으며 주차장에서 빠져나왔다. 걸음을 조금 옮기니 거대한 백화점 건물이 시야를 꽉 채웠다.

입구의 유리문을 밀며 들어서자 바깥의 온도와는 다르게 따스한 내부의 기운이 찬형의 몸을 휘감는다. 그는 입구에 서서 반짝거리는 여러 개의 매장들을 눈으로 훑었다.

— 아침이라도 같이 해 먹을까 해서 왔는데, 주말 아침부터 어디 갔어요? 설마 회사예요?

"그럴 리가요. 개인적인 볼일이 있어서 나왔습니다."

그때 찬형의 등 뒤로 몇몇 사람들이 더 들어왔다. 그 탓에 잠시 열린 문틈으로 찬 기운이 스며들었다. 고개를 돌려 문 밖을 보았다. 방금 전까지만 해도 실눈처럼 흩날리던 것들이 조금 더 굵어졌다. 함박눈이었다.

사람들의 머리와 어깨 위가 희게 물들기 시작했다. 멀찍이 보이는 하늘조차 하얗다. 푸르기보다는 말 그대로 희게만 보여 순간적으로 창밖에 떠 있는 것이 하늘인지 뒤덮인 구름인지 묘했다.

"근데…… 아무리 아무 때나 와도 된다고 했다지만 아침부터 무방비 상태로 있을지도 모르는 남자의 집에 무단 침입이라뇨. 생각보다 응큼하네, 이 여자."

— 아니, 그게 아니라…….

당황한 그녀의 목소리에 웃음이 샐 뻔한 것을 꾹 참은 찬형이 매끈한 바닥을 디디며 한 걸음씩 걸었다.

주말 오전의 백화점에는 사람이 꽤 많았다. 혼자서 쇼핑이란 것을 하러 와 본 적이 없는 찬형으로서는 모든 것이 어색했다.

"홀딱 벗고 자는 습관이라도 있길 바란 건 아니죠? 굳이 보고 싶다면 못 보여 줄 것 없는데 말입니다. 앞으로는 몰래 숨어들지 말고 당당하게 요구해요. 당신이 원하는 거라면 뭐든 못 들어줄까."

— ……어디 계속 놀려 봐요. 가만 안 둘 테니까.

참았던 웃음이 기어코 터졌다. 자신을 흘겨보는 홍조의 시선이 느껴지는 것만 같다. 눈앞에 그녀의 모습이 아른거렸다.

아주 가까운 곳에 있지만 그럼에도 언제나 아쉽고 보고 싶었다. 아예 그녀가 내가 되고, 내가 그녀가 되지 않는 한 언제까지고 이렇게 애틋하고 갈증이 날 것만 같았다.

"농담입니다. 그래서 아직 식사 전이에요? 아침 먹기엔 좀 늦고…… 곧 점심 먹어야 될 것 같은데."

원하는 브랜드를 발견한 찬형이 걸음을 옮겨 매장 안으로 들어섰다. 고급스러운 샹들리에 밑으로 무수히 많은 것들이 빛을 냈다.

— 그냥 간단하게 먹으려구요. 찬형 씨는 오늘 점심에 약속 있어요?

"너무 한가해서 탈입니다. 애인이 있기는 한데 주말에도 데이트하잔 말이 없네요. 집에 가서 라면이나 끓여 먹어야 할까 봐요."

— 이 사람이……?

"그러니까 데이트 신청해 주십시오."

— …….

"예? 홍조 씨."

마치 아이처럼 조르며 찬형이 진열대 앞에 섰다. 매장 안쪽에 있던 직원이 진열대로 가까이 와 웃으며 고개를 꾸벅였다. 그는 통화 중임을 알리며 눈짓으로 인사를 받았다.

— 그럼…….

"음?"

— ……점심 같이 먹어요.

지금쯤 눈가가 살짝 찡그려졌을 것이다. 그 예쁜 눈은 동그랗게 정면을 주시할 테고, 아마 입은 아프지 않을 정도로 꾹 다물려 있을 게 분명했다.

찬형은 목소리만으로도 그녀를 상상할 수 있었다. 그녀의 모습, 그녀의 표정, 그녀의 작은 숨소리까지도 감지할 수 있을 것만 같았다.

그러니 이게 사랑이 아니면 무얼까.

"홍조 씨가 정 그렇게 데이트를 하고 싶다면 시간 내 보겠습니다."

— 얄미워요, 정말!

"그럼 1시간 뒤에 뵙겠습니다. 아, 맞다. 홍조 씨."

— 또 뭐요!

찬형이 진열대 안에서 반짝이는 것들 중 하나를 손가락으로 가리켰다. 직원은 통화에 방해가 될까 싶어 말은 하지 않은 채로 그가 가리킨 것을 조심스레 집었다. 그가 맞다는 의미로 고개를 끄덕이자 직원이 웃으면서 진열대 위에 그것을 꺼내어 올렸다.

모든 것이 반짝이고 있었다. 눈앞에 있는 것도, 귓가에서 사랑스러운 투정으로 '뭐요!' 하는 그녀의 목소리도.

"보고 싶습니다."

— ……

통통 튀던 홍조의 목소리가 멈추었다.

이번에는 얼마큼 그 이름에 어울리는 홍조를 띠고 있을까. 먹음직스러운 복숭아처럼 분홍빛이어도 좋고, 한없이 싱그러운 사과처럼 새빨개도 사랑스럽다. 어느 쪽이든 빨리 가서 그 얼굴을 마주하고 베어 물고 싶었다.

— ……저도요.

"……."

— 저도 보고 싶어요.

진열대 위에 올려진 것을 매만지던 찬형이 손을 살짝 움츠렸다.

쑥스럽다고 발을 뺄 것 같던 홍조가 온전하게 표현한 그 감정을, 지금의 순간을 믿을 수 없었다. 그러다가 점점 저도 모르게 무너지는 표정을 감추지 못하고 소리 없이 웃어 버렸다.

누군가를 보고 싶어 한다는 것은 사랑한다는 말과는 또 다른 의미로 설렘을 안겨다 주기에 충분했다.

"금방 갈게요. 이따가 봐요."

— 네, 기다릴게요.

누군가 날 보고 싶다고 말해 주는 것. 날 기다리겠다고 말해 주는 것. 너무도 당연하고 평범하기만 한 말들이 찬형에게는 매 순간 감격으로 와 닿았다. 다른 이에게 내가 한없이 소중한 사람이 될 수 있다는 기쁨을 그동안 몰랐던 것이 아깝기도 하면서 한편으로는 고마웠다.

통화를 끝낸 찬형이 휴대 전화를 주머니에 넣었다. 그러고는 손바닥 위에서 반짝이며 빛나는 작은 반지를 뚫어지게 응시했다.

"혹시 11호 있습니까?"

송우

핸들을 잡은 찬형의 심장이 쿵쿵 뛰었다. 더는 뛸 수 없을 만큼 강렬하게 뛰고 있었다. 급기야는 머리가 지끈거리며 두통까지 밀려왔다.

너무 놀라면 이렇게 되는 걸까. 평소라면 여유 있게 핸들 위에 손을 올려놓았겠지만 이 순간 그는 생명 장치라도 쥔 사람처럼 강하게 핸들을 붙들고 있었다.

찬형이 입술을 잘근잘근 씹으며 백화점에서의 일을 떠올렸다.

운 좋게 사이즈가 있어 바로 반지를 구매했다. 케이스를 안주 머니에 넣으며 건물을 나서려는데 마침 젊은 여성들이 알록달록 예쁜 코트를 입고 찬형을 지나쳐 갔다. 그녀들을 보니 홍조의 생각이 났다. 곧 다가올 초봄을 핑계로 그녀에게 어울릴 법한 코트를 사고 싶어졌다.

위층의 여성복 매장으로 가기 위해 엘리베이터에 올랐을 때였다. 천천히 닫히던 문이 급하게 다시 열리며 예상치 못한 인물들이 우르르 들이닥쳤다. '탔다' 기보다는 '쏟아져 들어왔다' 고 표현하는 것이 어울릴 정도였다.

단체로 쇼핑이라도 하러 온 걸까. 못해도 여덟 명 이상은 되어 보이는 아주머니들이 엘리베이터 문을 붙잡고 그 안으로 몸을 구겨 넣기 시작했다.

구석에 서 있던 찬형의 머릿속으로 '아뿔싸!' 하는 세 글자가 떠올랐다. 지난번 회사 엘리베이터에서 경험했던 일을 떠올리지 않을 수 없었던 것이다.

할아버지와의 만남과 깊어지는 홍조와의 관계 등으로 최근 컨디션은 오히려 좋아지고 있었다. 그러나 이 몸뚱이에 관해서만큼은 방심할 수 없었다. 겨우 안정을 되찾은 요즘의 패턴을 깨 버리고 언제 갑자기 날뛸지 알 수 없었으니 말이다.

그래서 언제나 긴장 상태를 유지했는데 설마 백화점에서 이런 상황을 맞닥뜨릴 줄 누가 상상이나 했을까.

뒤늦게 어떻게든 내리려고 몸을 뒤틀었지만 이미 늦었다. 엘리베이터의 문이 닫혔다. 뒤쪽 구석에 서 있던 찬형은 '이대로 모든 것이 끝나는구나.' 하고 체념했다.

벽으로 최대한 붙어 섰지만 공간은 너무도 빽빽했다. 찬형을 비롯해 먼저 타고 있던 다른 사람들이 작게 짜증을 낼 정도로 엘리베이터 안은 어수선했다.

조금만 몸을 움직여도 앞사람과 바짝 맞닿았다. 비좁은 곳에 꽉 껴 있는 게 불편했는지 아주머니들은 공간을 만들어 내려 자꾸만 몸을 움직였다.

그러자 펑퍼짐한 아주머니의 엉덩이가 찬형의 앞을 계속해서 자극했다. 이리저리 부대끼다 보니 정작 그녀 본인은 느끼지 못하는 모양이었다. 여러모로 민망한 상황이 연출되고 있었다.

눈을 질끈 감았다. 숨을 참아 보기도 했다. 그렇다고 해서 자꾸 맞닿는 신체를 확 치워 낼 수도 없었지만 말이다.

'죄송한데…… 너무 가깝…….'

'어머, 총각. 미안해요. 옆에서 자꾸 밀치니까 내가 자세를

바꿀 수가…… 아이구. 밀지 마, 은선 엄마! 우리 금방 내려요, 금방.'

어쩔 수 없는 상황이라는 것을 아주 잘 안다. 만약 남녀가 바뀌었어도 그랬을 것이다. 불가항력임을 알면서도 무작정 성추행범으로 몰아세우면 안 되는 것처럼 말이다.

밀착된 몸이 몹시 가까워졌다. 그리고 가깝다는 것을 느꼈을 때는 너무 늦었다. 자극이 점점 노골적으로 몸을 타고 올라왔다. 그녀들이 좁다고 몸을 움직일 때마다 눈앞이 까맣게 암전되는 착각마저 일었다.

아, 난 끝이야.

그렇게 생각하지 않을 수 없는 상황이었다. 얼굴이 빨갛게 달아올랐고 열기가 시작되었다. 이제 얼마 지나지 않아 모든 것이 망가질 게 뻔했다.

그가 완전히 체념할 무렵이었다. 엘리베이터의 문이 열렸다. 포화 상태의 엘리베이터에서 그녀들이 우르르 빠져나갔다.

찬형에게 바짝 붙어 그를 고통스럽게 했던 아주머니 한 명은 문이 닫히기 전 뒤를 돌아보며 인사까지 했다. '총각, 미안해요!' 하는 말과 함께 엘리베이터 문은 쿵, 닫혔다.

다리에 힘이 풀렸다. 찬형이 그대로 주저앉을 것 같은 다리를 애써 세우며 엘리베이터 벽에 기대었다.

차마 자신의 몸을 확인할 수 없었다. 뜨거운 감각이 그의 흥분을 대신하여 설명해 주고 있었다. 점점 뼈대는 가늘어질 것이고,

머리카락은 빠르게 자라날 것이다.

어디로 도망을 칠까. 엘리베이터에서 나가면 화장실이 어느 쪽이었더라. CCTV에 흔적을 남기고 마는 끔찍한 일은 없어야 할 텐데.

휘몰아치는 생각을 정리할 수 없었다. 시간을 더 지체할 수도 없었다.

찬형은 엘리베이터 버튼을 아무렇게나 눌러 가장 가까운 층에서 빠르게 내렸다. 그리고 화장실로 내달렸다.

제발. 조금만. 조금만. 그렇게 애원하면서 스스로를 달랬다.

남자 화장실 중 한 칸을 차지하고 들어가서 문을 잠갔다. 변기 뚜껑 위에 주저앉은 그가 거칠게 숨을 내쉬었다.

그러다 문득 홍조를 처음 만난 일본에서의 일이 떠올랐다. 회의실에서의 일도 생각났다. 아, 그녀와 데이트를 하던 날도 이렇게 숨어 있었지.

말도 안 되는 저주 덕분에 화장실과 대체 얼마나 친해진 건지. 그 와중에도 어이없어 웃음이 샜다.

'……어?'

그런데 이상했다. 아무 생각도, 아무 표정도 지을 수 없을 정도로 강렬한 고통에 휩싸여야 하는데 평소와 같은 고통이 뒤따르지 않았다. 묘한 열기는 분명하게 존재했지만 머리가 아찔하게 타 버릴 듯한 그 아득한 감각은 오지 않고 있었다.

시간이 얼마나 지났더라. 찬형이 멍하니 변기 위에 앉은 채로 흘러가는 시간을 셌다.

'……'

몇 초, 아니, 그보다 더 많은 시간이 흘렀다. 60초의 끔찍한 시간이 벌써 지나갔을 거라는 확신이 들고 나서야 찬형은 자신의 몸을 확인할 수 있었다.

두 손을 펼쳐 본 그가 눈을 동그랗게 떴다.

그녀를 꼭 잡던 커다란 손이, 한껏 품에 끌어안을 수 있던 넓은 가슴과 든든한 팔이, 전부 그 자리에 고스란히 있었다.

'말도 안 돼……'

의도치 않은 감각이기는 했지만 분명한 흥분이었다. 정신과는 별개로 신체가 뜨거워지는 그 느낌은 흥분이라고밖에 설명할 수 없었다.

고개를 내려 자신의 몸을 살폈다. 그리고 다시 닫힌 화장실의 문을 보았다.

'설마……?'

찬형은 그 자리를 박차고 나와 세면대를 짚고 거울을 확인했다.

의심도 여지도 없는 자신이다.

남자, 최찬형.

"말도 안 돼. 진짜 말도 안 돼……."

핸들을 잡은 손에 더욱 힘을 주며 그가 액셀러레이터를 조금 더 세게 밟았다. 입 밖으로는 연신 믿을 수 없는 이 상황에 대한 감탄만이 맴돌았다. 착각이 아니었다. 모든 것은 현실이었다.

찬형은 최근에 있었던 일들을 되짚었다. 그러고 보니 요즘 단한 번도 여자로 변한 적이 없었다. 여자와의 작은 접촉들이 있었고, 과로하여 컨디션 난조를 겪은 적도 분명하게 있었지만 평소와 같았다. 두려움에 떨지 않았다. 여자와 닿았다는 자각으로 불안감에 휩싸인 적조차 없었다.

일주일에 몇 번이나 변하던 날들에 비해 너무도 갑작스럽게 평온해진 것이다.

돌이켜 보면 그때부터였다. 홍조와의 사랑을 확인했던 바로 그날.

여자로 변해 그녀와 입을 맞추었던 그 밤, 찬형은 홍조에게 사랑을 말했다. 누구에게도 듣지 못했던 사랑한다는 말을 태어나 그녀에게 처음 듣기도 했다.

이 세상에 두 사람 말고는 누구도 존재하지 않는 것처럼 온전한 사랑을 주고받았다. 품에 안고, 또 안고, 그렇게 몸이 아닌 마음속 깊은 곳까지 서로의 사랑을 심었다.

확신할 수 있었다. 그날부터였다. 변하지 않게 된 것은.

찬형은 오피스텔에 도착하자마자 주차를 어떻게 했는지도 모르게 차에서 내려 달렸다. 머릿속에는 온통 홍조의 얼굴만이 떠올랐다.

누구보다 가장 먼저 그녀에게 알려 주고 싶었다. 이 깊은 고독에서 자신을 빼내 준, 태어나 처음으로 사랑이라는 게 무언지 알게 해 준, 그래서 영원히 '나'로서 살아갈 수 있게 만들어 준 그녀에게.

"하아……. 하아……."

홍조의 집 앞에 섰다. 거친 숨이 몰려왔다. 머리가 제대로 굴러가지 않아 벨을 눌러야 한다는 것도 잊고 무작정 현관문을 두드렸다. 초인종 같은 건 보이지도 않았다.

거칠게, 꽤 위협적으로 문을 두드리자 안에서 '누구세요?' 하는 홍조의 목소리가 들렸다. 쿵쿵거리며 문을 두드리는 큰 소리에 놀란 모양이었다.

하지만 찬형은 그런 그녀를 달래기 전에 이 기쁨 먼저 전해 주고 싶었다. 숨을 겨우 삼켜 냈다.

"접니다, 홍조 씨."

"찬형 씨?"

그의 목소리에 그제야 안심을 했는지 현관문이 조심스레 열렸다.

"벨 놔두고 대체 문을 왜 그렇게 두드리……."

천천히 열리던 문을 완전히 잡아당긴 찬형이 그 힘에 쏠려 밖으로 넘어질 듯 나오는 홍조를 한껏 품에 안았다.

찬형의 품에서는 차가운 겨울의 냄새가 났다. 홍조가 눈을 깜빡이며 그의 품에 안긴 채 겨울 공기를 들이마셨다.

"왜 이렇게 흥분했어요? 무슨 일 있어요? 목소릴 들으니까 나쁜 소식은 아닌 것 같은데."

"안 변합니다."

"네?"

다짜고짜 안 변한다니. 무슨 소리인지 모르겠다는 듯 눈만 깜빡거리던 홍조가 그의 품에서 천천히 벗어났다. 고개를 들어 제대로 그를 보았다. 눈빛이 크게 일렁였다. 그는 웃음을 참으려 애쓰고 있었다.

"안 변한다고요. 이제 여자와 닿아도, 흥분을 해도, 안 변한단 말입니다."

"……정말이에요?"

"정말입니다. 방금 전에 백화점에서 확인했습니다. 분명한 흥분이었어요. 그런데도 변하지 않았습니다."

"설마……."

"생각을 해 봤는데 변하지 않은 게 한참 됐어요. 홍조 씨와 명동에 갔던 그날이요. 우리가 서로 사랑을 확인했던 그 밤 이후로 단 한 번도 변하지 않았습니다. 기억해 봐요, 홍조 씨. 맞죠?"

홍조가 멍한 얼굴로 그를 보았다.

사랑한다고 수도 없이 말하던 밤을 잊을 수 있을 리가. 그 이후로도 모든 걸 다 가진 듯 내내 행복했었으니 하루도 빼놓지 않고 기억할 수 있었다. 그는 겁먹지 않았고, 자신은 걱정하지 않았다.

"……아, 정말이에요. 그때 이후로 정말 한 번도 변하지 않았네요?"

홍조의 얼굴 위로도 웃음이 차올랐다. 찬형의 웃음이 그녀에게로 전염이라도 된 듯 볼록하게 솟아오르는 볼이 그들의 기쁨을 담고 있었다.

찬형이 다시 두 팔을 뻗어 품 안에 가득히 홍조를 끌어안았다. 지금의 이 기쁨이 사그라지지 않도록 더욱 가깝게 밀착했다. 마치 한 몸이라도 된 것처럼 말이다.

그때, 품에 안겨 기쁜 표정을 짓던 홍조가 나직하게 그를 불렀다.

"근데 찬형 씨."

"네!"

"……듣고 보니 말이죠."

"네?"

"내가 없는 곳에서 다른 여자로 인해 흥분을 했었다…… 이거네요?"

"아……?"

그의 몸이 움찔하는 것을 홍조가 느끼지 못했을 리 없다.

"아, 아니……."

"이 남자 안 되겠네. 당장 따라 들어와요. 혼쭐을 내 줘야겠어."

"저, 저기, 홍조 씨! 그러니까 그게……!"

홍조가 찬형의 멱살을 잡으며 현관 안쪽으로 그를 이끌었다. 그대로 끌려 들어간 찬형은 다짜고짜 자신을 벽에 밀치고 입을 맞춰 오는 그녀로 인해 바짝 굳었다.

"……."

놀란 얼굴은 눈앞의 홍조가 천천히 눈을 내려 감자 기분 좋게 무너졌다.

차가운 입술 새로 그녀의 혀가 파고든다. 아찔하고도 귀여운 구박. 그는 그녀의 얼굴을 붙들고 더욱 적극적으로 입 맞추기 시작했다.

그녀가 사랑스러워 견딜 수 없다는 양 강하게 홍조를 끌어안은 찬형이 그녀의 허리를 붙들어 반대로 자세를 바꿨다. 그녀를 벽에 밀치고 조금 더 본격적으로 고개를 꺾었다. 더욱 깊게 혀를 내밀어 그녀의 깊은 곳 구석구석을 맛보기 시작한다.

열려 있던 오피스텔의 현관문이 천천히 닫혔다. 그리고 그게 신호탄이 된 듯, 그들의 낮은 밤보다 더 은밀하게 물들었다.

16
둘이서

　사람이기 때문일까. 유독 그런 생각들을 하게 된다. 눈앞에 있는 연인의 모든 생각 하나까지 전부 알 수 있다면 얼마나 좋을까.

　그것은 어느덧 단순한 생각의 형태를 뛰어넘어 욕심이라는 이름으로 자리를 잡는다. 그러면 겨우 잠재워 놓았던 갈증 같은 것들이 목 부근을, 그보다 더 아래에 있는 가슴 부근을 바짝 말리며 숨을 조여 왔다.

　찬형은 지금 딱 그런 상태였다. 홍조를 아무리 안고 또 안아도 계속해서 무언가 부족했다. 하지만 그 갈증을 그녀에게 표현할 수는 없어 괜스레 애가 닳는 느낌이었다.

　내 것을 상대에게 얼마나 내보였는지도 제대로 모르면서 상대의 모든 생각 하나까지 알고 싶다는 것은 어쩌면 억지일지도 모르겠다. 그래도 그 억지를 버릴 수가 없다.

상대방의 커다란 얼룩마저 사랑할 자신이 있다고 하면서 왜 나의 작은 흠집은 끝까지 숨기고 싶은 걸까. 온전히 사랑한다고 하면서도 자꾸만 잘 보이고 싶은, 더 괜찮은 사람이 되고 싶은 마음마저 녹아 없어지지는 않는 모양이었다.

"윽……."

"으응, 찬형 씨……. 찬형 씨……."

아무래도 습관인 듯했다. 홍조는 잔뜩 애가 타고 정신이 없을 때면 반복적으로 찬형의 이름을 불렀다.

안달이 난 젖은 목소리 끝에 자신의 이름이 매달릴 때마다 찬형은 더 달렸다. 더 밀어 넣을 수 없을 만큼 아찔한데도 계속해서 모든 걸 쏟았다.

더 해 달라는 것인지 그만하라는 것인지 도무지 알 수 없는 소리가 끝을 물들였다. 온몸뿐만이 아니라 정신마저 완전히 젖어 늘어질 것 같았다. 홍조의 이마에도 찬형의 등에도 어느덧 땀이 송골송골 맺혔다. 그 눅눅함이, 그 끈적임이, 서로의 흔적이라 너무도 좋았다.

찬형의 손이 홍조의 무릎 뒤를 붙들었다. 그리고 좀 더 아래로 내려가 그녀의 희고 탄탄한 허벅지를 꽉 쥐듯이 받치며 더욱 강하게 몰아붙였다.

깊은 곳까지 휘몰아치는 아찔한 감각에 홍조가 눈을 뜨려다가 질끈 감기를 반복했다. 죽을 것 같은 기분이 들었다. 그리고 죽을 것처럼 좋아 어쩌지를 못했다.

몸으로 느끼는 단순한 흥분과는 확연하게 달랐다. 찬형은 물론

이거니와 홍조 역시 그것을 알 수 있었다.

누군가를 사랑하고 사랑받는 순간, 정신부터 적신호를 울리며 온갖 흥분감에 도취되고는 했다. 찬형과 홍조에게는 서로의 존재가 그랬다.

"그만, 그…… 그만……."

"아직……. 윽, 못 멈춥니다. 조금만 더……."

서로의 눈빛 하나가, 목소리 하나가, 자꾸만 온몸을 떨게 만들었다. 행복에 취했고 심장으로 다가오는 뜨거운 감정에 녹았다.

"아……!"

그래도 갈증이 났다.

"……홍조 씨, 괜찮아요?"

평소보다 더 길었다. 그리고 평소보다 더…… 많기도 한 듯싶었다. 그렇지 않고서야 언제나 나른한 표정으로 찬형을 끌어안던 홍조가 금방이라도 숨을 거둘 사람처럼 힘겨워하지는 않을 테니까.

"……안 괜찮아요."

"……."

"그러니까 내가 그만하라고 몇 번이나……."

"그게 제 의지대로 되는 게 아니라고 저 역시 몇 번이나……."

난처한 얼굴로 홍조를 바라보던 찬형이 자신을 흘기는 시선을 피하고자 그녀의 등을 당겼다. 품에 꼭 안고 숨을 삼이자 가쁜 숨을 고르던 홍조가 서서히 차분해졌다. 심장은 터질 듯했지만 호흡은 점차 안정을 되찾았다.

"제가 잘못했습니다."

"알긴 알아요?"

"예. 그러니까 혼내 주세요. 아까처럼 다시……."

"뭐라고요? 이 사람이 그래도……!"

홍조가 그의 품에서 빠져나오려 몸을 비틀었지만 찬형은 놓아줄 생각이 없다는 듯 더욱 강하게 끌어안았다. 두어 번 더 힘을 주던 홍조가 이내 그의 힘을 이길 수 없음을 깨닫고는 가만히 안겨 들었다.

의미 없는 실랑이조차 설레었다. 그래서 찬형은 그녀가 핀잔을 해도 마냥 기뻤다.

"이렇게 혼나는 거라면 매일 잘못할래요. 계속 혼났으면 좋겠습니다."

"……내가 말을 말아야지."

품에 안긴 채로 중얼거리는 게 귀엽다. 그가 손을 조금 더 아래로 내려 그녀의 작고 탐스러운 엉덩이를 쥐었다. 그러자 그녀가 흠칫하며 놀란 기색으로 고개를 든다.

"이 사람이? 거기 손 안 떼요?"

"제 거 아닙니까……?"

그의 소유욕은 관계를 가질 때 더욱 솔직하게 드러났다. 전부 자기 것이라고, 홍조의 입술, 뺨, 목덜미, 가슴, 어느 하나 자신의 것이 아닌 게 없다며 모든 곳에 영역 표시라도 하듯 입을 맞추고 자국을 남겼다.

그게 묘하게 아이 같고 귀여우면서 또 한편으로는…… 섹시해 보인다. 그때마다 홍조는 고개를 끄덕였다. 전부 당신 거라고. 전부 가져가라고.

그랬던 것을 이런 식으로 써먹을 줄은 몰랐지만 말이다.

"그렇게 강아지 같은 표정 지어도 안 통해요."

"언제는 귀엽다면서요."

"서른셋이나 먹은 남자가 자기보다 어린 여자한테 귀여운 척하고 싶어요?"

"예. 하고 싶습니다. 귀엽다고 해 주세요, 홍조 씨. 어서요."

그렇게 말하며 찬형이 홍조를 살짝 떼어 내고 그녀의 앞에 자신의 머리를 내밀었다. 쓰다듬어 달라는 의미임을 모르려야 모를 수가 없는 행동이었다.

결국 웃음이 터져 버렸다. 홍조의 웃음소리가 머리 위에서 울리자 찬형이 고개를 들어 그녀를 보았다. 그의 얼굴 위로도 미소가 번진다.

"이 남자 봐. 언제는 귀엽다고 하지 말라면서요."

"멋진 건 이미 알고 있습니다. 귀여운 것까지 더해지면 더 좋은 것 아닙니까?"

"……찬형 씨 원래 겸손한 캐릭터였던 걸로 기억하는데."

"사랑을 하면 누구나 변합니다."

눈을 마주치고 웃으면서 하는 그 말이 어찌나 뻔뻔한지 홍조는 핀잔을 줄 타이밍조차 놓쳐 버렸다. 어른스럽던 평소와 달리 오늘따라 아이처럼 품으로 파고드는 그가 무척 사랑스럽다. 그 마음을 전부 표현할 수 있는 방법을 모른다는 게 아쉬울 따름이었다.

홍조가 살며시 손을 뻗어 그의 머리를 쓰다듬었다. 그러자 그가 또 웃는다. 처음 그를 알게 되었던 날처럼. 봄날의 볕과 같은 따스한 미소로.

"근데 오늘 많이 힘들었습니까?"

"많이요. 엄청이요."

"남자가 힘이 좋으면 여자는 행복한 거 아닙니까? 책에서 읽은 것 같은데, 틀립니까?"

"……대체 무슨 책을 읽은 거예요. 그 책 썩 갖다 버려요."

단번에 정색을 하며 말하자 찬형이 여전히 의아한 기색을 표했다. 고개는 끄덕였지만 자의는 아니라는 듯 아쉬움은 감추지 못했다.

홍조가 그런 찬형을 살살 달랜다.

"남자는 여자가 예쁘면 무조건 좋아요? 아니잖아요. 그런 거예요."

"왜 아닙니까?"

"네?"

"좋습니다. 예쁘면 좋은 거죠. 그래서 저는 무척 좋습니다. 아주, 몹시, 상당히 좋습니다. 홍조 씨가 이렇게 예뻐서."

"……."

지금 놀리는 건가?

그런 표정으로 찬형을 보지만 그는 정말 진심이라는 듯 눈을 빛냈다.

"찬형 씨. 제가 어디 가서 엄청 예쁘다는 소리를 들을 외모가
아니라는 것 정도는 스스로 잘 알거든요."

"아, 그렇습니까? 예쁘다는 말보다 아름답다는 말을 들었나 보
군요. 어라, 이것도 아닙니까? 그럼…… 사랑스럽다?"

"아…… 머리야……."

말해서 무엇하리. 홍조가 관자놀이를 짚었다.

그럼에도 찬형은 모든 게 좋고 행복하다는 듯 시선 속에 사랑
을 듬뿍 담았다. 당신이 예뻐요, 사랑스러워요, 말로 하지 않아도
이미 그에게서는 꿀이 뚝뚝 떨어졌다. 그러니 홍조로서는 따라 웃
지 않을 수가 없다.

그때 찬형이 여전히 달게 접힌 웃음을 지우지 않은 채로 홍조
의 손을 잡았다. 그러더니 그녀의 손등이며 손바닥, 손가락 끝에
도 하나씩 짧고 경건하게 입을 맞추기 시작했다.

홍조가 '간지러워요.' 하면서 손을 빼려고 해도 놓지 않고 자
신의 입술 위에 문대었다. 따스함이 그녀의 손가락 마디마디에 맺
혔다.

그리고 네 번째 손가락에서 유독 빛이 났다.

"어……?"

"당신에게 주는 선물입니다."

반지였다. 홍조의 네 번째 손가락에 딱 알맞게 들어간 반지가
반짝이며 빛을 냈다. 찬형의 눈빛만큼이나 한없이 깊고 영롱하게.

"……아까 백화점에 갔다던 게 설마 이거 때문이었어요?"

"전부터 선물하고 싶었습니다. 홍조 씨는 액세서리를 잘 하지

않는 편이라 손이며 손목이 허전해 보였거든요. 그래서 팔찌나 시계를 선물할까 했는데 당신과 마음을 확인하고서 반지로 정했습니다."

"……."

"그래야 임자가 있다는 걸 알죠. 내 거라는 표시입니다."

"……찬형 씨."

"당신의 손가락 하나도 전부 내 겁니다."

그렇게 말하며 찬형이 그녀의 손을 잡아 반지 위로 입을 맞췄다. 평소와 다름없는 행위였지만 반짝이는 반지 때문인지 굉장히 경건한 하나의 의식처럼 느껴지기까지 했다. 홍조가 숨소리마저 죽여 가며 그를 지켜볼 수밖에 없는 이유였다.

"당신에게 조금 더 마음의 준비가 되면 그땐 청혼을 할 예정입니다."

"……."

"이건 결혼반지를 낄 때까지 예비로 주는 거니까 부족하더라도 항상 지녀 주세요."

"……하나도 안 부족해요. 하나도요."

누구도 자신을 이토록 행복에 겹게 사랑해 준 적이 없었다. 홍조는 지난날 자신이 했던 어쭙잖은 연애들의 길기만 했던 나날들을 떠올릴 수 있었다. 소중한 사랑으로 남기고 싶었지만 의지와는 다르게 엉망으로 끝나 버렸던 그 시간들.

아픈 기억들은 이 순간 찬형의 품 안에서 모두 소각되어 버렸다. 하나도 아섭지 않았다. 그 없이 살아왔던 나날들이 유독 아깝게 느껴지는 것을 뺀다면 말이다.

"너무 많은 걸 받는 것 같아요. 저도 찬형 씨에게 뭔가 해 주고 싶은데 뭘 줘야 할지 모르겠어요."

"저 갖고 싶은 거 있긴 한데, 줄 겁니까?"

"정말요? 뭔데요?"

"홍조 씨요."

"……."

"홍조 씨를 주세요."

농담이 아니었다. 깊게 일렁이며 빛을 내는 그의 눈동자가 그렇게 말하고 있었다. 지금 하는 말 중 어느 것도 진심이 아닌 게 없다고.

침묵은 긍정이라 했다. 찬형은 다시금 홍조를 편안하게 눕히더니 그 위로 올랐다. 홍조의 얼굴에 당황하는 기색이 역력했지만 찬형에게는 그마저도 익숙한 듯했다.

그녀는 언제나 관계를 시작할 때면 처음인 것처럼 당황했고 긴장했다. 자신을 이끄는 시작은 당찼지만 조금만 깊게 파고들면 소녀처럼 몸을 움츠렸다. 그게 또 사랑스러웠다.

"안 돼요."

"……?"

한 번도 딱 잘라 안 된다고 한 적이 없던 홍조가 웬일로 단호하게 말했다. 찬형이 그녀의 목덜미에 입술을 묻다가 천천히 고개를 들었다. 눈을 마주쳤다. 그리고 눈빛으로 재차 물었다. 그럼에도 홍조의 표정은 여전히 단호했다.

"안 돼요, 찬형 씨."

찬형의 표정이 이내 울상이 되었다.

"왜 안 됩니까……? 아직도 휴식이 더 필요합니까……?"

"콘돔이 없어요."

"……?"

"봐요, 텅 비었잖아요. 다 썼어요."

홍조가 침대 옆의 협탁으로 손을 뻗어 텅 빈 콘돔 상자를 흔들었다. 3개짜리였는데 벌써 바닥이 났다.

찬형은 그녀가 흔드는 것을 가만히 쳐다보며 '우리가 언제 3번이나 했지?' 하는 표정을 지었다. 그 표정에 홍조가 어이없는 얼굴을 한 것은 말할 것도 없다.

"다음부터는…… 좀 더 많이 들어 있는 것으로 사야겠습니다."

"뭐라고요?"

"그럼 전 잠시 편의점에 다녀오겠습니다."

"……!"

계속 욕심이 났다. 그리고 어느덧 욕심내는 법을 단단히 배워 버렸다. 그 욕심이 터무니없는 것이 아니라는 걸 깨달으면서 말이다.

찬형이 그런 생각을 하면서 아주 진지한 얼굴로 그녀의 위에서 몸을 일으켰다.

침대에서 내려오는 찬형의 등 뒤로 홍조의 베개가 날아들었다.

송우

Y사 이사와의 오찬 시간을 조정해 조찬으로 변경했다. 그리고 이르다면 이른 시각부터 시작된 두 사람의 조찬은 어느덧 거의 마무리되는 분위기로 흘렀다.

홍조는 그동안 영훈과 단둘이 편안한 식사 시간을 가졌다. 호텔 레스토랑의 고급스러운 조식은 없던 식욕도 만들어 냈다. 그녀는 곁에 영훈이 앉아 있다는 것도 잠시 잊은 듯 앞에 나온 음식들을 복스럽게도 해치우기 시작했다.

"일은 좀 할 만합니까? 이 정도 했으면 충분히 익숙해졌을 법도 한데."

천천히 음식을 씹어 삼킨 영훈이 물을 한 모금 마시며 홍조에게 말을 걸었다. 홍조가 아삭한 샐러드를 포크로 콕 찍으며 웃었다.

"네, 무척 좋아요."

상쾌한 대답. 영훈은 홍조의 웃는 얼굴이 점점 찬형을 닮아 가는 것 같다고 생각했다.

"아마 대표님을 보좌하는 것보다 비서실 업무 보조가 더 정신 없을 겁니다. 그래도 인원 충원을 해서 예전보다는 덜 바쁜 거라고 말해 주고 싶네요. 믿기지는 않겠지만."

"……전 비서실 일이 굉장히 할 만하고 좋던데요?"

"그렇습니까? 일 체질인가?"

"일 체질이라기보다는…… 대표님 옆에서 하는 일들이 더 힘들기 때문이라고 해 둘게요."

"......?"

그게 무슨 소리냐며 영훈이 그녀를 힐끔 보았지만 홍조는 상세한 이유까지는 말해 줄 수 없다는 듯 어색하게 웃었다. 그녀의 표정에 영훈 역시 더는 묻지 않고 식사를 끝냈다.

대표와 비서의 관계이기 전에 연인 관계이니 공과 사의 구분이 잘 되지 않으면 좀 힘들 것이다. 의견 충돌이 아예 없지도 않을 테지. 그렇게 생각하니 홍조가 좀 안쓰럽기도 하다.

이래서 공적인 일은 사적으로 너무 가까운 사람과 하면 안 되는 것이다. 찬형과 영훈을 예외로 두는 그 모순을 뺀다면 말이다.

"그럼 홍조 씨는 로비에 가서 기다리고 있어요. 전 대표님을 모시고 나오겠습니다."

"네, 그럴게요."

영훈이 안으로 들어가는 사이 홍조는 로비 쪽으로 빠져나왔다. 그녀는 널찍한 로비를 둘러보면서 일본에서 머물렀던 호텔을 떠올렸다.

로비 바로 오른편에 레스토랑이 붙어 있었고, 그보다 더 근접한 곳에 작은 카페가 있었다. 그곳에서 커피를 주문하던 찬형과 영훈을 발견했고, 서로의 존재를 인식한 뒤로는 한 잔의 커피와 함께 어색한 대화를 나누었다. 그와 조금 더 가까워지기 시작한 지점이었다.

입술을 동그랗게 모으고 일본어 발음을 따라 하던 자신이 얼마나 웃겨 보였을까. 그 생각을 하니 웃음이 새어 나왔다.

그때였다.

무심코 시선을 둔 엘리베이터에서 낯익은 남자가 낯익은 여자와 함께 내렸다. 순간 잘못 본 건가 생각했다. 하지만 아니었다. 이쪽을 향해 걸어오는 남자는 분명 문재였다.

그를 확인하자마자 급하게 고개를 돌렸다. 원망이 남은 지금, 이런 식으로 마주치고 싶지는 않았다.

하지만 한발 늦은 모양이다. 문재의 시선이 그녀에게 닿았다.

"선홍조?"

익숙한 목소리가 그녀의 걸음을 바닥에 붙들었다. 홍조는 고개도 걸음도 돌릴 수 없었다. 가만히 멈춰 서 있자 목소리가 점점 더 가까이 다가왔다.

"맞네, 홍조 씨."

홍조가 천천히 고개를 돌렸다. 마지막으로 봤을 때보다 한결 좋아진 얼굴을 한 문재가 바로 어제 만났던 사람이라도 대하듯 자연스럽게 알은체를 했다.

우리가 서로 얼굴을 마주하며 웃을 사이는 아니지 않느냐고 한마디 쏘아 주고 싶은데 입이 꾹 다물린 채 열리지 않는다.

그의 뺨을 때리고 보이지 않는 곳에 가서 엉엉 목 놓아 울었던 그때의 기억이 떠오른다. 홍조가 아래로 주먹을 꽉 쥐었다.

"이 호텔에는 무슨 일이야? 설마 남자 생겼어?"

알 바야?

속이 부글거린다.

"새 남자의 지갑 사정이 그래도 넉넉하긴 한가 보지? 이런 호텔에서 사치도 부릴 줄 아는 거 보면."

으스대는 모습이 역겹다. 진즉 이런 남자인 줄 알았다면 시간을 오래 끌지 않아도 되었을 텐데. 남 일에는 눈치 빠른 애가 어째서 자신의 연애에는 그토록 둔감했던 건지. 홍조가 미련했던 지난날의 자신을 탓했다.

"문재 씨가 신경 쓸 거 없잖아."

날을 세웠다.

그러자 문재가 의외라는 듯이 꽤 흥미로운 표정을 지었다. 이별 당시 자신의 뺨을 때리고 쓰레기라 욕하던 그녀를 떠올린 것 같기도 했다. 처음에는 분노했지만 이렇게 다시 보니 새롭기도 한 게 그에게 있어서는 나름 재미있는 일인지도 모르겠다.

문재가 옆에 서 있는 여자에게 팔을 둘렀다. 그러고는 가까이 안으며 여유 있는 체했다.

그의 젠체에 홍조가 여자를 보았다. 익숙한 얼굴이다. 한때는 매일같이 봤던 인물. 회사 엘리베이터 앞에서 그의 뺨을 어루만지던 그 신입 사원이었다.

같이 일할 때는 마냥 순진하다고만 생각했었는데. 다른 사람처럼 그의 옆에 찰싹 붙어 살살 웃는 꼴을 보니 조금 부아가 치미는 것도 같고. 그때의 자신은 정말 사람 보는 눈이 없던 모양이다.

끼리끼리구나, 정말.

"옷은 또 왜 그래? 이런 호텔에 근사한 시간을 보내러 오면서 누가 그렇게 온몸을 꽁꽁 싸매. 남자를 위한 센스가 없네. 그렇게 입으면 갑갑하고 귀찮아서 벗기고 싶은 마음이나 들겠어?"

"……"

"그나저나 남자는 어디에 있어? 어떻게 생겼는지 궁금한데. 체크아웃 중?"

저런 남자를 한때나마 매너 있고 배려심 있다 생각했다니. 눈이 멀어도 한참이나 멀었었지.

홍조가 가만히 선 채로 문재를 응시했다. 어디까지 하려는 건지 궁금하던 참이다. 그대로 쭉 나불거릴 수 있는 만큼 실컷 나불거려 보라며 두고 보고 싶었다. 전 남자의 바닥을 확인하는 것도 나쁘지는 않겠지. 그런 마음이었다.

그때, 뒤에서 불쑥 따스한 기운이 다가왔다. 갑작스럽게 등 뒤에 붙은 사람은 홍조의 허리에 팔을 끼워 넣으며 그녀를 자신의 품에 가두듯이 꼭 끌어안았다.

익숙한 향기. 익숙한 온기. 고개를 돌려 보지 않아도 알 수 있다. 찬형이였다.

찬형은 홍조를 품에 안고서 그녀의 귓가에 달콤한 목소리를 흘렸다. 그 자리에 있는 모두가 들을 수 있을 정도로 작지 않은 크기였다.

"자기야, 아는 사람이야?"

익숙하지 않은 단어. 언제나 정중하게 '홍조 씨.' 하고 부르던 찬형이 처음으로 자신을 '자기야.' 하고 불렀다.

이 상황을 맞서기 위한 방법임을 단번에 깨달은 홍조였지만 아주 가까이에서 들리는 그의 물음에 귓가가 간지러워 기분이 이상해진다.

홍조는 가만히 앞만 보고 있었다. 허리 근처에 와 닿은 그의 손길마저 바로 어제 경험했던 것처럼 아주 농밀하게 느껴졌다.

조금 부끄러워하는 홍조의 얼굴을 확인한 문재의 시선이 흔들렸다. '뭐야, 저 남자는?' 싶은 눈이었다. 홍조는 그 시선을 알아챌 수 있었다.

그 순간 그녀는 뭐랄까, 묘한 성취감에 사로잡혔다.

그의 목소리를 듣고 그의 품에 안겨 있으니 눈앞에 있는 전 남자가 한없이 초라하게만 느껴졌다. 아마 문재 본인도 홍조와 같은 것을 느끼고 있을 게 분명했다.

찬형은 이리 보고 저리 보아도 문재와는 다른 분위기를 지닌 남자였다. 준수한 외모나 훤칠한 키 같은 것들은 별개로 보더라도 말이다.

특별한 사람에게는 그만이 뽐을 수 있는 아우라 같은 것이 있지 않은가.

당황한 문재의 표정을 가만히 주시하고 있자 어느새 찬형과 홍조의 곁으로 다가온 영훈이 느닷없이 고개를 숙였다. 이번에는 문재의 시선이 영훈에게로 옮겨졌다.

"Y사 이사님께서 그럼 다음번에도 잘 부탁한다고 전해 달라셨습니다, 대표님."

그 말과 함께 영훈이 출입구 쪽으로 고개를 돌리자 다른 사람들의 시선도 아주 자연스럽게 그곳을 향했다.

호텔 출입구 밖에는 검은색의 고급 승용차 한 대가 세워져 있었는데 그들이 고개를 돌리자 뒷좌석의 창이 천천히 내려갔다. Y사의 이사가 그곳에서 고개를 꾸벅이며 인사를 하자 찬형이 웃음으로 답했다.

멀찍이 떠나가는 차를 보며 문재에게로 다시 고개를 돌렸을 때, 홍조는 얼이 빠져 있는 그의 얼굴을 발견할 수 있었다.

아, 그러고 보니 잊고 있었다. 오늘 찬형과 조찬을 가졌던 Y사는 문재의 회사, 그러니까 홍조가 바로 전까지만 해도 다니던 그 회사의 거래처였다. 그러니 문재의 표정이 당황으로 물드는 것도 이상한 일은 아니다.

지금 저 얼굴은 '나도 뵙기 힘든 Y사의 이사님을 니들이 어떻게 알아?' 정도로 해석하면 좋으려나.

문재는 상황 파악이 더딘 모양이었다.

자신이 폴더처럼 허리를 접어 가며 인사하던 거래처의 이사가 전 여자의 남자로 보이는 사람에게 고개를 숙였다. 옆에 서 있는 키 큰 남자는 그 남자를 '대표님'이라고 불렀고, Y사가 하청업체라도 된다는 듯 잘 부탁한다는 말을 전했다.

하나씩 나열해도 대충 감이 잡힐 텐데 인정하고 싶지 않은 건지 인정이 되질 않는 건지 문재는 여전히 굳은 얼굴을 했다.

"대표님. 일정이 많아 서두르셔야 합니다. 사모님도요."

영훈이 강한 안타를 날렸다. 그의 말은 문재뿐만 아니라 홍조마저도 당황시켰다.

홍조가 눈을 동그랗게 뜨고 영훈을 보았다. 그러자 영훈이 평소의 그답지 않게 자상한 얼굴로 웃었다.

귓가에서 찬형이 웃음을 참는 소리가 들린 것도 같다. 착각이 아니라면 영훈과 함께 작당을 한 게 분명하다.

힐끔, 고개를 돌렸다. 문재의 표정이 제대로 굳어 버렸다. '사모님······?' 하고 방금 전의 단어를 곱씹는 듯 보이기도 했다.

"알았습니다. 유 실장님은 먼저 가서 차 대기시키세요. 곧 가죠."

"예, 알겠습니다."

영훈이 느긋하게 걸음을 옮기며 멀어지자 그 모습을 지켜보던 홍조에게 찬형이 더욱 바짝 붙어 섰다. 상냥하게 웃는 옆모습이 이쯤 되니 무섭기까지 하다.

"자기야. 일정이 바빠서 우리도 슬슬 가야 할 것 같은데. 그래서 이쪽이 누구라고?"

능청스러운 그의 말에 저도 모르게 웃음이 터질 뻔했다. 어금니를 꽈악 깨물며 겨우 참았다.

"아아, 전에 잠깐 만나던 남자예요."

문재가 '잠깐이라고? 넌 3년이 잠깐이냐?' 하는 표정으로 눈썹을 씰룩거렸다. 그를 쳐다보는 찬형의 입가도 묘하게 꿈틀거린다.

홍조에게 '자기야.' 하고 말을 걸었을 때부터 이미 문재의 존재를 대충 눈치챈 상태였다. 그런데 막상 그녀의 입을 통해 전에 만나던 남자라는 말을 들으니 괜히 속이 뒤틀리고 만다.

찬형은 여유 있게 웃는 얼굴 속에서도 소유욕을 숨기지 않았다. 그녀의 허리를 강하게 당겨 더 가까이 끌어안았다.

그는 그녀의 목덜미에서 나는 향긋한 내음에 콧등을 대 숨을 들이켰다. 그러고는 천천히 문재에게로 한 걸음 다가갔다. 언짢음을 감추는 일에는 누구보다 능한 사람이었다.

찬형이 명함을 꺼내 문재에게 내밀었다.

"······?"

"GLEAM COMPANY 대표 이사 최찬형입니다."

그의 입에서 나온 익숙한 회사명에 문재가 눈을 동그랗게 뜨고 명함을 내려다보았다. 그리고 그의 표정은 내내 공격적이었던 것이 거짓말처럼 단번에 변했다.

모를 수 없는 회사였다. 최근 개발한 신제품이 프랑스로 대규모의 수출을 하게 됨과 동시에 주식마저 상한가를 뛰어 요 며칠 경제지가 시끄러웠다. 문재 역시 주식에 관심 많은 인물 중 하나였으니 그 이름을 모를 리 없을 것이다. 오히려 잘 아는 편일 테지.

문재가 다급하게 명함을 꺼내더니 찬형에게 내밀었다. 허리가 절로 숙여졌다.

홍조는 그 모습을 놀란 얼굴로 쳐다보았다. 저토록 쉽사리 숙여지는 허리가, 무거운 고개가, 자신의 앞에서는 왜 그토록 뻣뻣했던 걸까. 조금도 미안하지 않다는 듯 뻔뻔하게 굴던 얼굴이 떠올랐다.

찬형이 문재의 명함을 받아 들었다. 그러고는 시선을 느긋하게 아래로 깔아 가만히 그것을 응시했다.

"아아, 여기."

그 짧은 한마디의 묘한 뉘앙스가 문재의 자존심을 구겼다. 하지만 찬형이 내내 웃는 얼굴을 하고 있어 그는 무시를 받으면서도 겉으로 티를 낼 수 없었다. 그래서 표정이 더욱 어두워졌다.

"제 와이프와 인연이 깊은 분이면 제게도 중요한 분이죠. 도움이 필요하면 언제든 연락하십시오."

"아, 예……."

"그럼 저흰 바빠서 이만."

찬형이 웃으며 고개를 끄덕이자 문재가 다시 허리를 숙이면서 그에게 인사했다. 그 아래로 주먹이 꽉 쥐어졌다.

홍조의 허리에 다시금 그의 든든한 팔이 와 닿았다. 찬형은 홍조를 자신에게로 편히 기대게 하면서 한 걸음씩 걸었다.

문재가 천천히 허리를 펴고 서서 그 둘의 뒷모습을 보았다. 그가 보고 있을 것을 알면서도 찬형은 모르는 척, 문재에게서 받은 명함을 출입구 옆 휴지통에 버렸다. 그러고는 미련 없이 회전문으로 들어섰다.

뒤에서 그 모습을 전부 지켜보던 문재의 얼굴이 붉으락푸르락 변했다. 휴지통에 처박힌 게 자신의 존재라도 된 듯 온갖 자존심이 구겨졌다. 도무지 감정을 통제할 수 없을 것만 같아 이를 악물었다.

곁에 서 있던 여자가 괜찮으냐고 물으며 그의 팔을 붙잡았다. 그러자 문재는 그녀의 팔을 확 뿌리치며 달라붙지 말라고 강한 짜증을 냈다.

등 뒤에서 들린 목소리에 홍조가 힐끔 고개를 돌렸다. 하지만 찬형이 그녀의 얼굴을 붙잡아 다시 앞을 보게 했다.

"뒤돌아보지 마요. 사적인 일에 공적인 영향력을 행사하고 싶어지니까. 이래 봬도 많이 참았습니다."

"······참았던 거예요?"

"그럼 설마 진짜로 여유 있었을 거라 생각한 겁니까? 주먹이라도 날리고 싶은 걸 참았습니다. 강자에게 약하고 약자에게 강한 사람은 정말 질색입니다."

여자를 옆에 낀 채 뭐라도 되는 양 홍조를 깔보던 표정이 생각났는지 찬형이 얼굴을 찌푸렸다.

"나 대신 복수해 준 거죠?"

"좀 시원합니까?"

"네. 너무도 찬형 씨다운 복수였어요. 그렇게 예의 바른 복수는 처음 봐요."

처음부터 끝까지 정중한 말투와 웃는 얼굴을 하고 있던 찬형이 신기한지 홍조가 작게 웃었다.

"원래 가장 통쾌한 복수는 행복인 겁니다. 네가 이렇게 멋진 여자를 놓쳐 준 덕분에 내가 이만큼 사랑해 주고 행복하게 만들어 줬다고 알려 주는 것 말입니다."

그렇게 말하면서도 찬형은 미간을 좁혔다. 유치해지지 않게 어른스러운 척하느라 짧은 순간 너무도 많은 에너지를 방출한 기분이었다.

그렇지만 그녀에게 언짢은 표정을 보일 수는 없다. 화낼 가치도 없는 과거를 싹 잊게 해 주고 싶은 마음뿐이었다.

"아아, 웃느라 입가에 경련이 일어나는 줄 알았어요."

찬형이 자신의 턱을 붙잡더니 앓는 소리를 냈다. 답지 않은 약

한 소리에 '원래도 잘 웃잖아요!' 하고 말하니 그가 '들켰어요?'
하며 씩 웃는다. 방금 전까지 능숙하게 분위기를 휘어잡던 그가
지금 자신의 앞에서 엄살을 부리는 이 남자와 동일 인물이라는
게 믿기지 않는다.

"근데 찬형 씨."

"예."

"제 와이프……라고 했죠, 아마?"

'제 와이프와 인연이 깊은 분이면 제게도 중요한 분이죠. 도
움이 필요하면 언제든 연락하십시오.'

"……."

홍조가 특정 단어를 콕 집자 찬형이 멈칫했다. 아무런 동의 없
이 그녀를 졸지에 유부녀로 만들어 버렸다.

"우리 언제 결혼했어요?"

"그게……."

카리스마는 또 온데간데없이 숨겨 버린 찬형이 난처한 얼굴로
해명하려 할 때였다. 홍조가 그의 손을 붙잡았다. 두 사람의 걸음
이 멈추었다.

문 앞에 가만히 선 채 손을 잡은 홍조가 그의 손에 깍지를 꼈
다. 손가락이 얽혀 들었다. 그저 손을 잡고만 있을 때와는 또 다
른 설렘이 가슴을 울린다.

그는 홍조의 눈 속에 빠져들 것처럼 그녀와 눈을 마주쳤다. 그

리고 홍조는 그의 시선 속에 한없이 녹아드는 자신의 마음을 느끼며 커다란 용기와 함께 따스한 한마디를 건넸다.

"우리 진짜 결혼할래요?"

"……."

"당신에게 줄 게 없어요. 이게 내 전부예요. 날 줄게요."

희게 뿜어지는 입김 사이로 그녀의 눈만이 영롱하게 빛을 내고 있었다.

봄이 오는 모양이었다.

에필로그
다시 계절이 돌아오면

"여보세요? 아, 엄마. 안 그래도 지금 나가려고요. 이 녀석들이 화장실을 연달아 가는 바람에 정신이 없었어요. 택시만 바로 잡으면 늦지 않게 도착할 것 같아요. 네, 그럼 도착할 때쯤 다시 연락할게요."

집 안이 분주했다. 아침 일찍부터 일어난 탓에 정신이 없기도 했지만 그와 별개로 각자 다른 방에서 준비하는 동생들로 인해 홍재는 몸이 두 개여도 부족할 판이었다.

육남매면 무얼 하나. 다 큰 동생들이 자기 몸 하나 제대로 못 챙기는데.

팬티 바람으로 거실을 활보하던 두 쌍둥이 막내를 휙 낚아챈 홍재가 성큼성큼 옷장을 향해 걸어갔다.

"이놈들아, 제발 오늘만이라도 형 말 좀 들어라. 양말은 분명 여기에 뒀는데 또 어디에 숨긴 거야. 야, 선홍주! 얼굴에 색칠 적당히 하고 동생들 좀 챙겨. 오빠 바빠 죽겠는 거 안 보여? 이러다가 식에 늦는다니까!"

"아, 진짜! 나 지금 화장 망쳤단 말이야. 고치느라 심혈을 기울이는 중이니까 방해하지 마!"

"고등학생이 무슨 화장이야. 너 때문에 홍은이도 요즘 화장 시작했잖아. 중학생 동생 앞에서 아주 잘하는 꼴이야. 오빠가 대학 가서 해도 늦지 않는다고 몇 번이나……."

"시끄러워! 그게 대학생이 할 소리냐? 아저씨도 아니고. 아, 씨. 아이라이너 다 썼어! 셀카 남겨야 되는데, 거지 같네!"

"저, 저……. 말하는 본새 봐라. 무슨 여고생이 말을 저렇게 못나게 해."

홍조의 결혼식이 있는 날이었다. 부모님은 아침 일찍부터 집을 나선 상태였고, 어린 동생들의 뒷감당은 장남에게로 넘어왔다.

그나마 고등학생인 셋째가 일을 좀 도와주려나 싶었는데, 웬걸. 눈에 무슨 색칠을 하는 건지 거울 앞에서 도통 떨어질 생각을 하지 않는다.

'용돈을 주면 전부 화장품 값으로 들어가는 것 같단 말이지.'

그렇게 생각하며 홍조와 부모님에게 당분간 용돈을 줄이는 게 어떻겠느냐 말하기로 결심해 본다.

어린 동생들에게 옷을 전부 입히고 마지막으로 양말까지 신기니 기껏 먼저 입은 보람도 없이 와이셔츠가 땀에 젖었다. 등 부근이 축축한 게 느껴졌다.

그가 딱 1분만 쉬었다가 출발하자며 거실에 대자로 뻗었다. 그의 머리 주변을 방방거리고 뛰어다니는 쌍둥이 녀석들이 느껴졌지만 잔소리를 할 기력도 없었다.

온몸에 힘을 풀고 누운 채 고개를 뒤로 젖히자 열어 둔 베란다 창을 통해 푸른 하늘이 보였다. 희고 차갑게 물들었던 하늘이 언제 저렇게 녹아 푸른빛을 띠게 된 걸까. 그가 그런 생각을 하면서 슬쩍 웃었다.

홍조가 결혼할 사람이라며 찬형을 데리고 왔던 날이 떠올랐다.

각이 잡힌 슈트 차림, 굳은 얼굴. 바짝 긴장한 그를 보며 홍재는 그녀가 3년간 만났던 문재가 얼마나 '없어' 보이는 인물이었는지를 새삼 깨달았다.

고등학생인 홍주가 요즘 아이들 말로 '상견례를 프리 패스 할 상'이라고 덧붙였다. 그 말에 찬형의 얼굴이 벌겋게 달아올랐는데 그게 또 요즘 남자들 같지 않아 홍재는 그가 마음에 들었다.

사람 어려운 줄 알고 부끄러움을 아는 남자라면 자신의 누이를 주기에 충분하다는 제 나름대로의 기준점이 있던 모양이다.

"야, 선홍재! 늦었다며! 안 가?"

"저게……. 오빠한테, 뭐? 선홍재애? 말 예쁘게 안 해?"

"그럼 뭐, 오라버니, 가시지요, 이딴 거 바라?"

"아오, 진짜!"

홍재가 몸을 벌떡 일으켰다. 그 순간 환기를 시킨다는 명목으로 열어 두었던 베란다의 창을 통해 시원하고 따뜻한 바람이 내부로 휘몰아쳤다.

실랑이를 벌이던 두 사람이 고개를 돌려 창밖을 보았다.

봄이 왔다.

♧우

"저기……. 지혜야……."

"응? 말해."

"……사진 좀 그만 찍으면 안 될까. 너 지금 10분째 그러고 있어."

"많이 찍어야 괜찮은 걸 건지지."

"……못해도 100장은 찍은 것 같은데 설마 그중에서 괜찮은 사진 한 장 안 나올까."

순백의 드레스를 입고 신부 대기실에 앉은 홍조가 지친 기색을 표했다.

사진 기사가 와서 틈틈이 사진을 찍었고, 아버지 친구분의 아들이라는 젊은 남자는 캠코더를 들고 하객들의 모습을 촬영하느라 정신이 없었다. 그런 와중에 지혜까지 카메라를 들이밀며 요란을 떠니 제 아무리 홍조라도 지치지 않을 수가 없다.

"이건 제일 친한 친구로서 내가 소장할 용도거든. 태어난 이래 가장 예쁜 네 모습이잖아."

"……아무리 그래도 내가 태어나서 이 정도로 예뻤던 적이 한 번도 없었겠니. 너무하잖아, 계집애야."

홍조가 뾰로통한 얼굴로 입을 삐죽 내밀었다.

하지만 도로 웃음이 터진다. 말로 다 할 수 없을 만큼 기쁜 날이니까.

작년 이맘때만 해도 문재와 결혼하게 될 줄 알았다. 사람 앞일은 모르는 거라더니. 설마 1년 뒤 다른 사람의 신부로 앉아 있게될 줄이야.

홍조는 쉽사리 좌절하지 않았던 지난날의 스스로에게 아주 약간의 칭찬을 해 주고 싶은 기분이 들었다.

아무리 지쳐도 완전히 포기하지 않았다. 잠시 숨 돌리며 쉬어 가려던 자리에서 인연을 만났다. 아주 잘한 것이라고, 지칠 때는 쉬어 가면 된다고, 홍조는 스스로에게 그렇게 말하고 싶었다.

그럼 과거의 자신은 웃을 것이다. 지금처럼.

"사실 나 네가 다짜고짜 세 달 뒤에 결혼할 거라길래 이 계집애가 단단히 일을 쳤구나 했다니까."

"일?"

"그래, 일. 요즘 혼수로 준비해 간다는 그거 있잖아, 왜."

그게 속도위반을 뜻하는 것임을 바로 알아챈 홍조가 재빠르게 두 손을 올려 내저었다. 얼굴이 벌겋게 익었다.

안 그래도 가족에게 찬형을 소개시키며 결혼 이야기를 꺼냈더니 아버지가 근처에 있던 빗자루를 집어 들었었다. '너 이 자식, 설마?' 하면서 말이다.

"그런 거 아니야!"

"아무렴, 아니겠지. 그랬다가는 네 예비 남편 다리가 멀쩡할 수 있겠니. 너희 부모님 쿨하신 것 같으면서도 은근히 엄한 구석 있잖아. 목발 짚으며 입장했을지 모를 일이지."

"그런 일을 만들었다가는 장인 장모님께 부러지기 전에 홍조 씨 본인이 먼저 제 다리를 부러뜨렸을 겁니다."

"어……?"

홍조가 익숙한 목소리에 반색을 하며 고개를 들었다. 어느새 나타난 찬형이 지혜의 뒤에 사람 좋게 웃는 얼굴로 서 있었다.

평소 보던 슈트 차림과는 묘하게 달랐다. 저렇게 턱시도를 차려입고 멋지게 머리를 뒤로 넘기니 평소와는 또 다른 절제미가 있어 보여 괜히 가슴이 설레었다.

"안녕하세요. 최찬형입니다."

"아, 안녕하세요. 식장에 와서야 처음 뵙네요. 전 홍조의 오랜 친구 오지혜라고 합니다."

"안 그래도 말씀 많이 들었습니다. 역시 듣던 대로 미인이시네요."

"듣던 대로요? 그럴 리가요. 쟤가 어디 가서 날 미인이라고 이야기하고 다닐 애가 아닌데요, 무슨."

"……홍조 씨 친구분답네요. 절대 만만하지 않아요."

두 사람의 대화를 듣고 있던 홍조가 못 참겠다는 듯이 바람 빠지는 소리를 내며 웃었다.

찬형이 그 웃음소리에 천천히 고개를 돌려 그녀를 보았다. 그리고 또다시 일렁이는 깊은 눈빛으로 그녀와 눈을 마주쳤다.

옆에서 그런 찬형을 쳐다보던 지혜가 들리지 않게 나직한 한숨을 내쉬었다.

"자, 그럼 제삼자는 잠시 빠져 있을 테니까 신랑이랑 신부 두 분이서 오붓한 시간 보내세요."

"어? 아니, 그런 게 아니라……."

"감사합니다."

손을 내젓는 홍조와 달리 찬형이 그녀를 가리고 서며 정중하게 고개를 꾸벅였다. 그의 입가에 매달린 웃음을 확인한 지혜가 오늘 처음 만난 사이라고는 믿기지 않을 정도로 빠른 눈치를 발휘하며 찬형과 눈빛을 교환했다.

그리고 지혜는 신부 대기실의 문을 닫으며 그곳을 빠져나갔다. 아마 밖에 서서 아무도 못 들어오게 문지기 노릇을 자진했을지도 모르겠다.

"홍조 씨 오늘 정말 예뻐요. 반하겠어요."

"그 얘기를 하려고 둘만 남겠다는 신호를 보낸 거예요?"

"전 아무 신호도 안 보냈습니다? 지혜 씨가 눈치 있게 배려해 줬을 뿐이죠."

"능글맞기는……."

홍조가 눈을 가늘게 뜨며 찬형을 흘겼다. 그래도 좋다는 듯 찬형은 홍조의 곁에 무릎을 굽히고 앉아 그녀를 올려다보았다.

"따로 만나서 식사라도 대접할 걸 그랬어요. 결혼식 당일이 되어서야 첫인사를 하니 괜히 부끄럽고 미안하네요."

"회사 일이며 결혼 준비로 밤낮없이 바빴잖아요. 그러니까 누가 그렇게 빨리 해치울……."

"하루라도 빨리 같이 살고 싶었거든요."

"……"

"……당신의 '가족'으로서."

그렇게 말하며 찬형이 바닥에 무릎을 대고 몸을 세웠다. 앉아 있는 홍조와 시선이 비슷해졌다. 찬형은 홍조를 가만히 자신의 품에 끌어안았다.

홍조가 눈을 감는다. 그의 품은 여전히 벅차고 따스했다.

"누군가를 만나 사랑을 하고, 남들처럼 평범하게 결혼까지 하게 될 줄은 몰랐습니다."

"……"

"만약 운이 좋아 결혼을 하게 된다고 쳐도 결혼식 당일에 여자가 되어 버리면 어떻게 하나, 그런 걱정을 한 적도 있었습니다."

"……바보."

"그래서 홍조 씨에게 항상 고맙습니다. 내게도 남들처럼 사랑하며 살 수 있다는 희망을 주고, 평범한 행복이 얼마나 소중한 것인지를 몸소 깨달을 수 있도록 해 주어서요."

찬형의 잔잔한 웃음이 홍조에게 느껴졌다. 그녀는 그의 품에 가만히 안겨 있다가 살며시 두 팔을 뻗어 그를 꼭 끌어안았다.

등 뒤로 와 닿는 가느다란 팔을 느끼며 찬형이 그녀처럼 살며시 눈을 감았다.

그의 마음을 가슴으로 느끼며 홍조가 말했다.

"왜 그런 드라마 대사도 있잖아요. 네가 남자든 외계인이든 상관 안 해."

"……?"

"당신이 남자의 몸을 했든 여자의 몸을 했든 상관없이 난 당신을 사랑했을 거예요. 자신의 겉모습에 겁내지 않고 용기 있게 다가와 줘서 고마워요. 찬형 씨가 내 사람이 되어 주어서 무척 기뻐요."

그 말과 함께 홍조의 작은 손이 찬형의 등을 토닥였다.

달래려고 한 것은 아니었겠지만 위안을 받았다. 그런 작은 움직임 하나가 그에게 얼마나 큰 파도가 되어 밀려오는지 아마 홍조는 모를 것이다.

찬형이 천천히 품에서 그녀를 떼어 냈다. 한 뼘 정도 되는 거리를 남기고 두 사람의 눈이 마주쳤다.

눈만 마주쳐도 당장 입부터 맞추고 싶을 만큼 서로의 반짝이는 시선이 언제나 탐이 난다. 이제 내 사람이라는 확신을 가지고 있으면서도 어째서 욕심은 끊이질 않는지 참으로 이상한 일이다.

"웨딩드레스가 왜 이렇게 거추장스러운지 이제 알 것 같습니다."

"네?"

홍조의 드레스 자락을 만지작거리던 찬형의 손이 꽉 조여진 그녀의 허리를 붙들었다. 노출이라고 해 봐야 어깨가 드러난 것이 전부였지만 그럼에도 홍조는 한없이 매혹적으로 보였다. 보지 않아도 이미 그녀를 속속들이 알고 있는 찬형이 달콤한 것을 앞에 둔 아이처럼 자꾸만 괴로운 표정을 지었다.

"너무 예뻐서 당장이라도 어떻게 해 버리고 싶은데 그러지 못하게 막으려는 거 아닙니까."

"……신랑분, 이제 그만 신부 대기실에서 썩 나가 주세요."

새침하게 말한 홍조가 찬형의 손등을 찰싹 때렸다. 엄살을 부리며 손등을 문지르던 찬형이 아쉽다는 듯 동그랗게 드러난 홍조의 어깨에 입을 맞췄다.

"모두의 앞에서 서약하기 전에 제일 먼저 홍조 씨에게 내 마음을 보여 주고 싶어요."

"……?"

무슨 말이냐는 듯 홍조가 찬형을 빤히 쳐다보았다.

그는 홍조에게서 살짝 떨어지더니 드레스 자락을 쥐고 있던 그녀의 손을 맞잡아 올렸다. 아주 소중한 것이라도 다루는 듯 홍조의 가느다란 손을 매만지던 찬형은 힐끔, 그녀를 올려다보며 살며시 웃었다.

"신랑 최찬형은 선홍조를 신부로 맞이하여 평생을 아끼고, 보듬고, 사랑하며, 영원히 함께할 것을 맹세합니까?"

"……."

홍조의 눈빛이 흔들렸다. 그는 장난인 듯 진심인 듯 자신의 마음을 담아 그녀만을 위한 약속을 하고 있었다.

"예, 맹세합니다."

혼자의 질문에 이어 혼자의 대답을 한 그는 멋쩍지도 않은지 기쁜 표정을 지으며 그녀의 손을 더 꼬옥 붙들었다. 그리고 결혼반지가 끼어질 네 번째 손가락에 가만히 입을 맞췄다.

그의 입술 끝에서 나온 사랑스러운 말이, 입술 새로 느껴지는 따스한 숨결이, 세상 그 어느 반지보다도 반짝이며 홍조의 심장까지 찌르르 울렸다.

울컥 눈물이 치밀 것 같아 얼굴을 찡그리자 찬형이 그녀를 보고 '어, 어?' 하며 얼굴을 바짝 붙여 왔다.

"안 돼요. 곧 시작할 텐데 예쁘게 공들인 화장 전부 지워져요."

"⋯⋯사랑해요."

"⋯⋯."

방심하고 있던 찬형의 가슴을 강하게 울리며 홍조가 말했다. 떨리는 목소리였지만 진심이 가득했다.

찬형은 금방이라도 눈물을 떨굴 듯한 그녀의 얼굴을 응시했다. 눈시울이 붉어진 홍조가 그의 모습을 놓치지 않겠다는 듯 눈 한 번을 깜빡이지 않은 채 그를 보았다.

"사랑해요."

울먹이는 목소리가 재차 그의 마음을 흔든다.

"⋯⋯저도 사랑합니다."

찬형이 누구보다 기쁘고 벅차게 미소 지으며 홍조를 끌어안았다. 구둣발에 드레스가 더러워질 수도 있었지만 두 사람은 아랑곳하지 않았다.

그의 손이 예쁘게 핀을 꽂아 올린 그녀의 머리 뒤쪽으로 향하더니 가늘고 긴 목덜미를 받치며 입을 맞추었다. 조금만 깊게 파고들면 금방이라도 뒤로 넘어갈 듯 위태로운 자세였지만 멈출 수는 없었다.

그는 홍조의 울음을 당장이라도 멈춰 줄 수 있는 가장 달콤한 방법으로 그녀를 달랬다.

정말, 봄이 왔다.

＄우

한참이나 이어질 것 같던 예식은 생각보다 빨리 끝났다. 잠깐 영혼이 빠져나갔다가 돌아온 걸까. 정신을 차리고 보니 이미 그 자리를 떠나기 직전이었다.

하객들은 서로 인사를 나누며 멀어져 갔고 홍조의 가족과 찬형의 할아버지, 영훈만이 리무진 주변에 자리하고 있었다.

"조심해서 잘 다녀오고 도착하면 곧바로 연락 줘. 알았지?"

"알았다니까요. 홍재야, 엄마랑 아빠 모시고 얼른 가. 할아버지 도 어서 들어가시구요."

홍조가 다들 어서 가시라며 손짓을 해도 누구 하나 먼저 걸음 을 돌릴 생각을 하지 않았다.

옆에 서 있던 찬형이 홍조의 손을 붙잡으며 말했다.

"그럼 저희는 이만 출발하겠습니다."

자신들이 차에 타지 않는 이상 결코 먼저 돌아가지 않을 그들 이다. 찬형이 눈짓을 하자 곁에 서 있던 영훈이 고개를 끄덕이며 운전석에 올랐다.

먼저 가라고 하던 홍조는 가족들에게서 등을 돌리는 게 내심 아쉬웠는지 자꾸만 머뭇거렸다. 그 마음을 모를 리 없는 찬형이 그녀의 등 뒤로 손을 뻗어 천천히 매만지며 그녀를 달랬다.

결국 홍조가 먼저 차에 올랐다. 그녀를 뒷좌석 깊숙이 태운 찬형이 그제야 안심하고 남은 가족들을 향해 고개를 꾸벅였다.

"다녀오겠습니다."

그 말과 함께 홍조의 곁에 앉은 찬형이 문을 닫았다. 그가 탄 것을 확인한 영훈은 그제야 차를 출발시켰다.

뒷좌석에 나란히 앉은 찬형과 홍조가 서로 눈을 마주쳤다. 딱히 별다른 말을 한 건 아니지만 서로가 어떤 기분인지 알 것만 같았다.

찬형은 누군가에게 '다녀오겠습니다.' 라는 말을 한 것이 처음이었다. 돌아갈 곳이 있다는 것이 기뻤다. 앞으로의 돌아갈 곳이 그녀가 되었다는 것조차 한없이 행복했다.

그의 곁에 앉은 홍조는 그가 기뻐해서 더욱 기뻤다. 자신이 어떤 표정을 지어도, 어떤 눈빛을 해도, 언제나 같은 시선으로 바라봐 줄 눈앞의 이 사람으로 인해 행복했다.

"이제 진짜 부부입니다."

"네. 이제는 애인도 대표님도 아닌 남편이네요."

"그럼 '여보' 라고 불러 주세요."

"아니, 그렇다고 뭘 그렇게 갑자기……."

"예? 불러 주세요."

찬형이 또다시 아이처럼 졸랐다. 한번 넘어가 주니까 자꾸 써먹는다.

운전하던 영훈이 백미러를 통해 그들의 모습을 보고 고개를 설레설레 저었다. 삼십 줄도 꺾여 버린 와중에 만나는 사람 하나 없는 남자를 앞에 두고서 너무들 한다. 그가 소리 없이 한숨을 내쉬었다.

"여…… 여보……?"

"……아, 이런 기분이군요."

"어떤 기분인데요?"

"당장…… 이러고 싶은 기분이요."

그 말과 함께 찬형이 홍조의 목덜미에 입을 맞췄다. 일자로 뻗은 그녀의 쇄골을 귀엽게 깨물자 홍조가 화들짝 놀라며 운전석을 보았다. 백미러로 영훈과 눈이 마주쳤다. 얼굴이 순식간에 빨개졌다.

홍조가 여기서 이러면 안 된다며 찬형을 밀어낼 때였다. 운전석에 앉은 영훈이 버튼 하나를 누르자 리무진의 앞좌석과 뒷좌석을 분리하는 블라인드 하나가 위잉, 소리를 내며 천천히 내려왔다. 블라인드가 가운데를 완벽하게 막아 버리자 두 사람과 영훈의 공간이 완전히 분리되었다.

눈을 동그랗게 뜬 홍조가 더욱 당황했다. 그러나 찬형은 만족스럽게 웃는다.

"형, 고마워."

"잠깐……! 악, 간지러워요!"

찬형이 홍조의 셔츠 속으로 손을 밀어 넣자 허리 부근에 와 닿은 그의 손이 간지러운지 홍조가 바르작거리면서 한참을 요동쳤다. 투정을 부리고, 핀잔을 하고, 웃으면서도 계속해서 뒤척이는 그들의 소리가 뒷좌석을 가득하게 채웠다.

여전히 앞만 보고 운전하던 영훈이 아무래도 안 되겠다는 듯

음악을 틀었다. 그러고는 음악의 볼륨을 잔뜩 올려 버렸다.

리무진 내부가 쿵쿵, 울렸다. 무엇이 음악 소리인지, 무엇이 심장 소리인지 구분조차 되지 않을 정도로.

"자, 그럼 시작합니다."

"엄마야, 잠깐만요. 대체 뭘……!"

음악 소리에 몸을 실은 영훈이 액셀러레이터를 쭉 길게 밟았다. 리무진이 조금 더 빠른 속도로 잘빠진 도로를 신이 나게 달렸다.

리무진은 햇빛에 반짝였고 바깥에 매달린 작은 풍선들은 요란하게도 춤을 췄다.

봄바람에 흔들리는 그들의 마음처럼.

— *The end*

작가 후기

　로맨스를 읽는 분들, 로맨스를 쓰는 다른 작가분들도 이런지는 모르겠습니다만 저는 글을 쓸 때 단 한 가지의 생각을 합니다.

　'사랑이면 다 돼.'

　그런 생각 없이는 사랑에 죽고 사는 이야기를 쓰기가 힘듭니다.

　〈남자, 여자〉는 순전히 그 생각 하나만으로 쓰기 시작한 글이었고, 그 생각 하나만으로 끝을 본 글이었습니다.

　처음에는 남자 주인공이 여자가 되기도 하는 이 말도 안 되는 설정을 과연 몇 사람이나 받아들여 줄 수 있을까 걱정이 많았습니다. 사랑이라는 이름의 마법을 설명하기 위해 그에게 너무 터무니없는 시련을 던져 준 것 같다는 생각도 했지요.

　하지만 '로맨스 소설' 이잖아요.

그렇기 때문에 어른의 동화 같은 이야기를 그려 볼 수도 있는 게 아닌가 싶었습니다. 왕자의 키스로 모든 것이 해결되던 어린 시절의 '첫' 사랑 이야기, 공주 동화처럼 말이에요. (물론 왕자와 공주의 역할이 뒤바뀐 듯한 느낌이 있을 수 있습니다…….)

홍조가 여전사처럼 멋있다는 말을 들었던 기억이 납니다. 다른 로맨스 소설에 등장하는 꽃 같은 소녀나 도도한 얼음 공주와는 거리가 먼 여자 주인공이었지만 그 어떤 칭찬보다 기뻤습니다.

못 말리는 애물단지를 옆에서 챙겨 주고, 지켜 주고, 보듬어 주고 싶은 약간의 강인한 면은 어떤 여자에게든지 조금씩 있는 거라고 생각하거든요. 내 신세를 한탄하는 바보 같은 면은 마음에만 꽁꽁 숨긴 채로 말이죠.

홍조는 제 기준에 있어, 현실 속에서 만날 수 있는 용기 있는 여자 주인공의 이미지였습니다.

그리고 이 글을 쓰며 저는 많은 것을 배웠습니다.

쉴 땐 쉬고, 달릴 땐 세차게 달리자는 아주 기본적이고 별것 없는 사실이 그중 하나였습니다.

더는 나이 먹기 싫고, 나이에 비해 얻은 건 조금도 없고, 그동안 내가 쌓아 온 게 무엇일까 하며 지난 시간을 돌이켜 보는 것조차 허무한 시기가 있었습니다. 남들과 나를 비교하는 바보 같은 행동은 기본이었죠.

하지만 결국 제가 할 수 있는 것을 하는 것이 최선이었어요. 홍조와 찬형이 그랬던 것처럼요.

글을 쓸 수 있는 시간, 그러면서 즐길 수 있는 한 잔의 커피,

그로 인해 만나게 된 얼굴도 모르는 사람들의 다양한 마음들.

내가 얻은 게 무엇인가 생각하다 보니 이 글을 끝낼 때쯤에는 저것들이 남았습니다.

그걸로 충분했어요.

여러분에게도 그런 '충분한' 마음이 남았으면 좋겠습니다. 지금의 평범한 기쁨이, 지금의 평범한 평화가, 지금의 평범한 일상이, 사실은 누구보다 무엇보다 특별할 수 있다는 것을 느끼면서 말입니다.

어딘지 모르게 아쉽지만 그렇다고 마냥 부족하지만은 않은, 충분한 여운을 즐기셨으면 하는 바람도 함께 담아 봅니다. (한 번에 읽히지 않는 힘겨운 문장들이 있었을 텐데도 꼭꼭 씹어 삼켜 주셔서 감사합니다.)

'봄바람에 흔들리는 그들의 마음처럼.' 이라는 마지막 페이지의 문장처럼, 꽃 피는 춘삼월에 책을 펼칠 수 있게 되어 무척 다행입니다.

(오늘도 여전히 날 알아보지 못하셨지만) 내게는 소중한 할머니와 가족의 의미를 알게 하는 고마운 부모님께 감사합니다. 회사에는 가지 말라며 날 끝내 글 쓰게 만드는 이민선 작가님도 감사합니다.

정시 퇴근을 반납하며 예쁘게 책을 만들어 주시는 뿔미디어 스칼렛 로맨스의 편집부 직원분들과 이영은 담당자님, 항상 수고가 많아요. 감사합니다.

끝으로 지금 이 글을 읽고 있는, 달달한 글이 나올 수 있게 날

자극하고 따뜻한 감정을 품게 해 주는 좋은 이에게 봄 인사를 건
네며 글을 마칩니다.

  읽어 주셔서 고맙습니다.

2016년, 봄
안은찬

남,
자
여
자

1판 1쇄 찍음 2016년 3월 9일
1판 1쇄 펴냄 2016년 3월 15일

지은이 | 안은찬
펴낸이 | 정 필
펴낸곳 | (주)뿔미디어

기획 · 편집 | 김수정, 이영은

출판등록 | 2002년 9월 11일 (제1081-1-132호)
주소 | 경기도 부천시 원미구 소향로 17, 303(두성프라자)
전화 | 032)651-6513 / 팩스 032)651-6094
E-mail | scarlets2012@hanmail.net
블로그 | http://blog.naver.com/dahyangs
홈페이지 | http://bbulmedia.com

값 9,000원

ISBN 979-11-315-7003-6 03810